# CLIFFORD D. SIMAK

# FREMDE BESUCHER

Science-Fiction-Roman

Deutsche Erstausgabe



Knaur

# 1. LONE PINE, MINNESOTA

George, der Friseur, klapperte wütend mit der Schere in der Luft. »Also Frank«, sagte er zu dem Mann im Frisierstuhl, »ich weiß wirklich nicht, was mit dir los ist. Ich habe deinen Artikel über die Naturschützer gelesen, über das, was sie im Reservat angestellt haben. Das schien dich gar nicht aufzuregen.«
»Tut es auch nicht«, antwortete Frank Norton. »Das ist alles nicht so bedeutungsvoll. Wenn die Leute die Reservatlizenz nicht bezahlen wollen, können sie ja woanders fischen gehen.«
Frank Norton war Verleger-Herausgeber-Anzeigen-und-Vertriebsleiter, Chefredakteur und Putzfrau des *Lone Pine Sentinel,* dessen Redaktion auf der anderen Straßenseite lag.
»Mich macht es wütend«, sagte der Friseur. »Es ist nicht richtig, diesen Rothäuten die Verfügungsgewalt über die Fisch- und Jagdrechte im Reservat zu geben. Jetzt kann ein weißer Bürger nicht mehr mit einem regulären Angelschein im Reservat fischen gehen. Er muß den Schein vom Stamm kaufen. Und der Stamm kann seine eigenen Vorschriften aufstellen. Das ist nicht richtig, sag' ich dir!«
»Für Leute wie dich und mich wird sich nicht allzuviel ändern«, erwiderte Norton. »Wenn wir fischen gehen wollen, haben wir ja unseren Forellenbach direkt am Stadtrand. Gleich unter der Brücke stehen ein paar Prachtexemplare von Regenbogenforellen.«
»Es geht mir ums Prinzip«, sagte der Friseur. »Die Naturschützer behaupten, das Land gehöre den Rothäuten. Ihr Land, zum Teufel! Es ist nicht ihr Land! Wir erlauben ihnen lediglich, darauf zu leben. Wenn man zum Fischen oder Jagen ins Reservat geht, dann werden sie einen zur Kasse bitten; sie werden einem für die Lizenz ganz schön was abknöpfen. Wahrscheinlich mehr, als die staatliche Lizenz kostet. Sie werden uns mit Vorschriften und Fangbeschränkungen traktieren, und wir werden uns ihren Gesetzen beugen müssen, Gesetzen, die ohne uns zustande gekommen sind.«
»George, du steigerst dich da in was rein«, sagte Norton. »Ich glaube nicht, daß sie irgend jemanden verärgern werden. Sie wollen schließlich, daß die Leute kommen. Sie werden alles mögliche unternehmen, um die Angler anzulocken, denn das bringt ihnen bares Geld.«
George, der Friseur, schnippte mit der Schere. »Diese verdammten

Rothäute«, sagte er. »Immer jammern sie wegen ihrer Rechte. Und machen sich wichtig. Nennen sich eingeborene Amerikaner. Nicht mehr Indianer. O Himmel, nein, jetzt sind sie eingeborene Amerikaner. Und sie sagen, wir hätten ihnen ihr Land gestohlen.«
Norton kicherte. »Wenn man es sich richtig überlegt, kann man schon sagen, daß wir ihnen ihr Land gestohlen haben. Und, ganz gleich wie du darüber denkst, George, sie sind Eingeborene. Mir scheint, sie haben ein Recht, sich so zu nennen, wie sie wollen. Sie waren schließlich zuerst hier, und wir haben ihnen das Land genommen.«
»Dazu hatten wir ein Recht«, entgegnete George. »Es lag ja da. Sie haben es überhaupt nicht genutzt. Hin und wieder haben sie ein bißchen wilden Reis geerntet, eine Ente geschossen oder einem Biber das Fell abgezogen. Aber sie haben das Land nicht wirklich genutzt, sie ließen es verkommen. Sie wußten gar nicht, was man damit anfangen kann. Aber wir wußten es. Also sind wir gekommen und haben etwas daraus gemacht, und glaub mir, Frank, wir hatten ein Recht, es zu nehmen und zu nutzen. Wir haben das Recht, jedes brachliegende Land zu nehmen. Aber jetzt soll uns das nicht mehr erlaubt sein. Nimm zum Beispiel das Land jenseits des Flusses. Mächtige, pfeilgerade Bäume, die schon dort standen, als Jesus noch ein Baby war. Sie warten nur darauf, gefällt zu werden. Die Holzfäller der Pionierzeit müssen sie übersehen haben, und jetzt stehen sie immer noch da wie vor Urzeiten. Zigtausend Hektar Wald, der auf seine Nutzung wartet. Millionen Festmeter Holz, die auf die Säge warten. Es gibt genug Holzhändler, die dort schlagen wollen. Sie sind vor Gericht gezogen, um die Nutzungsrechte zu bekommen. Aber der Richter sagte nein. Man dürfe dort nicht fällen, meinte er. Das sei eine ursprüngliche Wildnis, und die müsse unberührt bleiben. Das Forstamt hat dem Gericht erzählt, daß diese Tausende Hektar Wald ein nationales Erbe sind und der Nachwelt erhalten bleiben müssen. Wie kommt es bloß, daß wir uns von der Nachwelt so unterbuttern lassen müssen?«
»Ich weiß nicht«, antwortete Norton. »Aber es regt mich auch nicht auf. Ich finde es schön, hier zu sitzen und über diese Wildnis hinzublicken, schön, darin spazierenzugehen. Es ist so friedlich auf der anderen Seite des Flusses. Friedlich und irgendwie imposant. Ich finde es schon gut, daß wir diesen Wald haben.«
»Mich schert das einen Dreck«, sagte der Friseur. »Ich sage dir eins, so geht es nicht. Wir werden herumgestoßen. Von strubbelköpfigen Tugendbolden und einfältigen Jammerlappen. Die machen ein Geschrei, sagen, wir müßten den armen unterdrückten Rothäuten helfen, müßten die Bäume retten und dürften die Luft nicht verschmutzen. Ich je-

denfalls scher' mich nicht um das, was die Jammerlappen sagen. Die Rothäute haben sich ihr Schicksal selbst zuzuschreiben. Das ist doch eine faule Bande. Alle zusammen bringen die es nicht auf einen einzigen Tag ehrliche Arbeit. Hängen rum und jammern und strecken immer die Hand aus. Und ewig zetern sie, daß wir ihnen etwas schulden – egal, wieviel wir ihnen geben, sie verlangen mehr. Ich sag' dir eins, wir schulden ihnen nichts weiter, als einen guten, kräftigen Tritt in ihre faulen Hintern. Ihnen gehörte das ganze Land, bevor der weiße Mann kam, und sie haben nichts daraus gemacht. Jahrelang haben wir uns um sie gekümmert, und je mehr wir für sie getan haben, desto mehr haben sie verlangt. Das können sie: Sachen verlangen, die ihnen nicht gehören. Welches Recht haben sie dazu, irgend etwas zu fordern? Was denken die, wer sie sind?
Paß nur auf! Bevor wir uns versehen, werden die Rothäute verlangen, daß wir ihnen ganz Nordminnesota zurückgeben, vielleicht sogar einen Teil von Wisconsin. Genauso machen sie es ja auch in den Black Hills. Sie behaupten, die Black Hills und das Bighorn-Gebiet gehöre ihnen. Legen irgendwelche Verträge vor, die hundert oder mehr Jahre alt sind, und behaupten, wir hätten ihnen das Land ohne Erlaubnis weggenommen. Den Wisch haben sie zum Kongreß geschickt und vor Gericht eine Klage angestrengt, worin sie die Black Hills und den Bighorn zurückfordern. Und höchstwahrscheinlich wird irgendein verrückter Richter ihnen recht geben. Und dann haben sie noch ihre Eierköpfe im Kongreß, die für sie arbeiten und behaupten, sie hätten einen gesetzlichen Anspruch auf das Land, für das der weiße Mann Jahre geopfert und Millionen Dollar ausgegeben hat, um etwas Anständiges daraus zu machen. Als die Indianer es noch hatten, war es nichts weiter als eine Büffelweide.«
Der Friseur schwenkte die Schere. »Wart's nur ab«, sagte er. »Hier wird noch ganz genau das gleiche passieren.«
»George, das Problem bei dir ist, daß du ein Fanatiker bist«, erwiderte Norton.
»Du kannst mich nennen, wie du willst«, sagte der Friseur. »Wir sind Freunde, und ich faß es nicht als Kränkung auf. Aber ich weiß, was Recht und Unrecht ist, und ich habe keine Angst, es offen auszusprechen. Wenn du einen Menschen einen Fanatiker nennst, dann sagst du nichts weiter, als daß er an etwas anderes glaubt als du. Du kommst mit Argumentieren nicht mehr weiter, statt dessen beschimpfst du ihn dann.«
Norton gab keine Antwort, und der Friseur hörte auf zu reden und machte sich an die Arbeit.

Draußen dösten die Kramläden von Lone Pine in der späten Nachmittagssonne eines Frühherbsttages. Ein paar Autos parkten am Straßenrand. Drei Hunde vollzogen ausführlich ihre formellen Begrüßungsriten, drei alte Freunde, die sich an der Nordwestecke einer Kreuzung trafen. Stiffy Grant, der zerlumpte Stadtstreicher, saß auf einem Nagelfäßchen vor der einzigen Eisenwarenhandlung der Stadt und widmete seine gesamte Aufmerksamkeit dem Genuß eines recht stattlichen Zigarrenstummels, den er aus der Gosse gerettet hatte. Sally; die Kellnerin im Pine-Café, fegte langsam den Bürgersteig vor ihrem Arbeitsplatz. Sie ließ sich Zeit damit, verließ den warmen Sonnenschein nur ungern, um wieder hineinzugehen. Am Ende des östlichen Häuserblocks steuerte Kermit Jones, der Bankier, seinen Wagen in die Tankstelle an der Ecke.
Jerry Conklin, Forstwissenschaftsstudent an der Universität von Minnesota und zur Zeit mit seiner Dissertation beschäftigt, parkte sein Auto bei der Brücke, die den Pine River unterhalb der Stadt überspannt. Er holte seine eingepackte Angelrute heraus und begann sie zusammenzusetzen. Als er auf dem Weg zum Forstlager im Naturschutzgebiet vor einigen Monaten an der Tankstelle gehalten hatte, hatte der Tankwart ihm von den gigantischen Forellen erzählt, die in dem Staubecken unter der Brücke lauerten. Als leidenschaftlicher Angler hatte er diese Information ständig im Gedächtnis behalten, hatte aber bisher keine Gelegenheit gehabt, etwas daraus zu machen. Aber heute war er ein paar Kilometer von seinem Weg von einer anderen Forststelle, wo er einige Tage lang die Ökologie eines reifen, unberührten Fichtenwaldes studiert hatte, abgewichen, um das besagte Becken zu testen.
Er schaute auf die Uhr und stellte fest, daß er nicht mehr als eine halbe Stunde am Fluß verbringen konnte. Kathy hatte zwei Eintrittskarten für die Symphony – irgendein Gastdirigent, den Namen hatte er schon wieder vergessen, würde das Orchester dirigieren, und Kathy war schon seit Wochen verrückt darauf, das Konzert zu besuchen. Er selbst machte sich nicht viel aus dieser Art Musik, aber Kathy, und sie würde wahnsinnig enttäuscht sein, wenn er nicht rechtzeitig nach Minneapolis zurückkäme.
Im Friseurladen sagte George zu Norton: »Heute nachmittag verschickst du also deine Zeitungen. Muß doch ein schönes Gefühl sein, schon wieder eine Woche lang nicht viel zu tun zu haben.«
»Nicht viel zu tun, da liegst du aber ganz schön falsch«, entgegnete Norton. »Eine Zeitung macht sich nicht von selbst, auch eine Wochenzeitung nicht. Anzeigen müssen aufgegeben und bezahlt wer-

den, dann muß man sich um den Druck kümmern, Kopien müssen geschrieben und noch eine Menge andere Dinge erledigt werden, damit die Zeitung für die nächste Woche zustande kommt.«
»Ich habe mich immer gefragt, warum du eigentlich hierbleibst«, sagte George. »Ein junger Zeitungsmann wie du findet doch überall Arbeit. Du müßtest nicht hierbleiben. Die Zeitungen in Minneapolis würden schon einen Job für dich finden, wahrscheinlich würden sie sich sogar um dich reißen, wenn du dich an sie wenden würdest.«
»Da bin ich mir nicht so sicher«, sagte Norton. »Wie dem auch sei, mir gefällt es hier. Ich bin mein eigener Herr, arbeite im eigenen Unternehmen. Bringt zwar nicht viel Geld, aber man kann damit auskommen. In einer Großstadt würde ich mir verloren vorkommen. Ich habe einen Freund in Minneapolis. Er ist Lokalredakteur der *Tribune*. Etwas jung für einen Lokalredakteur, aber er ist gut. Er heißt Johnny Garrison...«
»Ich wette, er würde dich einstellen«, meinte George.
»Vielleicht, ich weiß es nicht. Die Umstellung würde mir jedenfalls ganz schön schwerfallen. Man müßte sich mit den Kniffen des großstädtischen Zeitungswesens vertraut machen. Aber, was ich sagen wollte, Johnny ist Ressortleiter der Lokalausgabe, und er verdient eine Menge mehr als ich. Aber er hat auch seine Probleme. Er kann nicht so einfach am frühen Nachmittag Feierabend machen und angeln gehen. Er kann es nicht den einen Tag langsam angehen lassen und am nächsten die verlorene Zeit wieder aufholen. Er hat ein Haus mit einer dicken Hypothek drauf, und seine Familie ist auch ganz schön kostspielig. Tag für Tag quält er sich kilometerweit durch den Stadtverkehr, um zu seinem Arbeitsplatz zu kommen und abends wieder nach Hause. Er hat verdammt viel Verantwortung. Er trinkt viel mehr als ich. Wahrscheinlich muß er eine Menge Sachen machen, die er gar nicht machen möchte, 'ne Menge Leute treffen, mit denen er eigentlich nichts zu tun haben will. Er arbeitet lange, seine Verpflichtungen verfolgen ihn bis nach Hause...«
»Vermutlich hat jeder Job seine Schattenseiten«, sagte der Friseur.
Eine verstörte Fliege bumste mit irritierend stumpfsinniger Hartnäkkigkeit gegen die Schaufensterscheibe des Ladens. Auf der Theke hinter dem Stuhl waren prächtig verzierte Flaschen aufgereiht, Schaufensterdekoration vergangener Zeiten, die nur äußerst selten benutzt wurden. Darüber hing eine 30-30er Flinte an Haken an der Wand.
An der Tankstelle blickte der Tankwart, während er den Einfüllstutzen in den Tank vom Wagen des Bankiers steckte, über die Schulter nach oben.

»Um Gottes willen, Kermit, sieh dir das an!«
Der Bankier schaute auf.
Das Ding am Himmel war groß und schwarz und hing sehr tief. Es machte keine Geräusche. Es schwebte dort, senkte sich langsam auf den Boden. Es füllte den halben Himmel aus.
»Eins von diesen UFOs«, sagte der Tankwart. »Das erste, das ich sehe. Mein Gott, ist das groß. Ich hätte nicht gedacht, daß sie so groß sind.«
Der Bankier antwortete nicht. Er war wie gelähmt. Er konnte keinen Muskel bewegen.
Weiter unten auf der Straße kreischte Sally, die Kellnerin. Sie ließ den Besen fallen und rannte blind und ziellos herum. Dabei schrie sie ununterbrochen.
Stiffy Grant, von dem Geschrei aufgeschreckt, rappelte sich von seinem Nagelfäßchen hoch und torkelte auf die Straße. Dann erst sah er das schwarze große Ding, das am Himmel hing. Er beugte sich weit nach hinten und verlor das Gleichgewicht, was zu einem nicht unbeträchtlichen Teil an dem Restchen Magenkneifer Spezial lag, einem Gebräu, das Abe Parker irgendwo draußen im Busch zu brennen pflegte. Stiffy kippte hintenüber, plumpste mit dem Hinterteil mitten auf die Straße und blieb sitzen. Krampfhaft strampelnd kam er wieder auf die Füße, dann lief er los. Die Zigarre war ihm aus dem Mund gefallen, aber er machte keinen Versuch, sie aufzuheben. Er hatte vergessen, daß er sie jemals besessen hatte.
Im Friseursalon unterbrach George das Haarschneiden und rannte zum Fenster. Er sah, wie Sally und Stiffy in Panik flohen. Er ließ die Schere fallen, stürzte auf die Wand hinter der Theke zu und riß das Gewehr herunter. Er zog den Hebel durch, um eine Kugel vom Magazin in den Lauf zu befördern, und war mit einem schnellen Satz an der Tür.
Norton richtete sich im Stuhl auf. »Was ist los, George? Was geht hier vor?«
Der Friseur antwortete nicht. Die Tür krachte hinter ihm ins Schloß.
Norton stieß die Tür auf und trat auf den Bürgersteig hinaus. Der Friseur rannte die Straße hinunter. Der Tankwart kam ihm entgegengelaufen.
»Da drüben, George«, schrie er und wies auf ein Stück Brachland. »Es ist am Fluß runtergekommen.«
George stürzte über das Brachland, Norton und der Tankwart folgten ihm. Kermit Jones, der Bankier, stürmte schnaufend und keuchend hinter ihnen her.

Das Brachland endete an einer Kiesböschung oberhalb des Flusses. Quer über dem Fluß, so, daß es die Brücke verdeckte, lag eine große schwarze Kiste – ein riesiges Gebilde, lang genug, um den Fluß zu überspannen. Ein Ende ruhte auf dem gegenüberliegenden, das andere auf dem hiesigen Ufer. Es war nicht ganz so breit, wie es lang war, und ragte hoch in die Luft über dem Fluß auf. Auf den ersten Blick war es nichts weiter als eine quaderförmige Konstruktion, die keine Besonderheiten aufwies – eine Kiste, so schwarz, wie Norton es noch nie zuvor gesehen hatte.

Vor ihm hatte der Friseur jetzt angehalten und riß die Flinte an die Schulter.

»Nein, George, nein!« schrie Norton. »Laß das sein!«

Das Gewehr krachte, und fast im gleichen Augenblick zuckte ein gleißender Blitzstrahl aus der Kiste, die über dem Fluß lag. Als der blendende Strahl ihn erfaßte, flammte der Friseur einen Moment lang auf, dann verlosch das Licht, und der Mann stand sekundenlang kerzengerade, zu einem grotesken Strunk verkohlt, aus dem dunkler Rauch aufstieg. Das Gewehr in seiner Hand wurde kirschrot, der Lauf bog sich wie aufgeweichte Spaghetti. Dann sackte George, der Friseur, in sich zusammen und blieb als undefinierbare Masse am Boden liegen, eine Masse, die keine Ähnlichkeit mehr mit einem Menschen hatte. Kleine Ranken süßlich riechenden Rauches kräuselten sich aus ihr empor.

## 2. LONE PINE

Das Wasser unter Jerry Conklins Köder schäumte. Conklin zerrte an der Rute, aber da war nichts. Die Forelle – und nach dem Sprudeln zu urteilen mußte es eine große gewesen sein – hatte sich im letzten Augenblick davongemacht.

Conklin sog den Atem ein. Die Großen waren da, sagte er zu sich selbst. Der Tankwart hatte recht gehabt; in dem Staubecken gab es tatsächlich große Regenbogenforellen.

Helles Sonnenlicht fiel durch die Bäume, die den Flußlauf säumten. Auf den winzigen Wellen des Staubeckens tanzten Funken von Sonnenschein. Die Bewegung der Stromschnellen flußaufwärts bei den Felsbrocken setzte sich bis hierher fort.

Vorsichtig holte Conklin den Köder ein und hob die Rute, um sie er-

neut auszuwerfen, wobei er auf einen Punkt genau neben der Stelle zielte, wo sein erster Versuch fehlgeschlagen war.
Mitten im Wurf ging die Sonne aus. Das Becken wurde von einer plötzlich auftretenden Dunkelheit verschlungen, so als habe irgendein Gegenstand sich zwischen die Sonne und den Fluß geschoben.
Instinktiv zog Conklin den Kopf ein. Etwas streifte die erhobene Angelrute, er spürte einen kräftigen Schlag in der Hand und hörte ein garstiges Geräusch: das Splittern von Bambusrohr. Mein Gott, dachte er, eine Achtzigdollarrute! Der erste Luxus, den ich mir in meinem Leben geleistet habe!
Er blickte über die Schulter und sah den Klotz aus Finsternis, der sich auf ihn herabsenkte. Die schwarze Form setzte hinter ihm am Flußufer auf. Conklin vernahm einen berstenden Klang, das Knirschen von Metall, als das Ding sein Auto zermalmte.
Er versuchte, zum Ufer zurückzuwaten, doch er trat fehl und rutschte aus. Wasser floß in seine hohen Anglerstiefel. Er ließ die Rute fallen. Und dann rannte er flußabwärts, ohne zu wissen warum, immer am Ufer des Staubeckens entlang. Er glitt auf den kleinen, vom Wasser rundgeschliffenen Kieseln aus, das Wasser schwappte in seinen Stiefeln.
Das hintere Ende des schwarzen Klotzes ließ sich auf dem anderen Flußufer nieder. Dann hörte er das Stöhnen und Kreischen von berstendem Holz, das Kratzen von gedehnten Nägeln und Bolzen – die Brücke stürzte ein. Er blickte sich um und sah Planken und Holzstücke im Wasser kreiseln.
Er war nicht erstaunt über das, was geschehen war. Der Aufruhr in seinem Gehirn und die wahnsinnige Eile, mit der er wegkommen wollte, ließen keinen Platz für Verwunderung. Erst als er wieder ins Sonnenlicht trat, wurde ihm klar, daß er in Sicherheit war. Die steilen Flußufer hatten ihn vor Schaden bewahrt. Das schwarze Ding lag quer über dem Fluß, es ruhte auf beiden Ufern und blockierte den Lauf des Wassers nicht.
Das Becken endete, und er schritt in das schmale Bachbett unterhalb des Stausees hinab. Als er nach oben blickte, sah er zum ersten Mal die wirklichen Ausmaße des schwarzen Gebildes. Es türmte sich hoch über ihm auf wie ein Gebäude. Zwölf bis fünfzehn Meter hoch, schätzte er, und mehr als viermal so lang.
Aus einiger Entfernung hörte er ein häßliches Krachen, das wie ein Gewehrschuß klang, und im gleichen Augenblick zuckte blendende Helligkeit aus einer Stelle in der schwarzen Masse, dann verlosch sie.

Mein Gott, dachte er, die Angel zerbrochen, das Auto kaputt und ich hier gestrandet – und Kathy! Ich sollte besser machen, daß ich hier wegkomme, und sie anrufen.
Er begann am steilen Ufer hochzuklettern. Das war gar nicht so einfach. Die Gummistiefel behinderten ihn, aber er konnte sie nicht ausziehen, weil seine Schuhe im Auto waren, und das lag jetzt höchstwahrscheinlich plattgedrückt unter dem Ding, das auf die Brücke gefallen war.
Mit einem schwirrenden Geräusch schoß etwas aus dem Nichts und wickelte sich um seine Brust – ein dünnes, dehnbares Etwas, wie Draht oder Bindfaden. Voller Panik hob er die Hände, um es abzustreifen, aber bevor er es ergreifen konnte, wurde er nach oben gerissen. Einen Moment lang sah er verschwommen das rasch dahinfließende Wasser des Flusses unter sich und die langgestreckten Grünflächen, die seine Ufer säumten. Er öffnete den Mund, um zu schreien, aber der Draht, das Seil oder was immer es sein mochte, hatte sich so fest über seinem Brustkorb zusammengezogen, daß ihm die Luft zum Schreien fehlte.
Dann umgab ihn Dunkelheit, und das, was ihn hierhergebracht hatte, war von seiner Brust verschwunden. Er hockte auf Händen und Knien. Der Boden, auf dem er sich befand, war fest – fest, aber nicht hart, wie ein dicker, weicher Teppich.
Er blieb zusammengekauert auf Händen und Knien hocken und versuchte die würgende Angst niederzukämpfen. Der bittere Geschmack von Galle stieg in seinen Mund hoch, aber er konnte sie zurückdrängen. Seine Eingeweide hatten sich zu einer harten Kugel verkrampft, und bewußt versuchte er, sich zu entspannen, damit sich Härte und Verkrampfung lösten.
Zuerst schien alles dunkel gewesen zu sein, aber jetzt bemerkte er ein schwaches, unheimliches Licht, blaßblau und irgendwie gespenstisch. Es war kein gutes Licht, es hatte einen trüben, dunstigen Schimmer, und er mußte die Augen zusammenkneifen, um überhaupt etwas sehen zu können. Aber wenigstens war der Ort, an dem er sich befand, nicht dunkel, und er war nicht blind.
Er richtete sich halb auf und versuchte herauszufinden, wo er war. Doch das war nicht einfach, denn in das bläuliche Licht mischte sich das Flackern anderer Lichter. Sie flackerten und flimmerten so schnell, daß er weder bestimmen konnte, welche Farbe sie hatten, noch aus welcher Richtung sie schienen. Das Flackern enthüllte für kurze Momente sonderbare Formen. Er konnte sich nicht erinnern, solche Formen jemals zuvor gesehen zu haben. Das war eigenartig,

dachte er, denn eine Form, wie auch immer sie beschaffen sein mochte, war nichts weiter als eine Form und sollte keine Verwirrung hervorrufen. Ein Gebilde konnte er auch ohne das Flackern erkennen. Es handelte sich um Reihen runder Objekte, die er im ersten Augenblick für Augen gehalten hatte, und die ihn mit phosphorisierendem Leuchten anstarrten, wie die Augen von Nachttieren, wenn sie ein zufälliger Lichtstrahl streift. Er spürte jedoch, daß es in Wirklichkeit keine Augen waren und sie auch nicht das schwache blaue Licht verursachten, das den Ort erfüllte. Aber, Augen oder nicht, sie beobachteten ihn.

Die Luft war heiß und trocken, aber unerklärlicherweise zugleich feucht und roch nach Moder. Das Gefühl der Muffigkeit rührte vielleicht von dem Geruch her, der über diesem Ort hing, ein eigentümlicher Geruch, weder beißend noch erstickend, aber auf unbestimmbare Weise unangenehm, so als könne der Geruch die Haut durchdringen und sich an ihm festsetzen, ein Teil von ihm werden. Er versuchte, den Geruch zu identifizieren, aber es gelang ihm nicht. Es roch nicht wie Parfüm und schon gar nicht wie Verfaultes. Einen Geruch wie diesen hatte er noch nie zuvor wahrgenommen.

Die Luft war atembar, aber sie enthielt offenbar zuwenig Sauerstoff. Er bemerkte, daß er röchelte, daß er tief und rasselnd einatmete, um seine körperlichen Bedürfnisse zu befriedigen.

Zuerst hatte er gedacht, er befände sich in einem Tunnel. Warum er das geglaubt hatte, war ihm unklar, denn als er sich weiter umsah, stellte er fest, daß sein Aufenthaltsort eher einer großen, düsteren Höhle glich. Er versuchte die Weite des Raumes mit den Blicken zu durchdringen, aber es gelang ihm nicht. Das blaue Licht war zu schwach, und das Flimmern erschwerte das Sehen.

Langsam und vorsichtig erhob er sich aus seiner gebückten Haltung, wobei er halb erwartete, mit dem Kopf an eine Decke zu stoßen. Aber er konnte sich zur ganzen Höhe aufrichten, über ihm war genügend Platz.

Tief unten in seinem Gehirn stieg eine Ahnung auf. Er versuchte, sie zu ersticken, denn er wollte nicht wahrhaben, was das Flüstern in seinem Kopf sagte. Aber während er kerzengerade an diesem flimmernden, bläulich erleuchteten Ort stand, wurde die Ahnung allmählich immer stärker, und er merkte, daß er sie akzeptierte.

Er war, so sagte das Flüstern, im Innern der riesigen schwarzen Kiste, die auf die Brücke gefallen war. Das Seil, der Draht, der Tentakel oder was immer es gewesen sein mochte, war von dem Ding ausgestoßen worden. Es hatte ihn hochgerissen und hier in seinem Innern abge-

setzt, wobei er auf unerklärliche Weise die Außenwand passiert haben mußte.
Neben sich vernahm er ein schwaches Geräusch, etwas zwischen Schlurfen und Klatschen, und als er hinsah, um herauszufinden, wovon es herrührte, sah er etwas über den Boden hopsen. Er beugte sich zu der Stelle nieder und erkannte einen Fisch, eine Regenbogenforelle, wie er aus Form und Größe schloß. Sie war ungefähr vierzig Zentimeter lang, ein Prachtexemplar. Als er sie berührte, um sie zu ergreifen, fühlte sie sich schwer und muskulös an. Er umschloß sie mit den Fingern, aber sie entschlüpfte ihm und zappelte weiter auf dem Boden herum.
Nun wollen wir die ganze Sache einmal realistisch betrachten, sagte er zu sich selbst. Wir sollten einen Schritt zurücktreten und einen langen, gründlichen Blick auf sie werfen. Wir wollen keine voreiligen Schlüsse ziehen, sondern versuchen, objektiv zu sein.
Also: Eine riesige schwarze Masse war aus dem Himmel gefallen, auf der Brücke gelandet und hatte, nach dem metallischen Knirschen zu urteilen, sein geparktes Auto zermalmt.
Weiter: Er befand sich wahrscheinlich im Innern des schwarzen Gebildes, einem Ort, der mit nichts Ähnlichkeit hatte, was er kannte.
Ferner: Nicht nur er selbst, sondern auch ein Fisch war an diesen Ort geschafft worden.
Er speiste die Punkte, einen nach dem anderen, in den Computer seines Gehirns ein und versuchte, sie miteinander in Verbindung zu bringen. Zusammen ergaben sie folgenden Schluß: Er befand sich, irgendwie dorthingezaubert, im Innern eines Besuchers aus dem All, ein Besucher, der offenbar die Fauna des Planeten untersuchte, auf dem er gelandet war.
Zuerst er und dann der Fisch. Und vielleicht demnächst ein Kaninchen, ein Eichhörnchen, ein Waschbär, ein Hirsch, ein Bär, ein Luchs. Schon bald, sagte er sich, könnte der Platz hier überfüllt sein.
Die glimmenden runden Objekte, die ihn beobachteten, waren möglicherweise Rezeptionsorgane, die beobachteten, aufzeichneten, Daten speicherten und sich Notizen über ihn machten (und über den Fisch genauso), wobei sie jede Schwingung seines Gehirns registrierten, jede psychische Erschütterung verzeichneten, um ihn zu analysieren und herauszufinden, um was für eine Art von Organismus es sich bei ihm handelte. Vielleicht verwendeten sie irgendeinen Code, um ihn zu klassifizieren, schrieben ihn als chemische Formel nieder, versuchten zu verstehen, was er war und welchen Platz und Zweck er in der Ökologie dieses Planeten erfüllte.

Wahrscheinlich leisteten nicht nur die runden Objekte diese Arbeit. Vielleicht gehörten die zuckenden Lichter und das, was sie hervorrief, genauso dazu.
Er konnte sich irren, dachte er. Wenn er es sich recht überlegte, dann *mußte* er sich einfach irren. Und dennoch war es die einzige Erklärung für das, was geschehen war. Er hatte das schwarze Ding fallen sehen. Er war aus dem Bach hochgerissen worden – er erinnerte sich noch an das fließende Wasser unter sich, als er in die Luft hochgezogen wurde; er erinnerte sich an die Baumreihen am Ufer; er erinnerte sich daran, daß er das Städtchen Lone Pine gesehen hatte, wie es da auf der steinigen Ebene oberhalb des Flußbettes lag. Er erinnerte sich an all diese Dinge, und das nächste, an das er sich erinnern konnte, war die Dunkelheit dieses höhlenartigen Ortes. Es gab keine andere Stelle, an die man ihn hätte bringen können, als das Innere des schwarzen Gebildes, das auf den Fluß gefallen war.
Wenn all dies wirklich geschehen war, wenn er sich nicht irrte, dann bedeutete es, daß das schwarze Ding lebendig war oder zumindest von etwas gesteuert wurde, das lebendig war, und nicht nur lebendig, sondern intelligent.
Er stellte fest, daß er gegen diese Gedanken ankämpfte, denn vom Standpunkt menschlicher Erfahrung aus war es der helle Wahnsinn zu glauben, eine Intelligenz sei auf der Erde gelandet und habe sich sogleich Jerry Conklin geschnappt.
Erstaunt bemerkte er, wie der Schrecken, den er empfunden hatte, schwand. An seine Stelle trat eine Kälte, eine trostlose seelische Kälte, die in gewisser Weise noch schlimmer als der Schrecken war.
Intelligenz, dachte er – wenn es hier eine Intelligenz gab, dann mußte es auch einen Weg geben, mit ihr zu reden, dann mußte man auch eine Möglichkeit zur Kommunikation mit ihr ausarbeiten können.
Er versuchte zu sprechen, aber die Worte erstarben, bevor die Zunge sie formen konnte. Er versuchte es noch einmal, und die Worte erklangen, jedoch nur als Flüstern. Noch einmal versuchte er es, und diesmal kamen die Worte laut und deutlich; sie dröhnten in dem hohlen Raum, in dem er sich befand.
»Hallo«, rief er. »Ist da jemand? Ist irgend jemand hier?«
Er wartete, aber er erhielt keine Antwort. Deshalb sprach er noch einmal, diesmal noch lauter. Er schrie die Intelligenz, die hier sein mußte, regelrecht an. Die Worte hallten wider, dann erstarben sie. Die runden, augenartigen Gebilde beobachteten ihn weiterhin. Das Flimmern hielt an. Aber niemand und nichts antwortete.

# 3. MINNEAPOLIS, MINNESOTA

Kathy Foster saß an ihrer Schreibmaschine im Nachrichtenraum der *Tribune* und hämmerte die Story in die Tasten – eine dumme Story über dumme Leute. Johnny sollte der Teufel holen, weil er sie ihr angehängt hatte. Es hätte bestimmt auch eine andere Aufgabe für sie gegeben, eine Aufgabe, bei der sie sich nicht mit diesem unechten Gefühlsbrei und diesem unsauberen Mystizismus auseinandersetzen mußte. *Die Liebenden*, so nannten sie sich, und sie sah die schlafmützige Unschuld ihrer Augen noch immer vor sich, hörte noch immer den sanften, glatten, gezierten Redefluß – Liebe ist alles, Liebe überwindet alles, Liebe umschließt alles. Alles, was man tun müsse, sei irgend jemanden oder irgend etwas heftig und ausdauernd zu lieben, dann würde die Liebe erwidert werden. Liebe sei die größte Kraft im Universum, wahrscheinlich sogar die einzig bedeutsame, Ursprung, Wesen und Ende aller Dinge. Und es seien nicht nur Menschen, nicht nur Lebewesen, die die Liebe erwidern würden. Man könne jede Art von Materie, jede Art von Energie lieben, sie würden die Liebe erwidern und als Beweis dieser Liebe alles tun, was man von ihnen verlangte, so weit sogar, daß sie die Gesetze des Empirischen leugneten (die es allerdings, wie die Liebenden ihr sagten, wahrscheinlich gar nicht gab). Materie und Energie würden sich in jeder beliebigen Art umformen, überall hingehen, überall bleiben, kurz, alles tun, was man von ihnen verlangte. Aber um das zu erreichen, so hatten die *Liebenden* feierlich erklärt, wobei ihre Unschuldsaugen leuchteten, müsse man danach streben, das Leben, die Materie, die Energie, oder was immer es sein mochte, so sehr zu verstehen und so sehr zu lieben, daß man ihre Aufmerksamkeit erregte. Und das war heutzutage das Problem, sagten sie. Niemand verstand diese Dinge in ausreichendem Maße. Aber das Verständnis konnte durch die Kraft der Liebe erreicht werden. Wenn eines Tages die Liebe tief und groß genug sein würde, um Verständnis zu erzielen, dann würde die Menschheit das Universum in Händen halten. Aber diese Macht sollte keine Macht um ihrer selbst willen sein, sondern dazu dienen, Verständnis und Liebe zu all dem zu vervollkommnen, was die Struktur des Universums ausmachte.

Diese verdammte Universität, sagte sich Kathy, ist ein guter Nährboden für Versager, die nach Wahrheiten und Bedeutungen suchen, wo es keine gibt, und die Suche nach diesen nichtexistierenden Wahrheiten dazu benutzen, um der Realität zu entfliehen.

Sie blickte auf die Uhr an der Wand. Fast vier, und Jerry hatte immer noch nicht angerufen. Er hatte versprochen anzurufen, sobald er losfuhr. Wenn sie seinetwegen zu spät zum Konzert kam, würde sie ihm das Fell abziehen. Er wußte, wie sehr sie sich auf das Konzert freute. Wochenlang hatte sie schon davon geträumt. Sicher, Jerry machte sich nicht viel aus Symphoniekonzerten, aber einmal konnte er sich auch nach ihr richten, selbst wenn er sich den ganzen Abend langweilen mußte. Sie hatte auch schon eine Menge Dinge gemacht, die sie nicht interessierten, war auf seine Art der Freizeitgestaltung eingegangen. Das Showcatchen zum Beispiel – o Jesus, diese Catchveranstaltungen.

Ein seltsamer Mann, dachte Kathy, seltsam und manchmal zum Aus-der-Haut-Fahren, aber auch ein lieber Kerl. Nichts als Bäume im Kopf! Jerry lebte für Bäume. Wie, um alles in der Welt, konnte ein erwachsener Mann dermaßen von Bäumen fasziniert sein? Manche Leute liebten Blumen, manche Tiere oder Vögel, aber bei Jerry waren es die Bäume. Der Bursche war verrückt nach Bäumen. Er liebte sie und schien sie zu verstehen, und manchmal war es ihr so vorgekommen, als ob er sogar mit ihnen sprechen konnte.

Sie zog die Seite aus der Maschine und spannte die nächste ein. Sie hämmerte auf die Tasten. Sie kochte vor Ärger und Widerwillen. Wenn sie Johnny die Story aushändigte, würde sie ihm sagen, daß sie ihrer Ansicht nach in die Ablage gehörte – oder besser noch, in den Papierkorb, denn dann könnte niemand sie mehr aus der Ablage herausklauben, falls die heutigen Korrekturfahnen zu dünn ausfallen sollten und noch eine Spalte gefüllt werden müßte.

Am anderen Ende des Nachrichtenraumes saß John H. Garrison, der Lokalredakteur, an seinem Schreibtisch und ließ den Blick durch das Büro schweifen. Die meisten Schreibtische waren leer, und er ging die Liste durch: Freeman war als Berichterstatter beim Treffen der Flughafenkommission, wahrscheinlich würde nichts dabei herauskommen, aber wegen der Aufregung um die neue Startbahn war es ein Treffen, über das die Nachrichtenabteilung berichten mußte; Jay war in der Mayo-Klinik in Rochester, wegen der neuen Krebsbehandlungsmethoden, die dort entwickelt worden waren; Campbell war noch in der Stadthalle und vertrödelte seine Zeit bei einem Treffen des Parkausschusses, das wahrscheinlich genauso wie das Flugplatztreffen ergebnislos enden würde; Jonas war draußen in South Dakota, um für die Sonntagsausgabe Material über die Kontroverse mit den Black-Hill-Indianern zu sammeln; Knight war beim Mordprozeß Johnson; Williams war in der Satellitenstadt Wayzata, um das alte

Mädchen zu interviewen, das behauptete, hundertzwei Jahre alt zu sein (was vermutlich nicht stimmte). Sloane war mit dem Öl-Umweltskandal in Winona beschäftigt. O Gott, fragte sich Garrison, was würde er bloß tun, wenn plötzlich eine ganz tolle Geschichte passierte? Aber er wußte, das war unwahrscheinlich. Es war ein schlechter Tag gewesen, und er wurde auch nicht besser.

Zu Jim Gold, dem Ressortleiter, sagte er: »Wie sieht's aus, Jim?«

Gold blickte auf das Blatt Papier in seiner Schreibmaschine. »Dünn, ist nicht viel drin, Johnny. Wirklich nicht sehr viel.«

Ein Telefon klingelte. Gold langte danach, sprach gedämpft in die Muschel.

»Es ist für dich, Johnny«, sagte er. »Leitung zwei.«

Garrison nahm das Telefon auf seinem Schreibtisch ab und drückte einen Knopf.

»Garrison«, meldete er sich.

»Johnny, hier spricht Frank Norton«, sagte die Stimme am anderen Ende. »Aus Lone Pine, erinnerst du dich?«

»Natürlich, Frank«, sagte Garrison, ehrlich erfreut, »ich freue mich, von dir zu hören. Erst kürzlich habe ich mich mit einigen von den Jungs hier über dich unterhalten. Ich habe ihnen erzählt, wie großartig du es dir eingerichtet hast. Dein eigener Herr und Forellenangeln am Stadtrand. In den nächsten Tagen werde ich rauskommen; ich bringe meine Ausrüstung mit, dann nehmen wir uns die Forellen vor! Was hältst du davon, Frank?«

»Johnny«, sagte Norton, »ich glaube, ich könnte da was für dich haben.«

»Frank, du klingst aufgeregt. Was ist los?«

»Möglicherweise«, antwortete Norton, »aber nur möglicherweise, haben wir einen Besucher aus dem Weltall. Ich bin mir natürlich nicht sicher...«

»Ihr habt was?« schrie Garrison und fuhr senkrecht vom Stuhl hoch.

»Ich bin mir nicht sicher«, erwiderte Norton. »Irgend etwas Großes kam vom Himmel herab. Landete quer über dem Fluß. Hat die Brücke zu Mus zerquetscht.«

»Ist es noch da?«

»Ja, es ist noch da«, sagte Norton. »Sitzt noch genau da, wo es vor etwa zehn Minuten gelandet ist. Es ist riesig. Groß und schwarz. Die Stadt gerät langsam in Panik, es ist ein schrecklicher Aufruhr hier. Ein Mann wurde getötet.«

»Getötet. Wie ist das passiert?«

»Er schoß auf das Ding, und es schoß zurück. Hat ihn zu Asche ver-

brannt. Ich war dabei, als es passierte. Ich sah ihn da stehen und qualmen.«
»O Gott«, sagte Garrison. »Was für eine Story, und du bist mittendrin.«
»Johnny! Ich weiß wirklich nicht mit Sicherheit, was eigentlich vorgeht«, stammelte Norton. »Es ist erst vor zu kurzer Zeit passiert. Ich dachte, du wolltest vielleicht jemanden rüberschicken, damit er ein paar Fotos machen kann.«
»Bleib dran, Frank«, sagte Garrison. »Ich sage dir, was ich tue. Ich werde mich selbst darum kümmern. Aber zunächst rufe ich jemanden an den Apparat, dem du deine Geschichte erzählen kannst. Erzähl ihm alle Einzelheiten. Wenn du damit fertig bist, dann lege nicht auf. Ich werde mich inzwischen um einen Fotografen kümmern und einige andere Dinge erledigen.«
»Gut, ich bleib' dran.«
Garrison bedeckte die Sprechmuschel mit der Hand und reichte Gold den Hörer.
»Frank Norton ist dran«, sagte er. »Er ist Chefredakteur und Herausgeber eines Wochenblattes in Lone Pine. Ein alter Freund von mir. Wir sind zusammen zur Schule gegangen. Er sagt, bei ihnen sei irgend etwas vom Himmel gefallen. Ein Mann ist getötet worden. Das alles ist vor ungefähr einer Viertelstunde passiert. Notiere alles, was er dir zu erzählen hat, dann sag ihm, er soll dranbleiben. Ich will noch einmal mit ihm sprechen.«
»Ich mach' das schon«, sagte Gold und nahm langsam den Hörer. »Hallo, Mr. Norton«, sagte er, »hier spricht Jim Gold. Ich bin Ressortleiter...«
Garrison schwang sich im Stuhl herum und wandte sich an Annie Dutton, die Sekretärin der Lokalredaktion.
»Annie, versuch die Leute von der Chartergesellschaft zu erwischen. Sieh zu, ob sie ein Flugzeug für uns bereitstellen können. Es soll nach... zum Teufel, welche Stadt mit einem Flughafen liegt denn am nächsten bei Lone Pine?«
»Bemidji«, antwortete Annie. »Das ist am nächsten.«
»Gut. Dann setz dich mit einer Autovermietung in Bemidji in Verbindung. Sag ihnen, sie sollen ein Auto für uns bereithalten. Wir werden sie später noch einmal anrufen und ihnen mitteilen, wann wir ankommen.«
Annie nahm den Hörer ab und begann zu wählen.
Garrison erhob sich und musterte die anwesenden Reporter mit kritischen Blicken.

Finley vielleicht, der hinten in der Ecke seine Story heruntertippte. Aber Finley war ein unerfahrener Reporter, noch feucht hinter den Ohren. Die Sanderson, aber die war auch nicht viel besser und schrieb mit unfehlbarer Sicherheit immer ein bißchen zu nett. Irgendwann, dachte er, mußte ihr Stil besser werden oder er würde sie rausschmeißen müssen. Jamison, aber Jamison saß ewig an einer Story. Das war schon in Ordnung bei einer Geschichte mit Tiefgang, aber für eine aktuelle Sache war er zu langsam und grüblerisch.

»Kathy!« brüllte er.

Erstaunt unterbrach Kathy die Arbeit, stand auf und ging auf Garrisons Schreibtisch zu. Sie versuchte ihren Ärger zu unterdrücken. Jerry hatte immer noch nicht angerufen, und die Geschichte, an der sie schrieb, kam ihr zusehends lächerlicher vor. Wenn sie das Konzert verpaßte...

Gold telefonierte noch. Er lauschte, sprach selbst nur hin und wieder und hämmerte auf die Schreibmaschine ein, um sich Notizen zu machen. Annie war an einem anderen Telefon beschäftigt. Garrison hatte sich wieder gesetzt und wählte gerade.

»Hier Garrison«, sagte er in den Hörer. »Wir brauchen einen guten Fotografen. Wer steht euch zur Verfügung? Wo ist Allen? Es handelt sich um einen Außenauftrag. Höchste Wichtigkeit.«

Er lauschte. »Verflucht«, sagte er. »Allen ist nicht da? Dabei ist er genau der Richtige für diesen Auftrag. Wo ist er denn? Könnt ihr ihn irgendwie erreichen?«

Eine Pause, dann: »Ach ja, das hatte ich vergessen. Jetzt fällt es mir wieder ein. Allen hat frei. Gut, schick ihn her.«

Er legte auf und wandte sich Kathy zu. »Ich hab' da was für dich«, sagte er.

»Jetzt nicht«, erwiderte sie. »Nicht heute abend. Keine Überstunden. Ich bin mit meiner Arbeit fast durch und habe Karten für das Symphoniekonzert.«

»Aber, mein Gott, Mädchen, es ist wichtig. Der wichtigste Auftrag, den du jemals bekommen hast. Es handelt sich möglicherweise um unseren ersten außerirdischen Besucher...«

»Außerirdischen Besucher?«

»Vielleicht, vielleicht auch nicht. Wir wissen es bis jetzt nicht genau...«

Gold reichte ihm den Hörer. Er nahm ihn entgegen und sprach hinein. »Einen Augenblick noch, Frank. Ich bin gleich soweit.«

Annie meldete: »Ein Flugzeug steht startbereit. In Bemidji wartet ein Auto.«

»Danke«, sagte Garrison und wandte sich an Gold. »Was hast du rausgekriegt?«
»Eine gute Story, soweit«, antwortete Gold. »Solide. Jede Menge Fakten und massenhaft Details. Klingt aufregend. Irgend etwas ist da drüben vom Himmel gefallen.«
»Solide genug, um uns dahinter zu klemmen?«
»Würde ich schon sagen.«
Garrison schwang herum und musterte Kathy. »Ich verlange das nur sehr ungern von dir«, sagte er, »aber ich habe sonst niemand. Niemand, den ich schnell genug erreichen kann. Alle anderen sind beschäftigt. Du und White, ihr fliegt rauf nach Bemidji. Dort steht ein Auto für euch bereit. Spitzenstory, das garantiere ich dir. Ihr werdet gegen sechs in Lone Pine ankommen, vielleicht auch früher. Ruf noch vor acht an. Dann können wir das, was du hast, noch in der ersten Ausgabe bringen.«
»In Ordnung, wenn du diese beiden Eintrittskarten kaufst. Ich will das Geld für die Karten nicht zum Fenster hinausgeworfen haben.«
»Schon gut«, erwiderte er, »ich bezahl' sie. Ich kann das schon irgendwie mit meinen Spesen abrechnen.« Er zog die Brieftasche hervor. »Wieviel?«
»Dreißig Dollar.«
»Das ist zuviel. Das ist mehr, als du dafür bezahlt hast.«
»Es sind gute Plätze. Aber egal, das ist der Betrag, den ich dafür haben will.«
»Schon gut, schon gut«, sagte er und zählte ihr die Scheine hin.
»Und wenn Jerry Conklin anruft, sorg dafür, daß jemand ihm erzählt, was passiert ist. Ich war heute abend mit ihm verabredet. Versprich es mir.«
»Ich verspreche es.«
Dann nahm er den Hörer wieder auf und sagte: »Ich mußte mich noch um ein paar Details kümmern, Frank. Hast du es mitbekommen? Ich schicke zwei Leute raus, die gegen sechs bei euch sein werden. Ich sag' ihnen, daß sie dich aufsuchen sollen. Aber, Moment mal? Du hast doch selbst eine Zeitung. Wieso gibst du uns eigentlich die ganzen Informationen?«
»Meine Zeitung ist heute erschienen«, antwortete Norton. »Vor nächster Woche werde ich nichts mehr veröffentlichen. Aber Nachrichten wie diese haben nicht so lange Zeit. Du solltest es als erster erfahren. Ein paar Polizeiwagen sind vor wenigen Minuten in die Stadt gebraust. Ansonsten ist die Lage unverändert.«
»Macht es dir etwas aus«, fragte Garrison, »uns so lange auf dem lau-

fenden zu halten, bis unsere Leute angekommen sind? Rufst du uns an, wenn es etwas Neues gibt, ja?«
»Es wird mir ein Vergnügen sein«, sagte Norton.

## 4. WASHINGTON, D.C.

Es war ein harter Tag gewesen. Die Journalisten bei der Pressekonferenz am frühen Nachmittag wollten Blut sehen. Im Prinzip hatten die Fragen alle mit den Forderungen der Vereinigung Eingeborener Amerikaner nach Rückgabe der Black Hills in South Dakota und des Bighorn-Gebietes an die föderierten Stämme zu tun. Aber auch die Regierungspläne zur Energieversorgung des Südwestens waren in das Kreuzfeuer der Journalistenfragen geraten. Die Regierung strebte den Ausbau der Sonnenenergiegewinnung in der Wüste an und hatte gleichzeitig beträchtliche Mittel für die Kryogenie, die Niedertemperaturforschung, bereitgestellt. Die Presse hatte mit Empörung auf David Porters ausweichende Antworten zu allen Themenbereichen reagiert, doch das war nicht ungewöhnlich. Seit einigen Monaten hatte sich Porter daran gewöhnt, daß ihm die Journalisten entweder wutschnaubend oder angewidert begegneten. Er war sich darüber klar, daß sich die Massenmedien bald mit all ihrem Einfluß für seinen Rausschmiß einsetzen würden.
In den Räumen des Presseamtes herrschte eine eigentümliche Stille, die nur gelegentlich vom Geticker der Fernschreiber, die sich gegenseitig die neuesten Ereignisse aus aller Welt zuzuflüstern schienen, unterbrochen wurde. Marcia Langley, seine Sekretärin, war gerade dabei, ihren Schreibtisch aufzuräumen und sich auf den Feierabend vorzubereiten. Zum ersten Mal an diesem Tag schwiegen die Telefonapparate auf Marcias Tisch, die Lämpchen, die die eingehenden Gespräche meldeten, waren erloschen. Im Moment wurden keine Informationen eingeholt. Die Abendausgaben waren in Satz gegangen, und die Morgenausgaben wurden für den Satz vorbereitet.
Schatten senkten sich langsam über den Raum. Porter griff nach der Schreibtischlampe und schaltete sie ein. Das Licht enthüllte ein Durcheinander von Papieren und Akten. Als Porters Blick darauf fiel, stöhnte er. Die Uhr an der Wand zeigte kurz vor halb sechs. Er hatte versprochen, Alice um halb acht abzuholen, also blieb ihm nur wenig Zeit für den Papierkram. Drüben in Maryland hatte ein neues Restau-

rant aufgemacht, und Alices Freunde hatten es empfohlen. Während der letzten Wochen hatte Alice dauernd davon gesprochen, heute abend wollten sie endlich hingehen. Er lehnte sich auf dem Stuhl zurück und dachte über Alice Davenport nach. Ihr alter Herr, der Senator, und er verstanden sich nicht sonderlich gut, aber bis jetzt hatte der alte Mann nichts gegen ihre Beziehung einzuwenden gehabt. Das war recht anständig von dem alten Knaben, dachte Porter. Aber Alice war schon in Ordnung, trotz ihres Elternhauses. Sie war lustig, geistreich und freundlich, gut informiert und eine glänzende Gesellschafterin. Leider hatte sie manchmal die unselige Neigung, endlose und zermürbende Diskussionen über ihr jeweiliges soziales Engagement vom Zaune zu brechen. Zur Zeit galt ihre Unterstützung der Sache der Indianer. Sie war der erklärten Meinung, daß die Black Hills und das Gebiet um den Bighorn an die vereinigten Stämme zurückgegeben werden sollten. Vor ein paar Monaten noch hatte sie sich für die Schwarzen in Südafrika eingesetzt. Sie hatte eben eine zu gute Erziehung in den falschen Fächern genossen. Allerdings sprach sie nicht immer über diese Themen, und vielleicht würde sie heute abend darauf verzichten. In den letzten Monaten hatten sie viele schöne Stunden miteinander verbracht, denn Alice war ein guter Kumpel, wenn sie nicht gerade die Welt verbessern wollte.
Es würde sicher nicht mehr als eine halbe Stunde dauern, seinen Schreibtisch halbwegs in Ordnung zu bringen, schätzte er. Dann hätte er noch genug Zeit, nach Hause zu fahren, zu duschen, sich zu rasieren und umzuziehen. Denn einmal, das schwor er sich, wollte er Alice rechtzeitig abholen. Doch zuerst brauchte er eine Tasse Kaffee.
Er stand auf und machte sich auf den Weg.
»Wissen Sie zufällig«, fragte er Marcia, »ob noch Kaffee da ist?«
»Ich glaube schon«, antwortete sie. »Es müßten auch noch Sandwiches da sein, aber die sind nicht mehr frisch.«
»Ich brauche nur Kaffee«, brummte er.
Er hatte das Zimmer erst halb durchquert, als plötzlich einer der Fernschreiber zum Leben erwachte. Gleichzeitig ertönte ein lautes und anhaltendes Klingeln.
Er drehte sich um und eilte zurück. Die Nachricht kam von Associated Press. Als er die Maschine erreicht hatte, packte er sie mit beiden Händen. Der Drucker schoß über das Papier und tippte eine Zeile.
MELDUNG – NACH AUGENZEUGENBERICHTEN SOLL IN MINNESOTA EIN GROSSES OBJEKT VOM HIMMEL GEFALLEN SEIN.
Die Maschine hielt an, der Drucker zitterte.

»Worum geht's?« fragte Marcia, die hinter ihn getreten war.
»Ich weiß nicht«, sagte Porter. »Vielleicht ein Meteorit.«
Und zur Maschine, »Weiter, weiter, sag uns, was es ist.«
Das Telefon auf seinem Schreibtisch klingelte, Marcia hob ab.
»In Ordnung, Grace«, sagte sie, »ich werde es ihm ausrichten.«
Der Fernschreiber erwachte wieder zum Leben: ES HANDELT SICH MÖGLICHERWEISE UM UNSEREN ERSTEN BESUCHER AUS DEM WELTALL, DER HEUTE NAHE DER STADT LONE PINE IN NORDMINNESOTA GELANDET IST.
Neben ihm meldete sich Marcia: »Das war Grace. Der Präsident möchte Sie sprechen.«
Porter nickte und wandte sich ab. Nun begannen auch die anderen Fernschreiber zu tickern, aber er beachtete sie nicht weiter, wandte sich zur Tür und trat auf den Korridor.
Als er das Vorzimmer betrat, nickte Grace in Richtung Tür. »Sie können gleich durchgehen«, sagte sie.
»Worum handelt es sich, Grace?«
»Ich weiß es nicht so genau. Er telefoniert gerade mit dem Oberbefehlshaber der Armee. Irgend etwas über einen neuen Satelliten, der entdeckt worden sein soll.«
Porter ging durch das Vorzimmer, klopfte an die Tür, dann drückte er die Klinke nieder und trat ein.
Präsident Herbert Taine legte den Hörer auf. Mit einer Handbewegung bot er Porter an, Platz zu nehmen.
»Das war Whiteside«, sagte er. »Er ist völlig aus dem Häuschen. Sieht so aus, als ob unsere Beobachtungsstationen ein neues Ding entdeckt haben, das da oben kreist. So groß, daß einem angst und bange werden kann, sagt der General. Von uns ist es mit Sicherheit nicht, und höchstwahrscheinlich auch nicht von den Russen, meint er. Ein solches Riesending bekommt keiner von uns in die Luft, dafür reichen unsere Raketenantriebe nicht aus. Whiteside ist völlig außer sich.«
»Irgend etwas aus dem Weltall?« fragte Porter.
»Whiteside hat das nicht ausgesprochen, aber er hat es gedacht, das könnte ich schwören. Er war fassungslos. Er wird so schnell wie möglich rüberkommen.«
»Irgend etwas ist im nördlichen Minnesota vom Himmel gefallen oder gelandet, ich weiß nicht, was von beiden«, sagte Porter. »Es kam gerade durch den Fernschreiber, als Sie anriefen.«
»Glauben Sie, diese beiden Vorkommnisse haben etwas miteinander zu tun?«
»Woher soll ich das wissen? Man kann noch nicht sagen, was in Min-

nesota heruntergekommen ist, dazu ist es zu früh. Ich habe nur einen Teil der Meldungen überfliegen können. Vielleicht war es nur ein großer Meteorit. Etwas ist vom Himmel gefallen, soviel steht offenbar fest.«

»Mein Gott, Dave, als ob wir nicht so schon genug Ärger hätten, ohne daß etwas vom Himmel fällt«, stöhnte der Präsident.

Porter nickte. »Ich bin ganz Ihrer Meinung, Sir.«

»Wie war die Pressekonferenz?«

»Sie wollten mich in Stücke reißen. Es ging hauptsächlich um die Black Hills und um die Energieversorgung.«

»Sind Sie klargekommen?«

»Ich tue meine Arbeit, Sir. Heute habe ich mein Geld sauer verdient.«

»Ja«, sagte der Präsident, »das kann ich mir vorstellen. Wir haben es alle nicht leicht.«

Es klopfte an der Tür. Sie öffnete sich einen Spalt, und Grace steckte den Kopf durch die Öffnung. »Dies hat mir Marcia gegeben«, verkündete sie, dabei winkte sie mit einem Papierstreifen aus dem Fernschreiber.

»Geben Sie es her!« forderte der Präsident sie auf. Sie trippelte durchs Zimmer und gab ihm den Streifen. Er überflog ihn und reichte ihn an Porter weiter.

»Das ist doch Blödsinn«, knurrte er. »Da steht, ein großer, schwarzer Kasten hat sich auf einer Brücke niedergelassen. Einen Meteoriten kann man doch nicht als schwarzen Kasten bezeichnen, oder?«

»Wohl kaum«, sagte Porter. »Außerdem kommt so ein Meteorit verdammt schnell herunter. Er würde einen riesigen Krater schlagen.«

»Und das würden auch alle anderen Sachen, die vom Himmel fallen«, ergänzte der Präsident. »Ein Satellit...«

»Genauso sehe ich es auch«, sagte Porter. »Sie kommen schnell herunter und hinterlassen ein Loch in der Erde. Jedenfalls, wenn sie so groß sind.«

»Dieses Ding scheint groß zu sein.«

Die beiden Männer fixierten sich über den Schreibtisch hinweg.

»Meinen Sie denn...« begann der Präsident, dann hielt er mitten im Satz inne.

Das Sprechgerät auf seinem Schreibtisch surrte, er drückte auf den Schalter. »Was ist los, Grace?« fragte er.

»General Whiteside am Apparat, Sir.«

»Okay, stellen Sie durch.«

Er nahm den Hörer ab und sagte zu Porter: »Er weiß schon von der

Geschichte in Minnesota.« Dann sprach er leise in die Muschel und saß dann eine Weile schweigend da. Von seinem Platz aus vernahm Porter den Redefluß des Generals als nur schwaches Summen und Wispern.

Schließlich sagte der Präsident: »Also gut. Wir wollen die Angelegenheit in Ruhe angehen. Lassen Sie es mich wissen, wenn Sie weitere Informationen haben.«

Er legte auf und wandte sich an Porter. »Er glaubt, daß die Geschichte stimmt. Jemand vom Staatsschutz hat ihn aus Minnesota angerufen. Er sagt, das Ding kam herunter und landete, ist dabei aber nicht zerschellt. Es ist immer noch da und hat die Größe von einem mittleren Gebäude, ganz schwarz, wie eine große Kiste.«

»Sonderbar, höchst sonderbar«, meinte Porter, »jeder nennt es eine große Kiste.«

»Dave«, fragte der Präsident, »was machen wir, wenn sich herausstellen sollte, daß es sich wirklich um einen Besucher aus dem Weltraum handelt?«

»Dann müssen wir uns auf unsere Intuition verlassen«, erwiderte Porter. »Wir müssen es nehmen, wie es kommt. Es hat keinen Sinn, in Panik zu geraten.«

»Wir müssen verflucht schnell ein paar Fakten herausbekommen.«

»Das ist richtig. Die Nachrichtenagenturen werden uns damit versorgen. Außerdem sollten wir so schnell wie möglich einen Untersuchungsausschuß in das Gebiet schicken. Sie könnten das FBI in Minneapolis einspannen.«

»Das Gebiet muß gesperrt werden«, sagte der Präsident. »Wir können nicht zulassen, daß die Öffentlichkeit ihre Nase da hineinsteckt.«

Er drückte den Schalter des Sprechgerätes. »Grace«, sagte er, »verbinden Sie mich bitte mit dem Gouverneur in St. Paul.«

Er sah Porter an. »Wovor ich wirklich Angst habe, ist Panik.«

Porter warf einen kurzen Blick auf die Uhr. »In knapp einer Stunde kommen die ersten Abendnachrichten im Fernsehen. Bestimmt gehen immer noch Meldungen ein. Die Nachrichten werden sich schnell verbreiten. Zur Zeit werden wohl meine Telefone Sturm läuten, man wartet auf eine Reaktion des Weißen Hauses. Dabei wissen die wahrscheinlich mehr als wir.«

»Ist Marcia noch im Haus?«

»Sie war gerade dabei, nach Hause zu gehen. Aber unter diesen Umständen wird sie bleiben. Die Frau ist ein Profi.«

»Wir sollten ein Statement vorbereiten.«

»Noch nicht«, bremste Porter. »Nicht vorschnell handeln. Keine voreiligen Schlüsse. Wir müssen erst mehr über die Sache wissen ...«

»Etwas, womit wir die Leute abspeisen können«, sagte der Präsident. »Eine Versicherung, daß wir tun, was in unserer Macht steht.«

»Für eine Weile wird sie das gar nicht interessieren. Die Nachrichten selbst sind aufregend genug.«

»Wie wäre es mit einer Pressekonferenz?«

»Vielleicht«, antwortete Porter. »Wenn wir genug Stoff zusammengetragen haben, bevor die Nacht um ist. Niemand weiß bisher von dem neuen Ding am Himmel, nehme ich an. Nur Whiteside und wir beide – und die Wissenschaftler natürlich, die es aufgespürt haben. Aber die werden nichts sagen.«

»Es wird durchsickern«, sagte der Präsident. »Nach einer gewissen Zeit sickern alle Sachen durch.«

»Dann schlage ich vor, daß wir die Nachricht veröffentlichen. Wir sollten nicht den Eindruck erwecken, daß wir Nachrichten unterdrükken. Denn genau das werfen uns die UFO-Anhänger schon seit Jahrzehnten vor – wir würden ihre UFO-Informationen unterdrücken.«

»Ich stimme Ihnen zu«, sagte der Präsident. »Vielleicht sollten Sie doch besser eine Pressekonferenz einberufen. Gehen Sie und leiten Sie alles in die Wege. Dann kommen Sie bitte wieder hierher zurück. Es könnten Leute bei mir sein, aber platzen Sie ruhig herein, wenn Sie soweit sind. Bis dahin wissen wir hoffentlich mehr.«

## 5. LONE PINE

Der Fisch war verschwunden. Das Kaninchen war in die Dunkelheit gehoppelt, jetzt kam es zurück. Es hoppelte langsam und vorsichtig, seine Nase war in ständiger Bewegung. Ein verstörtes Kaninchen. Es fragte sich bestimmt, dachte Jerry, an was für einem sonderbaren Ort es wohl gelandet war. Der Waschbär untersuchte den Boden mit Schnauze und Pfoten. Die Bisamratte war ebenfalls verschwunden. Jerry hatte ein paar vorsichtige Forschungsgänge unternommen, hatte sich aber nicht weit von der Stelle fortgewagt, an der er abgesetzt worden war, damit er nicht die Orientierung verlor. Er hatte nichts gefunden. Als er sich den sonderbaren Formen genähert hatte, die von dem flimmernden Licht enthüllt wurden, verschwanden sie, als ob sie sich in den Boden zurückzögen. Er hatte die kreisförmigen

Flecken untersucht, die er zu Anfang für Augen gehalten hatte. Als er sie das erste Mal wahrgenommen hatte, waren sie ihm wie in die Wände eingelassen vorgekommen. Nun stellte sich heraus, daß sie sich mitten in der Luft befanden. Er konnte mit der Hand durch sie hindurchfahren, und als er es tat, schien es keine Wirkung auf sie zu haben. Die Flecken waren weiterhin rund und leuchtend und hörten auch nicht auf, ihn zu beobachten. Er hatte nichts gespürt, als er sie berührt hatte. Sie waren weder heiß noch kalt, sie verursachten überhaupt keine Empfindung.

Das Flimmern hielt an, das schwache blaue Licht veränderte sich nicht. Es kam Jerry so vor, als sähe er jetzt etwas besser als zu Beginn seiner Gefangenschaft. Wahrscheinlich hatten sich seine Augen inzwischen auf die matte Beleuchtung eingestellt.

Ein paarmal hatte er versucht, mit der fremden Wesenheit zu sprechen, deren Präsenz er spürte. Aber es hatte keine Antwort gegeben, nicht das leiseste Anzeichen dafür, daß seine Worte gehört worden waren. Außer dem Gefühl, beobachtet zu werden, gab es nichts, was darauf hindeutete, daß irgend jemand oder irgend etwas seine Anwesenheit bemerkte. Aber dieser angenommene Beobachter kam ihm keineswegs feindselig oder bösartig vor. Höchstens neugierig, aber das war auch schon alles. Der fremdartige Geruch hielt an, aber er hatte sich inzwischen einigermaßen daran gewöhnt und beachtete ihn kaum noch.

Furcht und Schrecken hatten ihn zum größten Teil verlassen. An ihre Stelle traten Benommenheit und Staunen über das, was geschehen war. Wie war es nur möglich, daß ausgerechnet er eine Position in Raum und Zeit eingenommen hatte, die ihm diese unglaubliche Geschichte bescherte? Hin und wieder dachte er an Kathy und das Konzert, aber daran konnte er nun nichts mehr ändern. Und dann wurden diese Gedanken wieder durch die Sorge über seine Lage verdrängt.

Es kam ihm so vor, als ob er von Zeit zu Zeit eine schwache Bewegung in seinem Gefängnis verspürte. Einige Male nahm er ein Kippen und Stoßen wahr, wie von heftigen äußeren Erschütterungen. Aber natürlich konnte er sich dessen nicht sicher sein. Vielleicht handelte es sich dabei um nichts anderes als gewisse biologische Umstrukturierungen in dem Organismus.

Und damit war er wieder am Anfang des Teufelskreises, sagte er sich: War das Ding überhaupt biologisch? In dem Augenblick, als es vom Himmel gefallen war, hatte nichts darauf hingedeutet, und auch jetzt gab es keine sicheren Anzeichen dafür. Das Ding konnte ebensogut eine Maschine sein, eine Maschine, so vorprogrammiert, daß sie in

der Lage war, auf fast alle Situationen angemessen zu reagieren. Aber dennoch blieb das unerklärliche Gefühl, daß es sich bei dem Gebilde um etwas Biologisches, Lebendiges handelte.
Obwohl ihm die Beweise fehlten, verstärkte sich bei Jerry dieses Gefühl fast bis zur Gewißheit. Das Ding mußte ein biologisches Wesen sein, ein tätiges Bewußtsein, das ihn beobachtete. Ein Besucher von den Sternen, der sich sofort nach der Landung darangemacht hatte, soviel wie möglich über die ursprünglichen Lebensformen dieses Planeten zu erfahren. Zu diesem Zweck hatte es sich einen Menschen, einen Fisch, ein Kaninchen, einen Waschbär und eine Bisamratte geschnappt. Jerry zweifelte nicht, daß sich mit Hilfe dieser fünf Lebewesen schon ein Grundwissen herstellen ließ, vielleicht sogar erste Einsichten in die Entwicklung von Leben auf der Erde.
Es mußte lebendig sein, sagte er sich. Diese große schwarze Kiste war ein lebendes Wesen. Und während er sich noch fragte, woher diese plötzliche Gewißheit kam, da wußte er es auf einmal, als hätte es ihm eine Stimme zugeflüstert, als wäre ein geistiges Licht in seinem Gehirn aufgeblitzt. Dieses Ding ist wie ein Baum, dachte er. Er spürte in ihm dieselbe Art von Leben, die er bei jedem Baum wahrnahm. Er wußte, es war lächerlich, denn das Ding hatte nicht die entfernteste Ähnlichkeit mit einem Baum. Aber der Gedanke blieb bestehen: Das Ding, in dessen Inneres er gesteckt worden war, hatte Verwandtschaft mit einem Baum.
Er versuchte den Gedanken aus seinem Gehirn zu vertreiben, denn es war, bei Licht betrachtet, ein dummer Einfall. Aber der Gedanke blieb, er ließ sich nicht verdrängen. Und nun tauchte noch ein weiterer Gedanke aus dem Nichts auf, um sich mit der Idee vom Baum zu verbinden – der ungebetene Gedanke an ein Zuhause. Er wußte nicht, was mit dieser neuen Idee gemeint war. Bedeutete sie, daß dieser Ort hier sein Zuhause war? Er lehnte sich dagegen auf, denn natürlich war das nicht sein Zuhause. Es war weniger sein Zuhause als irgendein Ort, den er sich vorstellen konnte.
Wie, um alles in der Welt, waren diese Gedanken in sein Gehirn gekommen, fragte er sich? War es möglich, daß dieses außerirdische Lebewesen – falls es ein außerirdisches Lebewesen war – mit ihm zu kommunizieren versuchte und es bestimmte Vorstellungen in seinen Geist pflanzte, um den Abgrund zwischen ihren Intelligenzen zu überbrükken? Wenn das der Fall sein sollte – aber das konnte er einfach nicht glauben –, was wollte das fremde Wesen dann damit sagen? Welche Verbindung gab es zwischen einem Baum und zu Hause? Welche gemeinsame Bedeutung sollte er aus den beiden Begriffen ableiten?

Während er dies dachte, stellte er fest, daß er die Voraussetzung, der große schwarze Kasten sei tatsächlich ein Besucher aus dem Weltraum und nicht nur lebendig, sondern auch intelligent, zu akzeptieren begann.
Der Boden für solche Gedanken war gut vorbereitet, das fiel ihm jetzt wieder ein. Jahrelang war erzählt und geschrieben worden, daß eines Tages eine Intelligenz aus dem Weltall zur Erde kommen könnte. Spekulationen waren darüber angestellt worden, was dann passieren würde und wie die große, dumme, ungewaschene Bevölkerungsmehrheit wohl auf dies Ereignis reagieren mochte. Es war kein neuer Gedanke; er war schon seit Jahren im öffentlichen Bewußtsein verankert.
Das Kaninchen hoppelte auf Jerry zu. Es kauerte flach am Boden, dann streckte es die Nase vor, um an seinen Stiefelspitzen zu schnüffeln. Der Waschbär, der mit der Untersuchung des Bodens fertig war, trottete fort. Die Bisamratte war nicht wieder aufgetaucht.
Meine kleinen Brüder, dachte Jerry. Diese Geschöpfe sind meine kleinen Brüder. Sie sind mit mir an diesem Platz versammelt, weil wir gemeinsame Bewohner des Ortes sind, den das außerirdische Wesen als einen fremden Planeten betrachtet. Wir sind hier versammelt, damit es uns studieren kann.
Etwas schlang sich um seinen Körper. Er wurde hochgerissen und gegen die Wand geschleudert. Aber kein Aufprall erfolgte. Die Wand öffnete sich einen Spaltbreit, und er flog hindurch.
Er fiel. In der Dunkelheit konnte er wenig erkennen, aber er nahm einen tiefen Schatten wahr und streckte die Hände vor, um sein Gesicht zu schützen. Krachend traf er auf einen Baum. Die hochstehenden, aber elastischen Äste bremsten seinen Sturz. Verzweifelt suchte er mit der einen Hand nach einem Halt, die andere hielt er immer noch schützend vor sein Gesicht. Schließlich trafen seine suchenden Finger auf einen Ast, den sie packen konnten. Unter Jerrys Gewicht senkte er sich tief, brach aber nicht ab. Mit dem anderen Arm ruderte er wie wild durch die Luft und fand endlich einen Ast, der stark genug war, ihn zu tragen.
Einen Augenblick lang hing er schwankend im Baum. Der angenehme Fichtenduft war eine Wohltat für seine Nase. Es wehte eine sanfte Brise, von überall her vernahm er das Rauschen der Koniferen.
Während er in dem Baum hing, durchströmte ihn Dankbarkeit, Dankbarkeit, daß er aus dem Inneren des fremdartigen Gebildes entkommen war, obwohl ›entkommen‹ nicht ganz das richtige Wort da-

für war. Er war hinausgeworfen worden. Sie oder es, wer oder was auch immer, hatten alle Informationen, die sie brauchten, durch ihn bekommen und ihn anschließend nach draußen befördert. Wahrscheinlich hatten sie den Fisch schon vorher hinausgeworfen und würden demnächst auch das Kaninchen, den Waschbär und die Bisamratte an die Luft setzen.
Seine Augen hatten sich inzwischen halbwegs an die Dunkelheit gewöhnt, und er tastete sich vorsichtig am Ast entlang, bis er auf den Baumstamm traf. Als er ihn erreicht hatte, umklammerte er ihn mit Armen und Beinen und ruhte sich einen Augenblick lang aus. Die Äste waren so dick, daß sie ihm den Blick nach unten versperrten, deshalb hatte er keine Ahnung, in welcher Höhe er sich befand. Sicher nicht sehr hoch, sagte er sich, denn das Gebilde konnte ihn nicht mehr als zwölf Meter über dem Boden hinausgeworfen haben, und dann war er noch ein Stück gefallen, bevor der Baum seinen Sturz abgefangen hatte.
Langsam begann er nun den Stamm hinabzuklettern. Das war nicht einfach, besonders im Dunkeln. Der Stamm hatte viele Äste, die ihm den Weg versperrten, und er hatte Schwierigkeiten, sich zwischen ihnen seinen Weg nach unten zu bahnen. Der Baum konnte nicht sehr hoch sein, schätzte er, denn der Durchmesser des Stamms betrug kaum mehr als dreißig Zentimeter. Während des Abstiegs wurde er natürlich allmählich immer dicker.
Ohne Vorwarnung stießen Jerrys Füße dann schließlich auf den Boden, und seine Knie knickten ein. Vorsichtig tastete er mit einem Fuß die Umgebung ab, um sicherzugehen, daß er auch wirklich auf dem Boden stand. Als er sich davon überzeugt hatte, lockerte er den Griff um den Stamm und kämpfte sich durch die niedrigen Zweige ins Freie.
Er stand jetzt neben dem Baum und sah sich nach allen Seiten um, aber es war zu dunkel, um viel erkennen zu können. Wahrscheinlich befand er sich nicht allzu weit von der Straße, auf der er gefahren war, bevor er den Wagen geparkt hatte. Aber bald mußte er erstaunt und auch ein wenig bestürzt feststellen, daß er völlig die Orientierung verloren hatte.
In der Hoffnung, eine Stelle zu finden, an der die Bäume weniger dicht wuchsen und ihm so die Möglichkeit gäben, sich besser zu orientieren, machte er ein paar Schritte. Aber schon nach wenigen Metern verfing er sich im nächsten Baum. Er versuchte es mit einer anderen Richtung – mit dem gleichen Resultat. Da kauerte er sich auf die Erde und blickte angestrengt nach oben. Vielleicht gelang es ihm wenig-

stens, den Umriß des schwarzen Gebildes auszumachen, aber er konnte es nirgends entdecken.
Von dem Platz, an dem er sich befand, hätte er eigentlich die Lichter von Lone Pine sehen müssen, aber so sehr er sich auch bemühte, er konnte nichts erkennen. Danach versuchte er es mit Sternbildern, aber es gab keine Sterne. Entweder war der Himmel zu bewölkt, oder der Wald war zu dicht, um den Blick auf ihn zu gewähren.
O Gott, dachte er, während er so am Boden hockte, jetzt habe ich mich im Wald verirrt, und dabei ist die nächste Stadt keinen Kilometer entfernt – es ist zwar nur eine kleine Stadt, aber immerhin eine Stadt.
Er könnte natürlich die Nacht hier verbringen, aber es war jetzt schon recht kühl, und vor Tagesanbruch würde es bestimmt noch kälter werden. Vielleicht sollte er ein Feuer machen, sagte er sich, doch dann fiel ihm ein, daß er gar keine Streichhölzer bei sich hatte. Er war Nichtraucher, deshalb hatte er nie welche dabei. Aber nicht nur über die heraufziehende Kälte mußte er sich den Kopf zerbrechen. Er mußte irgendwie, und zwar so schnell wie möglich, ein Telefon finden. Kathy war sicher stinksauer. Er mußte ihr unbedingt erklären, was ihn aufgehalten hatte.
Jerry erinnerte sich an eine Grundregel für Verirrte – bergab wandern. Wenn man bergab ging, würde man auf Wasser stoßen, und wenn man dem Wasser folgte, würde man früher oder später auf menschliche Ansiedlungen treffen. Er müßte also bergab wandern, dann würde er den Fluß finden, und wenn er dann dessen Ufer folgt, würde er die Straße erreichen. Er könnte auch versuchen, den Fluß zu durchqueren, dann würde er sicher noch schneller nach Lone Pine kommen. Aber diesen Gedanken fand er wenig verlockend. Schließlich kannte er den Fluß nicht, und das Abenteuer konnte gefährlich werden. Wie leicht konnte ihm an einer tiefen Stelle oder Stromschnelle etwas zustoßen.
Vielleicht sollte er auch versuchen, das schwarze Ding wiederzufinden. Wenn ihm das gelänge, dann brauchte er sich nur links zu halten und würde automatisch auf die Straße stoßen, die zur Brücke führte. Aber da fiel ihm ein, daß die Brücke ja zerstört war und er den Fluß auf diesem Weg auch nicht überqueren konnte. Möglicherweise lag das Gebilde immer noch über dem Fluß; er hatte sich zwar eingebildet, es hätte sich bewegt, aber er konnte sich dessen keineswegs sicher sein.
Allzu weit weg von dem Ding war er bestimmt nicht. Er war hinausgeworfen worden und kurz darauf in den Baum gestürzt, also konnte die Entfernung nicht groß gewesen sein. Er war überzeugt, daß der schwarze Kasten keine zehn Meter entfernt war.

Er machte sich also auf den Weg, oder vielmehr, er versuchte es, denn er kam kaum vom Fleck. Immer wieder stieß er an Bäume, verfing sich im Unterholz oder stolperte über gestürzte Baumstämme. Es war unmöglich, in gerader Linie zu gehen, und ungehindert konnte er nie mehr als einen knappen Meter zurücklegen. Schließlich war er vollkommen verwirrt und hatte überhaupt keine Ahnung mehr, wo er sich befand.
Völlig erschöpft ließ er sich schließlich neben einem Stamm nieder, dessen unterste Äste fast den Boden streiften. Mein Gott, dachte er, es ist unglaublich, daß ein Mensch sich selbst im Dunkeln dermaßen verirren kann.
Nach einer kurzen Rast erhob er sich wieder und tappte weiter blindlings drauflos. Hin und wieder fragte er sich, warum er nicht einfach aufgab, sich für den Rest der Nacht hinlegte und den Morgen abwartete. Aber dazu konnte er sich nicht entschließen. Vielleicht hatte er schon beim nächsten Versuch Glück und fand das seltsame Ding, die Straße oder sonst etwas, das ihm sagte, wo er sich befand.
Was er schließlich fand, war ein Pfad. Damit hatte er nicht gerechnet, aber ein Pfad war besser als nichts, und deshalb entschloß er sich, auf ihm zu bleiben. Er würde ihn schon irgendwo hinführen, wenn er ihm nur lange genug folgen konnte.
Er hatte den Pfad nicht gesehen, er war im wahrsten Sinne des Wortes über ihn gestolpert. Irgend etwas hatte ihn zu Fall gebracht, und dann war er flach mit dem Gesicht auf den Pfad gestürzt. Er war fast völlig frei von Hindernissen. Das stellte Jerry fest, als er den Boden mit den Händen abtastete und so den schmalen, festgetrampelten Weg aufspürte. Auf beiden Seiten drängten sich Bäume und niedrige Sträucher dicht an ihn heran.
Es gab nur eine Möglichkeit, dem Pfad zu folgen – auf Händen und Knien. Auf diese Weise konnte er sich mit den Händen vorantasten und verhindern, daß er vom Weg abkam. Total verirrt, ohne die leiseste Ahnung, wo er war oder wo er hinkommen würde, tastete sich Jerry in dieser Haltung Meter für Meter den Pfad entlang.

## 6. LONE PINE

Frank Norton sprach in den Telefonhörer: »Ich verstehe nicht, wo sie bleiben, Johnny. Sie sind immer noch nicht aufgetaucht. Du hast ge-

sagt, sie kämen um sechs; ich warte nun schon den ganzen Nachmittag auf sie. Vielleicht stecken sie in einem Verkehrsstau.«
Garrisons Stimme klang belustigt. »Nun mach aber einen Punkt, Frank! Seit wann gibt es in Lone Pine Verkehrsstaus?«
»Hast du eine Ahnung! Es ist schlimmer als zur Eröffnung der Angelsaison. Alle Zufahrtsstraßen sind verstopft. Inzwischen hat die Polizei versucht, die Straßen zu sperren, aber ich glaube nicht, daß sie viel Erfolg damit hatten. Nachdem die ersten Meldungen über Radio und Fernsehen gekommen waren...«
»Jetzt ist es wohl schon zu spät, Fotos von dem Ding zu machen«, sagte Garrison. »Du sagst, es hat sich bewegt?«
»Ja, vor einiger Zeit«, antwortete Norton. »Es schwebte über die Brücke, dann die Straße hinauf in das Waldgebiet hinein. Inzwischen ist es dunkel geworden, jetzt kann man keine Fotos mehr machen. Aber ich habe ein paar gemacht, bevor es sich bewegt hat...«
»Du hast Fotos gemacht!« schrie Garrison. »Warum hast du mir das nicht gleich gesagt?«
»Johnny, die sind bestimmt nicht besonders. Die haben nicht die Qualität von euren Pressefotos. Ich habe nur eine kleine, ganz gewöhnliche Touristenkamera. Ich habe zwei Filme verknipst, aber ich weiß nicht, ob etwas Lohnendes drauf ist.«
»Frank, gibt es eine Möglichkeit, uns die beiden Filme zu schicken? Würdest du sie uns eventuell verkaufen?«
»Verkaufen? Sie gehören dir, wenn du sie haben willst, Johnny. Ich hätte nur gern ein paar Abzüge, weiter nichts.«
»Sei nicht dumm, Frank«, sagte Garrison. »Diese Filme sind was wert. Viel wert sogar. Wenn du sie uns überläßt, dann werde ich dir so viel dafür zahlen, wie ich rausholen kann. Gibt es eine Möglichkeit, sie uns zu schicken? Jemand, der sie uns bringen kann? Ich möchte nicht, daß du sie selber bringst. Mir wäre es lieber, wenn du dableibst, bis Kathy und Chet eingetroffen sind.«
»Hier gibt es einen Jungen, der halbtags an der Tankstelle arbeitet. Der hat ein Motorrad. Er kann sie euch am schnellsten bringen, wenn er sich dabei nicht unterwegs umbringt.«
»Ist er vertrauenswürdig?«
»Völlig«, sagte Norton. »Ich gebe ihm hin und wieder Arbeit, kleine Gelegenheitsjobs. Wir sind miteinander befreundet.«
»Sag ihm, daß für ihn ein Hunderter drin ist, wenn die Filme vor Mitternacht hier sind. Wir werden bis zum letzten Augenblick einen Platz auf der ersten Seite freihalten, damit die Fotos noch in die Morgenausgabe kommen können.«

»Ich glaube, der Junge hat momentan Dienst an der Tankstelle. Ich werde mich mit ihm in Verbindung setzen. Er oder ich können bestimmt jemand finden, der für ihn die Arbeit an den Zapfsäulen übernimmt. Zum Teufel, ich werde es auch selber machen, wenn es unbedingt sein muß.«

»Sind schon andere Nachrichtenleute in der Stadt? Haben sich schon Fernsehteams blicken lassen?«

»Ich glaube nicht. Ein Fernsehteam hätte ich auf jeden Fall bemerkt. Ich nehme an, daß Duluth jemanden schicken wird, aber wenn die hier sind, werden sie mich wahrscheinlich aufsuchen. Bis jetzt ist keiner aufgetaucht. Die Polizei hat die Straßen inzwischen gesperrt. Es ist bisher nicht allzu vielen Leuten gelungen, in die Stadt zu kommen. Einige haben ihre Autos hinter den Straßensperren abgestellt und sind zu Fuß in die Stadt gegangen. Die Straßen sind total verstopft. So gesehen ist ein Motorrad sogar besser als ein Auto, um aus der Stadt zu kommen. Dieser Junge, von dem ich dir erzählt habe, wird durch Gräben oder über Äcker fahren, wenn es sein muß.«

»Also, schick ihn rüber.«

»Ja, sofort. Und wenn ich ihn nicht erreichen kann, dann schicke ich jemand anders. Noch eins, Johnny, wie nimmt die Bevölkerung die Sache auf?«

»Es ist noch zu früh, um das beurteilen zu können. Ich habe einen Reporter auf die Straße geschickt, der mit den Leuten draußen redet, in Kneipen, Theatereingängen und so weiter. Er fragt sie, was sie von der Sache halten. Stimmen aus der Bevölkerung, diese Art Story. Aber warum fragst du?«

»Ich hatte einen Anruf aus Washington, vom Oberbefehlshaber der Armee. Er hat seinen Namen genannt, aber ich kann mich nicht mehr daran erinnern. Ein General, soviel weiß ich noch.«

»Bisher hat es keine Reaktion aus Washington gegeben«, sagte Garrison. »Die Leute dort müssen sich erst einmal von ihrem Schrecken erholen. Glaubst du immer noch, daß das Ding von den Sternen gekommen ist?«

»Es hat sich bewegt«, antwortete Norton. »Es hat seinen Platz beim Fluß verlassen und sich irgendwo im Wald niedergelassen. Das kann doch nur bedeuten, daß es lebendig ist, eine außergewöhnlich hochentwickelte Maschine oder ein Fluggerät, das von einer Intelligenz gesteuert wird. Die Leute hier in Lone Pine sind sich sicher: Sie halten das Ding für einen Besucher aus dem Weltall. Wenn du den Kasten mit eigenen Augen gesehen hättest, Johnny, würdest du das gleiche sagen.«

Die Tür zum Redaktionsbüro flog auf, und eine Frau stürmte herein, dicht gefolgt von einem Mann, der mit einer umfangreichen Kameraausrüstung bepackt war.

»Moment mal, Johnny«, sagte Norton, »ich glaube, deine Leute sind da. Sie sind eben zur Tür hereingekommen.«

Er wandte sich an die Frau: »Sind Sie Kathy Foster?«

Kathy nickte. »Und dieser schwer beladene Mensch hier ist Chet White.«

»Frank«, sagte Garrison.

»Ja?«

»Kannst du mir Kathy für eine Sekunde geben?«

»Klar«, erwiderte Norton. »Ich kümmere mich darum, daß du die Filme bekommst.«

Er gab Kathy den Hörer. »Johnny ist dran«, sagte er.

»Habe ich richtig gehört? Sie haben da was von Filmen gesagt?« fragte Chet.

»Ja, ich habe zwei Filme verknipst, als man das Ding noch sehen konnte. Bevor es sich fortbewegt hat.«

»Es ist also nicht mehr da«, seufzte Chet.

»Es hat sich bewegt. Über die Brücke, dann die Straße rauf in die Wildnis. Jetzt ist es zu dunkel, um es zu sehen. Und es gibt auch keine Möglichkeit, hinzukommen.«

»Schicken Sie die Filme Johnny rüber?«

»Ich habe hier jemanden mit einem Motorrad. Der wird sie für mich hinbringen.«

»Das ist gut«, sagte Chet. »Ein Auto würde jetzt nicht mehr durchkommen. Diese verdammten zweispurigen Straßen, die ihr hier habt. Ich habe noch nie so einen Verkehrsstau gesehen. Wir mußten mehrere Kilometer zu Fuß gehen, um hierher zu kommen. Das Auto haben wir irgendwo stehenlassen.«

»Bis gleich«, sagte Norton und schlüpfte durch die Tür.

Am Telefon sagte Kathy zu Garrison: »Es war schrecklich, Johnny. Alle Welt versucht, hierher zu kommen. Die Bullen haben Straßensperren errichtet, die Autos stauen sich kilometerlang.«

»Aber ihr seid ja nun da«, antwortete Garrison trocken. »Bleibt in der Gegend und tragt soviel Material zusammen, wie ihr bekommen könnt. Sprecht mit den Leuten, fragt sie, was sie von dem Ding halten, und wie die Stadt die Sache aufnimmt. Du weißt schon, was wir haben wollen.«

»Johnny, hat Jerry angerufen?«

»Jerry?«

»Verdammt, Johnny, ich habe doch mit dir darüber geredet, bevor ich gefahren bin. Jerry Conklin. Mit dem war ich heute abend verabredet. Ich habe es dir ganz genau erklärt.«
»Ja, jetzt fällt es mir wieder ein, und ich habe auch den anderen hier Bescheid gesagt. Warte bitte einen Augenblick.«
Durchs Telefon vernahm sie gedämpft seine brüllende Stimme. »Hat einer von euch einen Anruf von einem Burschen namens Jerry Conklin bekommen? Kathys Verabredung?«
Schwaches Murmeln war die Antwort.
Garrison kam an den Apparat zurück. »Nein, Kathy, er hat nicht angerufen.«
»Verdammt«, sagte Kathy.
»Laß mich mal sehen«, sagte Garrison und ließ das Thema Jerry Conklin fallen. »Jetzt ist es Viertel vor acht. Das Material, das wir bisher haben, muß in die erste Ausgabe kommen. Frank hat uns mit weiteren Informationen versorgt. Wir wissen schon, daß das Ding über den Fluß weggeschwebt ist. Ruf mich in ein paar Stunden zurück. Tut mir leid, daß ihr in den Stau geraten seid. Ich bin froh, daß ihr es doch noch geschafft habt.«
»Was geht sonst noch so vor, Johnny?« fragte Kathy.
»Der Gouverneur hat ungefähr die Hälfte der Verkehrspolizei in das Gebiet um Lone Pine geschleust. Sie riegeln alle Zufahrtsstraßen ab. Und die Nationalgarde ist in Alarmbereitschaft. Aber eigentlich weiß keiner so recht, was hier eigentlich los ist. Ich glaube, die Denkrichtung geht dahin, daß es sich tatsächlich um ein Schiff aus dem Weltall handelt. Aber niemand kann das natürlich mit absoluter Sicherheit behaupten.«
»Wenn Jerry anruft, erklär ihm bitte alles.«
»Aber sicher«, sagte Garrison.
»Ich rufe dich also zurück«, sagte Kathy. »Das heißt, Moment mal, ich könnte mir vorstellen, daß die Leitungen nach hier bald total überlastet sind. Warum läßt du nicht einen Redakteur die WATS-Leitung benutzen, so gegen halb zehn. Er soll immer wieder anrufen, wenn er nicht durchkommt. Du hast doch die Nummer von hier?«
»Hab' ich. Aber hast du auch jemanden, der abhebt und das Telefon für dich freihält?«
»Ich werde schon einen auftreiben«, sagte Kathy. »Wieviel kann ich ihm zahlen? Wie hoch ist das Budget für diese Operation?«
»Soviel wie nötig und sowenig wie möglich«, sagte Garrison.
»In Ordnung«, sagte Kathy. »Ich bleib' mit dir in Verbindung.«
Als sie auflegte, kam Norton wieder zur Tür herein. »Jimmy ist schon

mit den Filmen unterwegs«, meldete er. »Einer von seinen Kumpels hat die Tankstelle übernommen.«
»Das ging aber schnell«, meinte Chet.
»Ich hatte Glück«, sagte Norton. »Ich habe Jimmy sofort gefunden, und sein Freund lungerte auch an der Tankstelle rum.«
»Da ist noch etwas«, sagte Kathy. »Johnny wird gegen halb zehn anrufen. Wir brauchen jemanden, der das Telefon so lange besetzt, bis wir zurückkommen. Die Leitungen sind bestimmt bald überlastet, dann wird man kaum noch durchkommen.«
»Ich glaube, ich hätte da den Richtigen für euch«, sagte Norton. »Stiffy Grant, ein alter Penner. Für einen Schnaps macht der alles.«
»Zuverlässig?«
»Wenn ein Schnaps dabei rausspringt.«
»Wieviel sollen wir ihm zahlen?«
»Ein paar Dollar.«
»Sagen Sie ihm, er kriegt fünf. Und schärfen Sie ihm ein, daß er niemandem das Telefon überläßt. Unter gar keinen Umständen.«
»Sie können sich auf ihn verlassen. Sein Verstand arbeitet eingleisig. Außerdem ist er zur Zeit nüchtern. Er wird das schon kapieren.«
»Ich weiß nicht, was wir ohne Sie machen sollten«, seufzte Kathy.
»Keine Ursache«, sagte Norton. »Johnny und ich sind schon so lange befreundet. Wir sind zusammen zur Schule gegangen.«
»Ein Auto soll von dem Ding zerquetscht worden sein«, wandte Chet ein. »Ist es noch da?«
»Soviel ich weiß, schon. Ein Polizist bewacht es. Er hat die Anweisung, es nicht zu berühren, bis eine gewisse Person eintrifft.«
»Wer soll eintreffen?«
»Keine Ahnung«, erwiderte Norton.
»Also dann, nichts wie hin«, sagte Kathy. »Ich will mir das Auto mal ansehen. Und du kannst ein paar Fotos von ihm machen.«
»Geht geradeaus die Straße runter«, sagte Norton, »und folgt ihr bis zum Fluß. Es ist nicht weit. Ein Polizeiwagen mit Warnblinkern steht dort. Das zerstörte Auto findet ihr daneben. Ich werde mich derweil um Stiffy kümmern und ihn an die Arbeit schicken. Bis dann.«
Schon am Ende des ersten Häuserblocks sahen sie die roten Blinklichter des Polizeiwagens. Ein Polizist trat aus der Dunkelheit auf sie zu.
»Wir sind Reporter«, sagte Kathy. »Von der Minneapolis *Tribune*.«
»Kann ich mal Ihre Ausweise sehen?«
Kathy holte die Brieftasche aus ihrer Handtasche und gab ihm ihren Presseausweis. Er zog eine Taschenlampe hervor und hielt die Karte in den Lichtkegel.

»Katherine Foster«, murmelte er. »Ich habe schon mal etwas von Ihnen gelesen.«
»Mein Begleiter ist Chet White, unser Fotograf.«
»In Ordnung«, sagte der Polizist. »Aber es gibt hier nicht viel zu sehen. Das Ding, was immer es sein mag, hat sich über den Fluß davongemacht.«
»Und wie steht es mit dem Auto?« fragte Chet.
»Das ist noch hier.«
»Kann ich ein paar Fotos machen?«
Der Beamte zögerte. Dann sagte er: »Ich glaube, das geht schon in Ordnung. Aber fassen Sie um Gottes willen nichts an. Wir haben Anweisung vom FBI, nichts zu verändern.«
»Was hat denn das FBI damit zu tun?« fragte Kathy.
»Madam, das weiß ich auch nicht«, erwiderte der Mann. »Aber so lautet mein Befehl. Ein paar Leute vom FBI sind schon hierher unterwegs.«
Kathy und Chet gingen an dem Polizeiwagen vorbei die Straße hinunter. Nach wenigen Schritten fanden sie das Autowrack. Es lag an der Zufahrt zur Brücke – oder vielmehr, an der Zufahrt zu der Stelle, wo einmal die Brücke gestanden hatte. Es war völlig platt, so als hätte es ein Walzwerk durchlaufen.
»War jemand drin, als es passiert ist?« fragte Kathy den Polizisten.
»Nein, das glauben wir nicht.«
Chet ging um den plattgedrückten Wagen herum und machte Fotos, wobei sein Elektronenblitz immer wieder aufleuchtete.
»Gibt es irgendeine Möglichkeit, den Wagen zu identifizieren?« fragte Kathy. »Vielleicht ein Nummernschild?«
Der Beamte zuckte mit den Schultern. »Vermutlich ist eines dran, aber völlig unkenntlich. Es ist ein Chevrolet, mehrere Jahre alt. Welches Modell, kann man jetzt nicht mehr sagen.«
»Wer mag darin gesessen haben? Weiß man, was aus den Insassen geworden ist?«
»Vermutlich waren es Angler. Ich nehme an, daß sie auf die dicken Forellen unter der Brücke scharf waren.«
»Das wäre möglich«, erwiderte Kathy. »Ich frage mich nur, wieso diese Angler inzwischen nicht wieder aufgetaucht sind, um von ihrem großen Abenteuer zu erzählen?«
»Ja, das ist merkwürdig«, sagte der Polizist. »Vielleicht war nur ein Mann im Wagen, und er stand direkt unter der Brücke, als sie zusammengebrochen ist.«
»Jemand sollte nach ihm suchen«, erklärte Kathy.

»Stimmt«, entgegnete der Beamte, »aber ich weiß nicht, wer dafür eingeteilt ist.«
»Haben Sie diesen Kasten eigentlich selbst gesehen?« fragte Kathy.
»Ich habe nur einen kurzen Blick darauf geworfen, dann wurde es dunkel. Als ich hier ankam, lag er schon auf der anderen Seite des Flusses. Ein paar hundert Meter vom Ufer entfernt. Lag einfach da und war riesengroß!«
»Er hat auf der Straße gelegen, nicht wahr?«
»Ja, aber er ragte auf beiden Seiten weit über die Fahrbahn hinaus. Er ist viel, viel breiter als die Straße. Er hat ein paar kleine Bäume niedergedrückt.«
»Ist der Kasten jetzt noch immer an diesem Platz?«
»Das nehme ich an. Wenn er sich bewegt hätte, hätte er wieder eine Menge Bäume umgeknickt. Das hätte man hören müssen. Aber seit ich hier bin, ist es da drüben still.«
»Was ist auf der anderen Seite? Ich meine, weiter die Straße hoch?«
»Auf der anderen Flußseite ist eine Wildnis, Madam. Unberührte Fichtenwälder. Große Bäume. Manche von ihnen sind mehrere hundert Jahre alt. Das Ding sitzt jetzt in der Falle, darauf können Sie sich verlassen. Zwischen den Bäumen kommt es nicht hindurch. Da ist kein Platz.«
»Gibt es Anzeichen von Leben in dem Ding?«
»Soweit ich gesehen habe, nicht. Nur ein riesiger schwarzer Kasten. Wie ein gigantischer, plumper Panzer. Nur, daß er keine Ketten hat. Ich kann mir beim besten Willen nicht vorstellen, wie er sich bewegt.«
»Das war also Ihr Eindruck? Ein großer Panzer?«
»Nein, eigentlich nicht. Mehr wie eine große schwarze Kiste. Ein riesiger Quader, den jemand mit dem schwärzesten Schwarz angestrichen hatte, das man sich vorstellen kann.«
»Gibt es eine Möglichkeit, wie man über den Fluß kommen kann?« fragte Kathy.
»Da ist nichts zu machen«, antwortete der Polizist. »Unterhalb der Brücke ist ein tiefes Staubecken, und da, wo es anfängt und aufhört, sind Stromschnellen.«
»Und mit einem Boot?«
»Sie können sich ja umhören«, sagte der Beamte. »Wahrscheinlich können Sie das Staubecken mit einem Boot überqueren, falls Sie ein Boot finden.«
»Hier in der Gegend hat doch jeder ein Boot«, bemerkte Chet.
»Es wäre mir lieber, wenn Sie es nicht versuchen würden«, sagte der

Polizist. »Ich muß erst bei der Zentrale nachfragen. Wahrscheinlich darf ich Sie nicht gehen lassen.«
»Gibt es sonst Möglichkeiten, hinüber zu kommen?«
»Nicht über die Straßen, die sind alle gesperrt.«
»Was ist mit den Leuten, die auf der anderen Seite des Flusses leben?«
»Da gibt es keine Leute. Da ist nur Wildnis. Kilometerweit Wald, da lebt keine Menschenseele.«
»Officer, können Sie mir wohl Ihren Namen sagen?« fragte Kathy. »Und darf ich einiges von dem, was Sie mir erzählt haben, zitieren?«
Voller Stolz nannte der Polizist seinen Namen. »Aber auf Zitate möchte ich lieber verzichten«, sagte er.

## 7. WASHINGTON, D.C.

Porter beobachtete, wie die Pressevertreter den Raum betraten. Sie schienen weniger aggressiv als gewöhnlich zu sein, und es waren mehr, als er erwartet hatte. Immerhin war es recht spät für eine Pressekonferenz.
Sie kamen im Gänsemarsch herein, nahmen Platz und warteten ruhig.
»Ich muß Sie um Nachsicht bitten wegen der späten Stunde«, sagte er. »Vielleicht hätten wir bis morgen früh warten sollen, aber ich dachte, einige von Ihnen hätten ein großes Interesse daran zu erfahren, was wir wissen. Vermutlich ist es nicht sehr viel mehr als das, was Ihnen bereits bekannt sein dürfte.
Im Grunde wissen wir nur, daß in der Nähe des Ortes Lone Pine in Nordminnesota ein Objekt vom Himmel gefallen ist. Der Pine River fließt nördlich der Stadt, und das Objekt fiel direkt auf den Fluß, ein Ende auf das diesseitige und ein Ende auf das jenseitige Ufer. Sonderbarerweise fiel es genau auf eine Brücke, die über den Fluß führt. Die Brücke wurde zerstört und ein auf ihrer südlichen Zufahrt geparktes Auto zerquetscht. Nach unseren bisherigen Erkenntnissen hat sich niemand in dem Auto befunden. Kurz vor Einbruch der Dunkelheit hat sich das Objekt über den Fluß hinwegbewegt, und voraussichtlich ist es zur Zeit noch dort.
Ich denke, es gibt noch einen Zusatz zu diesem Bericht. Ob er mit dem Objekt, das in Minnesota gelandet ist, in Verbindung steht, wissen

wir nicht, aber unsere Beobachtungsstationen haben ein unbekanntes und ziemlich großes Objekt gesichtet, das auf einer Umlaufbahn die Erde umkreist.«

»Herr Regierungssprecher«, fragte der Vertreter der *New York Times,* »Sie sagten, es sei groß. Können Sie genauere Angaben über die Größe machen und die Umlaufbahn beschreiben?«

»Die Größe ist bisher noch nicht eindeutig bestimmt worden, Mr. Smith«, antwortete Porter. »Groben Schätzungen zufolge beträgt der Durchmesser des Objektes mehrere Kilometer. Was die Umlaufbahn betrifft, so handelt es sich um das, was man meines Wissens als synchrone Umlaufbahn bezeichnet. Ihre Höhe liegt bei etwa zweiunddreißigtausend Kilometern. Die Geschwindigkeit des Objektes entspricht in etwa der Erdrotation. Im Augenblick befindet es sich irgendwo über Iowa.«

»Dave«, ließ sich der Vertreter der *Chicago Tribune* vernehmen, »Sie haben gesagt, das neue Objekt sei von Beobachtungsstationen entdeckt worden. Heißt das, es wurde erst gesichtet, nachdem es in eine Umlaufbahn eingeschwenkt war, oder ist es schon früher gesehen worden?«

»Ich habe den Eindruck, es wurde erst entdeckt, als es schon eine feste Umlaufbahn eingenommen hatte; die Entdeckung ist nämlich erst ein paar Stunden alt.«

»Gehen wir recht in der Annahme, daß es sich bei dem neuen Objekt um ein Mutterschiff handeln könnte und das Lone-Pine-Objekt von ihm ausgesandt worden ist?«

»Es bleibt Ihnen überlassen, ob Sie solche Spekulationen anstellen oder nicht«, sagte Porter. »Ich kann mich zum jetzigen Zeitpunkt nicht auf Mutmaßungen dieser Art einlassen. Solche Spekulationen würden voraussetzen, daß sowohl das Objekt in der Umlaufbahn als auch das Objekt, das in Minnesota heruntergekommen ist, aus einem anderen Teil des Weltalls stammen. Aber das wissen wir eben nicht.«

»Würde die geschätzte Größe des Objektes am Himmel nicht ausschließen, daß es von der Erde aus gestartet worden ist?«

»Ja, ich denke schon. Doch wie ich schon sagte, gibt es darüber bis jetzt keine Gewißheit.«

»Sie sagten, das Minnesota-Objekt habe sich bewegt«, warf der Vertreter der *Washington Post* ein. »Ich glaube, Sie sagten, es sei quer über einen Fluß gefallen. Und dann hat es sich über den Fluß hinwegbewegt?«

»Ja, das stimmt.«

»Können Sie uns beschreiben, wie es sich bewegt hat? Wie würden Sie seine Bewegung charakterisieren?«
»Joe, ich muß Ihnen die Antwort schuldig bleiben. Ich weiß nicht, wie es sich bewegt hat. Es hat sich bewegt – das ist die einzige Information, die wir haben. Ich nehme an, es ist so zu verstehen, daß es sich unabhängig bewegt hat, aus eigener Kraft. Sie müssen sich eines vergegenwärtigen: Zum Zeitpunkt der Bewegung war kein qualifizierter Beobachter anwesend. Das einzige, worauf wir uns stützen können, sind die Angaben von ein paar Leuten aus dem Ort.«
»Können Sie uns eine detailliertere Beschreibung des Objektes geben, eine bessere, als wir bisher haben? Besser als *ein großer schwarzer Kasten*?«
»Ich fürchte, nein. Wir haben zu diesem Punkt keine neuen Informationen. Soweit wir wissen, sind keine Fotos von dem Ding gemacht worden. Es kam am späten Nachmittag herab. Ein paar Stunden später war es schon dunkel.«
Der Mann von *Associated Press* sagte: »Sie antworten auf unsere Fragen ständig mit ›ich weiß es nicht‹, und ich kann mir vorstellen, daß zum gegenwärtigen Zeitpunkt wirklich niemand Bescheid weiß, aber dennoch, deutet nicht alles, was wir bisher wissen, auf eine außerirdische Intelligenz hin? Können Sie dazu etwas sagen?«
»Ich will versuchen, Ihnen eine faire Antwort zu geben und nicht in Routineantworten zurückfallen. Also, das Ding ist auf eine Straße gefallen, daraus könnten Sie schließen, daß es fähig war, einen guten Landeplatz auszuwählen. Es hat sich bewegt, offensichtlich aus eigener Kraft. Daraus könnte man schließen, daß sich entweder eine Intelligenz an Bord befindet oder eine Art sensorgesteuerte Maschine. Als ein Mann einen Gewehrschuß auf es abfeuerte, hat es – wie Sie alle wissen – zurückgeschossen und den Mann getötet. Das deutet auf Verteidigungsfähigkeit hin. Über diese Punkte werden die meisten von Ihnen sich schon Ihre eigenen Gedanken gemacht haben; jeder würde das tun. Ich habe sie noch einmal aufgezählt und zusammengefaßt, darüber hinaus habe ich nichts zu sagen. Was ich gesagt habe, reicht jedoch nicht aus, um irgendwelche Schlußfolgerungen zu ziehen. Wir müssen abwarten und sehen, wie sich die Sache entwickelt. Wir brauchen weitere Anhaltspunkte.«
»Es scheint so, als ob Sie einen irdischen Ursprung für das neue Objekt am Himmel ausschließen«, sagte der NBC-Vertreter. »Könnte es sich nicht doch um ein neues Raumfahrtexperiment handeln?«
»Wenn man davon ausgeht, daß alles möglich sein kann, vermutlich. Es tut mir leid, wenn ich den Anschein erwecke, alle Möglichkeiten

auszuschließen. Aber unsere Leute haben mir versichert, das Ding stamme nicht von uns.«

»Von jemand anderem?«

»Das möchte ich bezweifeln.«

»Damit geben Sie also zu, daß es tatsächlich ein Besucher aus dem All ist.«

»Das haben Sie gesagt, Carl, nicht ich.«

»Darf ich mich noch einmal dazwischendrängen?« fragte der *New York Times*-Mann.

»Aber natürlich, Mr. Smith.«

»Können Sie uns umreißen, wie sich die Regierung verhält? Hat es schon Gespräche mit anderen Regierungen gegeben? Nach meinen Informationen ist das Gebiet um Lone Pine abgeriegelt worden. Ist das auf Befehl der Bundesregierung geschehen?«

»Soweit ich weiß, sind bisher keine Gespräche geführt worden. Es werden vielleicht zu einem späteren Zeitpunkt welche stattfinden, aber vorher müssen wir erst mehr über die Sache wissen. Das Gebiet wurde auf Befehl der Staatsregierung gesperrt. Es hat Kontakte zwischen dem Gouverneur und dem Präsidenten gegeben, aber mit der Sicherung des Gebietes haben wir nichts zu tun. Ich vermute, daß einige Bundesämter Beobachter in das Gebiet schicken werden, aber bis jetzt bin ich darüber nicht unterrichtet worden.«

»Ich danke Ihnen, Sir.«

»Falls das Objekt, oder vielmehr beide Objekte – das am Boden und das am Himmel – sich als außerirdisch erweisen sollten, würde dann die Angelegenheit über die nationalen Belange hinaus zu einer Angelegenheit von internationaler Bedeutung werden?« fragte der Vertreter der *L. A. Times.*

»Ich kann mir nicht anmaßen, Regierungsentscheidungen vorwegzunehmen«, erwiderte Porter, »aber ich gebe zu, daß Ihre Frage eine gewisse Logik enthält.«

»Lassen Sie uns diese Vermutung ein bißchen weiter ausspinnen«, sagte der Mann vom *Kansas City Star.* »Wenn sich das Objekt in Lone Pine tatsächlich als Raumschiff aus einem anderen Sonnensystem entpuppt... angenommen, dies wäre der Fall, wie würde sich unser Land verhalten? Würde man eine Kontaktaufnahme versuchen, mit den sich möglicherweise an Bord befindlichen Intelligenzen Gespräche führen, sofern dies überhaupt möglich wäre?«

»Unsere Überlegungen sind noch nicht so weit gediehen«, sagte Porter. »Solange wir noch keine Klarheit haben...«

»Aber wenn sich diese Klarheit in den nächsten Tagen ergeben sollte, gibt es für diesen Fall irgendwelche Hinweise auf die nationale Einstellung?«

»Wenn Sie damit fragen wollen, ob wir vorhaben, jeden Besucher in die Luft zu jagen, so kann ich Sie beruhigen. Damit gebe ich keine offizielle Meinung wieder, ich leite diese Annahme aus meiner Kenntnis der Regierungsarbeit ab. Es stimmt, jemand hat auf das Objekt geschossen, als es landete. Aber das war die Tat eines verantwortungslosen Bürgers, dem der Anblick wahrscheinlich das Gehirn vernebelt hat. Ich hoffe, die restliche Bevölkerung wird sich vernünftiger verhalten.«

»Und wie, glauben Sie, sollte sich ein vernünftiger Mensch verhalten?«

»Ich meine«, antwortete Porter, »ein vernünftiger Mensch sollte versuchen, irgendeine Form von Kommunikation herzustellen. Höchstwahrscheinlich wäre sie sehr begrenzt, aber wenn diese begrenzte Kommunikation erst einmal erreicht wäre, könnte man zu einer höheren Stufe übergehen. Ich glaube, jetzt haben Sie mich dazu verleitet, meine Kompetenzen zu überschreiten. Ich habe nichts in der Hand, worauf ich eine offizielle Antwort zu dieser Frage gründen könnte. Die Angelegenheit ist bisher auch nicht diskutiert worden. Soviel ich weiß, jedenfalls.«

»Aber eines ist Ihnen doch klar, falls wir Kontakt zu Wesen von irgendwo aus der Galaxis haben sollten, stellt dies das bedeutsamste Ereignis in der Menschheitsgeschichte dar«, sagte der ABC-Vertreter.

»Persönlich schon«, antwortete Porter. »Aber ich gebe damit nicht die offizielle Meinung wieder. Wie ich Ihnen schon sagte, ist die Angelegenheit nicht ausführlich diskutiert worden. Unsere Einschätzung der Situation ist noch nicht bis zu diesem Punkt vorgedrungen.«

»Das verstehen wir gut, Dave«, sagte ABC. »Und wir stellen auch nur Fragen, die sich den meisten Menschen aufdrängen werden.«

»Danke«, sagte Porter.

»Um einmal auf die praktische Seite zu sprechen zu kommen, wie könnten die nächsten Schritte der Regierung aussehen?« meinte der Pressevertreter der *Baltimore Sun*.

»Ich nehme an, sie wird sich im wesentlichen beobachtend verhalten. Während der nächsten vierundzwanzig Stunden werden wir so viele qualifizierte Beobachter wie nur möglich einschalten. Es wird sich vermutlich um Wissenschaftler handeln, die aus allen Teilen des Landes herangezogen werden. Darüber hinaus, denke ich, werden wir uns von den Ereignissen leiten lassen. Ich bezweifle, daß irgend jemand vorhersagen kann, was als Nächstes passieren wird.«

»Um noch einmal auf das neue Objekt auf der Umlaufbahn zurückzukommen«, sagte der Reporter der *Detroit News*, »wäre es nicht möglich, daß es sich dabei lediglich um eine Ansammlung von Weltraumschrott handelt? Wir haben doch eine Menge Zeug da oben. Könnte sich das nicht durch gegenseitige Anziehung zusammengeballt haben?«

»Das wäre eine Erklärung«, antwortete Porter. »Aber ich verstehe nichts von Physik, deshalb kann ich Ihnen nicht sagen, ob so etwas möglich ist. Die Frage ist bisher nicht aufgeworfen worden. Aber die Raumfahrtbehörde sollte sich einmal damit befassen.«

»Könnten wir jemanden raufschicken, der sich das Ding aus der Nähe ansieht? Ist daran schon gedacht worden?«

»Das steht, so glaube ich, im Moment nicht zur Diskussion. Es wäre denkbar, daß man eine Fähre der Raumstation ausschickt. Die Möglichkeit dazu haben wir jedenfalls. Aber diese Angelegenheit wird erst zu einem zukünftigen Zeitpunkt entschieden werden.«

»Wenn wir tatsächlich von Außerirdischen besucht worden sind«, sagte der CBS-Vertreter, »können Sie uns dann sagen, welche Folgen das für uns haben würde... für uns, die menschliche Rasse? Ich meine die Vorstellung, daß es da draußen andere Wesen gibt?«

»Die Folgen würden zweifellos von großer Bedeutung sein«, sagte Porter, »aber ich bin nicht in der Lage, sie zu kommentieren. Ein Soziologe könnte Ihnen vielleicht Ihre Frage beantworten.«

»Herr Regierungssprecher, wir danken Ihnen, daß Sie uns zu dieser späten Stunde Rede und Antwort gestanden haben«, sagte Smith von der *New York Times*. »Sie werden uns doch weiter auf dem laufenden halten?«

»Jederzeit, Mr. Smith.«

Porter beobachtete, wie die Presseleute den Raum verließen. Marcia erhob sich von ihrem Schreibtisch und trat an seine Seite.

»Ich glaube, das ist ganz gut gelaufen«, bemerkte sie.

»Diesmal wollten sie kein Blut sehen«, sagte Porter. »Aber die Angelegenheit könnte demnächst politisch werden. Im Augenblick ist sie es noch nicht, dazu ist die Sache zu neu. Aber geben Sie den Jungs auf dem *Hügel* ein paar Tage Zeit, dann wird sie es sein.«

Er ging zu seinem Schreibtisch, setzte sich und sah Marcia dabei zu, wie sie sich fertig machte, um das Haus endgültig zu verlassen.

Es war ein ruhiger Platz. Irgendwo in der Ferne klingelte ein Telefon, und jemand ging, um den Hörer abzunehmen. Die Schritte hallten hohl in dem fernen Korridor.

Er nahm den Hörer ab und wählte. Alice war am Apparat.

»Ich hab' mir gedacht, daß du anrufen wirst«, sagte sie. »Ich sitze schon die ganze Zeit neben dem Telefon. Wie ist es gelaufen?«
»Nicht schlecht. Sie haben mich nicht durch die Mangel gedreht.«
»Armer Dave.«
»Ist schon in Ordnung. Ich wollte es so. Schließlich bekomme ich mein Geld dafür.«
»Du hast dich nicht um den Job gerissen.«
»Vielleicht nicht, aber als ich die Chance dazu hatte, habe ich sie beim Schopf ergriffen.«
»Besteht die Möglichkeit, schnell mal herüber zu kommen? Hier wartet ein Drink auf dich.«
»Ich fürchte nein, Alice. Ich sollte lieber hierbleiben, wo man mich erreichen kann. Wenigstens in der nächsten Zeit.«
»Gut. Also dann später. Eine Sekunde noch. Daddy gibt mir krampfhaft Signale. Er will mit dir sprechen.«
»Dann gib mir den Senator. Ich freue mich immer, wenn ich die Gelegenheit habe, mit ihm zu reden.«
»Gute Nacht, Liebling. Hier ist Daddy.«
Die Stimme des Senators dröhnte in Porters Ohr. »Dave, was geht da unten eigentlich vor? Im Fernsehen kommt nichts anderes mehr, aber die wissen, verdammt noch mal, auch nicht, was los ist. Keiner scheint das zu wissen. Hast du irgendwelche Neuigkeiten über diesen seltsamen Besuch?«
»Wir wissen auch nicht mehr als die Leute vom Fernsehen«, antwortete Porter. »Das heißt, eine Neuigkeit habe ich schon. Unsere Spürhunde haben ein neues Ding am Himmel entdeckt.«
In kurzen Worten informierte Porter den Senator über die Angelegenheit.
»Scheint also tatsächlich etwas dran zu sein«, sagte der Senator. »Aber anders als in den albernen Filmen und Fernsehshows. Keine kleinen grünen Männchen.«
»Keine kleinen Männchen«, antwortete Porter. »Falls da jemand oder etwas ist, müssen wir uns an den Gedanken gewöhnen, daß es sich nicht um Männchen handelt.«
»Falls da jemand ist.«
»Richtig.«
»Wir Amerikaner sind immer zu voreilig«, sagte der Senator. »Zuviel Phantasie und zuwenig Verstand.«
»Bis jetzt nimmt die Bevölkerung die Sache gut auf. Keine Hysterie, keine Panik.«
»Weil es bis jetzt nichts gibt, auf das man hysterisch reagieren

könnte«, erwiderte der Senator. »Aber es wird schon bald wilde Storys geben. Irgendwelche verfluchten Narren werden Gerüchte in Umlauf bringen. Noch eins, Dave.«
»Ja?«
»Wird schon darüber gesprochen, die Sache international zu machen?«
»Ich verstehe Sie nicht ganz.«
»Werden wir andere Länder zu Rate ziehen? Wollen wir die Angelegenheit mit ihnen teilen?«
»Ich verstehe Sie immer noch nicht, Herr Senator. Es gibt bisher nichts, das man teilen kann.«
»Aber mein Gott, Dave, falls es etwas gibt! Wenn tatsächlich Außerirdische in Minnesota gelandet sind, dann sollten wir sie uns schnappen. Eine neue Technologie, neue Erkenntnisse, das muß man sich einmal vorstellen!«
»Ich verstehe, worauf Sie hinauswollen«, erwiderte Porter.
»Wir müssen wenigstens die ersten sein, die von ihnen lernen können«, sagte der Senator. »Was wir von ihnen lernen können, kann das jetzige Weltgefüge total verändern.«
»Haben Sie sich schon einmal überlegt, wie schwierig es sein wird, mit Fremdwesen ins Gespräch zu kommen? Falls überhaupt Fremdwesen in dem Ding sind!«
»Natürlich. Ich weiß das wohl. Aber wir haben die weltbesten Wissenschaftler. Wir haben die Köpfe.«
»Diese Sache wurde hier noch nicht erörtert«, sagte Porter.
»Sie geben diesen Tip weiter, ja?« drängte der Senator. »Ich werde versuchen, selbst an den Präsidenten heranzukommen, aber wenn Sie ihm meine Überlegungen...«
»Ich werde ihm davon erzählen«, versicherte Porter. »Ob er darauf eingehen wird, weiß ich natürlich nicht.«
»Sie sollen es ihm ja auch nur sagen. Das ist alles, worum ich Sie bitte. Möchten Sie noch einmal mit Alice sprechen?«
»Wenn sie will.«
Alice kam wieder an den Apparat, und sie sprachen kurz miteinander. Dann legten sie auf. Porter drehte sich im Stuhl herum und bemerkte eine Gestalt, die in der Tür zum Korridor stand.
»Hallo, Jack«, sagte er. »Wie lange stehen Sie denn schon da? Sie hätten ruhig hereinkommen und sich setzen können.«
»Erst ein paar Minuten«, antwortete Jack Clark. Clark war der Militärberater des Präsidenten.
»Ich habe gerade mit Senator Davenport gesprochen«, sagte Porter.

»Und was wollte er?«
»Nichts weiter«, sagte Porter. »Er wollte einfach nur mit jemandem reden. Heute nacht gibt es eine Menge Leute, die dieses Bedürfnis haben. Ich fürchte, das Land wird langsam nervös. Bisher besteht kein Grund zur Sorge, aber die Leute fangen an, sich ungemütlich zu fühlen, stellen sich Fragen, wollen der Sache auf den Grund gehen.«
»Und das alles, obwohl bisher nicht feststeht, ob da nicht bloß ein Stück Schrott vom Himmel gefallen ist.«
Porter schüttelte den Kopf. »Jack, ich fürchte, da steckt mehr dahinter. Das verfluchte Ding hat sich bewegt.«
»Vielleicht ist es eine Maschine.«
»Vielleicht«, sagte Porter. »Aber eine Maschine würde mir schon genug angst machen.«
Clark trat in den Raum und setzte sich auf einen Stuhl neben dem Schreibtisch.
»Was macht der Präsident?« fragte Porter.
»Er ist ins Bett gegangen. Aber ich kann mir nicht vorstellen, daß er gut schlafen wird. Die Sache regt ihn zu sehr auf. Es ist die Ungewißheit, die ihm so zu schaffen macht. Ich glaube, so geht es den meisten von uns.«
»Und gerade erst haben Sie gesagt, daß es sich bei dem Ding vermutlich nur um eine Maschine handelt. Jack, warum versuchen Sie abzustreiten, daß es sich auch um eine Intelligenz handeln könnte?«
»Habe ich das? Ja, ich glaube, Sie haben recht, das habe ich getan. Irgendwie schrecke ich vor dem Gedanken an eine fremde Intelligenz zurück. Es hat in den letzten Jahren soviel Aufregung wegen der UFOs gegeben. Fast jeder hat sich inzwischen seine eigenen Gedanken über sie gemacht. Jeder, oder zumindest fast jeder, hat eine vorgefaßte Meinung von ihnen.«
»Aber das Ding ist kein UFO, jedenfalls nicht im landläufigen Sinne. Es hat keines der Merkmale, die man mit UFOs assoziiert, wie blitzende Lichter, jaulende Töne und schnelles Im-Kreise-Drehen.«
»Das ist es nicht, worauf ich hinauswollte«, sagte Clark. »Ich meine, wenn sich tatsächlich herausstellt, daß das Ding lebendig ist oder etwas Lebendes beherbergt, dann wird die eine Hälfte der Bevölkerung in Panik geraten, und die andere wird glauben, das goldene Zeitalter sei angebrochen. Nur ganz wenige Bürger werden die Sache in aller Ruhe angehen.«
»Wenn tatsächlich eine außerirdische Intelligenz hinter der Sache stehen sollte, dann wird die Bundesregierung, und besonders das Militär, eine Menge zu erklären haben«, sagte Porter. »Schon seit Jahren

wird der Regierung vorgeworfen, sie unterdrücke UFO-Nachrichten.«

»Mein Gott«, sagte Clark, »denken Sie denn, daran hätte ich noch nicht gedacht. Es war das erste, was mir einfiel, als ich von der Sache erfuhr.«

»Sagen Sie, hat es diese Geheimhaltung gegeben?« fragte Porter.

»Woher soll ich das wissen?«

»Wer dann? Verdammt, Jack, wenn ich in dieser Angelegenheit für die Regierung sprechen soll, dann müßte ich schon wissen, welche Stelle zuständig ist.«

»Staatsschutz vermutlich«, sagte Clark. »CIA vielleicht oder FBI.«

»Würde ich unter den gegebenen Umständen eine Auskunft erhalten?«

»Das möchte ich bezweifeln«, antwortete Clark.

## 8. MINNEAPOLIS

»Hat sich Kathy schon wieder gemeldet?« fragte Garrison Jim Gold.

»Bisher nicht«, antwortete Gold. »Stiffy Grant hält die Leitung immer noch besetzt. Am Anfang hat er eine Menge erzählt, aber allmählich geht uns der Gesprächsstoff aus. Er hat mir eine sehr gute Beschreibung von dem Ding geliefert. Und er hat mir erzählt, wie die Sache in Lone Pine aufgenommen wird. Ich habe alles an Jackson weitergegeben. Er hat die Story vor ein paar Minuten fertiggestellt.«

Gold nahm den Hörer und sprach hinein. »Mr. Grant, sind Sie noch dran?«

Er lauschte einen Moment, dann legte er den Hörer wieder aus der Hand. »Er ist noch da«, sagte er.

Garrison setzte sich an seinen Schreibtisch und nahm die Fahne der ersten Ausgabe zur Hand, die jemand auf seine Schreibmaschine gelegt hatte. Er faltete sie auseinander, um einen Blick auf die erste Seite zu werfen.

Die Schlagzeile lautete: OBJEKT AUS DEM WELTALL IN MINNESOTA GELANDET

Auf Seite eins waren ausschließlich Artikel, die das Weltraumobjekt betrafen; ein Bericht über die Reaktion der Bevölkerung von Lone Pine, den Frank Norton geliefert hatte; ein Artikel aus dem Büro des Gouverneurs; eine Stellungnahme des Polizeipräsidenten; ein Arti-

kel aus der Hauptstelle der *Tribune* in Washington; ein Kommentar von Jay Kelly, der die Frage untersuchte, ob es im Universum intelligentes Leben gab und ob die Möglichkeit bestünde, daß die Erde von einer dieser Lebensformen besucht worden sei; eine Landkarte, die die Lage von Lone Pine verdeutlichte.
Nicht schlecht für den Anfang, sagte er sich. Wenn sich doch bloß Kathy endlich melden würde und Franks Fotos einträfen.
»Habt ihr schon was von dem Burschen mit den Filmen gehört?« fragte er Annie.
»Er hat vor zehn Minuten angerufen«, antwortete sie. »Aus Anoka. Er hat angerufen, als er tanken mußte.«
Garrison warf einen schnellen Blick auf die Wanduhr am anderen Ende des Raumes. 10:05. Es war noch genug Zeit, die Filme zu entwickeln und ein paar Abzüge fertig zu machen.
»Hat Kathys Freund angerufen?« fragte er Annie. »Wenn sie sich wieder meldet, wird sie das wissen wollen.«
»Bis jetzt nicht«, sagte Annie. »Ich habe eben noch in Kathys Postfach nachgeguckt. Ich dachte, vielleicht hätte jemand einen Anruf für sie entgegengenommen und ihr eine Nachricht hinterlassen. Aber es war nichts drin.«
»Vielleicht versuchst du einmal, ihn zu Hause zu erreichen. Hast du seinen Namen?«
»Ja, Jerry Conklin. Er studiert hier an der Universität. Er müßte im Studentenverzeichnis zu finden sein.«
Garrison sah sich im Raum um. Im Gegensatz zu heute nachmittag waren jetzt viele Schreibtische besetzt. Höchstwahrscheinlich hätten die meisten Leute schon längst Feierabend machen können, sie hatten ihr Tagespensum erledigt. Jay, zum Beispiel, war wegen des Krebsartikels heute früh nach Rochester gefahren, dann war er wiedergekommen und hatte die Story geschrieben, anschließend den Kommentar über Leben im Weltall, und jetzt war er immer noch da. Wie die meisten anderen; sie blieben für den Fall, daß sie gebraucht würden. Tolle Belegschaft, knurrte Garrison. Aber, verdammt noch mal, dachte er, sie sollten das nicht tun. Wenn ihr Arbeitstag vorbei war, sollten sie nach Hause gehen.
»Wir haben etwas vergessen«, sagte er zu Gold. »Wir haben uns nicht um eine Unterkunft für Kathy und Chet gekümmert. Wo werden sie übernachten? Gibt es Übernachtungsmöglichkeiten in Lone Pine?«
»Ja, ein kleines Motel«, antwortete Gold. »Annie hat dort schon angerufen, um Zimmer zu bestellen.«
»Annie denkt wirklich an alles.«

»Als sie anrief, sagte man ihr im Motel, daß Norton schon Zimmer für die beiden reserviert hätte.«
»Gut«, sagte Garrison, »dafür ist also gesorgt.«
Hal Russel, der Nachrichtenredakteur, trat an Garrisons Schreibtisch. »Johnny, unser Büro in Washington hat gerade noch eine Story durchgegeben. Das Weiße Haus gab bekannt, daß ein großes, unbekanntes Objekt auf einer Umlaufbahn um die Erde gesichtet worden ist. Es scheint Überlegungen zu geben, ob diese Geschichte etwas mit dem Fall in Lone Pine zu tun haben könnte. Ein Mutterschiff vielleicht.«
Garrison vergrub das Gesicht in den Händen. »Soll diese Nacht denn niemals enden?« stöhnte er. »Wir müssen Platz schaffen für die Neuigkeit. Nimm den Gouverneur-Artikel aus Seite eins heraus und schiebe die anderen ein bißchen zusammen. Diese Angelegenheit hat fast die gleiche Bedeutung wie der Leitartikel. Wir müssen ihn wohl überarbeiten und die Nachricht in ihn einfügen.«
»Damit ist schon begonnen worden«, sagte Russel. »Die Geschichte ist auf siebenhundert Worte festgelegt worden. Das bedeutet, daß uns der Platz knapp wird. Wir müssen noch mehr rausschmeißen. Vielleicht sollten wir eine zweite Extraseite machen.«
»Da ist genug Mist, den wir rausschmeißen können. Laß mal eine Kopie der Geschichte anfertigen und reich sie mir rein.«
»In Ordnung, Johnny«, sagte Russel.
»Ich habe versucht, Jerry Conklin anzurufen«, machte sich Annie bemerkbar, »aber ich erreiche niemanden. Ich frage mich, was da passiert sein kann.«
»Wenn Kathy zurückkommt, wird sie ihm die Hölle heiß machen«, sagte Gold. »Ich möchte nicht derjenige sein, der sie sitzengelassen hat. Auch wenn sie gar nicht da war, um sitzengelassen zu werden.«
Zwischen den Schreibtischreihen kam die große, knochige Gestalt von Al Lathrop, dem Chefredakteur, auf Garrisons Schreibtisch zugepoltert. Er hielt die erste Ausgabe umklammert und machte ein besorgtes Gesicht. Vor Garrison hielt er an. Da stand er nun in seiner vollen Größe und blickte auf den Ressortleiter hinab.
»Ich weiß nicht recht«, polterte er los, »ich bin ein bißchen nervös. Wir tun so, als ob das Ding in Lone Pine tatsächlich aus dem All käme, 'ne Art Besucher aus dem Weltraum.«
»Aber es ist aus dem Weltraum gekommen«, entgegnete Garrison. »Es ist vom Himmel gekommen und gelandet. Wir haben das doch schon alles bei der Redaktionskonferenz durchgekaut...«
»Aber jetzt klingt es anders, als ich es mir vorgestellt habe. Der Tenor ist, daß es sich um eine Intelligenz aus dem All handelt, ein UFO.«

»Lesen Sie es noch einmal«, sagte Garrison. »Lesen Sie es sich sorgfältig durch. Wir haben das an keiner Stelle behauptet. Wir haben nur wiedergegeben, was andere Leute uns berichtet haben. Wenn sie das Ding für ein UFO oder etwas Ähnliches gehalten haben, dann haben wir das so geschrieben. Und außerdem...«

»Diese Story von Jay...«

»Reine Spekulation, und Jay macht das auch deutlich. Wenn es intelligentes Leben im Universum gäbe, wie könnte es aussehen, wie groß wären die Chancen, daß diese Wesen uns besuchen würden, und so weiter. Es ist die Art von Artikel, wie er schon tausendmal geschrieben wurde. Solche Sachen sind doch schon zuhauf veröffentlicht worden, in Magazinen und Zeitungen, im Fernsehen, im Radio. Und Jay modifiziert die Sache in jedem zweiten Abschnitt. Wenn es sich so und so verhalten sollte, schreibt er. Wenn das Objekt in Lone Pine eine Intelligenz aus dem All sein sollte, oder etwas anderes, das völlig...«

»Johnny, wir müssen vorsichtig sein. Wir könnten eine Panik auslösen.«

»Wir sind vorsichtig gewesen. Wir haben objektiv berichtet. Wir sind keinen Zentimeter von...«

Das Telefon klingelte, Annie hob ab.

»Also gut«, sagte Lathrop, »dann wollen wir auch weiter vorsichtig sein. Wir sollten nicht über die Tatsachen hinausgehen.«

Annie wandte sich an Garrison. »Das war das Fotolabor. Gerade ist der Junge mit den Filmen eingetroffen.«

Gold reichte ihm den Hörer seines Apparates rüber. »Kathy ist jetzt dran.«

Garrison nahm den Hörer entgegen und sagte: »Einen Augenblick, Kathy.«

Er bedeckte die Muschel mit der Hand und wandte sich an Gold. »Sag der Nachrichtenabteilung, daß sie für die nächste Ausgabe Fotos zur Verfügung haben wird. Ein paar auf die erste Seite, und noch einige nach innen. Statte dem Labor ruhig einen Besuch ab und sieh nach, was sie haben. Wenn die Fotos gut sind, soll die Abteilung eine ganze Seite für sie freihalten. Es ist noch genug Mist in der Zeitung, den wir streichen können. Dann haben wir genug Platz für die Bilder.«

Garrison sah, wie Lathrop den Gang zwischen den Schreibtischen zurückstapfte. Die Zeitung hielt er immer noch fest umklammert.

Er nahm die Hand von der Muschel. »In Ordnung, Kathy«, sagte er, »was hast du für Neuigkeiten?«

»Bevor ich anfange, habt ihr inzwischen was von Jerry gehört?«

# 9. LONE PINE

Kathy kämpfte sich aus den Tiefen des Schlafes empor. Jemand klopfte an die Tür. Hinter den Vorhängen schimmerte schwach das erste Morgenlicht. Tastend suchte sie nach der Lampe auf dem Nachttisch, beides befand sich nicht an dem gewohnten Platz. Das Zimmer, das zeigte ihr ein kurzer Blick, war von frugaler Ärmlichkeit. Wo, zum Teufel, bin ich, fragte sie sich. Aber dann fiel es ihr wieder ein: Lone Pine.

Lone Pine, und irgend jemand hämmerte an die Tür.

Sie fand den Lichtschalter und knipste die Lampe an. Dann warf sie die Decke zurück und suchte mit den Füßen nach ihren Schuhen, fand sie und streifte sie über. Ihr Morgenrock lag am Fußende des Bettes. Hastig versuchte sie ihn überzuziehen.

Das Klopfen hielt an.

»Schon gut, schon gut«, schrie sie. »Ich komme gleich.«

Während sie den Morgenrock fest um den Körper wickelte, schlurfte sie zur Tür. Sie schob den Riegel zurück und öffnete.

Draußen stand Frank Norton.

»Miß Foster, es tut mir sehr leid, Sie um diese Zeit zu belästigen, aber es ist etwas passiert. Das Ding, das vom Himmel gefallen ist, mäht Bäume nieder und frißt sie.«

»Frißt Bäume?«

Er nickte. »So ist es. Es schneidet sie ab und frißt sie auf. Es verschlingt große Bäume.«

»Könnten Sie wohl Chet wecken?« fragte sie. »Er hat das Nachbarzimmer, Nummer drei. Ich bin gleich fertig.«

Norton drehte sich um, und sie schloß wieder die Tür. Das Zimmer war scheußlich kalt. Wenn sie atmete, hing der dünne Hauch in der Luft.

Schnell kleidete sie sich an, zitternd und keuchend, dann trat sie vor den Spiegel, um sich zu kämmen. Sie sah nicht besonders attraktiv aus, das war ihr klar. Sie sah schlimm aus, aber was sollte es. Wer sie um diese Morgenstunde aus dem Bett warf, mußte auf einen solchen Anblick gefaßt sein.

Norton mußte den Verstand verloren haben, sagte sie sich. Das Ding im Wald fraß doch nicht wirklich Bäume! Vielleicht war das ganze nur ein Scherz, allerdings wirkte dieser Norton nicht gerade wie ein Witzbold. Aber warum, um alles in der Welt, sollte dieses merkwürdige Gebilde ausgerechnet Bäume verschlingen?

Als sie vor die Tür trat, war Chet bereits da, über und über mit seiner Fotoausrüstung behängt.

»Du siehst hübsch aus«, sagte er zu Kathy, »und das zu dieser unmöglichen Uhrzeit.«

»Spar dir deine ironischen Bemerkungen!« fauchte Kathy.

»Es tut mir leid, daß ich Sie vor Sonnenaufgang aus den Federn holen mußte«, beteuerte Norton. »Aber ich habe mir gesagt, daß Sie sicher darüber informiert werden wollen. Also habe ich mir einen Ruck gegeben und angeklopft.«

»Das war schon richtig«, versicherte Kathy. »Schließlich gehört das zu unserem Beruf.«

»Inzwischen sind eine Menge Journalisten in die Stadt gekommen«, berichtete Norton. »Während der ganzen Nacht strömten sie von überall herbei. Trowbridge vom *Minneapolis Star*, jemand vom *Kansas City Star*, ein paar Leute vom *Des Moines Register* und der *Tribune*. Alle haben Fotografen dabei. Ich nehme an, später werden noch mehr eintreffen.«

»Wie kommen sie denn rein?« fragte Chet. »Die Straßen sind doch total verstopft.«

»Die Polizei hat sie wieder freibekommen. Hat die Wagen umgeleitet und dann wieder zurückgeschickt. Jetzt stehen nur noch ein paar Autos da. Ich glaube, eures ist auch dabei. Die Polizei hat sie auf den Mittelstreifen geschoben. Sie lassen nur die Presse und ein paar andere Leute durch, der Rest muß draußenbleiben.«

»Ist das Fernsehen schon da?« fragte Kathy.

»Ein paar Teams«, antwortete Norton. »Sie setzen Himmel und Hölle in Bewegung, um über den Fluß zu kommen, aber das ist völlig unmöglich.«

»Und mit Booten?«

»Sie haben sich schon nach Booten umgesehen, aber hier gibt es nicht viele Leute, die ein Boot besitzen. Und die Boote, die es gibt, liegen auf Seen in der Umgebung. Keiner hier fährt mit seinem Boot auf dem Fluß spazieren.«

Als sie die Straße hinuntergingen, waren nicht viele Menschen zu sehen. Wahrscheinlich waren alle an der Auffahrt zur Brücke, dachte Kathy, und beobachteten, wie das Ding Bäume verschlang.

Noch bevor sie den Fluß erreichten, hörten sie hin und wieder das Krachen eines stürzenden Baumes und anschließend ein Geräusch wie Donnerrollen, das an- und abschwoll.

»Ist das der Kasten? Macht er diese Töne beim Fressen?« fragte Kathy.

»Ja«, antwortete Norton. »Zuerst knickt er den Baum ab und schnappt ihn sich...«
»Aber die Bäume dort sind riesig«, warf Chet ein.
»Das Ding selbst ist riesig«, erwiderte Norton. »Warten Sie nur, bis Sie es gesehen haben.«
Eine stattliche Menschenmenge hatte sich an der zerstörten Brücke versammelt. Drei Fernsehteams standen auf der Fahrbahn in Bereitschaft. Der Wagen, den das Objekt beim Landen plattgedrückt hatte, war verschwunden. Ein Polizeiauto parkte am Straßenrand, zwei Polizisten lehnten dagegen. Keiner von beiden, stellte Kathy fest, war der Beamte, der in der vergangenen Nacht dort Wache gestanden hatte.
Jenseits des Flusses lag das Objekt. Kathy mußte schlucken, als sie es sah. Alle hatten zwar davon gesprochen, wie groß es sei, aber dennoch war sie auf den Anblick nicht vorbereitet. Es war so groß, daß es die meisten Bäume vor sich noch einmal um die Hälfte ihrer Größe überragte. Groß und schwarz – das schwärzeste Ding, das sie jemals gesehen hatte. Aber seltsamerweise war es darüber hinaus kein bißchen spektakulär. Es hatte weder Antennen noch sonst irgendwelche Auswüchse. Keine der sinnreichen Vorrichtungen, mit denen die Fernsehregisseure in ihren UFO-Sendungen die fliegenden Untertassen so gerne ausstatteten. Nur ein abweisender, völlig schwarzer Kasten. Und was gleichfalls sonderbar war: Keine Bedrohung ging von ihm aus. Außer seiner Größe hatte das Ding nichts an sich, das einem Furcht einflößen konnte.
Vor dem Ding knickte ein großer Baum ganz langsam ab und fiel dann krachend zu Boden. Dort lag schon ein großer Stapel Überreste von den anderen Bäumen, die es gefällt hatte. Während es die Bäume kaute, zu sich nahm, verschluckte, oder was auch immer es mit den Bäumen tun mochte, stieß es beständig dieses dumpfe Donnergrollen aus. Der soeben gestürzte Baum schien auf einmal ein Eigenleben zu bekommen. Er hüpfte und tanzte, drehte sich vor und zurück. Und dann, sehr langsam, wurde er in die Vorderseite des schwarzen Objektes gezogen.
»Das verfluchte Ding saugt sie einfach ein und verspeist sie dann«, bemerkte Norton. »Seit es vor ungefähr einer halben Stunde damit anfing, hat es sich fast um seine gesamte Länge vorgeschoben, also schätzungsweise neunzig Meter.«
»Was mag es vorhaben?« fragte Kathy. »Ob es sich einen Pfad durch die Wildnis fressen will?«
»Wenn es das beabsichtigt«, meinte Norton, »dann hat es noch ein

schönes Stück Arbeit vor sich. Der Wald ist mindestens dreißig Kilometer lang und überall sehr dicht.«

Sie standen da und beobachteten. Es gab nicht viel zu sehen. Nur einen riesigen schwarzen Kasten, der Bäume umlegte und sie absorbierte. Für Kathy war das Erschreckende an der Sache die langsame und vorsätzlich scheinende Bewegung des Dinges. Es schien überzeugt zu sein, daß nichts und niemand es daran hindern konnte, das zu tun, was es tun wollte.

Sie ging zu dem Polizeiauto hinüber.

»Können wir etwas für Sie tun, Miß?« fragte einer der Uniformierten.

»Das Auto«, sagte sie, »ich meine das zerstörte, das gestern noch am Brückenaufgang gelegen hat, jetzt ist es nicht mehr da.«

»Das ist von einem Lastwagen weggeschafft worden«, gab der Mann zur Antwort. »Der Fahrer hatte die für die Beschlagnahme erforderlichen Papiere dabei, da haben wir es ihm überlassen. Wir haben trotzdem noch einmal über Funk nachgefragt, aber uns wurde gesagt, die Sache habe ihre Richtigkeit.«

»Wer hat die Beschlagnahme angeordnet?«

»Ich bin nicht befugt, Ihnen darüber Auskunft zu erteilen, Miß«, antwortete der Polizist.

»Das FBI?«

»Ich kann dazu nichts sagen.«

»Nun gut, lassen wir das. Aber vielleicht können Sie mir sagen, was als nächstes geschehen soll?«

»Die Armee will Techniker herschicken, um eine Behelfsbrücke zu bauen. Wir erwarten sie jeden Augenblick. Wenn ich es richtig verstanden habe, handelt es sich um eine von diesen vorgefertigten Brükken.«

Chet kam auf sie zu. »Ich habe alles aufgenommen, was man von hier aus sehen kann«, sagte er. »Wir müßten näher ran. Trowbridge und ich und noch ein paar Leute haben schon darüber gesprochen. Wir glauben, daß man durch den Fluß waten kann. Unterhalb des Staubeckens ist das Wasser zwar schnell, aber nicht tief. Jedenfalls sagen das die Einheimischen. Wenn wir eine Kette bilden und uns gegenseitig helfen, müßten wir es schaffen.«

Der andere Polizist sagte: »Sie können den Fluß nicht überqueren. Wir haben Anweisung, daß niemand den Fluß überqueren darf.«

»Wenn ihr tatsächlich gehen wollt«, sagte Kathy, »dann vergeßt mich nicht. Ich komme auch mit.«

»Den Teufel wirst du tun«, entgegnete Chet. »Du bleibst schön hier

und bewachst unsere Ausrüstung. Wir können ja nicht alles mitnehmen. Ich nehme nur eine Kamera und ein paar Filme mit.«
Aber Kathy blieb stur: »Chet White, ich komme mit. Wenn die anderen gehen, dann gehe ich auch...«
»Du wirst dir einen nassen Hintern holen. Außerdem ist das Wasser verdammt kalt.«
»Ich bin schon öfter naß geworden, und kalt war mir auch schon.«
»Die Fernsehfritzen machen mir Sorgen«, sagte Chet. »Sie wollen eine Menge Zeug mit rübernehmen, und wir sollen ihnen tragen helfen. Der Kram ist schwer.«
Der erste Polizist trat dicht an die beiden heran.
»Sie können den Fluß nicht überqueren«, sagte er. »Wir haben unsere Anweisungen.«
»Dann zeigen Sie sie her«, gab Chet gereizt zurück.
»Wir haben keine schriftlichen Anweisungen. Der Befehl ist uns über Funk durchgegeben worden. Niemand darf den Fluß überqueren.«
Towbridge vom *Minneapolis Star* gesellte sich zu ihnen. »Ich habe mitbekommen, was Sie gesagt haben«, sagte er zu dem Beamten. »Sie müssen Gewalt anwenden, wenn Sie uns aufhalten wollen. Ich glaube nicht, daß Sie so weit gehen werden.«
Jetzt mischte sich auch der zweite Polizist in die Auseinandersetzung ein. »Ihr verdammten Zeitungsleute«, sagte er angewidert, und zu seinem Kollegen gewandt: »Schalt das Funkgerät ein. Erzähl denen, was hier los ist.«
Ein weiterer Reporter gesellte sich zu der Gruppe. »Mein Name ist Douglas, *Kansas City Star*«, sagte er zu dem Polizisten. »Wir nehmen Ihren Befehl zur Kenntnis, aber wir müssen auf die andere Seite. Das ist unser Beruf. Das Land jenseits des Flusses ist Bundeseigentum, und Sie unterstehen dem Staat. Da Sie keine Anweisung vom Bundesgericht vorlegen können...«
Der Polizist antwortete nicht.
»Und du hast also beschlossen, uns zu begleiten?« wandte sich Douglas an Kathy.
»Da hast du verdammt recht.«
»Dann bleib dicht bei mir. Halt dich gut fest.«
»Besten Dank, Sir«, sagte sie.
»Hier«, sagte Chet und überreichte Kathy eine Kamera. »Häng dir das um. Ich werde einem von den Fernsehtrotteln mit der Ausrüstung helfen.«
»Was macht ihr mit eurem restlichen Kram?« fragte sie.
»Alles, was wir nicht mitnehmen können, werden wir zu einem Hau-

fen am Straßenrand auftürmen. Die Polizisten werden ihn für uns bewachen.«
»Den Teufel werden wir tun«, knurrte der Beamte.
Er drehte sich um und ging zum Wagen zurück, wo sein Kollege über Funk Meldung machte.
»Ihr seid ziemlich rauh mit den Polizisten umgesprungen«, bemerkte Norton.
»Wir werden uns später entschuldigen«, sagte Chet. »Verdammt, wir haben einen Job zu erledigen.«
»Es gibt aber Gesetze, die das Überqueren von Feuerschneisen und Ähnlichem betreffen«, wandte Norton ein.
»Das hier ist keine Feuerschneise, sondern ein Fluß«, erwiderte Chet.
»Also gut«, sagte Norton, »ich komme mit euch rüber. Wir nehmen Kathy zwischen uns. Der *Kansas City Star* und ich werden schon aufpassen, daß sie nicht ertrinkt.«
Der eine Polizist kam rasch zurück. »Sie dürfen rüber«, sagte er. »Von unserer Seite bestehen keine weiteren Einwände. Aber auf Ihre eigene Verantwortung. Es sind schließlich Ihre Ärsche, die Sie riskieren.«
Und direkt an Douglas gewandt fügte er hinzu: »Das können Sie ebenfalls zur Kenntnis nehmen.«
»Danke, Sir«, sagte Douglas, »mit dem größten Vergnügen. Und noch mal besten Dank.«
Am Ufer formierten die Reporter sich jetzt zu einer Kette. Es war ein Geschiebe und Gedrängel. Trowbridge lief zum Fluß hinab und übernahm das Kommando.
»Hört mit dem Quatsch auf«, rief er. »Bildet eine Reihe und hakt euch bei eurem Nachbarn unter. Nehmt's leicht. Tief durchatmen. Das Wasser ist kalt. Ihr werdet euch die Eier abfrieren.«
Sein Blick fiel auf Kathy.
»Tut mir leid, Kathy«, sagte er.
»Mach dir nichts draus«, entgegnete sie. »Ich glaube nicht, daß ich hier etwas zu hören bekomme, was ich nicht schon kenne.«
Die Kette bewegte sich nun ins Wasser hinein.
»Jesus«, kreischte der Fernsehreporter, der die Führung übernommen hatte, »das Wasser ist eisig.«
»Gar nicht drauf achten«, riet ihm jemand.
Zentimeter für Zentimeter schob sich die Kette durch den Fluß. An der tiefsten Stelle reichte das Wasser einem großen Mann bis zur Taille.

Kathy biß die Zähne zusammen, als sie mit dem Wasser in Berührung kam. Aber während sie mit den anderen langsam hindurchwatete, eine Hand von Douglas' großer Faust umschlossen, die andere in Nortons festem Griff, vergaß sie die Kälte und konzentrierte sich völlig aufs Gehen.
Die Spitze der Kette hatte inzwischen das andere Ufer erreicht; sie blieben dort, um den anderen zu helfen.
Mit klappernden Zähnen kletterte Kathy die Uferböschung hoch. Chets Kamera pendelte an ihrem Hals und prallte ihr bei jedem Schritt gegen den Leib.
Chet streckte die Hand aus, um ihr die letzten paar Schritte hinauf zu helfen, und nahm ihr die Kamera ab.
»Lauf ein bißchen hin und her«, riet er ihr. »Mach Jogging. Wenn du dich bewegst, wird dir bestimmt gleich wärmer. Du siehst aus wie eine nasse Katze.«
»Du ebenso«, sagte sie. »So sehen wir alle aus.«
Ein paar der anderen liefen die leichte Anhöhe hinauf, die sich zum Fluß hin senkte. Kathy schloß sich der Gruppe an. Zu ihrer Linken erhob sich das fremde Objekt. Wie eine riesige schwarze Mauer ragte es in den Himmel. Das Krachen der stürzenden Bäume und das dumpf an- und abschwellende Grollen klang hier viel lauter, als auf der anderen Seite des Flusses.
Die Fotografen schwärmten mit schußbereiten Kameras aus.
Aus der Nähe wirkte das Objekt viel eindrucksvoller. Erst hier konnte man seine wirklichen Ausmaße erkennen. Und seine Unbeirrbarkeit – das Objekt schob sich langsam vor und schien die Menschen, die es neugierig umkreisten, nicht im geringsten zu beachten. So, als ob es sie gar nicht wahrnähme, oder einfach ignorierte, falls es sie wahrnahm. Als ob wir gar nicht da wären, dachte Kathy, als würde es sich nicht lohnen, uns zu beachten. Wie wimmelnde Mikroben, denen man keine Beachtung schenkt.
Sie arbeitete sich zum hinteren Ende des Objektes vor und versuchte herauszufinden, wie es sich bewegte. Das Ding hatte weder Räder noch Ketten, es schien überhaupt keine beweglichen Teile zu besitzen. Und es sah so aus, als ob es mit keiner Stelle den Boden berührte. Sie beschloß, sich hinzuhocken und ihre Hand zwischen die große schwarze Masse und den Boden zu stecken, um zu sehen, ob tatsächlich ein Zwischenraum existierte, aber im letzten Augenblick verließ sie der Mut. Das tollkühne Unternehmen konnte sie die Hand kosten, sagte sie sich.
Erst jetzt fiel ihr auf, daß das Ding gar nicht wirklich die Form einer

Kiste hatte. Die Seitenwand, die sie sehen konnte, erstreckte sich gerade nach oben, aber die hintere Wand (und möglicherweise auch die vordere, dachte sie) war leicht nach außen gebogen. Dort, wo es dem Boden am nächsten war, hatte es eine flache Ausbuchtung. Irgendwie – sie wußte selbst nicht warum – erinnerte sie das ganze Ding an eine Schildkröte, die sich in ihren Panzer zurückgezogen hat.
Als Kathy weiter um das Objekt herumging, stieß sie sich an etwas die Zehe. Sie stolperte, konnte sich jedoch im letzten Moment abfangen. Sie schaute zu Boden, um festzustellen, woran sie sich gestoßen hatte. Was immer es sein mochte, es war weiß, glatt und befand sich dicht über der Erde. Kathy bückte sich, um die Tannennadeln darauf zu entfernen. Das Ding entpuppte sich als frischer Baumstumpf, der nur wenige Zentimeter über dem Boden glatt abgeschnitten worden war.
Verblüfft tastete sie den glatten Stumpf ab. Kleine Harztropfen waren aus dem Holz getreten und verklebten ihre Handfläche. Das schwarze Objekt knickte also die Bäume nicht einfach um, wie sie gedacht hatte, sondern schnitt sie dicht über dem Boden sauber ab. Dann drückte es mit seinem großen Gewicht dagegen, so daß sie vor ihm niederfielen.
Aber das bedeutete doch, daß das Objekt sich nicht einfach gewaltsam einen Weg durch den Wald zu bahnen versuchte und dabei die Bäume niedermähte. Es schnitt die Bäume vorsätzlich ab. Während sie noch darüber nachdachte, fing das hintere Ende des Kastens plötzlich an zu zucken, dann rollte es sich hoch, wie ein automatisches Garagentor, das auf ein Signal reagiert.
Es glitt knapp zwei Meter nach oben, und drei große, weiße Gegenstände wurden hinausgeschleudert. Zusammen mit den weißen Gegenständen verließ eine Wolke von Rindenstückchen und Fichtennadeln das schwarze Ding. Der Anblick erinnerte an einen gigantischen Rasenmäher in Aktion.
Dann schloß sich die Rückseite wieder.
Waren da Rutschbahnen gewesen, fragte sich Kathy. Sie war sich nicht sicher, ob sie Rutschen gesehen hatte, die die weißen Gebilde und die Streu nach draußen befördert hatten.
Vorsichtig ging sie auf einen der Ballen zu und streckte die Hand aus, doch von plötzlicher Furcht ergriffen, zog sie sie wieder zurück. Sie konnte sich nicht entschließen, das Gebilde zu berühren. Sie schalt sich wegen ihrer Ängstlichkeit und streckte erneut die Hand vor. Das weiße Material war fest zusammengepreßt, aber weder Drähte noch eine andere Befestigung waren zu sehen. Sie versuchte ihren Finger

hineinzubohren, aber das Material widerstand diesem Versuch. Schließlich gelang es ihr, ein kleines Stückchen von dem Ballen zu lösen.

Er sah fast genauso aus wie Baumwolle. Komisch, dachte sie, dieses schwarze, bäumefressende Monster scheidet Baumwollballen aus.

Von der anderen Flußseite scholl metallisches Kreischen herüber. Als Kathy sich umblickte, um zu sehen, was das Geräusch verursacht hatte, bemerkte sie einen Kranwagen, der rückwärts am anderen Ende der Brücke abgestellt war. Der Kran hob ein rechteckiges Holzgebilde von der Ladefläche. Darunter waren andere Teile gestapelt. Das sind sicher die Armeetechniker mit der vorgefertigten Brücke, dachte sie. Dann müssen wir auf dem Rückweg vielleicht nicht wieder durch den Fluß waten. Sie fragte sich, wie lange es wohl dauern mochte, die Brücke zusammenzusetzen und hoffte, daß es nicht allzuviel Zeit in Anspruch nahm. Die Aussicht, das eiskalte Wasser noch einmal durchqueren zu müssen, fand sie nicht besonders attraktiv.

Sie hörte Schritte hinter sich und drehte sich um. Chet kam auf sie zu, gefolgt von anderen Fotografen und Reportern.

»Was ist denn das hier?« stieß er hervor. »Wo kommen diese Ballen her?«

»Das Ding hat sie ausgespuckt«, antwortete Kathy.

Chet war bereits davongestürzt und hatte die Kamera vor das Auge gerissen, die anderen liefen ihm nach. Die Fernsehleute rannten hektisch durcheinander. Einige hielten kleine Handkameras, während andere sich mit elektronischen Geräten und Stativen abmühten.

Kathy ging langsam davon. Hier gab es für sie nichts mehr zu tun. Das war eine Schande, sagte sie sich. Für Zeitungen, die mittags erschienen, war nun erst einmal Pause. Die Neuigkeiten würden in den Abendnachrichten des Fernsehens und den Nachtausgaben der Zeitungen erscheinen, lange bevor die *Tribune* in Druck ging. So ist es nun einmal, dachte sie mit einem Anflug von Resignation: Manchmal gewinnt man, manchmal verliert man. Daran ist nun mal nichts zu ändern.

Was mochte das nur alles bedeuten, fragte sie sich. Wieso verzehrte das Kistenungetüm mit dem einen Ende Bäume, und wieso spie es am anderen Ballen aus einem baumwollähnlichen Material und Holzabfälle aus? Irgendwie schien es einen Sinn zu ergeben. Das Ding schied die Bäume in Ballenform wieder aus, nachdem es sie verdaut hatte. Was aber mochte das für ein Stoff sein, der da zu Ballen gepreßt wurde? Eigentlich müßte ich das wissen, dachte sie. Sie kramte in ihrem Gedächtnis nach einer tief abgesunkenen Erinnerung, nach ei-

nem Wissen, das sie sich in den Biologiestunden der Schulzeit mühsam erworben hatte. Mathematik und Naturwissenschaften, das waren immer ihre schwächsten Fächer gewesen.
Ein Wort erklang in ihrem Kopf. Das könnte es sein! Zellulose! Bäume bestanden zu einem großen Teil aus Zellulose, daran erinnerte sie sich noch. Möglicherweise enthielten alle Pflanzen Zellulose? Aber in welchen Mengen? Soviel, daß es sich lohnte, die Bäume zu zerkauen und die Zellulose herauszuholen? Sah Zellulose so aus wie Baumwolle? Wenn das Zeug tatsächlich Zellulose war, was hatte der Kasten dann mit Zellulose im Sinn?
Während sie über all das nachdachte, ging sie immer weiter rückwärts, Schritt für Schritt. Sie hatte den Kopf in den Nacken gelegt und schaute zu der riesenhaften Form hinauf. Sie versuchte, sich von dieser kolossalen Größe einen besseren Eindruck zu verschaffen.
Plötzlich stieß sie mit dem Rücken gegen einen Baum. Sie senkte den Kopf, blickte über die Schulter und stellte fest, daß sie den Waldrand erreicht hatte.
Irgendwo aus der Nähe erklang eine leise Stimme. »Kathy? Kathy, bist du das?«
Sie erkannte die Stimme augenblicklich. Sie wußte, wer gesprochen hatte. Mit klopfendem Herzen flog sie herum.
»Jerry! Was, um alles in der Welt, tust du hier?«
Dieser verdammte Narr stand doch wahrhaftig einfach da und grinste, freute sich darüber, daß es ihm gelungen war, sich anzupirschen und sie zu erschrecken. Er trug Anglerstiefel und hatte Kratzer im Gesicht. Sein Wollhemd war an mehreren Stellen eingerissen.
»Jerry«, stammelte sie noch einmal. Sie konnte einfach nicht glauben, was ihre Augen sahen.
Er legte warnend den Finger auf die Lippen. »Nicht so laut«, flüsterte er.
Sie stürzte auf ihn zu und schlang die Arme um seinen Hals.
»Vorsicht! Vorsicht!« mahnte er. »Wir sollten uns besser verstekken.« Während er das sagte, zog er sie in das Unterholz, in dem er sich verborgen gehalten hatte.
Sie hob den Kopf und starrte ihm ins Gesicht. Tränen liefen über ihre Wangen. »Aber Jerry, wieso sollten wir vorsichtig sein? Ich bin so glücklich, daß wir uns getroffen haben. Sie haben mich direkt vom Schreibtisch hierhergeschickt, ich konnte nur noch eine kleine Nachricht für dich hinterlassen...«
»Wir müssen vorsichtig sein«, erklärte er. »Ich darf mich nicht sehen lassen.«

»Das verstehe ich nicht!« protestierte sie. »Wieso versteckst du dich? Wieso bist du überhaupt hier?«
»Ich habe den Wagen abgestellt und bin angeln gegangen, dann ist das Ding gelandet und hat den Wagen zerdrückt.«
»Dann war das also dein Wagen?«
»Hast du den Wagen gesehen? Er war sicherlich total zerquetscht?«
»Er war platt. Sie haben ihn fortgeschafft.«
»Wer hat ihn fortgeschafft?«
»Ich weiß es nicht. Irgend jemand hat ihn weggeschleppt. Möglicherweise das FBI.«
»Verdammt!« knurrte er.
»Wieso ›verdammt‹?«
»Das ist eine der Sachen, um die ich mir Sorgen mache. Sie werden das Nummernschild entdecken, dann können sie meinen Namen herausfinden.«
»Jerry, wieso versteckst du dich? Was hast du zu verbergen?«
»Ich war in dem Ding! Im Innern dieses Kastens! Irgend etwas kam heraus und hat mich mit einem Ruck hineingezogen!«
»In dem Kasten? Aber du bist wieder herausgekommen?«
»Es hat mich rausgeworfen. Ich bin in einem Baum gelandet, das hat mir das Leben gerettet.«
»Ach, Jerry! Ich verstehe allmählich überhaupt nichts mehr! Wieso hat dich das Ding hereingeholt?«
»Um mich zu untersuchen, glaube ich. Ich weiß das natürlich nicht genau. Ich weiß gar nichts mehr. Ich bin die ganze Nacht im Wald herumgeirrt. Fast wäre ich erfroren. Ich habe viel nachgedacht.«
»Du hast nachgedacht und dir irgend etwas überlegt; sag mir, was!«
»Ich habe mir vorgenommen, daß ich keiner von diesen Tröpfen sein will, die einmal in einer fliegenden Untertasse gewesen sind.«
»Das ist aber keine Untertasse, Jerry!«
»In etwa schon. Es kommt aus dem Weltall. Das weiß ich.«
»Das weißt du...?«
»Ja, das weiß ich. Aber jetzt ist nicht der richtige Augenblick, um dir alles zu erzählen.«
»Warum kommst du dann nicht mit mir. Ich möchte nicht, daß du hier mutterseelenallein im Wald herumirrst.«
»Es sind eine Menge Journalisten im Ort, nicht wahr?«
»Natürlich.«
»Die würden mich auseinandernehmen. Sie fragen mir ein Loch in den Bauch.«
»Nein. Das würde ich nicht zulassen.«

»Und auf der Brücke stehen Polizisten.«
»Ja, zwei.«
»Wahrscheinlich suchen die mich schon. Sie haben sich zusammengereimt, daß möglicherweise ein Angler den Wagen auf der Brücke abgestellt hat. Diese Stiefel, Sie können mich an den Stiefeln erkennen.«
»Also gut, also gut. Was schlägst du dann vor?«
»Ich habe den Fluß bereits erkundet«, antwortete er. »Als ich die Polizisten sah, wußte ich sofort, ich darf nicht hinübergehen. Weiter unten gibt es eine seichte Stelle, an der ich zur anderen Seite waten kann. Etwa vierhundert Meter von hier, gegenüber dem Stadtrand. Dort können wir uns später treffen.«
»Einverstanden, wenn du darauf bestehst, Jerry. Ich meine noch immer, du könntest einfach mit mir kommen.«
Er schüttelte den Kopf. »Ich habe mir alles genau überlegt. Ich weiß genau, was passieren wird, wenn jemand herausbekommt, daß ich in dem Ding war. Wir treffen uns später. Nun geh zurück, bevor jemand nach dir sucht!«
»Gib mir erst einmal einen Kuß, du Tölpel! Du hast mich noch nicht einmal geküßt.«

## 10. WASHINGTON, D.C.

Als Dave Porter den Konferenzraum betrat, waren die anderen bereits dort. Ein paar Leute waren eben erst hereingekommen und setzten sich nun auf ihren Stühlen zurecht. Der Präsident saß am Kopfende des Tisches, zu seiner Rechten General Henry Whiteside, Chef des Generalstabs, zur Linken John Hammond, Sicherheitsberater im Weißen Haus.
Jack Clark, der Militärberater des Präsidenten, saß am anderen Ende des Tisches. Er zog einen der freien Stühle unter dem Tisch hervor und lud den Regierungssprecher ein, darauf Platz zu nehmen.
»Danke, Jack«, sagte Porter, während er sich niederließ und mit dem Stuhl an den Tisch heranrückte.
»Dave?« fragte der Präsident. »Sind noch wichtige Meldungen eingegangen?«
»Nein, Sir. Ich nehme an, jedermann hier weiß bereits, daß unser Besucher Bäume frißt und sie in Zelluloseballen verwandelt?«

»Ja, das ist allgemein bekannt, glaube ich. Die Nachricht traf heute früh ein. Sonst gibt es nichts?«
»Es laufen zwar ständig Nachrichten ein, aber etwas Wichtiges war bisher nicht darunter. Das neue Objekt in der Umlaufbahn erregt gewaltige Aufmerksamkeit.«
»Also gut«, sagte der Präsident. »Wir wollen zunächst einmal zusammentragen, was wir über die Lage wissen. Können Sie den Anfang machen, Herr General?«
»Es scheint allgemein Ruhe zu herrschen«, begann Whiteside. »Die Öffentlichkeit ist an allem sehr interessiert, aber es gibt keine Panik, bisher jedenfalls nicht. Allerdings braucht es nicht viel, um sie auszulösen. Jedermann steht unter Hochspannung, aber die Leute haben sich unter Kontrolle. Natürlich gibt es überall ein paar Spinner, die zum Ausflippen neigen. An einigen Hochschulen hat es Demonstrationen gegeben, aber die waren harmlos. Die Kinder haben nur etwas Dampf abgelassen. Sie sind halt übermütig. Drüben in Minnesota hat die Polizei die Lage fest im Griff. Lone Pine ist völlig abgeriegelt. Die Öffentlichkeit scheint sich damit abgefunden zu haben, kaum jemand besteht darauf, durchgelassen zu werden. Der Gouverneur hat die Nationalgarde in Alarmbereitschaft versetzt, aber bisher gab es keinen Grund, sie einzusetzen. Die Polizei hat die Presse nach Lone Pine hineingelassen. Einige Fotografen und Zeitungsleute sind heute morgen durch den Fluß gewatet. Sie haben den Besucher aus der Nähe inspiziert. Es ist nichts passiert. Er hat sich nicht von seinem Geschäft ablenken lassen, woraus dieses Geschäft auch immer bestehen mag. Wir hatten einige Befürchtungen, denn schließlich ist gestern dieser Friseur von dem Ding erschossen worden, aber danach hat es sich nicht mehr feindselig verhalten. Soviel ich weiß, sind seit gestern ein paar FBI-Männer aus Minneapolis am Schauplatz. Vielleicht hat ihr Chef etwas von ihnen gehört?«
Timothy Jackson, der Leiter des FBI, ergriff das Wort: »Nur ein allgemeiner Bericht, das ist alles, was ich habe. Soweit die Männer das beurteilen können, führt der Besucher keinerlei Bewaffnung mit sich. Zumindest nichts, was nach Bewaffnung aussieht. Sein Rumpf ist völlig glatt. Da ragt nichts heraus, da ist auch nichts außen anmontiert.«
»Wie hat das Ding dann den Friseur erschossen?« fragte der Präsident.
»Das würden wir auch gern wissen«, warf Whiteside ein. »Bisher haben wir keine blasse Ahnung.«
»Steve, Sie schicken doch auch ein paar Leute hin, nicht wahr?« Der

Präsident hatte sich an seinen Wissenschaftsberater, Dr. Stephen Allen, gewandt.
»Sie sollten eigentlich schon dort sein«, antwortete Allen. »Ich erwarte jede Minute ihren ersten Bericht. Wenn Sie allerdings auf schnelle Erkenntnisse und überraschende Feststellungen hoffen, muß ich Sie vermutlich enttäuschen. Schließlich haben wir es mit einem Phänomen außerhalb aller normalen Erfahrung zu tun.«
»Wollen Sie damit sagen, daß es sich um Lebewesen aus dem Weltall handelt?« fragte Marcus White, der Außenminister. »Um eine außerirdische Intelligenz?«
»Diese Annahme drängt sich zunächst einmal auf«, erwiderte Allen. »Ich muß zugeben, ich bin versucht zu behaupten, daß es sich um eine außerirdische Intelligenz handelt, doch wir haben für diese Behauptung keinen Beweis. Zweifellos ist das Ding aus dem Weltall gekommen, und, wie ich bereits sagte, es scheint außerhalb aller normalen Erfahrungswerte zu liegen. Als Wissenschaftler zögere ich jedoch, ein Urteil abzugeben, solange keinerlei Erkenntnisse vorliegen.«
»Sie wollen sich also nicht festlegen«, stellte der Außenminister etwas resignierend fest.
»Nein, Marcus, ich will nur nicht vorschnell urteilen. Es scheint unwahrscheinlich, daß das Ding von der Erde stammt, aber Genaues wissen wir nicht darüber. Offenbar führt der Kasten nichts Böses im Schilde, das beruhigt mich zunächst. Bisher hat er sich freundlich verhalten.«
»Es ist nicht unbedingt ein freundlicher Akt, wenn man Bäume absäbelt«, wandte William Sullivan, der Innenminister, ein. »Ist Ihnen eigentlich klar, Herr Präsident, daß dieses Ding ein Stück ursprünglicher Wildnis vernichtet? Dieses Gebiet ist eines der wenigen in unserem Land, in denen sich die Natur noch in ihrem Urzustand befindet. Auf einer Fläche von mehreren tausend Morgen stehen dort Bäume, hauptsächlich Fichten, die schon an dieser Stelle wuchsen, bevor der weiße Mann nach Amerika kam. Eigentlich ist das Ganze ein höchst beklagenswerter Vorgang.«
»Ich würde es als ein Zeichen von Intelligenz betrachten, wenn jemand Bäume fällt, um sie in Zellulose umzuwandeln«, erklärte Hammond.
»Eine sorgfältig programmierte Maschine könnte das gleiche leisten«, sagte der Wissenschaftsberater.
»Aber irgend jemand müßte die Maschine zunächst einmal programmieren.«
»Das ist wahr«, stimmte Allen zu.

»Wenn man die Sache aus Ihrem Blickwinkel betrachtet, mag man den Kasten für eine freundliche Intelligenz halten«, sagte der Innenminister. »Ich bin nicht dieser Ansicht. Es ist die Arroganz des Besuchers, die mir Sorgen macht. Er kommt daher wie jemand, der in Nachbars Garten einen Apfelbaum abhackt, den der Besitzer jahrelang gehegt und gepflegt hat, oder wie jemand, der das Obst stiehlt. Das Ding handelt nicht etwa wie ein Vandale, nein, es benimmt sich so, als habe es das Recht, den Apfelbaum zu fällen oder den Garten auszuplündern.«

»Wir verschwenden unsere Zeit, wenn wir uns um solche Kleinigkeiten kümmern«, versetzte der Außenminister. »Wir sollten über unsere Haltung, unser weiteres Vorgehen beschließen. Wenn dort in Minnesota tatsächlich eine fremde Intelligenz gelandet ist, dann müssen wir uns darüber klarwerden, wie wir ihr entgegentreten wollen. Wir können nicht sicher sein, ob es der einzige Besucher ist. Vielleicht warten die anderen bereits darauf, was der erste ihnen meldet. Und wenn die anderen kommen, dann muß unsere Vorgehensweise eindeutig festgelegt sein. Wir müssen eine Vorstellung davon haben, wie wir uns ihnen gegenüber verhalten wollen. Wie wollen wir sie behandeln? Ich meine nicht, daß wir uns jetzt auf Einzelheiten festlegen müssen, denn bisher wissen wir ja noch nicht einmal, worauf es ankommt, aber wir sollten eine allgemeine Marschroute bestimmen: Wie werden wir uns unter gewissen Umständen verhalten? Jetzt haben wir noch die Zeit, uns darüber zu einigen. Wenn wir sie nicht nutzen, werden wir womöglich von den Ereignissen überrollt und können nur noch reagieren, was nicht immer zu unserem Vorteil ausfallen dürfte.«

»Sie reden so, als ob es sich bei diesem Ding in Minnesota um eine neue Nation handeln würde«, sagte Whiteside. »Nun, das ist es aber nicht. Wir wissen nicht, was es ist. Wie sollen wir uns für eine Vorgehensweise, für eine bestimmte Politik entscheiden, solange wir nicht wissen, mit wem wir es zu tun haben? Ich betrachte das Ganze aus militärischer Warte, meine Hauptsorge sind unsere Verteidigungsmöglichkeiten gegen das Ding.«

»Verteidigung!« schnaubte White. »Wir besitzen nicht den geringsten Hinweis darauf, daß wir uns gegen das Ding verteidigen müßten.«

»Es gibt noch ein Thema, über das wir unbedingt sprechen müssen«, warf Leslie Logan, der CIA-Mann, ein, »und das ist die nationale Sicherheit.«

»Was meinen Sie mit Sicherheit?« fragte der Außenminister.

»Wenn wir im Zusammenhang mit dem Objekt in Minnesota auf eine Intelligenz stoßen, die von einem Ort kommt, der nicht die geringste Ähnlichkeit mit der Erde aufweist, wenn wir also davon ausgehen, daß sie in ihrer Ausprägung und Entwicklung von allen irdischen Maßstäben abweicht, dann können wir eine Menge von ihr lernen, so hoffe ich jedenfalls. Wir wären mit einer fremden Intelligenz und einer fremden Technologie konfrontiert. Wenn wir nun eine gewisse Einsicht in diese Technologie gewännen, könnten wir sie gewiß zu unserem nationalen Vorteil nutzen. Das dürfen wir bei allen Forschungen, die wir anstellen, nicht aus den Augen verlieren. Ich bin der Meinung, es wäre unklug, wenn wir unsere Erkenntnisse mit der Welt teilten. Wir müssen sofort Maßnahmen treffen, damit nichts gegen unseren Willen nach draußen sickert.«

»Bisher ist nur ein Besucher gelandet«, sagte der Außenminister. »Es mag weitere Landungen geben. Wenn es dazu kommt, ist es leicht möglich, daß andere Länder davon betroffen sind. Dann wird es wenig Erkenntnisse geben, die wir hamstern können. Ich würde es vorziehen, all unser Wissen mit der Welt zu teilen, denn dann können wir darauf hoffen, auch von anderen Ländern ins Vertrauen gezogen zu werden, wenn diese Entdeckungen im Zusammenhang mit den Besuchern machen.«

»Zunächst einmal wissen wir gar nicht, ob tatsächlich weitere Besucher kommen werden«, widersprach Logan. »Das ist eine Annahme, die sich in dieser Diskussion hartnäckig festgesetzt hat. Wenn es zu weiteren Landungen käme, nun es gibt in der Welt nur wenige Länder, vielleicht keines, die unsere wissenschaftlichen Möglichkeiten und Fähigkeiten besitzen, um überhaupt an die Erkenntnisse heranzukommen.«

»Das mag zutreffen, aber Sie verlangen, daß wir eine Position beziehen, die uns weltweit ein miserables Image verschafft, wenn erst einmal deutlich wird, daß wir unser Wissen bewußt zurückhalten. Vorausgesetzt natürlich, wir machen überhaupt nennenswerte Entdekkungen.«

»Sie können sich darauf verlassen, daß wir einige interessante Dinge herausfinden werden«, versicherte der wissenschaftliche Berater.

»Wir könnten ja ein paar allgemeine Erkenntnisse veröffentlichen«, schlug der CIA-Mann vor. »Wenn Sie sich davon einen Vorteil versprechen, aber ich würde dringend raten, daß wir uns Zeit damit lassen und eine sorgfältige Auswahl treffen.«

»Es besteht bereits weltweites Interesse«, berichtete der Außenminister. »Bei mir sind schon die ersten Anfragen eingegangen. Sir Basil von der britischen Botschaft hat mich heute morgen angerufen, und für morgen erwarte ich einen Anruf von Dimitri. Weitere werden folgen. Ich bin der Überzeugung, wir werden ein besseres internationales Klima schaffen, wenn wir von Anfang an mit offenen Karten spielen. Außerdem könnte ich mir vorstellen, daß auch die öffentliche Meinung die Angelegenheit früher oder später als eine Sache betrachten wird, die unser nationales Interesse übersteigt. Ich würde vorschlagen, eine Gruppe internationaler Wissenschaftler einzuladen, die an allen unseren Beobachtungen, Forschungen und Erkenntnissen teilhaben.«

Der CIA-Mann schüttelte heftig den Kopf. »Da bin ich völlig anderer Ansicht.«

»Andy, was sagen Sie eigentlich zu der ganzen Sache?« fragte der Präsident.

»Dazu kann ich mich spontan nicht äußern«, antwortete Andrew Rollins, der Bundesanwalt. »Soweit mir bekannt ist, gibt es kein internationales Gesetz, das auf diesen Fall anzuwenden wäre. Möglicherweise gibt es in irgendwelchen Verträgen einen versteckten Passus. Ich werde einige Tage benötigen, um das herauszufinden.«

»Sie reden wie ein Anwalt«, bemerkte der Außenminister.

»Ich bin Anwalt.«

»Dann sprechen Sie frei von der Leber, als Mensch, nicht als Rechtsgelehrter. Was ist Ihre Meinung. Wenn sie sich nicht mit den Gesetzbüchern deckt, nun, wir werden Sie gewiß nicht darauf festnageln.«

»Mir ist eine Sache aufgefallen«, begann Rollins. »Wir haben über unsere Interessen geredet und das Weltinteresse und über die Vorgehensweise, die wir wählen sollten. Nicht einen Augenblick lang haben wir die Interessen dieses Besuchers berücksichtigt. Er ist zu uns gekommen, ob im Guten oder im Bösen, weiß ich nicht. Aber solange wir das nicht wissen, solange er uns keinen Grund gegeben hat, uns anders zu verhalten, sollten wir uns ihm gegenüber wie anständige Gastgeber benehmen.«

»Andy«, erklärte der Außenminister, »genau das habe ich auch sagen wollen. Wie gewöhnlich haben Sie es viel besser ausgedrückt.«

»Aber er zerstört unsere Bäume!« protestierte der Innenminister.

»Ich will gerne anerkennen, daß wir gewisse Verpflichtungen als Gastgeber haben«, warf Whiteside ein, »aber wir müssen auf der Hut sein, dazu rate ich dringend. Wir müssen wachsam bleiben. Wir sind mit etwas konfrontiert, das uns völlig fremd ist.«

»Rechnen Sie noch immer damit, daß wir gezwungen würden, uns zu verteidigen?« fragte der Außenminister.

»Das habe ich nicht gesagt, Marcus. Ich riet nur zur Wachsamkeit.«
Porter schaltete sich ein: »Auf der Pressekonferenz heute gab es eine Menge Fragen nach dem Objekt in der Umlaufbahn. Man wollte wissen, ob wir eine Fähre von der Weltraumstation hinüberschicken werden, um das Ding zu untersuchen. Ich konnte nur antworten, das wäre im Gespräch. Ist das tatsächlich der Fall? Ich erinnere mich daran, daß ein solcher Plan bestand.«
»Die Fähre kann in einer Stunde starten«, antwortete John Crowell von der NASA. »Sie wartet nur noch auf den Befehl des Präsidenten. Die Station befindet sich in Alarmbereitschaft, und die Besatzung der Fähre ist abflugbereit.«
»Mit welchen Schwierigkeiten hätten wir bei dem Unternehmen zu rechnen?« fragte der Präsident.
»Es wäre eine leichte Übung«, antwortete Crowell. »Das Objekt und die Fähre befinden sich in synchronen Umlaufbahnen, und sie sind kaum mehr als eintausendfünfhundert Kilometer voneinander entfernt. Es wäre sehr vorteilhaft, wenn wir die Fähre einsetzen, um uns das Ding aus der Nähe anzusehen. Mit Hilfe des Teleskops in der Station haben wir bereits einige Informationen gesammelt, aber wir haben dort oben – wie Sie vielleicht wissen – kein astronomisches Instrument, sondern ein Gerät von begrenzter Leistungsfähigkeit. Jedenfalls: Das Objekt ist viel größer, als wir zunächst geschätzt hatten. Es hat die Form einer Scheibe. Sein Durchmesser beträgt mehr als dreißig Kilometer, seine Dicke acht Kilometer. Es scheint sich nicht um einen einzelnen, festen Gegenstand zu handeln, sondern um eine Ansammlung von Einzelteilen.«
»Jedermann erwartet natürlich, daß das Ding etwas mit unserem Besucher zu tun hat«, berichtete Porter. »Man hält es für eine Art Mutterschiff.«
»Ich denke, wir sollten die Fähre starten lassen«, sagte der Präsident, »dann werden wir vielleicht erfahren, worum es sich in Wirklichkeit handelt.« Er wandte sich an Crowell: »Sehen Sie irgendwelche Gefahren, mit denen wir rechnen müssen?«
»Ich kann nicht ausschließen, daß es zu gefährlichen Situationen kommen mag«, erwiderte Crowell. »Schließlich ist uns das Objekt völlig unbekannt. Aber eine besondere Gefahr sehe ich nicht.«
»Was halten Sie davon, meine Herren?« Der Präsident blickte in die Runde. »Könnte es Komplikationen geben?«
»Natürlich kann es zu Komplikationen kommen«, antwortete der Bundesanwalt, »trotzdem müssen wir es versuchen. Wir müssen wissen, was dort oben ist, womit wir es zu tun haben. Ich rate jedoch, dem

Piloten äußerste Vorsicht zu befehlen. Er darf nichts auslösen. Keinerlei offensive Handlungen, keinerlei Heldentaten!«
»Der Meinung bin ich auch«, erklärte der Außenminister.
»Ich ebenfalls«, sagte der Innenminister.
Ein Gemurmel allgemeiner Zustimmung erklang in der Runde.

## 11. LONE PINE

Jerry hatte den Fluß bereits durchquert und wartete schon, als Kathy den Hügel hinter dem Hotel hinabstieg. Er hockte am Rand einer kleinen Gruppe von Pflaumenbäumen, die ihn vor Blicken von der Brücke abschirmten.
Kathy umrundete die Baumgruppe und entdeckte ihn. Sie warf ihm ein Paar Schuhe zu, die sie unter dem Arm getragen hatte.
»Jetzt wirst du endlich die Stiefel los«, sagte sie. »Ich hoffe, ich habe die richtige Größe erwischt.«
»Ich habe Größe acht.«
»Die Schuhe sind achteinhalb. Ich konnte mich nicht erinnern; manche Dinge kann ich mir einfach nicht merken. Besser ein bißchen zu groß, als zu klein. Es kommen jede Menge Schaulustige in die Stadt, sie gehen einfach an den Polizisten vorbei. Ohne die Anglerstiefel wirst du unter ihnen gar nicht auffallen.«
»Danke«, sagte Jerry. »Die Stiefel haben mir Kopfzerbrechen bereitet.«
Sie trat heran und setzte sich neben ihn. Er legte einen Arm um ihre Schulter, zog sie an sich und küßte sie.
»Nett hast du es hier«, bemerkte sie. »Laß uns noch eine Weile hierbleiben und miteinander reden. Ich habe eine Menge Fragen. Heute morgen durfte ich ja keine stellen. Nun erzähl mir einmal alles der Reihe nach.«
»Ich habe dir ja schon gesagt, ich war in dem Ding. Ich war nicht der einzige. Außer mir waren noch ein Fisch, ein Kaninchen, ein Waschbär und eine Bisamratte da.«
»Du hast gesagt, es wollte dich untersuchen. Wollte es auch die Tiere untersuchen?«
»Das könnte ich mir vorstellen. Nimm einmal an, du wärst ein Fremder, du würdest auf einem fremden Planeten landen. Dann würdest du doch auch schnell herausfinden wollen, welche Lebensformen es dort gibt.«

»Warum fängst du nicht ganz am Anfang an und berichtest mir alles so, wie es sich zugetragen hat?«
»Du wirst mich dauernd mit deinen Fragen unterbrechen.«
»Nein, bestimmt nicht. Ich verhalte mich ganz still und höre dir zu.«
»Und du wirst auch nicht mitschreiben? Du wirst keine Geschichte über mich schreiben?«
»Das hängt davon ab, wie gut die Geschichte ist. Ob man sie überhaupt niederschreiben kann. Aber wenn du es nicht willst, werde ich es auch nicht tun. Ich werde mit dir darüber reden. Wenn du dann immer noch nein sagst, werde ich nichts schreiben.«
»Gut, das ist fair. Also, gestern habe ich einen Abstecher hierher gemacht, weil man mir erzählt hatte, daß es unter der Brücke dicke Regenbogenforellen geben soll. Als ich hier ankam, hatte ich gerade noch eine halbe Stunde Zeit, denn du wolltest ja mit mir in dieses Konzert gehen, und...«
»Dann hast du das Konzert also nicht vergessen...?«
»Wie hätte ich es vergessen können? Du hast mir doch dauernd in den Ohren gelegen und mich unter Druck gesetzt...«
»Schon gut, schon gut, mach jetzt lieber mit deiner Geschichte weiter!«
Er berichtete ihr den Rest, wobei er nur noch selten unterbrochen wurde.
»Warum bist du nicht schon gestern nacht nach Lone Pine zurückgekehrt?« fragte sie, nachdem er geendet hatte. »Du kanntest doch diese seichte Stelle im Fluß.«
»Nein, da kannte ich sie noch nicht. Ich habe sie erst heute morgen entdeckt. Die ganze Nacht bin ich umhergeirrt. Als das Ding mich hinausgeschleudert hat, habe ich meinen Orientierungssinn verloren. Außerdem war es finster. Ich konnte nicht einmal diesen... diesen Besucher wiederfinden. Irgendwann bin ich auf einen Pfad gestoßen. Um ihm zu folgen, mußte ich auf allen vieren kriechen. Sobald ich aufrecht zu gehen versuchte, lief ich gegen irgendwelche Bäume. Wenn ich kroch, konnte ich den Pfad mit den Händen ertasten. So bin ich ihm gefolgt, weil ich hoffte, er würde mich irgendwohin führen. Aber das tat er nicht, er hörte einfach auf. Als ich das feststellte, wurde mir klar, daß ich bis zum Tagesanbruch warten mußte. Da bin ich unter eine kleine Fichte gekrochen. Ihre Zweige hingen tief über dem Boden, so war ich einigermaßen vor dem Wind geschützt. Trotzdem war es verdammt kalt. Ich hatte auch keine Streichhölzer, um ein Feuer zu machen.«
»Dann hast du also gewartet, bis es hell wurde?«

»Genau. Irgendwann habe ich gehört, wie die Bäume umstürzten, außerdem war da dieses Grollen, das der Besucher beim Zerkleinern der Bäume macht. Zu dem Zeitpunkt wußte ich natürlich noch nicht, woher das Geräusch kam. Ich wußte überhaupt nicht, was los war. Hier ist Naturschutzgebiet, hier darf niemand Bäume fällen. Aber daran habe ich in dem Augenblick nicht gedacht, ich habe nur gehofft, daß dort jemand wäre, der mir sagen kann, wie ich nach Lone Pine komme.«

»Dann hast du die Polizisten auf der Brücke entdeckt und einen Schrecken bekommen?«

»Genau. Also bin ich am Fluß entlanggeschlichen und habe schließlich diese Furt gefunden. Dann habe ich Leute auf dieser Seite des Flusses reden hören und bin noch einmal zurückgegangen. Auf diese Weise habe ich dich gefunden.«

»Ich kann dich nicht verstehen«, erklärte sie. »Warum willst du nicht, daß jemand von deinem Erlebnis erfährt?«

»Das verstehst du nicht? Ich habe doch nicht den geringsten Beweis für meine Geschichte. Man wird mich für einen Spinner halten, der aus der Sache Kapital schlagen will. Das Land ist sicher bereits in heller Aufregung.«

»Das kann man wohl sagen. In Washington ist es am schlimmsten. Ich habe dir ja schon erzählt, daß das FBI hier ist. Ein Wissenschaftlerteam ist auch schon eingetroffen.«

»Wenn jemand herausbekommt, daß ich in dem Ding war, dann werden sie mich schnappen und ausquetschen. Natürlich könnte ich ihnen guten Gewissens die Wahrheit sagen, aber ich könnte meine Geschichte nicht beweisen. Ich würde mir vorkommen wie ein Trottel, und vermutlich würde mir bald niemand mehr glauben. Mein Gesicht würde in den Nachrichten gezeigt, und die halbe Nation würde mich für einen Lügner halten. Die andere Hälfte würde mir glauben, und das wäre vielleicht noch schlimmer...«

»Ja, ich verstehe, was du sagen willst«, warf Kathy ein.

»Was ich zu berichten habe, würde sowieso niemandem helfen«, fuhr er fort. »Aber wenn sie mich einmal in ihren Klauen haben, dann lassen sie mich nicht mehr los. Sie würden mich verhören und mir zusetzen und darauf warten, daß ich mich in Widersprüche verwickle. Sie schleppen mich nach Washington, davon bin ich überzeugt...«

»Ja, du hast recht«, sagte Kathy. »Ach, ich weiß es nicht. Vermutlich hast du doch die richtige Entscheidung getroffen.«

»Soll das heißen, du willst mich nicht überreden? Du bestehst nicht darauf, meine Geschichte zu schreiben?«

»Das könnte ich nicht riskieren«, erwiderte sie zögernd. »Die Story würde klingen, als hätte ich sie mir von A bis Z aus den Fingern gesogen. Nicht der kleinste Beweis ist vorhanden, um sie zu untermauern. Ich hätte nur dein Wort. Ich kann mir schon vorstellen, was Al Lathrop sagen würde.«

»Wer ist Lathrop?«

»Unser Boß. Er ist ganz versessen auf Beweise. Ich würde ihm die Geschichte niemals verkaufen können. Vermutlich würde sie mir nicht einmal Johnny abnehmen. Er würde sich nur darüber lustig machen. Schließlich weiß er genau, daß Lathrop...«

»Jetzt bin ich aber erleichtert«, sagte Jerry. »Ich hatte mich schon auf einen Streit mit dir eingestellt.«

»Eine Schande ist es doch«, seufzte Kathy. »Es wäre eine tolle Story. Mensch, wäre das eine Geschichte! Alle Zeitungen würden sie bringen. Millionen Menschen würden sie lesen. Du wärst der Held des Tages...«

»Oder der Trottel des Tages.«

»Das wäre auch möglich«, sagte sie.

Sie kuschelte sich enger an ihn. Hier war es wirklich schön, sagte sie sich. Die Sonne war schon weit nach Westen gewandert, wärmte aber immer noch. Nirgendwo war eine Wolke zu sehen. Direkt vor ihren Füßen plätscherte das Flußwasser durch sein steiniges Bett. Auf der anderen Seite des Flusses breitete eine Espengruppe ihr goldgelbes Herbstlaub vor dem ernsten Grün der Fichten aus.

»Dir ist hoffentlich klar«, sagte sie nach einer Weile, »daß man dir irgendwann auf die Spur kommen wird. Wenn sie lange genug im Schrott deines Wagens herumgestochert haben, werden sie das Nummernschild oder die Motornummer finden.«

»Ja, das weiß ich«, antwortete er. »Ich brauche einfach Zeit, bis es soweit ist. Ich muß über alles nachdenken, erst mal wieder zur Besinnung kommen. Vielleicht wird sich bald niemand mehr dafür interessieren, wem das Auto gehörte, weil inzwischen wichtigere Dinge geschehen sind.«

»Auch wenn sie in dem Schrotthaufen deinen Wagen erkennen, mußt du ihnen noch lange nicht erzählen, daß du in dem Besucher warst. Niemand wird dich danach fragen. Damit kann einfach niemand rechnen. Du brauchst also nur zu warten, bis sich der Wind ein wenig gelegt hat. Der Besucher wird uns in nächster Zeit genügend Rätsel aufgeben. Irgendwann mußt du natürlich deine Versicherung informieren. Bis dahin wirst du auch wissen, wer den Wagen fortgeschafft hat und warum.«

»Das hat Zeit. Ich habe ein dringenderes Problem. Ich muß unbedingt zur Universität zurück.«

»Chet wird in einer Stunde nach Bemidji fahren, dort will er seine Filme von einem Flugzeug mitnehmen lassen. Ein Junge von der Tankstelle hat Chets Wagen heute morgen gebracht. Das Auto hat die Nacht über auf der Landstraße gestanden. Wir sind auf der Herfahrt in dem Verkehrsstau hängengeblieben. Du kannst mit Chet nach Bemidji fahren und von dort ein Flugzeug nehmen.«

»Ich habe nicht genug Geld für ein Flugticket bei mir, Kathy.«

»Zerbrich dir darüber nicht den Kopf! Ich habe reichlich Geld für Sonderausgaben von der *Tribune* mitgenommen, bevor ich hierher gekommen bin.«

»Ich werde es dir zurückzahlen, aber es kann eine Zeitlang dauern.«

»Das brauchst du gar nicht. Ich werde es irgendwie in meiner Spesenrechnung unterbringen. Die eine Hälfte bei diesem Auftrag und den Rest beim nächsten.«

»Am liebsten würde ich hierbleiben«, sagte er. »Es ist so friedlich hier. Wenn ich erst wieder zu Hause bin, muß ich ständig damit rechnen, daß mir jemand die Hand auf die Schulter legt, um mich zum Verhör zu holen.«

»Das wird so schnell nicht passieren. Die Leute brauchen ihre Zeit. Sie haben eine Menge wichtigerer Dinge zu tun.«

»Wann fährt Chet los?«

»Das dauert noch eine Weile. Wir haben noch ein bißchen Zeit für uns.«

»Wann wirst du wieder bei der *Tribune* sein?«

»Keine Ahnung. Bald, hoffe ich. Ich muß dauernd über eine Sache nachdenken, die du gesagt hast: Der Besucher hätte den Gedanken an ein Zuhause in deinen Kopf projiziert. So ähnlich hast du es formuliert. Was für einen Reim machst du dir darauf?«

»Darüber habe ich mir auch schon den Kopf zerbrochen. Das war wirklich ein merkwürdiges Erlebnis, etwas völlig Unerwartetes. Aber meine Gedanken drehen sich im Kreis. Ich bekomme das einfach nicht in den Griff.«

»Es erscheint mir sehr seltsam.«

»Das alles ist seltsam und fremd. Wenn ich es nicht selbst erlebt hätte, würde ich es nicht für möglich halten.«

»Was ist dein Gesamteindruck? Hast du irgendeine Vorstellung vom Wesen dieses Besuchers?«

»Es war alles so verwirrend«, erwiderte er. »Ich habe herauszubekommen versucht, ob es sich um eine Maschine handelt, die von einer fremden Intelligenz ferngesteuert wird, oder ob das Ding selbst ein Lebewesen ist. Manchmal glaube ich das eine, dann wieder das andere. Ich kann meine Gedanken nicht ordnen. Gleichzeitig hat mich das Erlebnis zutiefst erschreckt. Vielleicht sollte ich alle meine Erfahrungen einem Wissenschaftler beschreiben, einem Exobiologen nach Möglichkeit. Der würde eventuell etwas entdecken, das ich bisher übersehen habe.«

»Du willst es doch gerade vermeiden, mit jemandem über die Sache zu reden«, erinnerte sie ihn.

»Ich will nicht an die Öffentlichkeit gezerrt werden, ich will nicht von Regierungsbeamten verhört werden. Niemand soll mich behandeln wie ein Kind, das zuviel Phantasie besitzt, und ich will auch nicht von Leuten zusammengeschlagen werden, die überhaupt keine Phantasie besitzen und sich nicht vorstellen können, was geschehen ist.«

Kathy versuchte ihn zu trösten. »Vielleicht fliegt unser Besucher in ein oder zwei Tagen für immer davon, und wir werden ihn niemals wiedersehen. Er macht womöglich nur einen kleinen Abstecher, eine kurze Marschpause auf seinem Weg zu seinem eigentlichen Ziel.«

»Das glaube ich nicht«, erwiderte Jerry. »Ich weiß nicht warum, aber ich kann mir das nicht vorstellen.«

»An der Universität gibt es einen Dr. Albert Barr«, sagte Kathy plötzlich. »Er ist Exobiologe, nicht sehr bekannt, aber er hat einige Arbeiten veröffentlicht. Vielleicht solltest du mit ihm reden. Jay hat vor ungefähr einem Jahr einen Artikel über den Mann geschrieben. Beim Lesen hatte ich einen ganz positiven Eindruck von diesem Dr. Barr.«

»Ich kann ihn ja mal anrufen«, sagte Jerry.

## 12. WELTRAUM

»Siehst du etwas?« fragte der Pilot der Raumfähre den Copiloten. »Nach unserem Leitstrahl sind wir ganz dicht dran, aber ich sehe absolut nichts. Irgend etwas müßten wir doch bemerken. Ein Glänzen, eine Reflexion, die Sonne steht direkt hinter uns.«

»Ich kann nichts entdecken«, antwortete der Copilot. »Vor einer Minute etwa habe ich geglaubt, da wäre etwas, aber jetzt sehe ich nichts mehr.«

»Ich will das verdammte Ding nicht rammen«, knurrte der Pilot. »Häng dich an den Kasten! Frag mal bei der Station nach!«

Der Copilot griff nach dem Mikrofon. »Station«, meldete er sich, »Station, hier ist Fähre. Könnt ihr uns sagen, wo wir uns befinden?«
»Hallo, Fähre«, antwortete eine Stimme. »Nach unseren Angaben seid ihr direkt darüber. Könnt ihr denn gar nichts sehen? Habt ihr es jetzt entdeckt?«
»Negativ. Wir sehen es nicht.«
»Dreht ab!« befahl die Station. »Nach links. Ihr seid zu dicht dran. Versucht einen Anflug aus einem anderen Winkel!«
»Wir drehen ab«, meldete der Pilot. »Wir versuchen es noch einmal von der anderen Seite.«
Der Copilot krallte ihm die Finger in den Oberarm. »Mein Gott!« stöhnte er. »Siehst du, was ich sehe? Sieh dir das an!«

## 13. WASHINGTON, D.C.

Wieder einmal verspürte Dave Porter diese stille Befriedigung, den heimlichen Stolz, der immer in ihm aufstieg, wenn er mit Alice Davenport zusammen war. Er war stolz darauf, daß diese phantastische, liebliche Frau bereit war, ihre Zeit mit ihm zu teilen. Sie saß ihm gegenüber an einem kleinen Tisch in der dämmrigen, entlegenen Ecke eines intimen Washingtoner Restaurants. Auf dem weißen Tischtuch brannten Kerzen, und von irgendwoher wehte gedämpfte Musik herüber. Sie hob das Glas und sah ihm in die Augen.
»Allzu schlimm kann es nicht stehen«, stellte sie fest. »Du hast nicht diesen schrecklichen, gehetzten Blick, den ich sonst so häufig an dir beobachte. Ist heute alles glatt gegangen?«
»Die Pressekonferenz war erträglich«, antwortete er. »Sie wollten mich nicht auffressen. Sie waren schon fast zu freundschaftlich. Es gab keine Klippen zu umschiffen. Hoffentlich bleibt das so. Ich habe dem Präsidenten geraten, daß wir in dieser Angelegenheit unsere Karten offen auf den Tisch legen. Wir sollten nichts zurückhalten. Das Treffen mit dem Präsidenten und seinen Leuten war eine andere Sache. In diesem Kreis gibt es ein paar echte Paranoiker.«
»Sie wollen die Nachrichten unterdrücken?«
»Nein, eigentlich nicht. Allerdings habe ich den Verdacht, einige würden es zu gern versuchen. Nein, es ging um andere Dinge. Sullivan wollte es schier das Herz brechen, weil ein paar Bäume gefällt worden sind. Als ob diese Bäume irgendeine Bedeutung hätten. Der

Außenminister bestand darauf, daß wir uns eine Politik für die zu erwartenden Kontakte mit dem Besucher zurechtlegen. Der CIA riet, wir sollten alles für uns behalten, was wir von dem Ding lernen könnten. Whiteside schließlich hat sich über unsere Verteidigungsfähigkeit Sorgen gemacht.«

»Dave, du sagst, der Präsident und seine Leute, als ob du nicht zu den Männern des Präsidenten gehörtest. Du kannst die Burschen nicht ausstehen, nicht wahr? Die Ratgeber des Präsidenten, meine ich.«

»Es geht nicht darum, ob ich sie leiden kann oder nicht. Ich muß mit ihnen zusammenarbeiten, aber auf meine Weise. Das ist mir inzwischen klargeworden, anders geht es nicht. Einige von ihnen mag ich auch, Jack Clark zum Beispiel, den militärischen Berater des Präsidenten. Wir haben zu vielen Dingen die gleichen Ansichten.«

»Bisher wissen wir nicht, wer unser Besucher in Minnesota ist?« fragte Alice unvermittelt.

»Nein, natürlich nicht. Wir haben keine blasse Ahnung. Es spricht vieles dafür, daß er aus dem All gekommen ist, aber das ist auch schon alles, was wir wissen. Einige Herren auf der Besprechung wollten nicht einmal das zugestehen, dazu gehörte auch der wissenschaftliche Berater. Andererseits ist es aber auch nicht verwunderlich, daß wir noch nichts über den Besucher wissen. Er ist vor gut vierundzwanzig Stunden gelandet. Wir können froh sein, wenn wir nächste Woche mehr wissen. Vielleicht wird es gar Monate dauern.«

»Wenn er so lange bleibt.«

»Das stimmt. Vielleicht hält er sich nur ein, zwei Tage hier auf. Wenn es so kommen sollte, dann haben wir etwas, worüber wir uns in den nächsten Jahren unterhalten und streiten können. Alle möglichen Vermutungen. Alle möglichen Vorschläge, wie man seinen Empfang anders hätte gestalten können. Theorien, wie wir uns hätten verhalten sollen. Ich hoffe, er wird lange genug bleiben, damit wir wenigstens ein paar Dinge festhalten können.«

»Wenn er zu lange bleibt, könnten die Leute sauer auf ihn reagieren, das fürchte ich jedenfalls«, sagte Alice. »Er fällt Bäume, vielleicht tut er demnächst noch andere Dinge. Dave, wir können es uns nicht leisten, das Ding zu hassen. Wir müssen es auch nicht lieben, aber wir müssen es als fremde Lebensform respektieren.«

»Jetzt spricht aber die Anthropologiestudentin aus dir«, versetzte Porter grinsend.

»Meinetwegen kannst du dich über mich lustig machen«, erwiderte sie. »Trotzdem bin ich sicher, daß wir uns so verhalten sollten – zu unserem eigenen Besten. Wahrscheinlich gibt es Leben im Kosmos, und wenn es Leben gibt, wird es auch verschiedene Formen von Intelligenz geben, und...«

»Alice, bisher wissen wir nicht einmal, ob das Ding überhaupt lebendig ist, geschweige denn, ob es intelligent ist.«

»Es hat sich intelligent verhalten: Es ist auf einer Straße gelandet, also hat es sich seinen Landeplatz ausgewählt. Es fällt Bäume und extrahiert die Zellulose, das spricht doch für Intelligenz!«

»Eine vorprogrammierte Maschine...«

»Das kann ich mir nicht vorstellen«, entgegnete sie. »Die Anforderungen an ein solches Programm wären unwahrscheinlich hoch. Es müßte an Millionen denkbare Umgebungen und Situationen angepaßt sein. Als der Besucher landete, konnte er von der spezifischen Beschaffenheit der Erde noch keine Vorstellungen haben, höchstens eine allgemeine Ahnung. Aber selbst wenn der Besucher eine Maschine mit unglaublichen Fähigkeiten ist, dann muß es irgendwo eine Intelligenz geben, die das Programm aufgestellt hat.«

»Ich weiß. Unsere Vermutungen drehen sich im Kreis.«

»Hier ist eine fremde Intelligenz im Spiel. Um dieses Eingeständnis kommt man einfach nicht herum. Wir schrecken vor dem Gedanken zurück, weil unsere Vorstellungen von Biologie vorgeprägt sind. Etwas wie diese große schwarze Kiste kann einfach kein Lebewesen sein, sagen wir. Es gibt im Tier- und Pflanzenreich der Erde nichts, was ihm ähnelt, also kann es nicht lebendig sein. Außerdem verhält sich das Ding unlogisch, auch das verunsichert uns. Es stellt Zellulose her, aber wozu braucht es diesen Stoff? Wir machen daraus Papier und möglicherweise noch andere Dinge. Genau weiß ich das nicht, mit Zellulose kenne ich mich nicht aus. Dies Ding jedoch hat nicht vor, Papier herzustellen, also ist sein Verhalten sinnlos. Niemand ist bisher auf die Idee gekommen, daß Zellulose ein wahrer Schatz für den Kasten sein kann, eine Goldmine in Form von Fichten. Vielleicht ist er viele Lichtjahre durch das All gereist, nur um einen Planeten mit einem Zellulosevorkommen zu finden. In der Galaxis dürfte es nicht allzu viele Planeten geben, wo man Bäume oder etwas Vergleichbares finden kann.«

»Ich werde das Gefühl nicht los, daß du auf etwas Bestimmtes hinauswillst«, sagte Porter.

»Ja, das ist richtig«, antwortete sie. »Ich denke an eine Parallele in der Geschichte, aus der wir einige Lehren ziehen können. Jetzt ist dieses Ding aus dem Himmel mitten unter uns gefallen, und es nimmt sich einfach, was es haben will, ohne uns zu fragen. Es ignoriert uns und verhält sich damit genauso wie die Weißen, als sie einst nach Afrika

oder Amerika kamen. Genauso arrogant und selbstsüchtig wie dieses Ding haben auch wir uns einst verhalten.«
»Ich fürchte, diese Sätze bekomme ich auch bald aus anderen Mündern zu hören«, sagte Porter. »Du bist die erste, aber andere werden dir folgen, die Indianer zum Beispiel.«
»Die eingeborenen Amerikaner!«
»Meinetwegen. Du sollst deinen Willen haben, die eingeborenen Amerikaner also.«
»Da ist noch ein Problem«, begann sie. »Wir müssen alles versuchen, um eine Kommunikation zu dem Besucher aufzubauen. Vielleicht hat er uns viel zu sagen, Dinge, die uns nie in den Sinn gekommen sind, weil sie unser Fassungsvermögen übersteigen. Neue Blickpunkte und Perspektiven. Wir könnten etwas erfahren, das unser Leben verändert, das uns in eine neue Richtung lenkt. Ich habe schon oft gedacht, daß wir irgendwann auf ein falsches Gleis geraten sind. Der Besucher könnte uns auf das richtige Gleis zurückführen.«
»Ich bin deiner Meinung«, stimmte Porter zu, »aber wie sollen wir mit ihm reden? Wenn aus dem Gespräch etwas herauskommen soll, können wir es nicht in Kindersprache führen. Es müßte ein gehaltvoller Austausch sein, und das dürfte schwer werden, falls wir überhaupt mit dem Ding kommunizieren können.«
»Es kann einige Zeit dauern«, erklärte sie, »wir müssen geduldig sein. Wir müssen ihm und uns eine Chance geben. Vor allem aber sollten wir nicht versuchen, ihn zu vertreiben. Wir müssen Ruhe bewahren, auch wenn das manchmal schwierig sein wird.«
»Bisher hat niemand vorgeschlagen, daß wir es vertreiben sollten, Alice. Und selbst, wenn wir es wollten, wir hätten nicht die geringste Ahnung, wie wir das anstellen müßten.«

## 14. LONE PINE

Kathy wachte mitten in der Nacht auf. Sie kauerte sich unter der Decke zusammen und versuchte, sich vor der Kälte und der Dunkelheit im Hotelzimmer abzuschirmen.
Diese Kälte, dachte sie, die Kälte und die Dunkelheit. Dabei war ihr bewußt, daß sie sich gar nicht vor der kalten Finsternis in dem kleinen Zimmer fürchtete. Sie hatte an die Kälte und Dunkelheit gedacht, die der Besucher auf seinem Weg zur Erde durchquert hatte.

Hatte sie geträumt, fragte sie sich, waren ihre ersten Gefühle nach dem Erwachen noch von einem vergessenen Traum geprägt? Sie konnte sich jedenfalls an keinen Traum erinnern.
Aber die Vorstellung vom Besucher in der eisigen Leere des Alls verging nicht. Woher mochte er gekommen sein. Wie viele Lichtjahre hatte er in der alles verschlingenden Finsternis, die nur vom verlorenen Flimmern ferner, unbekannter Sonnen unterbrochen wurde, hinter sich gebracht? Welche Kraft hatte ihn durch das All getrieben? War seine Seele so leer wie der galaktische Raum selbst? Verspürte er einen Hunger, der anders war als der Hunger eines jeden Erdenbewohners, ein ständiger Hunger nach Neuem vielleicht. Warum mußte gerade die Erde sein Ziel sein, oder ein Planet wie die Erde? Weil es hier Bäume gab? Sie schüttelte heftig den Kopf. Nein, das konnte nicht der ganze Grund sein.
Vielleicht befand sich der Besucher auf einer Forschungsreise und fertigte Karten der Galaxis an, vielleicht erfüllte er auch eine Mission, unfaßbar für jeden menschlichen Verstand.
Kälte und Finsternis, dachte sie wieder und fragte sich dabei, wieso diese Vorstellung immer wieder zu ihr zurückkehrte. Wer durch das All reiste, hatte es nicht nur mit Kälte und Finsternis zu tun. Da war auch die Einsamkeit, das Bewußtsein von der eigenen Kleinheit im Angesicht des Unendlichen. Das All, ein Vakuum der Gefühle und des Bewußtseins, der Inbegriff der Teilnahmslosigkeit. Das All achtete nicht darauf, was sich in ihm regte und bewegte. Was war das für ein Wesen, das die Kraft hatte, diese Teilnahmslosigkeit zu ertragen? Welche Kreatur stürzte sich freiwillig in den Bauch des Nichts? Sie mußte ein Ziel verfolgen. Sie konnte das alles nur auf sich nehmen, wenn sie ein Ziel anstrebte. Wenn dies Ziel tatsächlich die Erde war... Doch das Ding konnte sein Ziel am Start der Reise noch gar nicht gekannt haben. Niemand, der in der unendlichen Weite der Galaxis seine Heimat hatte, konnte die Erde kennen oder auch nur eine dunkle Ahnung von ihr haben.
Armes, einsames Wesen, dachte sie. Armer, verängstigter Baumfresser, kommst von so weit her, kommst mitten durch die Teilnahmslosigkeit zu unserer Erde.

## 15. WASHINGTON, D.C.

Porter war eben in den Schlafanzug geschlüpft und zog gerade die Bettdecke zurecht, als das Telefon läutete. Er warf einen raschen Blick auf den Wecker neben dem Bett; es war fast zwei Uhr morgens.
»Hier ist Jack«, sagte die Stimme aus dem Hörer. »Jack Clark. Haben Sie schon geschlafen?«
»In einer Minute wäre ich soweit gewesen.«
»Dave, ich glaube, ich habe etwas sehr Wichtiges. Können Sie ins Weiße Haus kommen? Wir treffen uns in Ihrem Büro.«
»Wer ist wir?«
»Ich, die NASA, der wissenschaftliche Berater, Whiteside.«
»Der Präsident nicht?«
»Er schläft. Wir wollten ihn nicht wecken, aber es gibt ein paar Dinge, die wir besprechen müssen.«
»Zum Beispiel?«
»Nicht am Telefon. Es könnte Lauscher geben. Noch einmal: Es ist sehr wichtig!«
»Ich werde in zehn, fünfzehn Minuten da sein.«
»Da fällt mir ein, der Stabschef des Weißen Hauses sollte auch zugegen sein, oder haben Sie etwas dagegen?«
»Hammond? Natürlich sollte er dabeisein. Sehen Sie zu, daß er kommt.«
»Bis gleich also, wir erwarten Sie.«
Porter legte den Hörer auf die Gabel zurück. Was zum Teufel mochte das bedeuten, fragte er sich. Clark war geradezu außer sich, man konnte es an seiner Stimme hören. Ein anderer hätte es vielleicht nicht gehört, aber Porter kannte Clark seit vielen Jahren.
Porter warf einen sehnsüchtigen Blick auf das Bett. Warum lasse ich mich nicht einfach fallen? Zum Teufel mit Clark und den anderen! Er konnte, weiß Gott, etwas Schlaf gebrauchen. In den letzten vierundzwanzig Stunden hatte er kaum ein Auge zugetan. Aber es war ihm klar, daß er den Gedanken nicht ernsthaft erwog. In fünfzehn Minuten würde er durch den Korridor vor dem Presseamt hasten. Er knöpfte die Schlafanzugjacke auf und ging dabei zu seiner Kommode mit der Unterwäsche hinüber.
Auf der Straße blieb er, bevor er ins Auto stieg, einen Moment lang stehen und schaute zu den Sternen hinauf. Von Norden klang aus weiter Ferne das Motorengeräusch eines landenden Flugzeugs herüber. Er hielt nach den blinkenden Positionslichtern der Maschine

Ausschau, aber er konnte sie nirgends entdecken. Auf der Fahrbahn trieb der Wind raschelndes Herbstlaub vor sich her.
Als Porter das Büro betrat, war die Runde bis auf Hammond bereits versammelt. An der Wand brummten die Fernschreiber gemütlich vor sich hin. Aus der Küche hatte jemand Kaffee heraufgebracht, eine gläserne Kanne stand auf einem Schreibtisch, umgeben von einem Ring großer weißer Tassen.
Whiteside hatte sich in den Stuhl hinter Porters Schreibtisch fallen lassen, Crowell, der NASA-Mann, und Dr. Allen saßen Seite an Seite auf einem kleinen Sofa. Clark füllte gerade die Kaffeetassen, als Hammond ins Zimmer stürmte.
»Was ist denn los?« fragte er. »Die Sache scheint dringend zu sein.«
»Wie dringend genau, weiß ich nicht«, erwiderte Clark. »Es gibt etwas, über das wir sprechen müssen. Die Fähre hat einen Erkundungsflug gemacht, und die Raumstation hat einen Bericht geschickt.«
»Was für einen Bericht?«
Clark wies auf Crowell. Alle Augen richteten sich auf den Mann von der NASA.
»Das neue Objekt in der Umlaufbahn«, begann Crowell, »hat, wie viele bereits vermuteten, aber nicht laut auszusprechen wagten, tatsächlich etwas mit dem Besucher in Minnesota zu tun.«
»Und worin besteht der Zusammenhang?« fragte Hammond.
»Es ist kein Flugobjekt im herkömmlichen Sinne. Es ist eine Ansammlung von Besuchern, Hunderte, vielleicht Tausende. Bisher hat niemand die Zeit gehabt, ihre genaue Anzahl zu berechnen.«
»Sie meinen also, da oben steht ein Schwarm, der sich zu einer Scheibe zusammengeballt hat?«
Crowell nickte. »Wir hätten es schon vorher wissen können, ohne die Fähre auszuschicken. Die Teleskopbeobachtungen von der Station aus hatten bereits Hinweise geliefert. Die Beobachter sahen kein massives Objekt, sondern eine Ansammlung einzelner Teile.«
»Tatsächlich einzelne, unabhängige Teile?« fragte Clark.
»Aus einer Entfernung von 1500 Kilometern ergab sich dieses Bild.«
»Aber die Teile bleiben in ihrer festen Formation, nicht wahr?« fragte Hammond. »Ich meine, sie schwärmen doch nicht etwa aus?«
»In diesem Punkt sind wir nicht sicher«, antwortete Crowell. »Die Männer in der Fähre haben berichtet, am Rand des Gebildes seien Auflösungserscheinungen zu beobachten gewesen. Die Besucher – ich weiß, Besucher ist ein unpassendes Wort, aber mir fällt kein besseres ein –, die Besucher an den Außenseiten des Schwarms scheinen nicht so dicht gestaffelt zu sein wie die im Innern. Ob das auf eine

Auflösung des Schwarmes hindeutet, wissen wir nicht. Wenn man das Ganze mit einem Bienenschwarm vergleicht, wäre die Situation als normal zu bezeichnen. In einem Bienenschwarm finden sich auch immer eine Anzahl Einzeltiere, die um die Masse der anderen herumschwirren und einen besseren, sichereren Platz für sich suchen. Das mag auch für den Schwarm da oben gelten. Die Männer in der Fähre konnten das natürlich nicht beurteilen; sie hatten ohnehin Mühe, überhaupt etwas zu sehen.«

»Wieso?« fragte Whiteside. »Was hat sie daran gehindert, das Objekt zu beobachten?«

»Im Raum ist es häufig schwer, einen Gegenstand exakt wahrzunehmen«, erklärte Crowell. »Es gibt keinen Hintergrund, vor dem sich die Dinge abzeichnen. Man ist auf reflektiertes Licht angewiesen.«

»Aber auch dort scheint die Sonne«, empörte sich Whiteside, »der Schwarm steht doch im vollen Sonnenlicht, also muß es eine Menge Reflexionen gegeben haben.«

»Leider war das nicht der Fall, General. Daher bin ich versucht zu glauben, daß wir es mit schwarzen Körpern zu tun haben.«

»Schwarze Körper? Den Ausdruck habe ich schon einmal gehört, aber...«

»Das sind Körper, die Energie absorbieren, in diesem Fall die Strahlung der Sonne. Ein perfekter schwarzer Körper würde die gesamte vorhandene Energie aufnehmen und nichts zurückstrahlen.«

»Ja, natürlich!« stieß Dr. Allen aus. »Ich hätte es ahnen, nein, eigentlich hätte ich es wissen müssen. Um durch das All zu reisen, benötigt man gewaltige Energiemengen. So verschaffen sich diese Wesen also die nötige Energie. Viel gibt es nicht im All, aber sie bekommen alle, die da ist. Nicht nur von den Sonnen – deren Strahlung ist ohnedies unendlich schwach –, sondern von allen Dingen, aus denen sie Energie entnehmen können. Die Einschläge von Mikrometeoriten liefern ihnen Energie, kinetische zwar, aber die können sie umwandeln. Alle Arten von kosmischen Strahlen. Die Wesen verschlingen alles. Sie sind wahre Energieschwämme.«

»Sind Sie sicher, daß es sich so verhält, Doktor?« fragte Hammond.

»Nein, sicher bin ich mir natürlich nicht. Aber die Hypothese ist durchaus nicht unsolide. So könnte es funktionieren. Wenn man durch das All reist, muß man eine Möglichkeit besitzen, während der Fahrt Energie aufzunehmen.«

Er wandte sich an Crowell. »Noch bevor Sie uns diesen Schwarm näher beschrieben haben, hatte ich bereits eine Ahnung, wir könnten etwas Ähnliches dort oben vorfinden. Meine Leute in Lone Pine haben berichtet, daß der Besucher etwas aussendet, codierte Signale, er also eine Nachrichtenverbindung mit irgend jemandem unterhält. Ich habe mich bereits gefragt, mit wem. Bisher hat übrigens noch niemand den Wirrwar, den er sendet, entschlüsseln können.«

»Das kann doch nur eins bedeuten!« polterte Whiteside. »Das Ding erzählt all seinen Verwandten von dem tollen Wald, den es gefunden hat. Es lädt sie zum Essen ein. Bald werden andere kommen, in unseren Wäldern landen und sich an den gedeckten Tisch setzen.«

»Das sind vorschnelle Schlüsse, Henry!« protestierte Hammond. »Woher wollen Sie das wissen?«

»Die Möglichkeit besteht«, beharrte der General starrköpfig. »Davor dürfen wir nicht unsere Augen verschließen. O Gott, was für eine schreckliche Situation.«

»Was haben Ihre Männer noch herausgefunden?« fragte Porter Dr. Allen.

»Nicht viel. Der Besucher besteht nicht aus Metall, das steht fest. Wir wissen nicht, woraus er ist. Wir haben versucht, eine Probe zu nehmen...«

»Wollen Sie etwa sagen, Ihre Männer haben versucht, ein Stück von dem Ding abzuschneiden?«

»Meine Güte, die Leute sind auf dem ganzen Ding herumgeklettert. Sie haben jeden Quadratzentimeter untersucht. Es hat gar nicht darauf geachtet. Es hat nicht einmal gezuckt, hat einfach weitergefressen.«

»Um Gottes willen!« rief Clark, »was ist das nur für eine Kreatur!« Er erhielt keine Antwort.

Crowell ergriff das Wort: »Für mich gibt es noch ein ungeklärtes Problem: Wie ist der Schwarm in die Umlaufbahn gekommen? Es braucht seine Zeit, bis man ein Objekt auf eine stabile Umlaufbahn gebracht hat. Der Satellit muß die Erde mehrere Male umrunden, bis er endlich genau die gewünschte Bahn und Geschwindigkeit hat. Wenn dieses Objekt, dieser Schwarm, einige Anläufe gebraucht hätte, bis er auf seiner Umlaufbahn war, dann hätten ihn unsere Beobachter schon viel früher bemerkt. Aber das taten sie nicht. Als sie ihn fanden, war er bereits auf einem festen Orbit. Und noch etwas Wichtiges: Man benötigt eine Menge Informationen über den Planeten, den man umkreisen will. Geschwindigkeit, Rotationszeit, Anziehungskraft. Das trifft natürlich für jede Umlaufbahn zu, aber wenn man einen synchronen Orbit anstrebt, muß man die Faktoren auf einige Stellen hinter dem Komma berechnet haben. Der Schwarm ist – nach allem, was wir wissen – plötzlich aufgetaucht und hatte sofort die richtige Höhe und Geschwindigkeit. Wie er das angestellt hat, weiß ich nicht. Ich hätte bis zu diesem Ereignis Stein und Bein geschworen, daß eine solche Leistung unmöglich ist.«

»Nachdem wir nun alle schlechten Nachrichten zusammengetragen haben«, sagte Hammond, »bleibt die Frage, was wir unternehmen wollen. Das ist doch der Sinn dieses Treffens, nicht wahr? Wir wollen einen Aktionskurs festlegen. Ich möchte dem Mann, der jetzt seine verdiente Nachtruhe genießt, gern morgen früh sagen können, daß wir ein paar Antworten für ihn gefunden haben.«

»Auf jeden Fall müssen wir alle Gouverneure informieren, damit im ganzen Land die Nationalgarde in Alarmbereitschaft versetzt werden kann«, schlug Whiteside vor.

»Damit würden wir todsicher das ganze Volk in helle Panik versetzen«, knurrte Hammond.

»Und einige unserer internationalen Nachbarn nervös machen«, ergänzte Clark.

Der General ließ nicht locker: »Wie wäre es, wenn wir die Anweisung geheim ausgeben. Die Gouverneure bekommen den Befehl, alle nötigen Vorbereitungen zu treffen.«

»Es würde doch etwas durchsickern«, warnte Porter. »Bei achtundvierzig Gouverneuren darf man nicht auf totale Geheimhaltung bauen. Eigentlich sind es sogar fünfzig, wenn wir Hawaii und Alaska mitzählen. Manche Gouverneure sind arge Plaudertaschen, außerdem hat jeder von ihnen einen Mitarbeiterstab ...«

»Dave hat recht«, sagte Clark zu Whiteside. »Damit würde man es geradezu herausfordern, daß die ganze Angelegenheit publik wird.«

»Wenn wir uns an die Bevölkerung wenden«, sagte Porter, »dann müssen wir ihr nicht nur sagen können, was wir tun, sondern auch, warum wir es tun. In ein paar Tagen haben die Leute es sowieso selbst herausgefunden, da wäre es schon besser, wenn wir sie von vornherein offen informieren. Besser, *wir* verkünden die Neuigkeiten, als daß es ein anderer tut.«

»Wenn wir die Nationalgarde aus dem Spiel lassen, was bleibt uns dann?« murrte Whiteside.

»Können Sie in diesen Wesen denn nichts anderes als Feinde sehen?« fragte Allen.

»Es sind zumindest potentielle Feinde«, sagte Whiteside. »Solange wir nicht mehr über sie wissen, müssen wir sie als Bedrohung betrachten. Wenn sie als Invasoren in unser Land eindringen, macht sie das automatisch zu unseren Feinden.«

»Möglicherweise ist jetzt der Punkt erreicht, an dem wir einige be-

freundete Regierungen informieren sollten«, schlug Hammond vor. »Bisher haben wir davon abgesehen, aber wenn der Schwarm sich auf die Erde stürzt, werden wahrscheinlich auch andere Länder betroffen sein. Eigentlich sind wir geradezu verpflichtet, die anderen über die Lage zu unterrichten.«
Whiteside sagte: »Der Präsident sollte hier bei uns sein.«
»Nein«, widersprach Hammond, »wir wollen ihn schlafen lassen. Der kommende Tag wird hart für ihn.«
»Wieso gehen wir eigentlich davon aus, daß wir die einzigen sind, die eine Fähre zum Schwarm geschickt haben?« fragte Porter. »Auch die Sowjets besitzen eine Raumstation und eine Fähre. Wir haben vor vierundzwanzig Stunden gemeldet, daß sich ein neues Objekt in einer Umlaufbahn befindet, inzwischen hatten die Russen reichlich Zeit für einen Erkundungsflug.«
»Ich bin mir zwar nicht sicher, aber ich halte das für unwahrscheinlich«, erklärte Clark. »Ihre Station ist viel weiter vom Schwarm entfernt als unsere, ihre Fähre würde also bedeutend länger brauchen. Die Entfernung spielt zwar keine wesentliche Rolle, dennoch kann ich mir nicht vorstellen, daß die Sowjets schon etwas unternommen haben. Sie müssen auch nicht unbedingt reagieren, der Besucher ist in unserem Land, nicht in ihrem.«
»Was die Sowjets tun, hat ohnehin keinen Einfluß auf unsere Entscheidungen, oder?« fragte Clark.
»Solange wir nichts Genaues wissen, werden wir uns nicht an die Russen wenden«, sagte Porter. »Schließlich wollen wir uns nicht vor ihnen lächerlich machen.«
»Ich muß noch einmal auf das Problem der Verteidigung zurückkommen«, beharrte Whiteside. »Sie haben mich überstimmt, was den Einsatz der Nationalgarde angeht. Wie wäre es aber, wenn wir das reguläre Militär in unsere Überlegungen einbeziehen. Wir könnten die Truppen in Alarmbereitschaft versetzen lassen.«
»Wenn das ohne Aufsehen möglich ist«, sagte Hammond. »Wenn Sie garantieren können, daß nichts durchsickert.«
»Das läßt sich machen«, versicherte Whiteside.
»Meine Hauptsorge ist eine allgemeine Panik«, erklärte Hammond. »Bisher ist alles gut gelaufen, aber wenn man einen falschen Knopf drückt, kann das ganze Volk Amok laufen. In der Vergangenheit ist so viel über UFOs geredet und gestritten worden, das Volk ist gewissermaßen reif...«
»Ich würde eher sagen, das UFO-Gerede wirkt sich zu unserem Vorteil aus«, entgegnete Porter. »Der Gedanke, daß Außerirdische die

Erde besuchen, ist geradezu ein alter Hut. Viele Leute haben sich an die Vorstellung gewöhnt, eines Tages könnten Fremde kommen. So sind sie auf die Nachricht vorbereitet, es wird für sie kein allzu schwerer Schock sein. Es gibt sogar Menschen, die glauben, es wäre gut für die Erde, wenn die Fremden kämen. Die Psychologie von H. G. Wells' *Krieg der Welten* ist überholt. Zumindest gibt es diese neurotischen Ängste nicht mehr.«

»Das mag schon stimmen«, pflichtete Clark ihm bei, »und dennoch kann ein falsches Wort im falschen Augenblick eine wilde Panik entfesseln.«

»Richtig«, sagte Hammond. »Möglicherweise wäre Ihre Methode die beste, Dave: Wir sagen dem Volk, was wir wissen. Wir geben ihm Zeit, sich an die Situation zu gewöhnen, und wenn weitere Besucher kommen, haben sich die Menschen bereits mit dem Gedanken vertraut gemacht. Wir brauchen dann nur etwas Öl auf die Wogen zu gießen, allerdings dürfen wir auch nicht zuviel Öl verschütten. Nein, was das Volk vor allem braucht, ist Zeit, Zeit, über alles nachzudenken.«

»Also fassen wir noch einmal zusammen«, sagte Clark. »Das Militär wird über die Lage informiert. Die Garde wird einstweilen nicht ins Bild gesetzt, aber wir bereiten uns darauf vor, die Garde binnen kürzester Frist landesweit in Alarmbereitschaft zu versetzen. Wir werden ernstlich in Erwägung ziehen, die Regierungen befreundeter Nationen zu informieren und mit ihnen die Lage zu beraten. Dem Volk werden wir so viele Tatsachen wie möglich mitteilen. Was ist mit der UNO?«

»Wir wollen die UNO zunächst aus der Sache heraushalten«, sagte Hammond. »Die wird sich schon früh genug selbst einmischen. Es versteht sich von selbst, daß unser Chef zu allem erst seine Zustimmung geben muß. Er wird in ein paar Stunden aufwachen; wir werden also nicht mehr lange warten müssen. Wenn wir dann handeln, sollten wir es schnell tun.«

»John, ich möchte meine Leute jetzt gleich informieren«, drängte Whiteside. »Ich kann mir nicht vorstellen, daß Sie etwas dagegen einzuwenden haben. Schließlich bleibt alles in der Familie.«

»Keine Einwände«, erwiderte Hammond, »das ist Ihre Spielwiese.«

Dr. Allen wandte sich an Crowell: »Ich nehme an, die Raumstation ist ständig auf Posten? Sie werden uns melden, wenn es soweit ist, oder wenn es so aussieht?«

»Natürlich. Sobald dort oben irgend etwas geschieht, werden wir es erfahren.«

»Was geschieht eigentlich, wenn einer unserer Verbündeten übermütig wird und den Vorschlag macht, den ganzen Schwarm mit einer kleinen A-Bombe vom Himmel zu pusten?« fragte Whiteside. »Oder – schlimmer noch – wenn er so etwas auf eigene Faust versucht?«
»Henry, Ihnen fallen immer nur die fürchterlichsten Möglichkeiten ein!« stöhnte Hammond.
»Das könnte alles passieren«, sagte der General. »Es braucht nur einer von diesen Leuten die Hosen voll zu haben.«
»Einstweilen wollen wir einfach hoffen, daß so etwas nicht geschieht«, schlug Porter vor.
»Ich halte das für äußerst unwahrscheinlich«, erklärte Hammond. »Vielleicht sollte ich den Außenminister aus dem Bett holen. Er muß sowieso informiert werden. Er könnte mit dem Präsidenten frühstükken, er und ein paar andere, der Bundesanwalt zum Beispiel. Ich werde gleich mal anrufen.«
»Das war's dann?« fragte Crowell.
»Scheint so.«
»Es lohnt sich kaum noch, wieder ins Bett zu gehen«, stellte Clark fest. »In ein, zwei Stunden muß ich wieder raus.«
»Ich fahre nicht mehr heim«, sagte Porter. »Im Pressezimmer steht eine bequeme Couch, auf die werde ich mich hinhauen. Ach, da fällt mir ein, es sind zwei Couches dort. Will mir jemand Gesellschaft leisten?«
»Ich komme mit«, sagte Clark.

## 16. LONE PINE

Stiffy Grant schlurfte ins Pine-Café und erklomm einen Hocker vor der Theke. Sally hatte gehört, wie die Eingangstür ins Schloß schnappte; sie kam sofort aus dem Hinterzimmer.
»Was denn, du arbeitest vormittags?« fragte Stiffy. »Ich dachte, Judy wäre morgens dran.«
»Judy hat eine Erkältung, ich bin für sie eingesprungen«, erklärte Sally.
Sie waren die beiden einzigen Menschen im Café.
»Wo mögen die ganzen Leute stecken?« fragte Stiffy. »Die Stadt ist doch voller Menschen.«
»Es sind Langschläfer«, erwiderte Sally. »Außerdem sind die meisten

in Bemidji abgestiegen; sie fahren immer hin und her. Hier im Ort gibt es nicht genügend Betten.«

»Aber die Reporter von der *Tribune* wohnen hier«, sagte Stiffy. »Ich meine den Burschen mit den Kameras und das Mädchen.«

»Ja, die waren auch als erste hier, da konnte man noch Zimmer bekommen.«

»Die sind schwer in Ordnung«, stellte Stiffy fest. »Richtige Stadtleute. Das Mädchen hat mir fünf Dollar dafür gegeben, daß ich das Telefon besetzt hielt, und gestern hat mir der Bursche eine Flasche Schnaps spendiert. Dafür brauchte ich nur das andere Flußufer zu beobachten und ihm sagen, wenn etwas passiert. Es ist aber nichts passiert, und er konnte durchschlafen. War guter Stoff, kein billiger Fusel.«

»Die meisten Fremden sind nett«, sagte Sally. »Sie geben gutes Trinkgeld. Von den Hiesigen bekomme ich überhaupt kein Trinkgeld.«

»Aber viel haben sie noch nicht rausgekriegt, diese Leute aus der Stadt«, erklärte Stiffy. »Sie wollen alles mögliche über dieses Ding erfahren, aber das gelingt ihnen nicht. Die Männer aus Washington geben sich riesig Mühe, doch es springt nichts dabei heraus. Gestern habe ich mit einem von ihnen geredet. Er hat in diesem Zeug gewühlt, das hinten aus dem Ding herauskommt, nicht in den weißen Ballen, in diesem anderen Abfall. Er war ganz aus dem Häuschen, aber mir kam das Ganze nicht sehr aufregend vor. Fichtensamen hätte er keine gefunden, hat er gesagt. Die Zapfen wären alle aufgeknackt, aber die Samen wären verschwunden. Er sagte, das wäre unnatürlich. Ich glaube, er hat gedacht, das Ding sortiert die Samen aus und bewahrt sie auf. Da habe ich ihn gefragt, wieso er nicht glaubt, daß das Ding die Samen frißt, Eichhörnchen tun das schließlich auch. Aber davon wollte er nichts hören. Er hat dauernd mit dem Kopf geschüttelt.«

»Willst du etwas essen, Stiffy?«

»Paar Pfannkuchen, glaub' ich.«

»Mit Wurst oder Schinken?«

»Nee, die sind mir zu teuer, kann ich mir nicht leisten. Einfach Pfannkuchen, die esse ich mit Sirup, 'ne Menge Sirup, wenn ich bitten darf.«

»Der Sirup steht da im Schrank, nimm soviel du willst.«

»Prima. Und ordentlich Butter, ja? Aber nicht, wenn ich dafür mehr zahlen muß.«

Sally ging kurz in die Küche, um dem Koch die Bestellung weiterzugeben, dann kam sie zurück.

»Wie weit ist der Besucher eigentlich in den Wald hineingekrochen? Ich habe lange nichts mehr von ihm gesehen.«

»Fast zwei Kilometer, würde ich schätzen. Er rückt dauernd weiter vor, Tag und Nacht. Alle paar Minuten kommen hinten diese weißen Ballen heraus. Er hat schon eine richtige Spur von diesen Dingern zurückgelassen. Ich frag' mich, warum er das macht. Ich seh' da keinen Sinn drin, mir kommt alles, was er macht, sinnlos vor.«

»Er wird schon einen Grund haben.«

»Wahrscheinlich, aber ich kann ihn mir nicht vorstellen. Ich wüßte auch gern, warum er gerade uns ausgesucht hat.«

»Zufall. Irgendwo mußte er ja landen. Wenn er hinter Bäumen her war, hat er eine gute Stelle erwischt.«

»Diese Waldhüter werden ganz schön sauer auf ihn sein«, murmelte Stiffy. »Die machen doch immer so einen schrecklichen Wirbel um ihre Bäume. Ich verstehe das sowieso nicht. Das sind doch ganz gewöhnliche Bäume, wie sie überall wachsen.«

»Das ist ursprünglicher Wald, ein Naturschutzgebiet«, sagte Sally.

»Ach was«, knurrte Stiffy. »Das ist doch alles Blödsinn.«

## 17. LONE PINE

Der Besucher hatte plötzlich Beulen bekommen. Überall auf seiner Oberfläche konnte man dicke Ausbuchtungen sehen, aber er fällte weiter seine Bäume und verarbeitete oder verdaute sie. Ständig öffnete sich der Kasten auf der Rückseite, um Zelluloseballen und Abfälle auszuspeien.

»Wir wissen nicht, was los ist«, sagte einer der beiden Polizisten zu Kathy. »Vielleicht wissen die Leute aus Washington mehr, aber das möchte ich bezweifeln. Sie reden nicht mit uns, daher wissen wir nicht, was sie herausgefunden haben. Die Beulen auf dem Besucher waren heute morgen, bei Sonnenaufgang, schon da. Sie müssen sich heute nacht gebildet haben, seitdem wachsen sie unaufhörlich. Sie sind jetzt schon viel dicker als heute früh.«

»Haben Sie etwas dagegen, wenn ich näher herangehe?« fragte Kathy. »Die anderen Reporter sind auch dichter dran.«

»Aber sehen Sie sich vor«, warnte der Polizist. »Wir wollen nicht, daß es Verletzte gibt.«

»Bisher hat der Besucher niemanden absichtlich verletzt«, sagte

Kathy. »Seit er gelandet ist, sind ständig Menschen in seiner Nähe, aber er scheint sie gar nicht wahrzunehmen.«
»Man kann nie wissen«, erwiderte der Polizist. »Wenn ich Sie wäre, würde ich mein Glück nicht herausfordern. Immerhin hat er einen Mann getötet.«
»Der hat aber zuerst auf ihn geschossen.«
»Trotzdem. Ich traue dem Ding nicht. Es ist mir zu fremd.«
Kathy und die Polizisten standen an einer Stelle, die etwa gleich weit vom Besucher und dem Fluß entfernt war. Vor und hinter ihnen erstreckte sich die breite Spur, die der Besucher in den Wald gefressen hatte. Die Schneise war von weißen Ballen und Abfallklumpen übersät. Abfälle und Ballen lagen in regelmäßigen Abständen ordentlich abgelegt.
»Auf der anderen Seite der Behelfsbrücke sind auch Polizisten stationiert«, erzählte der Beamte. »Sie halten alle Schaulustigen zurück. Nur Regierungsleute und die Presse dürfen passieren. Ihnen ist doch wohl klar, daß Sie auf eigenes Risiko hier sind. Das hat man Ihnen hoffentlich erklärt?«
»Ja, natürlich.«
»Ich verstehe gar nicht, wo all diese Schaulustigen herkommen«, klagte der Polizist. »Wir haben alle Zufahrtsstraßen gesperrt. Trotzdem kommen jeden Tag Hunderte von Neugierigen durch.«
»Sie stellen ihre Wagen kurz vor den Straßensperren ab«, sagte Kathy, »dann gehen sie durch den Wald. Man müßte schon eine regelrechte Postenkette aufbauen, um die Leute aufzuhalten.«
»Wahrscheinlich. Die Neugierigen können einem schon gehörig auf die Nerven gehen.«
»Da kommen Frank Norton und Chet, mein Fotograf. Sobald sie hier sind, werde ich mit ihnen zu dem Ding gehen.«
Der Polizist zuckte mit den Schultern. »Aber sehen Sie sich vor«, riet er noch einmal. »Irgend etwas geht da vor, und das gefällt mir gar nicht. Ich habe so ein unangenehmes Gefühl.«
Kathy wartete auf Norton und Chet; dann schloß sie sich ihnen an, und die drei gingen gemeinsam die Schneise entlang.
Sie wandte sich an Chet: »Hat Jerry das Flugzeug noch erwischt?«
Chet nickte. »Es war verdammt knapp. Bis zum Start hatten wir nur noch ein paar Minuten. Ich habe ihm den Film gegeben, er wird ihn zur Zeitung bringen. Ach ja, was ich dich fragen wollte: Wo kam Jerry eigentlich so plötzlich her? Du hattest ihn doch schon vermißt.«
»Sein Wagen hatte eine Panne, und er ist zu Fuß nach Lone Pine ge-

gangen, um zu telefonieren. Wir haben uns zufällig getroffen. Es war eine Riesenüberraschung.«

»Er ist ein sympathischer Bursche, finde ich.«

»Ja, das ist er auch.«

»Jedenfalls kein Schwätzer, eher ein bißchen einsilbig.«

»Das ist so seine Art.«

Sie gingen zu einer Gruppe von Journalisten hinüber, die sich auf einer Seite des Besuchers versammelt hatten.

»Hast du heute morgen schon mit Johnny gesprochen?« fragte Kathy.

»Ja, habe ich. Ich habe mich nach dem Film erkundigt. Johnny hat gesagt, der Film wäre so zeitig dagewesen, daß die Bilder noch in die nächste Ausgabe kommen werden.«

»Hat er gesagt, er will jemanden schicken, um mich abzulösen?«

»Nein, nichts in der Art. Hast du das denn erwartet?«

»Nun, ich weiß nicht«, antwortete Kathy. »Vielleicht denkt er, daß in der Redaktion jemand sitzt, der hier bessere Arbeit leisten könnte. Mich hat er ja nur geschickt, weil ich gerade als einzige zur Verfügung stand.«

»Ich glaube nicht, daß du dir darüber Sorgen machen mußt. Johnny ist ein fairer Bursche. Jetzt ist es dein Job, und er wird ihn dir nicht wegnehmen.«

»Wenn er jemand anderen herschickte, würde ich um mich schlagen. Das ist meine Story, Chet, und so soll es auch bleiben.«

»Du würdest darum kämpfen?«

»Darauf kannst du dich verlassen.«

»Seht mal«, sagte Norton, »jemand hat eine Zahl auf den Besucher gemalt. Seht ihr? Dort vorn, auf der Seitenwand. 101.«

Kathy schaute hoch und entdeckte die Zahl. Die einzelnen Ziffern, in grüner Farbe gemalt, waren fast einen halben Meter hoch.

»Ich frage mich, wer das getan hat«, murmelte sie.

Chet kicherte. »Einer dieser Spinner aus Washington vermutlich. Wissenschaftler! Sie müssen alles mit einer Nummer versehen, für ihre Akten.«

»Eine seltsame Idee.«

»Wir wissen ja nicht, wie die Beobachter bei ihrer Arbeit vorgehen«, wandte Norton ein. »Bestimmt hatten sie einen vernünftigen Grund für diese Nummer.«

»Das wollen wir hoffen«, sagte Kathy.

»Kannst du dir vorstellen, was es mit diesen Beulen auf sich hat?« fragte Norton.

Kathy schüttelte den Kopf. »Keine Ahnung. Es ist eine Schande. Vorher war es so ein hübsches, ordentliches Ding, so symmetrisch, und jetzt ist es voller Beulen.«

»Das klingt ja so, als hättest du diesen Kasten hübsch gefunden.«

»Vielleicht nicht gerade hübsch, aber irgendwie passend. Genau die Art Objekt, die ich im Weltraum erwartet hatte. Nett, ordentlich, nicht eben spektakulär.«

»Mein Gott!« brüllte Norton plötzlich. »Seht doch nur!«

Eine der größeren Beulen auf der Oberfläche des Besuchers war soeben aufgeplatzt; unter der Haut kam ein kleines Ebenbild des Kastens zum Vorschein. Das Ding, das in der Beule gesteckt hatte, war gut einen Meter lang. Es hatte keine Beulen und war viel kleiner, aber davon abgesehen war es ein exaktes Abbild des großen Kastens. Die ausgebeulte Haut riß weiter auf, der kleine Kasten ruckte und fiel dann auf den Waldboden herab. Er prallte auf, rollte herum und stand. Er war glänzend schwarz, nicht matt, wie der große Besucher, seine Oberfläche schien feucht zu sein. Einen Augenblick lang verharrte der kleine Kasten reglos auf dem Boden, dann schwenkte er herum und setzte sich in Bewegung. Lautlos und zügig glitt er der Rückseite des Besuchers entgegen.

Die Journalisten prallten zurück, um dem kleinen Kasten den Weg frei zu machen. Ein Fernsehkameramann brüllte wie am Spieß: »Köpfe runter, da vorn. Wollt ihr wohl vor dem Objektiv verschwinden, verdammt noch mal!«

Kathy wich mit den anderen zurück. In ihrem Kopf überschlugen sich die Gedanken: Damit steht es fest! Das Ding ist biologisch! Keine Maschine, sondern ein Lebewesen. Eine lebendige Kreatur! Sie bekommt Kinder!

Eine weitere Beule platzte auf, und ein zweites kleines Ebenbild des Besuchers befreite sich daraus und fiel zu Boden. Der Besucher selbst kümmerte sich nicht um das, was um ihn herum geschah. Er fällte Bäume.

Das erste Junge hatte die Rückseite des Besuchers erreicht und steuerte nun einen Zelluloseballen an. Vor dem Ballen blieb es stehen, riß ihn auf und begann ihn zu verzehren, geradeso, wie die »Mutter« die Bäume verzehrte.

Chet hetzte mit schußbereiter Kamera zu dem Kleinen hinüber. Schlitternd kam er zum Stehen, riß die Kamera hoch und drückte auf den Auslöser, dann ließ er sich auf die Knie fallen und fotografierte aus einem anderen Winkel. Jetzt waren auch die anderen Fotografen da. Sie drängten sich rücksichtslos mit den Schultern aneinander, um in eine bessere Position zu kommen. Bald hatte ein dichter Kreis von Zeitungsleuten das kleine Wesen umringt.

»Ich habe so etwas geahnt«, murmelte ein Mann, der neben Kathy stand. »Gleich heute morgen, als ich die Beulen zum ersten Mal sah, habe ich so etwas geahnt. Das Ding bildet Knospen. Auf jeden Fall haben wir jetzt eine Antwort auf unsere wichtigste Frage.«

»Genau«, stimmte Kathy zu, »das Ding ist organisch.«

Er musterte sie, sah sie offensichtlich zum ersten Mal. Dann hob er die Hand und tippte sich grüßend an die Stirn.

»Quinn«, stellte er sich vor. »*New York Times.*«

»Foster«, erwiderte Kathy, »*Minneapolis Tribune.*«

»Ihr wart früh hier«, stellte Quinn fest. »Als erste, nicht wahr?«

»Ein paar Stunden nachdem das Ding gelandet ist.«

»Ist Ihnen eigentlich klar, daß wir die Story des Jahrhunderts, vielleicht sogar aller Zeiten schreiben?«

»Nein, daran habe ich noch gar nicht gedacht«, sagte Kathy.

Dann tat es ihr leid, und sie lächelte ihm zu. »Ich sollte nicht immer so ironisch sein. Natürlich ist mir das klar, Mr. Quinn.«

Inzwischen waren eine Anzahl Junge unterwegs zu den nächstliegenden Zelluloseballen. Die Fotografen hatten sich verteilt, es gab nun zahlreiche Motive.

Ein kleiner Kasten lief nicht zu den Ballen. Das Junge lag zitternd und zuckend wie ein gestürztes Tier dicht neben dem Besucher, doch dieser achtete nicht auf das Kleine.

Es ist auf die Seite gefallen, dachte Kathy. Das arme Ding liegt auf der Seite und kommt nicht auf die Beine. Wieso sie das erkannt hatte, wußte Kathy nicht. Wie hätte sie es auch wissen sollen. Niemand konnte sehen, wo die Ober- oder die Unterseite eines dieser Besucher war.

Mit ein paar Schritten war Kathy bei dem kleinen Kasten, legte die Hand auf eine Seitenkante und zog. Das Ding rollte herum und huschte sofort in Richtung auf die Ballen davon.

Kathy richtete sich auf und tätschelte den Kastenrumpf des Besuchers, der wie eine Scheunenwand neben ihr aufragte.

»Mutter«, sagte sie leise und eher zu sich selbst als zu dem Besucher, denn wie hätte der sie hören sollen? »Mutter, ich habe deinem Baby auf die Beine geholfen.«

Unter ihrer Handfläche regte sich die Haut des Besuchers, sie stülpte sich aus und floß über Kathys gespreizter Hand zusammen, bedeckte sie so einen Augenblick lang und hielt sie umfangen. Dann straffte sich die Haut wieder und war so hart und glatt wie zuvor.

Kathy erstarrte, dann begann sie zu zittern. Sie konnte nicht glauben, was geschehen war.
Es hat mich bemerkt, dachte sie. Schrecken und Erregung schnürten ihr die Kehle zu. Es hat gewußt, daß ich da bin, es hat gewußt, was ich getan habe. Es hat versucht, meine Hand zu schütteln. Es hat sich bei mir bedankt.

## 18. WASHINGTON, D.C.

»Wie ist der neuste Stand in dieser Welpengeschichte, Porter?« fragte der Präsident.
»Welpen, Sir?«
»Ja, ich meine den Nachwuchs, den der Besucher in Minnesota geworfen hat.«
»Eben kam über Draht, daß es vierzehn Stück sind«, antwortete Porter. »Ein paar sollen noch kommen.«
»Kein schlechter Wurf«, meinte der Präsident.
»Wahrscheinlich wissen Sie mehr darüber als ich«, erklärte der Pressesprecher. »Dr. Allen hat doch seine Leute vor Ort. Sicher haben Sie schon seinen Bericht bekommen.«
»Natürlich hat er einen Report geliefert. Aber Allen ist ein altes Waschweib, und seine Leute sind verkniffene Fachidioten. Die sagen gar nichts, solange es nicht bis zum letzten Punkt untermauert werden kann. Was sie denken, verraten sie nicht, denn wenn sie sich irren, würden sich die verehrten Kollegen über sie lustig machen. Was sie schließlich von sich geben, ist reines Blabla und von so vielen Wenns und Abers durchsetzt, daß kein Mensch verstehen kann, worauf sie eigentlich hinauswollen.«
»Sie können aber nicht behaupten, Dr. Allen sei inkompetent«, protestierte Hammond. »Er ist ein Spitzenwissenschaftler. Er genießt die Achtung...«
Der Präsident winkte ärgerlich ab. »Natürlich ist er fähig. Alle seine Kollegen fließen über vor Verehrung, sobald nur sein Name fällt. Aber er ist ein Mensch, mit dem ich einfach nicht klarkomme. Ich mag Männer, die geradeheraus ihre Meinung sagen, bei Allen frage ich mich häufig, worüber er eigentlich gerade spricht. Wir beide sprechen einfach nicht dieselbe Sprache.«
»Also gut«, sagte Hammond, »wenn wir alle seine wissenschaftlichen

Ausflüchte einmal ausklammern, wie ist seine Meinung in dieser Angelegenheit?«
»Er ist verwirrt, ein bis in die Grundfesten erschütterter Wissenschaftler«, antwortete der Präsident. »Ich glaube, er war von Anfang an davon überzeugt, daß es sich bei unserem Besucher um eine Maschine handelt, und nun muß er sich an den Gedanken gewöhnen, sich getäuscht zu haben. Dieser Wurf von kleinen Kästen hat seinem wissenschaftlichen Denkapparat schweren Schaden zugefügt. Offen gestanden interessiert es mich nicht besonders, was er denkt, denn bevor die Woche zu Ende ist, wird er seine Meinung noch mehrmals geändert haben. Ich möchte vor allem wissen, wie das Land die Nachricht aufnimmt.«
»Um das zu ermitteln, ist es noch zu früh«, erklärte Porter. »Bisher ist über außergewöhnliche Reaktionen nichts bekannt. Größere Unruhen hat es jedenfalls nicht gegeben. Zunächst spielt sich erst einmal alles in den Köpfen der Leute ab. Das Volk hat genug damit zu tun, die Nachrichten zu verdauen und sich über ihre Bedeutung klarzuwerden, aber ich habe so eine Ahnung...«
Er verstummte und sah Hammond und den Außenminister an.
»Na los, fahren Sie fort«, ermunterte ihn der Präsident. »Was für eine Ahnung haben Sie?«
»Ach, es ist wahrscheinlich lächerlich. Zumindest mag es lächerlich klingen.«
»Nun machen Sie schon, sagen Sie meinetwegen etwas Albernes. Ich bekomme in der letzten Zeit eine Menge albernes Zeug zu hören, aber ich höre mir alles an, und von manchem habe ich schon profitiert. Außerdem bleibt es in der Familie. John und Marcus werden es ertragen können, sie haben ihren Anteil Albernheiten bereits beigesteuert.«
»Wie gesagt«, setzte Porter von neuem an, »es ist nur ein Gefühl, aber könnte es nicht sein, daß dieser Wurf – wie Sie es nennen – die Besucher die Leute auf der Straße liebenswerter macht? Bei Geburten und Mutterschaft wird jedermann weich.«
»Ich kann Ihnen da nicht folgen«, widersprach Marcus White, der Außenminister. »Mir ist bei der Nachricht fast das Herz stehengeblieben. Da gibt es nun Hunderte, womöglich gar Tausende dieser Kreaturen im All, und die eine hier auf der Erde bekommt auch noch Ableger. Was wird sein, wenn sie alle herunterkommen und sich hier fortpflanzen?«
»Daran denkt die Öffentlichkeit nicht, jedenfalls im Augenblick noch nicht«, entgegnete Porter. »Ich glaube, wir haben durch das Ereignis in Minnesota Zeit gewonnen.«

»Marcus«, fragte der Präsident, »wie ich höre, haben Sie mit den Russen gesprochen. Was haben sie gesagt?«
»Dimitri war sehr verschlossen. Offenbar wartet er noch auf Anweisungen aus Moskau. Vermutlich ist man sich in Moskau auch noch nicht darüber im klaren, welche Richtung man einschlagen soll. Dimitri hat ein wenig gegrollt, ohne etwas Bestimmtes zu sagen. Wie er durchblicken ließ, würde Moskau gern mit ein paar Wissenschaftlern an unseren Forschungen über die Besucher teilhaben. Ich habe nicht gesagt, was wir davon halten. Um ihm einen Dämpfer zu verpassen, habe ich die Sache als interne Angelegenheit bezeichnet. Meine persönliche Meinung ist allerdings, daß wir ausländische Wissenschaftler einladen sollten. Es würde das internationale Klima verbessern und könnte vermutlich keinen großen Schaden anrichten.«
»Das haben Sie gestern bereits vorgeschlagen«, sagte der Präsident. »Ich habe mir die Sache durch den Kopf gehen lassen, und ich bin nicht Ihrer Meinung.«
»Der Iwan hat doch nur Angst, daß wir etwas herausfinden, was unseren militärischen Vorsprung vergrößert«, sagte Hammond. »Darum will uns der Botschafter unbedingt in die Karten schauen. Solange noch die Möglichkeit besteht, daß wir tatsächlich auf etwas Interessantes stoßen, sollten wir uns bedeckt halten.«
»Unmittelbar bevor ich hierher kam, habe ich mit Mike von der UNO gesprochen«, berichtete der Präsident. »Es wird Streit mit der UNO geben, sagt er. Die Vereinten Nationen wollen die Vorgänge als internationales Ereignis behandelt wissen. All unsere kleinen Brüder in Afrika und Asien und unsere guten Freunde aus Lateinamerika denken, beziehungsweise behaupten, daß dies eine Sache ist, die das nationale Interesse übersteigt. Die Ankunft eines Besuchers aus dem Weltraum ist ein Weltereignis, sagen sie.«
»Nun«, meinte Hammond, »wir werden sie uns noch eine Weile vom Hals halten können. Was können sie schon ausrichten? Sie können Resolutionen verabschieden, bis ihnen schwarz vor Augen wird, aber sie haben keine Möglichkeit, diese Beschlüsse in die Tat umzusetzen.«
»Wir werden erst einmal abwarten«, sagte der Präsident. »Falls irgendwann weitere Besucher landen, können wir unsere Politik immer noch ändern.«
»Wollen Sie damit sagen, Herr Präsident«, fragte der Außenminister, »daß mein Vorschlag, ein internationales Wissenschaftlergremium zu bilden, nicht weiter erwogen wird?«
»Für die nächste Zeit nicht«, beschwichtigte ihn der Präsident, »aber nur für die unmittelbare Zukunft nicht. Wir müssen die weitere Ent-

wicklung abwarten. Über die Frage ist noch nicht endgültig entschieden.«

»Wir müssen unbedingt die Absicht dieser Wesen erfahren«, sagte Hammond. »Was führen sie im Schilde? Warum sind sie hergekommen? Was erwarten sie. Sind sie nichts anderes als ein Schwarm streunender Nomaden, der alles aufliest, was er am Wegesrand findet, oder befinden sie sich auf einem regelrechten Erkundungsflug? Sind sie die Repräsentanten einer fremden Rasse im All, oder sind sie eine Schar plündernder Freibeuter? Unsere Reaktionen und Handlungen hängen in hohem Maße von den Absichten und Taten dieser Wesen ab.«

»Es dürfte nicht leicht sein, eine Antwort auf diese Fragen zu finden«, stellte Porter fest.

»Wir müssen es auf jeden Fall versuchen«, erklärte Hammond. »Ich weiß nicht, wie wir es anstellen sollen, aber versuchen müssen wir es. Allens Leute werden sicher in nächster Zukunft ein paar interessante Fakten liefern, Wir brauchen vor allem Zeit.«

Der Sprechapparat auf dem Schreibtisch summte, der Präsident nahm den Hörer ab. Er lauschte einen Moment lang und sagte dann: »Stellen Sie ihn durch!« Dann hörte er wieder zu, wobei sich seine Stirn in tiefe Falten legte. »Danke sehr«, sagte er schließlich. »Bitte halten Sie mich weiter auf dem laufenden!«

Er legte den Hörer in die Gabel zurück und sah die Männer im Zimmer einen nach dem anderen an.

»Es scheint, uns wird die Zeit knapp«, sagte er leise. »Das war Crowell von der NASA. Er hat einen Bericht von der Station bekommen. Es gibt einige Anzeichen dafür, daß der Schwarm im Begriff ist, sich aufzulösen.«

## 19. LONE PINE

»Sie sind niedlich!« rief Kathy entzückt.

»Ich kann an ihnen nichts Niedliches finden«, erwiderte Chet. »Für mich sind es einfach kleine schwarze längliche Kästen, die über den Boden holpern.«

Die kleinen Kästen holperten nicht, sondern sie glitten rasch und behende von einem Ballen zum nächsten, sobald sie den ersten bis auf die letzte Zellulosefaser verzehrt hatten. Es gab kein Gerangel und keinen Streit um die einzelnen Ballen, die kleinen Kästen benahmen sich recht manierlich. Wenn einer von ihnen gerade einen Ballen in Arbeit hatte, versuchte der andere nicht, ihn von diesem Futterplatz zu verdrängen, sondern suchte sich einen eigenen Ballen. Sie hatten schon eine ganze Anzahl davon verspeist, aber es war immer noch eine Menge übrig geblieben. Die gefräßigen Kleinen hatten den Vorrat bisher kaum dezimieren können. Über eine Strecke von fast zwei Kilometern erstreckte sich die ballenübersäte Schneise durch den Wald, und der ausgewachsene Besucher war immer noch dabei, sich weiter vorzuarbeiten und neue Ballen auszustoßen.

»Mir scheint, sie wachsen«, sagte Kathy plötzlich. »Ist das möglich? Sie kommen mir jetzt größer vor als noch vor einer Stunde.«

»Das kann ich mir nicht vorstellen«, entgegnete Chet. »Sie fressen doch erst seit ein paar Stunden.«

»Ich finde auch, daß sie gewachsen sind«, erklärte Quinn, der Mann von der *New York Times*. »Warum sollte das unmöglich sein? Sie könnten über einen äußerst effektiven Metabolismus verfügen. Wirkungsvoller als alles, was wir von irdischen Organismen kennen.«

»Wenn sie tatsächlich so weiterwachsen«, sagte Kathy, »dann wird es nur ein paar Tage dauern, bis sie selbst Bäume fällen, und aus ihnen Zellulose gewinnen.«

»Wenn es so kommt, dann ist es um das Naturschutzgebiet geschehen«, seufzte Norton.

»Früher oder später muß sich die Forstverwaltung sowieso überlegen, was sie in dieser Angelegenheit unternehmen will«, bemerkte Quinn. »Zur Zeit betrachten wir das Ding als unseren Gast, aber wie soll man einen Gast behandeln, der alles auffrißt, was ihm in den Weg kommt?«

»Oder einen Gast, der mitten im Wohnzimmer einen Wurf Junge zur Welt bringt«, ergänzte Norton.

»Das Problem ist doch: Wie kann man überhaupt etwas gegen das Ding unternehmen?« sagte Chet. »Man kann es jedenfalls nicht einfach aus den Wäldern scheuchen, so wie man ein Schwein vom Kartoffelacker scheucht.«

»Ganz gleich, was ihr darüber denkt«, erklärte Kathy, »ich finde diese kleinen Wesen niedlich. Seht doch nur, wie eilig sie es haben und wie hungrig sie sind.«

Sie versuchte noch einmal – es war ihr zuvor schon nicht gelungen –, das Wesen, dem sie auf die Beine geholfen hatte, aus den anderen herauszufinden. Aber die kleinen Kästen glichen einander zu sehr, man konnte sie einfach nicht auseinanderhalten.

Kathy erinnerte sich noch einmal an den Augenblick, nachdem sie das Kleine aufgerichtet hatte, daran, wie sie die Mutter getätschelt hatte. In ihrer Erinnerung konnte sie noch ganz plastisch spüren, wie sich die Haut bewegt und sanft ihre Hand umfaßt hatte. Ich kann einfach nicht glauben, beteuerte sie sich, daß eine Kreatur, die auf diese Weise reagiert, eine Bedrohung darstellt – war das nicht eine Geste der Anerkennung? Oder ein Zeichen des Dankes für einen erwiesenen Dienst? Oder einfach Ausdruck der Freundschaft, den eine Lebensform für die andere empfindet? Eine Entschuldigung für die Unannehmlichkeiten, die eine Intelligenz der anderen bereitete?
Wenn es ihr doch nur gelänge, das Geschehene irgendwie in die Story einzuarbeiten, die sie in ein paar Stunden telefonisch zur *Tribune* durchgeben würde. Aber sie sah dazu keine Möglichkeit. Wenn Johnny es nicht als erstes streichen würde, die Bluthunde in der Korrekturabteilung würden es auf keinen Fall durchgehen lassen. Ein Reporter durfte sich nicht selbst in den Bericht einbringen. Für das, was geschehen war, gab es keinen Beweis, keinen Beleg. Wie um alles in der Welt, fragte sich Kathy, konnte man einen Händedruck mit einem Außerirdischen beweisen?
»Habt ihr irgendwas aus den Regierungsbeobachtern rausquetschen können?« wandte sich Norton an Quinn.
»Nicht viel«, antwortete Quinn. »Sie haben die Temperatur des Besuchers gemessen, oder zumindest die Temperatur seiner Außenhaut. Vielleicht haben sie auch nach dem Puls gesucht; ich halte das für ziemlich wahrscheinlich, obwohl sie es nicht zugeben werden. Sie wissen, daß er nicht aus Metall besteht, aber sie haben keine Ahnung woraus sonst. Das Ding hat weder Ketten noch Räder, um sich fortzubewegen. Es schwebt ein paar Zentimeter über dem Boden, so als wäre es nicht den Gesetzen der Schwerkraft unterworfen. Ein Beobachter hat die Vermutung geäußert, daß der Besucher wüßte, wie man sich die Schwerkraft zunutze machen kann. Wahrscheinlich werden seine Kumpel ihm wegen dieses unbedachten Geplappers noch gehörig den Kopf waschen. Und dann haben sie noch herausgefunden, daß das Ding seltsame Signale aussendet. Das ist aber auch schon alles, was sie wissen.«
»Ich weiß nicht«, meinte Chet, »ob sie jemals mehr herausbekommen werden. Ich kann mir nicht einmal vorstellen, wo sie mit der Suche beginnen sollten.«
»Die haben da so ihre Methoden«, erwiderte Quinn. »Bestimmt werden sie noch mehr erfahren, aber wahrscheinlich nicht alles, was wir wissen müßten. Wir haben es hier mit etwas zu tun, das außerhalb

unserer Erkenntnis liegt. Vielleicht müssen wir erst einen Teil unseres Denkens revidieren, bevor wir es verstehen können.«

Stille trat ein – relative Stille jedenfalls. Die rollenden und knirschenden Geräusche, die der Besucher beim Verspeisen der Bäume machte, hatten aufgehört. Auf einmal hörte man wieder die Töne, die das Baumzerkleinern überdeckt hatte: das Zwitschern und Flöten ferner Vögel, das Seufzen des Windes in den Fichten und das Gurgeln und Plätschern des Flusses.

Die Reporter und Fotografen, die sich auf dem gemähten Streifen befanden, drehten sich überrascht um. Nichts geschah. Vielleicht, dachte Kathy, ruht es sich nur für einen Moment aus. Aber warum, fragte sie sich, sollte es sich ausgerechnet jetzt ausruhen? Seit das Ding mit seiner sonderbaren Baumernte begonnen hatte, war es noch zu keiner Ruhepause gekommen; es hatte sich kontinuierlich weiter in den Wald vorgefressen und dabei eine ständig länger werdende Schneise hinterlassen.

Der Besucher begann aufzusteigen, so langsam zunächst, daß man seine Bewegung kaum wahrnehmen konnte, dann erhöhte er die Geschwindigkeit. Er erhob sich über die Fichten und schwebte dort einen Augenblick lang. Alles ging völlig geräuschlos vor sich, kein Motor heulte auf, kein Getriebe knirschte. Es gab keine Stichflamme und keinen Rauch, überhaupt kein Anzeichen dafür, daß ein Antriebsmechanismus in Gang gesetzt worden war. Das Ding war einfach nach oben geschwebt, bis es dort über den Fichten stand, und hing jetzt genauso geräuschlos in der Luft, wie es sich erhoben hatte. Im Licht der Abendsonne hob sich die grüne 101, die auf seine Seite gemalt worden war, deutlich von der schwarzen Oberfläche ab.

So langsam, daß es aussah, als triebe es im Wind, begann es sich nach Osten zu bewegen. Und es stieg weiter. Dann erhöhte es das Tempo und schwenkte vom östlichen auf einen südlichen Kurs um; allmählich wurde es kleiner.

Da geht es also hin, dachte Kathy; es verläßt uns. Es ist gekommen und eine Weile geblieben. Es hat Nahrung für seine Jungen produziert, und jetzt, wo es seine Bestimmung erfüllt hat, macht es sich wieder auf den Weg.

Sie stand da und beobachtete das Ding, bis es nur noch ein kleiner Punkt am Himmel war. Schließlich war auch der Punkt verschwunden. Sie holte sich in die Wirklichkeit zurück, zurück in die Schneise, in der sie stand. Der Ort, dachte sie, wirkte jetzt irgendwie leer, so als ob ein guter Freund Abschied genommen hätte.

Die Jungen, die das Ding zurückgelassen hatte, hasteten immer noch hin und her und verzehrten gierig die Zelluloseballen. Einer der Regierungsbeobachter versah sie eifrig mit Nummern, aber diesmal war die Farbe rot, nicht grün.

## 20. MINNEAPOLIS

Mitternacht war vorüber, als Johnny Garrison sich endlich von seinem Schreibtisch erhob. Jetzt, während er auf dem Highway 12 nach Westen fuhr, versuchte er zu entspannen. Das Abschalten war gar nicht so einfach, fand er. Im Augenblick gab es nichts, worüber man sich den Kopf zerbrechen mußte. Die endgültige Ausgabe stand, und Gold würde so lange da bleiben, bis die Pressen ihre Arbeit aufgenommen hätten und er einen letzten Blick auf die Fahnen werfen konnte. Gold war ein guter Mitarbeiter; man konnte sich darauf verlassen, daß er das Richtige tun würde, wenn irgend etwas Unvorhergesehenes passieren sollte. Aber es bestanden gute Aussichten, daß dieser Fall nicht eintreten würde. Kurz vor Redaktionsschluß war es noch möglich geworden, auf Seite eins ein paar Zentimeter Platz rauszuschinden, um die letzte Nachricht zu bringen: Laut NASA schien sich das Objekt in der Umlaufbahn aufzulösen. Mehr als diese Meldung war nicht veröffentlicht worden. Von offizieller Seite gab es keine Einzelheiten. Als er die Nachrichtenabteilung der *Tribune* in Washington angerufen hatte, um mit Matthews zu sprechen, der dort in Dauerbereitschaft stand (das gab es nur, wenn äußerst wichtige Nachrichten erwartet wurden), hatte dieser aufgeregt und etwas verbittert gewirkt.

»Die Schweine wissen das schon seit Stunden«, tobte er. »Da bin ich mir ganz sicher. Aber sie haben die Meldung zurückgehalten. Sie wollten erst das Kaffeekränzchen im Weißen Haus abwarten, damit sie wüßten, wie die Sache zu handhaben sei. Schließlich hat man sich dazu durchgerungen, daß die NASA die Nachricht bekanntgeben darf. Wahrscheinlich weil man glaubt, sie habe dann weniger Wucht, als wenn sie vom Weißen Haus käme. Wenn du meine Meinung hören willst, ich glaube, das Weiße Haus weiß nicht, wie es sich verhalten soll. Die sind bis auf die Knochen verängstigt. Ich habe versucht, Dave Porter zu erreichen, aber der konnte nicht aufgetrieben werden; überhaupt keiner von seinem Stab. Ich könnte mir gut vorstellen, wie Dave sich inzwischen in ein Häufchen Elend verwandelt hat. Er hat

die beiden letzten Tage nur mit einem zugebracht: Er hat ständig versichert, das Weiße Haus habe die Sache im Griff.«
»Was ist eigentlich mit denen los?« fragte Garrison.
»Die Angelegenheit läßt sich nicht so einfach handhaben, Johnny, dazu ist sie zu außergewöhnlich. Zu außergewöhnlich und zu fremd. Sie haben Angst, Fehler zu machen. Ich glaube, daß es bei dem Präsidenten und seinen Beratern zur Zeit hoch hergeht. Sie streiten darüber, was zu tun sei und kommen zu keiner Entscheidung. Die Sache ist etwas völlig Neues, eine Situation, die es nie zuvor gegeben hat. Es gibt keinen Präzedenzfall. Das ist keine so einfache Angelegenheit wie die Energieversorgung!«
»Das Energieproblem ist auch nicht einfach zu lösen.«
»Zum Teufel, Johnny, du weißt schon, was ich meine.«
»Ja«, sagte Garrison, »ich glaube schon.«
Der Highway war ziemlich verlassen, nur vereinzelt fuhren noch Autos. Nur in wenigen Raststätten am Straßenrand brannte noch Licht, die meisten waren dunkel. Die Tankstellen, bei denen nur noch der Kassenraum erleuchtet war, erschienen als schwache Lichtpunkte. Weit im Norden deutete der schwache Schein über der Straße hängender Lampen auf ein vorstädtisches Neubaugebiet hin.
Wir haben das Richtige gemacht, sagte sich Garrison, während er die Ereignisse der letzten zwei Tage vor seinem inneren Auge Revue passieren ließ. Kathy und Chet nach Lone Pine zu schicken, kurz nachdem das Ding gelandet war, war eine Entscheidung, die sich bezahlt gemacht hatte. Kathy machte ihre Sache gut. Er erinnerte sich, daß er zwischenzeitlich daran gedacht hatte, Jay hinterherzuschicken, um sie abzulösen. Jetzt war er froh, das nicht getan zu haben. Jay hätte in gewisser Hinsicht vielleicht eine geringfügig bessere Arbeit geleistet, aber der Qualitätsunterschied hätte diesen Schritt, der mit Sicherheit Kathys Selbstvertrauen erschüttert hätte, auf keinen Fall gerechtfertigt. Er als Chefredakteur hatte nicht nur die Aufgabe, die Zeitung mit Nachrichten und Reportagen zu füllen, man mußte auch einen Mitarbeiterstab aufbauen können.
Darüber hinaus, dachte er, haben wir die Nachrichten objektiv behandelt. Wir haben alles so berichtet, wie wir es beobachtet haben. Wir haben uns verantwortungsbewußt verhalten. Keine Spur von Sensationsjournalismus – immer nur geradlinige, verantwortungsbewußte Berichterstattung. Und dabei hatte es Momente gegeben, wo es schwer war, den feinen Grat zwischen Sensationsgier und Verantwortlichkeit zu erkennen.
Der Himmel war wolkenlos. Tief im Westen stand ein großer, heller

Mond. Hier draußen, jenseits der Dunstglocke, die über der Stadt hing, war der Himmel von Millionen Sternen gesprenkelt. Ein kühler, heftiger Luftzug drang durch das Fenster zu seiner Linken. Er überlegte, ob er sich vor dem Schlafengehen noch die Zeit für einen kräftigen Drink nehmen sollte. Jane würde noch wach sein, vielleicht lag sie schon im Bett, aber wach war sie bestimmt noch und wartete darauf, das Auto die Auffahrt heraufkommen zu hören. Sie würde noch wach sein und auf ihn warten, wenn er nach Hause käme. Er wurde ein bißchen sentimental, als er an all die Jahre dachte, in denen Jane immer aufgeblieben war und auf ihn gewartet hatte, egal wie spät es wurde. Die Kinder waren jetzt längst im Bett und schliefen fest, und ohne ihr Rennen und Lärmen kam ihm das Haus immer so sonderbar leer vor. Da war es schon gut, noch eine Weile mit Jane im Wohnzimmer zu sitzen und einen Schluck zu trinken.

Vor ihm verlosch plötzlich der Mond. Eine Wolke, dachte er, während er verwundert durch die Windschutzscheibe starrte. Ein Frösteln überlief seinen Rücken, denn Wolke war falsch. Eine Wolke fiel nicht von oben herab und bewegte sich nicht so schnell, und selbst wenn sie es täte, sie wäre an den Rändern ausgefranst gewesen, nicht so schwarz, so scharf, so regelmäßig. Er nahm den Fuß vom Gas und begann vorsichtig zu bremsen. Diese Dunkelheit, die den Mond verschluckt hatte, brachte nun auch die Sterne, die direkt vor ihm am Horizont geleuchtet hatten, zum Verlöschen. Der Wagen kam langsam auf der rechten Fahrspur zum Stehen. Direkt vor Garrison, nicht mehr als einen halben Kilometer entfernt, ließ sich die Dunkelheit, die keine Wolke sein konnte, auf der Straße nieder.

Garrison öffnete die Wagentür und trat auf die Fahrbahn hinaus. Ein zweites Auto fuhr neben seines und hielt an. Eine Frau streckte den Kopf durch das offene Fenster in der Beifahrertür und fragte mit schriller, aufgeregter Stimme: »Was ist denn los? Was ist das da vorne?«

»Ich glaube es ist ein Besucher!« rief Garrison ihr zu. »Genau so einer wie der, der im Norden gelandet ist.«

»O Gott, o Gott!« kreischte die Frau, »nur fort von hier.«

Der Mann am Steuer versuchte sie zu beruhigen: »Reg dich doch nicht auf, Gladys! Vielleicht ist es gar kein Besucher.«

Er stieg aus dem Wagen und schloß sich Garrison an, der sein Auto bereits verlassen hatte und nun neben den Scheinwerfern stand. Gemeinsam starrten die Männer auf die schwarze Form, die vor ihnen die Straße versperrte.

»Sind Sie sicher?« fragte der Mann.

»Nicht ganz«, erwiderte Garrison. »Es kam mir nur gerade so in den Sinn.«
»Es ist riesig«, sagte der andere Mann. »Ich habe von dem Besucher im Norden gelesen und auch Bilder gesehen, aber ich hätte nie gedacht, daß sie so groß sein könnten.«
Der Kasten war gigantisch. Er blockierte beide Fahrbahnen und den grasbewachsenen Mittelstreifen zwischen ihnen. Er war schwarz, kantig und türmte sich hoch in den Himmel hinauf. Nachdem er sich einmal niedergelassen hatte, bewegte er sich nicht mehr. Er lag einfach da, ein schwarzer Klotz.
Die Frau stieg aus und lief zu den Männern hinüber. »Laß uns umkehren und das Weite suchen«, drängte sie. »Ich halte das nicht aus.«
»Verdammt noch mal, Gladys!« knurrte der Mann. »Hör mit dem Gezeter auf! Wir brauchen keine Angst zu haben. Das Ding im Norden hat keinem etwas zuleide getan.«
»Es hat einen Mann umgebracht. Genau das hat es getan!«
»Nachdem er auf es geschossen hatte. Wir wollen nicht darauf schießen, wir haben nicht vor, es irgendwie zu belästigen.«
Es mußte ein Besucher sein, sagte sich Garrison. Es hatte die gleiche quaderförmige Klobigkeit, die die Fotos gezeigt hatten. Das Ding glich den Beschreibungen, die Kathy aus Lone Pine geliefert hatte. Mit Ausnahme der Größe. Garrison war verstandesmäßig nicht auf diese außerordentliche, überwältigende Größe vorbereitet gewesen.
Zwei weitere Autos waren gekommen und hatten hinter ihnen gehalten. Die Leute stiegen aus und gingen auf die drei zu. Dann kam noch ein Wagen, aber er hielt nicht an. Er fuhr weiter, überquerte den Mittelstreifen, schwenkte auf die gegenüberliegende Fahrbahn und brauste mit aufheulendem Motor davon.
Laut NASA-Meldung war das Objekt im Weltraum in Auflösung begriffen. Aber das war nicht alles, dachte Garrison. Der Schwarm löste sich nicht einfach auf, alle Besucher kamen zur Erde herab. Einer lag dort vorn, quer über dem Highway, und es war mehr als wahrscheinlich, daß er nicht als einziger gelandet war. Vermutlich hatten sie sich über die ganze Erde verteilt. Der Besucher in Lone Pine hatte Signale in den Weltraum gesendet, bevor er seine Jungen warf und verschwand. Er hatte die Invasion ausgelöst. Falls man den Vorgang eine Invasion nennen konnte. Eigentlich war es doch keine Invasion im klassischen Sinne, sagte sich Garrison, eher schon ein gewaltsamer Erkundungsflug. Oder war es etwa nur ein Besuch. Intelligenzen von einer anderen Welt, die nur ›Guten Tag‹ sagen wollten?

Er ging die Straße entlang, dem Besucher entgegen. Nur der Mann, der gemeinsam mit Garrison den Besucher entdeckt hatte, folgte ihm. Einen Augenblick lang überlegte Garrison, ob er stehenbleiben sollte, bis der andere ihn eingeholt hatte, doch er entschied sich dagegen. Er hatte einfach keine Lust, mit dem anderen Mann weiteres belangloses Gewäsch auszutauschen: Was denken Sie, wieso ist er gerade hier gelandet? Was mag er vorhaben? Woher ist er gekommen?
Garrison beschleunigte seine Schritte, nun rannte er fast. Als er noch ein paar Meter von dem schwarzen Klotz entfernt war, wandte er sich nach rechts. Er ging an dem Kasten entlang bis zur Ecke, bog um sie herum und setzte seinen Weg auf der Straßenböschung fort. Inzwischen war es für ihn keine Frage mehr, daß er tatsächlich einen Besucher vor sich hatte: ein riesiger, länglicher schwarzer Quader mit völlig glatten Wänden, ohne äußere Merkmale. Er lag reglos auf der Straße und gab keinen Laut von sich, kein Klicken oder Summen.
Garrison trat ganz dicht an den Besucher heran und legte die Hand mit weit gespreizten Fingern auf die Oberfläche des Kastens. Die Außenhaut war hart, aber es war nicht die Härte von Metall. Sie war warm, eine Wärme, aus der man die Kraft des Lebens spüren konnte. Es ist fast, als ob man einen Menschen berührt, dachte Garrison, als streichelte man einen Hund oder eine Katze. Eine Art weicher Wärme, die trotz der Härte der Haut von Leben kündete.
Während Garrison so neben dem Besucher stand, die Handfläche gegen dessen Haut gepreßt, rieselte plötzlich ein eisiger Hauch durch seinen Körper, ein Frösteln, das seine Zähne leise klappern ließ. Für einen Augenblick war sein Gesicht so steif und hart geworden, als hätte es sich in Stein verwandelt. Noch während Garrison das Frösteln spürte, war sein Gehirn bereits dabei, dieses Gefühl zu analysieren. Da war keine Furcht, besagte die Analyse, kein Schrecken, keine Panik, kein Gedanke an panische Flucht oder wankende Knie. Da war nur diese Kälte, eine Kälte nicht des Körpers allein, sondern der Seele. Eine Verstandeskälte, die ein menschlicher Verstand nicht fassen konnte.
Vorsichtig zog er die Hand zurück. Eigentlich war es nicht nötig, sie zu ziehen, denn nichts hielt sie auf der Haut fest.
Garrison ließ den Arm schlaff herabsinken. Das blieb für einige Zeit seine einzige Bewegung. Er spürte, wie die Kälte ihn verließ, nicht mit einem Schlage, sondern allmählich. Sie versickerte und war endlich ganz verschwunden, doch die Erinnerung an sie blieb.
Ein Hauch von Fremdheit, dachte Garrison, doch das war mehr als ein Hauch gewesen. Ein Ansturm des Unbegreiflichen, das kein mensch-

licher Verstand durchdringen konnte. In dem Anprall des fremden Gefühls war vieles zusammengekommen: die Kälte und Leere des Alls, das Leuchten ferner Sonnen, eine Ahnung von dunklen Planeten, die der Erde in nichts ähnelten, und auf denen sich Leben in unfaßlichen Erscheinungsformen regte. Garrison war es, als wäre er für Momente in eine Welt geschleudert worden, die er nicht verstand, die er niemals verstehen würde, auch wenn er eine Ewigkeit dort zubringen müßte. Die Unfaßbarkeit, das war es, dachte er.
Dabei sah das verdammte Ding so stocknormal aus, so wenig außergewöhnlich wie ein alter Schuh.
Langsam zog Garrison sich zurück, dabei wandte er den Blick nicht von der schwarzen Wand, die vor ihm in den Himmel ragte. Was zum Teufel ist los mit mir, fragte er sich, denn er spürte den Drang, sich dem Kasten noch einmal ganz langsam zu nähern, noch einmal die Hand auf ihn zu legen, um die Wärme und vielleicht auch die Kälte zu spüren.
Aber Garrison ging nicht zurück, um seine Hand aufzulegen. Er warf sich herum und begann zu laufen. Mit zügigen, großen Schritten eilte er davon, aber er rannte nicht, denn dazu gab es keinen Grund.
Als er wieder die Fahrbahn erreicht hatte, sah er, daß inzwischen eine Menge Autos dazugekommen waren. Die Menschenansammlung vor den Wagen war gewachsen.
Ein Mann löste sich aus der Menge und ging Garrison ein paar Schritte entgegen. »Was haben Sie gesehen?« fragte er. »Gab es etwas Besonderes zu beobachten?«
»Warum gehen Sie nicht hinüber und schauen selbst nach?« erwiderte Garrison knapp und ging an dem Mann vorbei.
Seltsam, dachte er, daß es keine Panik gibt. Falls die Leute Angst hatten, so verbargen sie sie. Was hatten die Besucher an sich, daß sie so wenig Furcht verbreiteten? Möglicherweise hing es mit ihrer Gestalt zusammen. Ein großer, schwarzer Kasten wirkte einfach nicht sehr fremdartig. Die Erwartungen der Leute waren von Film und Fernsehen geprägt, nun mußte ihnen die Wirklichkeit enttäuschend normal erscheinen.
Die Scheinwerfer von Garrisons Wagen brannten, und der Motor lief noch. Garrison stieg ein, zog das Auto ein paar Meter vor, schwenkte dann nach links, über den Mittelstreifen und fuhr in östlicher Richtung zurück. Nach etwa zwei Kilometern erreichte er eine Parkbucht, die mit einem Münzfernsprecher ausgestattet war.
Golds Stimme kam leicht verzerrt aus der Muschel.
»Ich bin froh, daß Sie anrufen«, sagte er. »Ich hatte schon überlegt, ob

ich Sie anrufen soll, doch ich konnte mich nicht dazu durchringen, weil ich Sie nicht wecken wollte.«

»Warum wollten Sie mich denn anrufen?«

»Es ist ein zweiter Besucher gelandet. Mitten auf unserem Schoß. Er hockt auf einer Landebahn des Flugplatzes.«

»Es gibt mindestens noch einen«, erwiderte Garrison. »Er liegt auf dem Highway Nummer 12, etwa eineinhalb Kilometer östlich vom Ridgedaler Einkaufscenter. Beide Fahrbahnen sind blockiert.«

»Sind Sie jetzt dort?«

»Ja, ich bin ungefähr zwei Kilometer von der Stelle entfernt, wo er gelandet ist. Ich fahre am besten in die Redaktion zurück. Vielleicht sind das nicht die einzigen Landungen in unserer Gegend. Können Sie jemand hierher schicken, der den Besucher auf dem Highway fotografiert?«

»Ich weiß es nicht, ich muß mich erst umschauen. Jay war eben noch da, aber den habe ich zum Flughafen geschickt. Dort ist auch ein Fotograf.«

»Was geschieht am Flughafen?«

»Nichts Besonderes bisher. Der Besucher liegt dort, ohne sich um irgend jemanden zu kümmern. Die Männer im Tower haben trotzdem alle Hände voll zu tun. Im Augenblick gibt es noch nicht viel Luftverkehr, aber das wird sich in ein paar Stunden ändern. Wegen des Besuchers haben sie nun eine Landebahn weniger zur Verfügung.«

»Gibt es sonst Neuigkeiten? Wurden anderswo weitere Besucher gesichtet?«

»Ein paar unklare Meldungen, nichts Genaues. In Texas hat jemand der Polizei eine Landung gemeldet, ebenso in New Jersey. Aber das sind beides keine offiziellen Pressemeldungen.«

»Ich fürchte, daß der Schwarm die Umlaufbahn verlassen hat und sich nun über die Erde verteilt.«

»Johnny, hören Sie mal zu! Am besten fahren Sie jetzt nach Hause und schlafen sich aus. Sicher kann man den Besucher auf dem Highway irgendwie umfahren. Es dauert zwanzig Stunden, bis unsere nächste Ausgabe in Druck geht.«

»Nein. Wenn es sein muß, kann ich mich im Krankenraum auf einer Liege ausstrecken. Haben Sie etwas von Kathy gehört?«

»Nein. Haben Sie erwartet, daß sie anruft? Vermutlich liegt sie schon lange im Bett.«

»Wenn sie sich bei uns meldet, sollten wir sie zurückrufen. Die Sache in Lone Pine ist gestorben. Jetzt läuft die Action direkt vor unserer Nase. Wenn in Lone Pine noch etwas geschieht, kann Norton uns auf

dem laufenden halten. Wir brauchen Kathy; sie kennt sich am besten mit diesen Dingern aus.«
»Okay, ich sag's ihr, wenn sie anruft.«
Garrison hängte den Hörer ein und suchte in seiner Tasche nach einem zweiten Zehncentstück, schob es in den Schlitz und betätigte die Wählscheibe.
Janes Stimme erklang. »Johnny, ich warte schon den ganzen Abend auf dich. Wann kommst du denn endlich?«
»Ich war schon unterwegs«, antwortete er, »doch dann ist etwas dazwischengekommen.«
»Du kommst also nicht?«
»So bald noch nicht, nein. Ein Besucher ist direkt vor mir auf der Straße gelandet. Jetzt muß ich in die Redaktion zurück. Jim hat mir erzählt, daß ein anderer Besucher auf dem Flugplatz gelandet ist.«
»Willst du etwa sagen, einer ist auf dem Highway 12 gelandet?«
»So ist es. Im Osten von Ridgedale.«
»Johnny, das ist doch höchstens acht Kilometer von hier entfernt.«
»Ja, ich weiß, aber du brauchst...«
»Johnny, das ist mir zu nah! Ich habe Angst.«

## 21. DIE VEREINIGTEN STAATEN

Wie heimkehrende Zugvögel schwebten sie durch die Nacht, doch sie kehrten nicht heim, sie ließen sich auf einem Boden nieder, der ihnen fremd war. Sie kamen suchend aus dem Dunkel – falls es für sie überhaupt Dunkelheit gab – und wählten sich mit gewisser Sorgfalt die Landeplätze aus. Sie erregten kaum Aufsehen, denn zu dieser Nachtzeit schreckten sie kaum jemanden auf. Sie standen untereinander in ständiger Verbindung, Botschaften huschten hin und her, und keiner von ihnen verspürte irgend etwas, das die anderen nicht auch bemerkten.
Sie landeten im sumpfigen Mündungsdelta des Mississippi, auf den weiten Ebenen von Texas, den Wüsten im Südwesten Amerikas, den Sandstränden Floridas, den Weizenäckern im Westen und den raschelnden Maisfeldern im Herzen des Landes. Sie landeten auf den Gemeindewiesen der Dörfer Neuenglands, den Baumwollplantagen und Süßkartoffeläckern der Südstaaten, auf den Betonpisten der Flughäfen und den Teerdecken der Highways, an den Stränden der

Westküste, in den Wäldern Oregons, Washingtons und Maines, in den lichten Hainen von Ohio und Indiana.

Sie schwebten herab und landeten, und das einzige Geräusch, das sie verursachten, war das Rauschen der Luft. Sie landeten sacht, dann erhoben sie sich eine Handbreit über ihren Landeplatz und schwebten dicht über dem Boden. Sie weckten nur wenige der Millionen Menschen auf, in deren Mitte sie landeten. Kaum einer der Besucher wurde entdeckt, eigentlich nur die, die zufällig auf einem Flugplatz oder einem Highway landeten.

Auf die Bildschirme im Beobachtungsraum der Luftabwehr zeichneten sie verschwommene, unregelmäßige Spuren, doch die Beobachter hatten sich bereits auf die Ankunft der Besucher eingestellt. Ihre Hauptsorge war es, daß die Spuren der Besucher die Schirme unbrauchbar machen und so den Anflug von anderen Objekten verdekken könnten.

Wo die Besucher im Wald gelandet waren, gingen sie fast ohne zu zögern daran, die Bäume abzuernten und in Zellulose umzuwandeln. In einem Vorort in Virginia begann ein Besucher Holzhäuser zu verspeisen. Ein anderer in Oregon war neben einem Sägewerk gelandet, er fiel sofort über die Holzstapel her. Aber die meisten waren in unergiebigen Gebieten gelandet. Diese schwebten einfach auf der Stelle und warteten.

## 22. MINNEAPOLIS

Gold hatte gerade einen Telefonhörer am Ohr, als Garrison ins Zimmer kam. Außer ihm waren noch ein paar Korrektoren im Raum. Gold legte den Hörer in die Gabel und wandte sich an Garrison: »Das war vielleicht ein Einfaltspinsel! Einer von diesen Liebenden! Er hat mir erzählt, die Liebenden wollen zum Flughafen ziehen, sich vor den Besucher setzen und ihn lieben, bis ihm schwindlig wird. Ist das nicht diese Bande, über die Kathy eine Story geschrieben hat?«

»Ja, stimmt. Haben wir Kathys Geschichte eigentlich jemals gedruckt?«

»Ich habe sie nicht gesehen. Mir ist nur gerade eingefallen, daß Sie sie auf diese Liebenden angesetzt haben.«

»Wahrscheinlich steckt die Story noch in ihrer Maschine. Sie hat gerade daran gearbeitet, als ich sie unterbrach, um sie nach Lone Pine zu schicken. Jetzt, wo ich wieder hier bin, könnten Sie eigentlich nach Hause gehen.«

»Auf keinen Fall«, erwiderte Gold. »Ich will heute nacht nichts verpassen.«

»Auch gut. Dann wollen wir uns zusammensetzen und eine Lagebesprechung halten. Wir sollten bald darangehen, unsere Leute hier zusammenzutrommeln. Wo stecken sie eigentlich alle?«

»Jay ist immer noch auf dem Flughafen«, antwortete Gold. »Sloane habe ich erwischt, als er gerade Feierabend machen wollte und ihn zum Highway 12 hinausgeschickt. Jones ist gerade aus South Dakota zurückgekommen; er will seine Indianergeschichte bis zur Sonntagsausgabe fertigstellen.«

»Wir sollten diese Sache mit den Black Hills vergessen«, sagte Garrison. »Wir haben eine Menge Arbeit, die Indianer können warten. Jones ist ein guter Mann, wir werden ihn brauchen. Rufen Sie ihn in ein, zwei Stunden an, dann dürfte er ausgeschlafen haben.«

»Freeman werden wir auch bald brauchen können«, erklärte Gold. »Er hat die besten Drähte zum Gouverneursamt. Sicher wird der Gouverneur bald die Garde in Marsch setzen, dann werden wir jemanden benötigen, der sich Einblick in die Regierungspläne verschaffen kann. Ich habe die Highwaypolizei angerufen, die ist natürlich schon unterwegs. Wahrscheinlich haben die Polizisten den Besucher auf Highway 12 inzwischen völlig abgeschirmt. Auch am Flughafen ist Polizei, aber der Flughafen hat seine eigene Sicherheitstruppe und ist auf die Polizei nicht angewiesen.«

»Die Leute vom Flughafen werden Probleme haben, wenn am Morgen der Flugverkehr zunimmt.«

»Sie stecken jetzt schon in Schwierigkeiten, die Anflüge sind kaum zu bewältigen, wenn man auf eine Landebahn verzichten muß.«

»Was denken Sie? Warum ist das Ding ausgerechnet auf dem Flugplatz gelandet?«

Gold zuckte die Achseln. »Woher soll ich das wissen? Warum ist der andere auf dem Highway gelandet? Warum entscheiden sie sich überhaupt für einen bestimmten Platz?« Er zog einen Papierbogen aus dem Fernschreiber. »Im ganzen Land«, sagte er. »Überall hat man sie gesehen, einige Meldungen sind bereits bestätigt. Sie wurden von Lkw-Fahrern gesichtet, von Leuten, die spät nach Hause fuhren, von Nachtwächtern und allen möglichen anderen Nachtschwärmern.«

»Solchen wie wir«, sagte Garrison.

»Genau, von solchen Leuten.«

»Wir müssen uns mit den Staats- und Bundesbehörden in Verbin-

dung setzen«, erklärte Garrison. »Alle möglichen Ämter können mit dieser Angelegenheit zu tun haben. William ist unser Verbindungsmann zur hiesigen FBI-Stelle. Vom FBI erfährt niemand sehr viel, aber William hat wenigstens eine kleine Chance. Irgendwie weiß er, wie man die Burschen anfassen muß.«
»Campbell könnte vielleicht die Leute von der Uni kitzeln«, schlug Gold vor. »Ärzte, Physiker, Psychologen, Techniker, Luftfahrtfachleute. Vielleicht haben die einen besseren Einblick in die Vorgänge. Möglicherweise können die Soziologen und Psychologen eine Vorhersage über das Massenverhalten machen. Die Kirchen sollten wir auch nicht vergessen: Wie sind die Auswirkungen auf das religiöse Denken?«
»Wir müssen unsere Informanten sorgfältig auswählen«, gab Garrison zu bedenken. »Besonders die Leute von der Kirche können einem die Ohren vollschwatzen, ohne ein Wort zum Thema zu verlieren.«
»Roberts wäre vermutlich der richtige Mann für diesen Job.«
Das Telefon läutete, Garrison nahm den Hörer ab.
Kathys Stimme fragte: »Sind Sie das, Johnny? Was tun Sie denn um diese Stunde noch in der Redaktion?«
»Wir haben jetzt unsere eigenen Besucher hier unten. Wie steht es bei Ihnen? Wir haben überlegt, ob wir Sie anrufen sollten, aber dann haben wir uns gesagt, daß Sie sicher längst schlafen.«
»Das habe ich auch, aber Stiffy hämmerte gegen meine Tür und hat mich geweckt.«
»Stiffy?«
»Das ist der alte Mann, der für mich am Telefon aufgepaßt hat.«
»Ah ja, nun erinnere ich mich. Wieso hat er an Ihre Tür geklopft?«
»Er schlief gerade einen Rausch aus. Mitten in der Nacht ist er aufgewacht und hat sie gesehen.«
»Wen?«
»Neue Besucher. Ungefähr ein Dutzend. Sie sind gleichzeitig im Naturschutzgebiet gelandet, und nun rücken sie Seite an Seite vor und machen die Bäume nieder. Sie produzieren Unmengen von Zellulose.«
»Was hat Stiffy...?«
»Ich habe ihm fünf Dollar für den Telefonjob gegeben, von Chet bekam er eine Flasche Schnaps. Jetzt geht er für uns durch dick und dünn.«
»Wir brauchen euch hier, Kathy, Chet und Sie. Soviel ich weiß, gibt es eine Frühmaschine von Bemidji hierher. Glauben Sie, Sie erwischen sie noch?«

»Sie startet erst kurz nach sechs. Wir haben also noch eine Menge Zeit. Wir können uns sogar die Neuankömmlinge noch aus der Nähe ansehen. Stiffy klopft bereits an Chets Tür, um ihn aus dem Bett zu holen.«

»Okay, nehmt mit, was ihr kriegen könnt, aber verpaßt die Maschine nicht! Hier unten ist nämlich der Teufel los.«

»Ich denke, ich gebe Stiffy noch fünf Dollar.«

»Zehn, meinetwegen«, sagte Garrison. »Norton kann für uns in Lone Pine die Augen aufhalten, und Stiffy kann die Laufarbeit für ihn machen.«

## 23. DIE VEREINIGTEN STAATEN

Die Menschen erwachten und schalteten die Radios ein. Sie wollten wissen, was für ein Wetter sie für den kommenden Tag zu erwarten hatten. Es gab keine Wetterberichte, statt dessen kamen ununterbrochen Nachrichten aus den Empfängern, eine ständig wechselnde Mischung von Spekulationen und Tatsachen.

Die Menschen hörten zu, während eine leise Furcht in ihnen aufzusteigen begann. Der Besucher in Minnesota war eine erregende Sensation gewesen, Angst und Neugierde hatten sich bei den Nachrichten von seiner Landung die Waage gehalten. Doch da hatte es sich um ein einzelnes Wesen gehandelt. Es war eine Zeitlang geblieben, hatte Junge bekommen und sich davongemacht. Doch nun war mit einem Schlag eine Horde von den fremden Kreaturen auf die Erde gekommen. Sie benahmen sich nicht schlecht, machten keinen Ärger, aber die Frage blieb, wer diese Wesen sein mochten und was sie im Schilde führten.

Die Menschen gingen wie gewohnt zur Arbeit, aber den ganzen Tag über begegneten sie Kollegen, die nur allzu bereitwillig zu einem Schwätzchen über die wundersamen Besucher stehenblieben. Während die Stunden verstrichen, baute sich allmählich eine allgemeine Spannung auf, Gerücht gesellte sich zu Gerücht und die Spekulationen häuften sich. Und mit jedem neuen Gerücht steigerten sich Unruhe und Spannung und verwandelten sich allmählich in Angst. Viel Arbeit blieb an diesem Tag unerledigt.

In Iowa stand ein Farmer mit den ersten Sonnenstrahlen auf. Er hörte selten Radio, so auch an diesem Tage nicht. Als er seinen Acker betrat, erstarrte er beim Anblick des riesigen schwarzen Kastens, der auf seinem Maisfeld hockte. Er rannte zum Haus zurück und kehrte Augenblicke später mit seinem doppelläufigen Jagdgewehr zurück, seine Jackentasche war von schweren Patronen ausgebeult. Der Farmer stieg auf seinen kleinen Traktor und fuhr bis zur Umzäunung des Maisfeldes. Dann stieg er ab, kroch durch den Zaun und ging auf den Besucher zu. Dieser ließ sich nicht anmerken, ob er den Farmer bemerkt hatte. Er verhielt sich still. Zweimal hob der Farmer das Gewehr an die Schulter, zweimal krümmte sich sein Zeigefinger um den Abzug, aber der Mann schoß nicht. Man kann nicht wissen, sagte er sich, was das Ding tut, wenn es merkt, daß es beschossen wird. Nach einer Weile war der Farmer einmal um den Kasten herumgegangen. Er stieg wieder durch den Zaun, kletterte auf seinen Traktor und beschloß, zunächst auf einem anderen Acker zu arbeiten.

Als der Pilot eines Passagierflugzeugs nach links sah, entdeckte er einen Besucher in einer Entfernung von mehreren Kilometern. Er stieß dem Mann an seiner Seite gegen die Schulter. »Sieh mal dorthin!« sagte er, und der andere tat es. »Er fliegt neben uns her«, sagte der Pilot. »Ich dachte, sie wären alle gelandet und säßen auf der Erde.« Die beiden Männer ließen den Besucher nicht aus den Augen. Dieser hielt seinen parallelen Kurs mit gleichbleibender Geschwindigkeit, weder flog er voraus noch blieb er zurück.

An einer Straßenecke in einem Ghettobezirk stand ein Mann und hob die Arme in die Luft. Seine Worte dröhnten durch die Straßenschlucht: »Unsere Brüder aus dem All sind gekommen, um uns zu retten. Sie werden sich denen in den Weg stellen, die uns in Ketten halten. Brüder, laßt uns alle zusammenstehen, endlich ist die Hilfe da!« Die Leute liefen zusammen, um seinen Worten zu lauschen. Je nachdem wie sie seine Sätze aufnahmen, runzelten sie die Stirn oder grinsten, aber sie glaubten ihm nicht. Denn diese Leute in den Gettostraßen glauben niemandem, sie gaben sich nur der Erregung und dem Zorn hin, die die Wörter in ihnen entfachten, dem Zorn über die Hoffnungslosigkeit ihres Lebens. Eine Stunde später brannten die Läden in diesen Straßen.

In einem Dorf in Neuengland ging jemand (wer es war, spielt keine Rolle) in die Kirche und begann die Glocke zu läuten. Neugierige strömten herbei, weil sie wissen wollten, warum die Glocken läuteten. Vielen von ihnen schien die Kirche ein guter Platz zu sein. Es war passend, sich dort zu versammeln, wenn Besucher auf die Erde kamen. Also blieben sie in der Kirche, und dort fand sie der Pastor, als er eilends aus dem Pfarrhaus herübergelaufen kam. Ihm schien ihre An-

wesenheit an diesem Ort genauso passend, also betete er mit ihnen. Auch in anderen Dörfern ertönten die Kirchenglocken, und auch dort strömten die Leute in die Kirche, um zu beten. Im ganzen Land wurden plötzlich Ungläubige zu fleißigen Kirchgängern.
Nationalgardisten schirmten die Besucher ab, die sich auf dem Boden niedergelassen hatten. Die Verkehrspolizisten hatten ihre liebe Not mit der Verkehrsregelung, denn Tausende von Schaulustigen strömten zu den Stellen, wo die Besucher saßen. Und an vereinzelten Stellen patrouillierten die Besucher ihrerseits über die Highways, indem sie gelassen, etwa hundert Meter über der Fahrbahn, dahinschwebten. Etliche Autofahrer hielten an, um sich das Schauspiel anzusehen. Das Ergebnis waren schreckliche Verkehrsstaus. Es gab eine Menge Auffahrunfälle.

## 24. WASHINGTON, D.C.

Winston Mallory, der Verteidigungsminister, sagte zum Präsidenten: »Whiteside ist der Meinung, wir sollten einen Test machen, um herauszufinden, wie diese Dinger auf Feuerkraft reagieren. Unter den gegebenen Umständen schlage ich vor, daß wir ihm seinen Willen lassen. Sein Vorschlag ergab nicht viel Sinn, als wir es nur mit einem Besucher zu tun hatten, aber jetzt, nach dieser Invasion...«
»Ich bin dagegen, daß Sie den Terminus ›Invasion‹ für das Geschehene verwenden«, sagte der Außenminister. »Die Wesen sind in stattlicher Anzahl gelandet, aber sie haben keinerlei Gewalt angewendet. Weder töten sie unsere Bürger, noch brennen sie unsere Städte nieder.«
William Sullivan, der Innenminister, schaltete sich ein: »Jenseits des Potomac haben sie eine ganze Häuserzeile niedergemacht. Einer von ihnen hat die gesamten Lagerbestände eines Sägewerks an der Westküste verschlungen. Sie fressen unsere Wälder in Michigan, Maine, Minnesota, Washington und Oregon.«
»Aber sie haben niemanden getötet«, wandte der Außenminister ein. »Sie haben nur ein bißchen Zellulose gestohlen, aber sie haben...«
»Moment bitte, Marcus«, unterbrach ihn der Präsident. »Ich möchte mehr über diesen Waffentest hören. Was genau schlägt Whiteside vor? Will er ihnen mit seinen Panzern zu Leibe rücken?«
»Nein, nichts in der Art«, erwiderte Mallory. »Es handelt sich nur um

einen einfachen Test, das ist alles. Wir müssen herausfinden, wie diese Wesen reagieren. Sie erinnern sich gewiß daran, daß in Minnesota ein Mann mit einem 30er Jagdgewehr auf einen Besucher geschossen hat, der Besucher hat das Feuer erwidert. Wir wissen nicht, wie er das angestellt hat. Das Wesen war nicht mit einer sichtbaren Waffe ausgerüstet, es trug keine äußeren Ausrüstungsteile oder sonstige Geräte. Doch als der Mann den Schuß abgab...«

»Sie wollen also noch einmal auf einen Besucher schießen? Vermutlich wieder mit einem 30er Kaliber, über Fernsteuerung, und dann beobachten, wie das Wesen antwortet?«

»Genau! Wir werden Kameras einsetzen, Kameras mit extrem hoher Aufnahmegeschwindigkeit, mehrere tausend Bilder in der Sekunde. Damit können wir die Flugbahn des Geschosses verfolgen, den Augenblick des Auftreffens festhalten. Wenn wir den Film dann auswerten...«

»Ja, ich verstehe«, sagte der Präsident. »Wenn Sie mir versprechen können, daß sich der General mit einem leichten Kaliber zufriedengeben wird.«

»Er wird ein 30er Gewehr benutzen. Wir wollen lediglich die Reaktion des Besuchers erforschen. Wenn wir erst einmal Genaueres wissen, können wir vielleicht auf diesen Erkenntnissen aufbauen.«

»Wenn es sich als notwendig erweisen sollte.«

»Ja, natürlich. Wenn es nötig sein sollte!«

»Aber sehen Sie sich um Himmels willen vor. Treffen Sie alle erdenklichen Sicherheitsmaßnahmen, und belassen Sie es bei einem Schuß!«

»Henry wird sich genau an die Anweisungen halten.«

»Eigentlich hat Marcus recht mit dem, was er sagt«, bemerkte der Präsident. »Wenn man von dieser Zellulosegeschichte absieht, ist nichts Außergewöhnliches geschehen. Nur die Vernichtung der Häuser kommt einer Katastrophe nahe.«

»Dabei hätten leicht Menschen sterben können«, empörte sich Sullivan. »Es war das reine Glück, daß alle Einwohner rechtzeitig ins Freie gelaufen sind. Die Häuser waren schließlich alle bewohnt, Menschen schliefen darin. Viele von ihnen hätten ihr Leben verlieren können. Außerdem liegen diese Kästen auf den Flughäfen, sie blockieren Landebahnen. Wenn bei einer Landung etwas schiefläuft, dann wird es die ersten Todesopfer geben. Außerdem habe ich gehört, daß die Besucher neben Passagiermaschinen herfliegen, um sie zu beobachten. Bisher ist nichts Schreckliches geschehen, aber es könnte leicht dazu kommen.«

»Was sollen wir denn Ihrer Meinung nach tun?« fragte der Außenminister dazwischen. »Sollen wir unsere Artillerie in Marsch setzen?«
»Nein, natürlich nicht. Aber etwas müssen wir unternehmen. Wir können doch nicht einfach die Hände in den Schoß legen.«
»Wir haben bereits die Nationalgarde alarmiert«, berichtete der Präsident. »Die Soldaten haben einen Ring um jeden einzelnen Besucher gelegt; sie halten die Neugierigen von ihnen fern. Auf diese Weise werden wir immerhin einige Unfälle verhindern.«
»Was soll geschehen, wenn die Besucher auch in andere Wohngebiete eindringen?« fragte Sullivan, »wenn sie ganze Stadtviertel in Zellulose verwandeln. Wie sollen wir uns verhalten? Wie können wir den Obdachlosen helfen?«
»Dazu ist es bisher nicht gekommen«, erwiderte Marcus White. »Es hat nur den einen Fall in Virginia gegeben, und dort hat der Besucher ein paar Häuser vernichtet und danach plötzlich aufgehört, so als habe er gemerkt, daß er einen Fehler gemacht hat.«
»Bei Notfällen müssen wir schnell handeln«, erklärte der Präsident. »Ansonsten bleibt uns nichts anderes übrig, als unsere Besucher zu beobachten, bis wir mehr über sie herausgefunden haben.«
»Es gibt da noch etwas, das ich mir nicht erklären kann«, sagte White. »Offensichtlich sind die Besucher nur in den Vereinigten Staaten gelandet, von ein paar Sichtungen in Kanada einmal abgesehen. Aus Europa und Afrika wurden keine gemeldet, auch aus anderen Erdteilen nicht. Warum haben sie es gerade auf uns abgesehen?«
»Vielleicht kann ich dazu etwas sagen«, begann Dr. Stephen Allen, der wissenschaftliche Berater. »Wir wollen uns einmal an die Stelle der Besucher versetzen. Angenommen, wir hätten eine Expedition zu einem anderen Planeten entsandt. Ein halbes Dutzend Schiffe, vielleicht auch hundert, die Zahl spielt keine Rolle. Wir suchen nach einer ganz bestimmten Sache, so wie diese Wesen offenbar nach Zellulose gesucht haben. Wir wissen nicht allzuviel über den Planeten, der da vor uns liegt. Ein paar Daten, die wir aus einiger Entfernung gewonnen haben, das ist alles. Also schicken wir Schiffe voraus, die die Lage erkunden sollen. Es gibt mehrere Landmassen, und wir suchen uns aufs Geratewohl eine aus. Das Schiff landet und findet, was es gesucht hat. Außerdem stellt es womöglich fest, daß ihm die Lebensformen in dem Gebiet freundlich gesonnen sind. Auf den ersten Blick kann man auf dieser Landmasse nichts Unangenehmes entdecken, und wir wollen uns natürlich sowenig Ärger wie möglich einhandeln. Wir wissen also, auf diesem einen Kontinent sind wir sicher; von den anderen dagegen können wir das nicht mit Bestimmtheit sagen...«

»Da könnte etwas dran sein«, warf der Präsident ein. »Was meinen Sie dazu, Marcus?«
»Ja, es ergibt einen Sinn. Mir ist dieser Gedankengang allerdings neu. Ich bin bisher davon ausgegangen, daß sich die Besucher einen möglichst umfassenden Eindruck von der Erde verschaffen würden.«
»Haben Sie noch einen anderen interessanten Gedanken für uns?« fragte der Präsident seinen wissenschaftlichen Berater.
»Ein großes Fragezeichen«, antwortete Dr. Allen. »Allein der Gedanke ist mir unerträglich, aber alles deutet darauf hin, daß die Besucher einen Weg gefunden haben, wie sie die Schwerkraft beherrschen können. Sie schweben ein paar Zentimeter über dem Boden. Der Besucher, der gestern Minnesota verlassen hat, ist in die Luft aufgestiegen, ohne irgendein sichtbares Antriebsmittel zu benutzen. Sie landen sehr sanft, so als ob sie segelten, aber wenn man segeln will, braucht man Tragflächen, und diese Kästen besitzen keine Flügel.«
»Das scheint Sie mächtig zu empören«, stellte der Verteidigungsminister fest.
»Ich bin tatsächlich außer mir«, erwiderte Dr. Allen. »Jeder Wissenschaftler wäre das. Wir sprechen immer über Gravitationswellen, wobei wir stillschweigend davon ausgehen, daß diese Wellen irgendwie mit elektromagnetischen Wellen verwandt sind. Wir haben verzweifelt nach diesen Wellen gesucht. Lange Zeit hatten wir keine Ahnung, wie wir überhaupt nach ihnen suchen sollten. Auch heute sind wir uns noch nicht sicher, ob wir die richtigen Methoden verwenden, wenn wir nach diesen Wellen suchen. Bisher sind sie nicht entdeckt worden. Immer wieder melden sich Wissenschaftler zu Wort, die behaupten, so etwas wie Gravitationswellen gäbe es überhaupt nicht. So wie die Dinge heute liegen, könnten wir die Wellen – wenn überhaupt – nur auf einer theoretischen Ebene bestimmen. Wir haben keinen blassen Schimmer, wie man sich diese Wellen nutzbar machen könnte.«
»Ihre Leute befassen sich weiter mit den Besuchern, nicht wahr?« fragte der Verteidigungsminister. »Dann besteht doch noch Hoffnung, daß Sie der Sache auf die Spur kommen werden. Schließlich arbeiten Sie ja erst ein paar Tage daran.«
»Ich habe nicht nur meine eigenen Leute eingesetzt«, erwiderte Dr. Allen, »sondern jeden qualifizierten Fachmann, den ich überhaupt auftreiben konnte. Ich habe mich mit allen möglichen Instituten und Universitäten in Verbindung gesetzt. In einigen Tagen werden wir eine stattliche Streitmacht ins Feld führen können. Das Problem ist nur, wir haben kaum Ansatzpunkte, von denen wir ausgehen können.

Wenn wir eines dieser Wesen einfangen könnten, um es in Ruhe zu untersuchen, würden wir vielleicht bemerkenswerte Fortschritte machen, aber daran ist im Augenblick nicht zu denken. Wahrscheinlich wäre ein solcher Versuch äußerst gefährlich. Wir hatten schon überlegt, ob wir uns eines der Jungen in Minnesota vornehmen sollten, aber die Vorstellung behagt mir nicht. Wenn das Baby verletzt wird und zu schreien anfängt, dann kommen womöglich die ausgewachsenen Besucher in hellen Scharen herbei, um es zu retten. Diese Möglichkeit kann man nicht ausschließen, und ich will das Risiko nicht auf mich nehmen.«

»Sie sprachen von Universitäten und Instituten«, sagte White. »Ich nehme an, das bezog sich auf Einrichtungen in unserem Lande. Könnte man nicht vielleicht einige Wissenschaftler aus anderen ...«

»Marcus!« schnappte der Präsident. »Nun fangen Sie nicht schon wieder damit an! Für die nächste Zeit ist das hier unser Bier. Die Besucher haben dafür gesorgt, daß das so bleibt. Schließlich sind sie nur auf unserem Boden gelandet.«

»Einige sind in Kanada heruntergegangen«, widersprach der Außenminister.

»Wir können meinetwegen mit Kanada zusammenarbeiten, das haben wir schon oft getan. Ich weiß, daß die Russen sich gern einschalten würden, aber ich bin dagegen ...«

»Eine kleine, symbolische Beteiligung der Russen wäre vielleicht nicht schlecht«, sagte der Verteidigungsminister. »Wenn wir sie völlig ignorieren und total ausschließen ...«

»Ich hoffe, Winston«, unterbrach ihn der Präsident, »Sie denken nicht das gleiche wie ich.«

»Mir ist allerdings eben ein Gedanke gekommen«, erwiderte Mallory. »Wenn es nämlich den Anschein hat, als wären wir auf etwas gestoßen, das uns einen entscheidenden Vorteil verschafft ...«

»Wenn wir tatsächlich etwas finden, das uns einen Vorteil verschafft und es mit ihnen teilen, wie Sie vorschlagen, dann wird die Eskalation niemals ein Ende haben. Was meinen Sie, meine Herren?«

»Ich habe ja nicht gesagt, daß wir es teilen sollen«, erklärte Mallory. »Eine symbolische Geste, das ist alles. Etwas, das ihrem Nationalstolz schmeichelt.«

»Ich bin der gleichen Ansicht wie Winston«, sagte White, »warum sollen wir unseren roten Freunden nicht diese kleine Freude machen?«

Hammond hatte lange schweigend zugehört, jetzt meldete er sich zu Wort: »Wir würden die russischen Wissenschaftler behandeln müs-

sen, als ob wir ihre Schulmeister wären. Das würden sie sofort spüren und uns übelnehmen. Gewonnen hätten wir dadurch gar nichts. Wenn die russischen Wissenschaftler nichts verstünden, würden sie denken, daß wir ihnen etwas vorenthalten. Also weihen wir sie entweder in alles ein oder behalten alles für uns. Außerdem müssen wir uns darüber im klaren sein, daß es womöglich gar nichts zu teilen gibt. Bei allem Respekt für Dr. Allen: Möglicherweise finden wir überhaupt nichts, das uns irgendwie nützen könnte.«
»Dann würde aus einer russischen Beteiligung auch kein Schaden entstehen«, bemerkte White. »Unsere Beziehungen würden verbessert, und wenn wir nichts finden, würde uns die Sache auch nichts kosten.«
»Ihre Sichtweise ist mir zu riskant, Marcus«, erklärte der Präsident. »Wir könnten in eine gefährliche Lage geraten.«
»Am besten, wir vergessen meinen Vorschlag«, lenkte Mallory ein. »Es war halt nur eine Idee.«
White ergriff wieder das Wort: »Wir bekommen übrigens ständig Hilfsangebote von unseren Freunden und Verbündeten. Wenn wir ihnen nicht antworten, wird unser Verhalten allmählich peinlich. Die Angebote erscheinen mir aufrichtig gemeint.«
»Das kann ich mir vorstellen«, versetzte Hammond.
White ignorierte ihn. »Zur Zeit kann ich unseren Freunden nur sagen, daß wir möglicherweise später auf ihre Angebote zurückkommen werden, im Augenblick aber selbst noch nicht wissen, was uns erwartet.«
»Vermutlich ist das das beste, was wir im Moment tun können«, erklärte der Präsident. »Wir wollen die anderen Länder erst einmal vergessen und uns auf unser eigenes konzentrieren. Es hat bereits mehrere Unruhen gegeben. Aufruhr und Plünderungen in Chicago, New York und St. Louis. Gibt es in dieser Hinsicht etwas Neues, Dave?«
»Nichts Besonderes«, erwiderte Porter, »ich würde sagen, bisher haben wir Glück gehabt. Wir hätten das Land besser vorbereiten sollen. Schon direkt bei der Auflösung des Schwarms hätten wir die Presse zusammenrufen sollen. Wir hätten das Volk vorwarnen können.«
»Das läßt Ihnen wohl keine Ruhe, was?«
»Darauf können Sie sich verlassen, Herr Präsident. Wir haben es vermasselt. Es war heimtückisch, es bei der kleinen NASA-Meldung zu belassen.«
»Dave, das wurde alles besprochen.«
»Ja, ich weiß, und wir haben falsch entschieden.«
»Haben Sie denn nicht auch zugestimmt?«

»Nein, ich nicht. Und einige Männer hier waren meiner Meinung.«
»Aber nur wenige.«
»Sir, Öffentlichkeitsarbeit kann man nicht nach Mehrheitsbeschlüssen betreiben. Sie alle verstehen ihr Handwerk, und ich das meine. Bisher haben wir Glück gehabt. Ich hoffe, wir können das auch morgen noch sagen. Besondere Angst habe ich vor einem Aufstand der Sekten. Jeder Spinner im ganzen Land ist auf eine Kiste gestiegen, um zu predigen, alle Priester, Popen und Pfarrer rufen zum großen Gebet auf. Die Kirchen in den kleinen Dörfern der Provinz sind bis zum letzten Platz mit singenden, klatschenden, trampelnden Menschen gefüllt. Drüben in Minneapolis hat sich eine Schar von neuen Hippies aufgemacht, um einem Besucher auf der Landebahn des Flughafens eine Demonstration ihrer Liebe vorzuführen. Die Leute haben versucht, einen Polizeikordon zu durchbrechen.«
»Ich glaube nicht, daß wir uns über solche Dinge große Sorgen machen müssen«, warf Hammond ein.
»Allmählich entsteht ein Überdruck der Gefühle im Land«, fuhr Porter fort. »Vieles davon geschieht unter der Oberfläche, und ich hoffe, wir können den Ausbruch verhindern. Die unterschiedlichsten Emotionen vermischen sich. Wenn diese Hallelujaparolen außer Kontrolle geraten... Wir stehen dicht vor einem Massenaufruhr in den Straßen. Gewalt liegt in der Luft. Es brauchen nur irgendwo ein paar biedere Biertrinker die Nerven zu verlieren, weil sie sich über die Weltuntergangspropheten vor ihrer Kneipe geärgert haben...«
»Jetzt übertreiben Sie!« sagte Hammond.
»Ich hoffe, daß ich das tue«, erwiderte Porter.
»Ich mag diese vorsichtige Warterei nicht«, verkündete Sullivan. »Haben wir denn keine Möglichkeit zum positiven Handeln? Wir sollten ein Zeichen setzen, den Leuten beweisen, daß wir die Lage im Griff haben.«
»Wir haben die Nationalgarde in Marsch gesetzt«, wiederholte der Präsident. »Unsere Beobachter sind vor Ort.«
»Das sind passive Aktionen«, stellte Sullivan fest.
»Alles, was wir versuchen, könnte sich als falsch erweisen. Das ist unser Problem«, erwiderte der Präsident.

# 25. DIE UNIVERSITÄT VON MINNESOTA

Dr. Albert Barr wandte sich an Jerry Conklin: »Miß Foster hat mir am Telefon erzählt, Sie wollten mit mir sprechen, aber sie hat nichts Genaues gesagt, nur, daß es mit den Besuchern zu tun hätte.« Er sah Kathy an. »Sie haben mir versichert, es handle sich nicht um ein Interview für Ihre Zeitung.«
»Es ist kein Interview«, bestätigte Kathy, »und ich wollte nicht zu sehr in die Details gehen, weil ich Jerry nicht vorgreifen wollte.«
»Seit es geschehen ist, zerbreche ich mir den Kopf darüber«, begann Jerry.
»Also sagen Sie mir, was passiert ist«, forderte Dr. Barr ihn auf. »Aber beginnen Sie bitte ganz von vorn!«
Er setzte sich hinter seinem Schreibtisch bequem zurecht und bedachte seine beiden Besucher mit einem fragenden Blick. Er war aschblond und viel jünger, als Kathy erwartet hatte, und er hatte die Figur eines Footballspielers. Durch sein offenes Bürofenster drangen die typischen Geräusche eines Spätnachmittags auf dem Campus: das schrille Lachen eines Mädchens, die Stimmen von Studenten, die sich irgend etwas zuriefen, das Brummen eines Autoanlassers und anschließend das Quietschen von Reifen auf dem Asphalt. Das Licht der untergehenden Sonne, das durch eine herbstlich gefärbte Birke fiel, malte goldene Lichttupfer in den Raum.
»Sie haben vielleicht von dem Auto gelesen, das bei der Landung des ersten Besuchers zerquetscht aufgefunden wurde«, sagte Jerry.
»Könnte das Ihr Wagen gewesen sein?« fragte Barr.
»Er könnte es gewesen sein, und er war es auch. Ich hatte ihn in unmittelbarer Nähe der Brücke abgestellt, um fischen zu gehen. Man hatte mich auf die dicken Regenbogenforellen in dem Staubecken unter der Brücke hingewiesen.«
Barr unterbrach Jerry bei seinem Bericht kein einziges Mal. Hin und wieder schien er drauf und dran zu sein, eine Frage zu stellen, aber dann hielt er sich doch zurück.
Als Jerry geendet hatte, sagte der Exobiologe: »Da sind eine Menge Punkte, die ich gerne mit Ihnen erörtern würde, aber sagen Sie mir zunächst, warum Sie sich an mich gewandt haben. Was erwarten Sie von mir?«
»Es geht mir um zwei Fragen«, antwortete Jerry. »Zunächst ist da diese Sache mit dem ›Zuhause‹. Der Besucher dachte an zu Hause, oder er veranlaßte mich, an zu Hause zu denken. Ich habe mir das

schon wer weiß wie oft durch den Kopf gehen lassen, aber es scheint einfach keinen Sinn zu ergeben. Ich bin überzeugt, daß der Gedanke an zu Hause von dem Besucher ausging. Ich selbst hätte in dieser Situation niemals an zu Hause gedacht. Und der Gedanke war sehr intensiv, nicht nur eine flüchtige Impression, sondern irgendwie hartnäckig. So, als wollte der Besucher oder etwas in ihm, daß ich an zu Hause denke. Er wollte mir diesen Gedanken förmlich aufzwingen.«

»Wollen Sie damit sagen, daß Telepathie im Spiel war?«

»Ich weiß nicht, was es war. Wenn Sie unter Telepathie verstehen, daß das Ding mit mir zu sprechen versuchte, dann muß ich die Frage verneinen. Nein, das war nicht der Fall. Ich habe versucht, mit ihm zu sprechen. Wahrscheinlich war das eine blödsinnige Idee, aber unter den gegebenen Umständen kam es mir ganz natürlich vor. Da saß ich nun in der Falle, an einem Ort, den ich nicht verstand, folglich hatte ich ein starkes Bedürfnis nach Informationen, irgendeiner Information, die mir helfen würde, eine Erklärung für das, was vorging, zu finden. Deshalb habe ich versucht, mit ihm zu reden, Kontakt herzustellen, eine Antwort zu erhalten. Wahrscheinlich war mir sogar klar, daß es unmöglich sein würde, Kontakt mit diesem Wesen herzustellen, aber...«

»Halten Sie sich in irgendeiner Form für telepathisch begabt?«

»Nein, telepathische Fähigkeiten sind mir an mir noch nie aufgefallen. Ich habe noch nie darüber nachgedacht, aber ich würde sagen, ich bin kein Telepath.«

»Aber dennoch hat das Ding mit Ihnen gesprochen. Oder Sie glauben zumindest, daß es mit Ihnen gesprochen hat...«

»Dr. Barr, das habe ich niemals behauptet«, erwiderte Jerry. »Mir ist nicht einmal der Gedanke gekommen, der Besucher würde mit mir sprechen. Das war keine bewußte Kommunikation, da sind keine Worte oder Bilder in meinem Verstand entstanden, nichts von alledem. Da war nur ein Gefühl von Zuhause, ein erdrückendes Gefühl.«

»Und Sie sind überzeugt, die Kreatur habe dieses Gefühl ausgelöst?«

»Wo hätte es sonst herkommen sollen? Ich selbst wäre von mir aus niemals auf diesen Gedanken gekommen. Dazu gab es überhaupt keinen Grund. Da gab es eine Menge anderer Dinge, über die man viel eher hätte nachdenken können.«

»Sie haben eben zwei Dinge erwähnt. Was war denn das andere?«

»Mir kam es so vor, als ob der Besucher ein Baum sei oder zumindest etwas einem Baum Verwandtes.«

»Nachdem Sie das von der Zellulose gehört haben?«

»Nein. Die Zellulosegeschichte hat damit nichts zu tun. Ich stelle mir das eher so vor: Mein Unterbewußtsein muß sich wohl ständig mit der Frage beschäftigt haben, was dieses Ding sei, und plötzlich war da ein Gefühl von Vertrautheit und...«

»Sie arbeiten an Ihrer Dissertation in Forstwirtschaft. Sie wissen sicher eine Menge über Bäume.«

»Er *liebt* Bäume«, mischte sich Kathy ein. »Manchmal habe ich den Eindruck, er spricht sogar mit ihnen.«

»Sie übertreibt«, sagte Jerry zu Barr. »Aber ich muß zugeben, daß ich eine Menge über Bäume weiß und eine starke Zuneigung für sie empfinde. Manche Leute sind Tiernarren, Blumenliebhaber oder begeisterte Hobbyornithologen. Mich könnte man schon als einen Baumliebhaber bezeichnen.«

»Sie haben eben das Wort ›Vertrautheit‹ benutzt. Was hat Sie dazu veranlaßt?«

»Vielleicht, weil ich eine Vertrautheit gespürt habe und mir ihrer gleichzeitig gar nicht bewußt war. Als ich feststellte, daß ich in dem Ding war, hatte ich zunächst einmal Angst – Todesangst. Ich wollte schreien, brachte aber keinen Ton heraus. Aber dann, nach erstaunlich kurzer Zeit, hörte die Angst auf, jedenfalls in dieser Form. Ich war erregt, angespannt, mich fror, aber ich war nicht mehr im gewöhnlichen Sinne verängstigt. Bevor es mich rausschmiß, fing ich sogar an, mich für meine Umgebung zu interessieren.«

»Exobiologen sind sonderbare Wesen, das müssen Sie sich immer vor Augen halten«, sagte Barr. »Eigentlich gibt es sie gar nicht. Es sind Wissenschaftler aus anderen Disziplinen – meistens aus dem Bereich der Biologie, aber auch Physiker und Chemiker erscheinen öfter auf der Bildfläche –, die aus persönlichem Interesse untersuchen, was man unter außerirdischen Bedingungen erwarten könnte. Sie verstehen, die Exobiologie ist keine exakte Wissenschaft.«

»Ja, natürlich«, sagte Jerry. »Aber die Exobiologie macht sich wenigstens Gedanken darüber, was man im Weltall oder auf anderen Planeten finden könnte.«

»Also, unter gewissen Vorbehalten gebe ich zu, daß Ihre Idee von einem intelligenten, baumartigen Organismus gar nicht so abwegig ist. In den letzten zwanzig Jahren hat es immer wieder Botaniker gegeben, die behauptet haben, daß Pflanzen gelegentlich die Fähigkeit zur Sinneswahrnehmung zeigten, einen Gefühlssinn oder die Fähigkeit zur Empfindung hätten und Gefühle und Sinneseindrücke durchaus erfahren könnten. Wir wissen schon seit Jahren, daß manche Leute ein sogenanntes ›grünes Händchen‹ haben. Die Pflanzen, die sie in

Pflege haben, blühen und gedeihen, während sie bei anderen Leuten, die diese Fähigkeit nicht besitzen, langsam eingehen. Es gibt auch Leute, die meinen, Pflanzenbesitzer sollten sich liebevoll mit ihren Schützlingen unterhalten. Wenn Pflanzen tatsächlich Empfindsamkeit besitzen, dann sind es bis zu wirklicher Intelligenz und Wahrnehmungsfähigkeit nur noch ein paar lange Schritte. Könnten Sie mir ein bißchen genauer erklären, wie Sie zu der Erkenntnis gelangten, daß der Besucher ein pflanzenartiges, baumverwandtes Wesen sei?«

»Ich weiß nicht, ob ich das kann«, sagte Jerry. »Wenn ich einen Baum sehe, oder wenn ich mit Bäumen arbeite, habe ich ein bestimmtes Gefühl. Es mag komisch klingen, aber es ist so etwas wie eine verwandtschaftliche Beziehung...«

»Und dasselbe Gefühl hatten Sie auch bei dem Besucher?«

»Nein, nicht Verwandtschaft. Der Besucher war zu fremd, als daß ein solches Gefühl hätte entstehen können. Ich hatte eher den Eindruck, der Besucher besitze ebenfalls einige der spezifischen Eigenschaften, die ich bei einem Baum wahrnehme. Aber irgendwie waren sie anders. Nicht wie bei einem irdischen, sondern wie bei einem fremdartigen Baum von irgendwo anders her.«

»Ich glaube, ich verstehe Sie«, sagte Barr. »Haben Sie schon mit jemand anderem darüber gesprochen?«

»Nein, man hätte mich ausgelacht. Sie haben das nicht getan, und dafür danke ich Ihnen.«

»Die Regierung würde sich für Ihre Geschichte interessieren. Die Regierungsbeobachter und andere Wissenschaftler, die den Besucher examinieren, wären für jede Information dankbar.«

»Ich kann keine Informationen liefern«, sagte Jerry. »Also würden sie versuchen, sie aus mir herauszukitzeln. Sie würden denken, ich hielte in meinem Unterbewußtsein Informationen verborgen, die es an die Oberfläche zu holen gilt. Oder sie würden annehmen, ich wäre einer von diesen UFO-Spinnern, die aus der Besuchergeschichte Kapital zu schlagen versuchen.«

»Ich verstehe Ihren Standpunkt«, sagte Barr. »An Ihrer Stelle hätte ich die gleichen Vorbehalte.«

»Das hört sich so an, als ob Sie mir glaubten.«

»Warum auch nicht? Welche Gründe könnte ich haben, Ihnen nicht zu glauben? Sie haben ja keine Veranlassung, sich eine solche Geschichte auszudenken. Sie verspürten die Notwendigkeit, mit jemandem zu reden, der Sie verstehen und das, was Sie berichten, für bare Münze nehmen würde. Ich bin froh, daß Sie zu mir gekommen sind. Ich war für Sie keine große Hilfe, aber ich bin froh, daß Sie gekommen sind. Und was diese Sache mit dem Gedanken an zu Hause betrifft ... ich habe darüber nachgedacht. Wäre es möglich, daß Sie die Vorgänge falsch interpretiert haben?«

»Es war wie ein Zwang, an zu Hause zu denken; da bin ich mir sicher.«

»Das meine ich nicht. Vielleicht wollte der Besucher überhaupt nicht mit Ihnen sprechen, vielleicht hat er gar nichts zu vermitteln versucht. Möglicherweise sind Sie in seine Gedanken eingedrungen. Vielleicht sind Sie ein wenig telepathisch begabt, ob Sie es nun wissen oder nicht, oder die Signale, die Gefühle des Besuchers waren so stark, daß jedes menschliche Wesen darauf reagiert hätte. Mir ist der Gedanke gekommen, daß er gar nicht den Gedanken an *Ihr* Zuhause gesendet hat, sondern den an seines.«

Kathy schluckte. »Sie meinen die Erde? Daß er an die Erde als an sein Zuhause dachte?«

»Sie müssen folgendes bedenken«, sagte Barr. »Er ist von Gott weiß woher gekommen, hat eine Entfernung zurückgelegt, die sich kein Mensch vorstellen kann. Er suchte nach einem Planeten, auf dem er sich niederlassen konnte, eine neue Heimat, die seine alte, die aus irgendwelchen Gründen verloren war, ersetzen konnte. Vielleicht ist die Erde dieser Planet – ein Ort, an dem er sich fortpflanzen kann und Nahrung für seine Jungen findet, wo er das Leben führen kann, nach dem er sich so verzweifelt gesehnt hat. Und da hat er zu sich gesagt: ›Zu Hause, zu Hause! Ich habe endlich eine Heimstatt gefunden!‹«

## 26. DIE VEREINIGTEN STAATEN

Die Besucher beobachteten alles. Nachdem sie sich niedergelassen hatten, blieben manche von ihnen, wo sie waren. Andere erhoben sich nach einer Weile in die Luft, um mit ihrer Observation zu beginnen. Sie kreuzten über Industrieanlagen, umkreisten immer wieder einzelne Städte und machten Erkundungsflüge über weite Flächen öden Ackerlandes. Sie eskortierten Flugzeuge, wobei sie immer die gleiche Distanz wahrten und niemals störten; sie flogen an den Highways lange Strecken auf und ab, wobei sie die Stellen aussuchten, an denen der Verkehr am dichtesten war. Sie folgten Flußläufen und beobachteten Boote und Schiffe, die auf den Windungen des Wassers dahinzogen.

Andere suchten nach Wäldern und ließen sich dort nieder, um zu fressen. Sie verspeisten eine Anzahl Holzlager. Im Gebiet um St. Louis landeten drei Besucher auf dem Abstellplatz eines Gebrauchtwagenhändlers, nahmen ein Dutzend Autos zu sich und machten sich wieder davon. Aber abgesehen davon, daß sie Bäume und Autos fraßen und vierzig oder fünfzig Holzlager abräumten, verursachten sie wenig Schaden. Die meisten Menschen, mit denen sie in Kontakt kamen, hatten nur geringfügige Unannehmlichkeiten; kein Mensch wurde getötet. Die Piloten in den Flugzeugen wurden nervös, wenn sie von den Besuchern beschattet wurden. Die Unfälle auf den Highways, bei den meisten handelte es sich nur um Blechschäden, ließen nach, als die Autofahrer sich an den Anblick der großen schwarzen Kästen gewöhnten, die entlang der Straße patrouillierten; mit der Zeit achteten sie kaum noch darauf.

Die Besucher erwiesen sich als Ärgernis erster Ordnung. Sie hielten die Nationalgarde, die Autobahnpolizei und andere Ordnungsmächte in Atem, was beträchtliche Ausgaben zur Folge hatte.

In ein paar größeren Städten kam es zu Unruhen, denn dort war die soziale und wirtschaftliche Lage so gespannt, daß schon ein kleiner Funke genügte, um einen Aufstand zu entfachen. Plünderungen und Brandstiftung waren an der Tagesordnung. Es gab viele Verletzte, ein paar Menschen wurden getötet. An einigen Universitäten wurde demonstriert, verschiedene Gruppen schlossen sich zusammen, um ihre speziellen Nöte an die Öffentlichkeit zu tragen, aber die Demonstrationen blieben alle friedlich. Religiöse Fanatiker und andere Sektierer tauchten an Straßenecken, in Parks, Kirchen und anderen öffentlichen Gebäuden auf. In manchen Gebieten hatte die pseudoreligiöse Begeisterung Hochkonjunktur. Zeitungsreporter und Fernsehkommentatoren warfen mit Hunderten von möglichen Deutungen um sich, von denen aber bei genauerem Hinsehen nur die wenigsten einen Sinn ergaben.

Gerüchte entstanden – immer über Sachen, die sich irgendwo anders abgespielt hatten, und im Grad ihrer Hirnverbranntheit proportional zur Entfernung –, und Legenden begannen Gestalt anzunehmen.

Von dem Phänomen ›aufgenommen‹ worden zu sein, hörte man immer häufiger. Die Berichte trafen aus allen Landesteilen ein und wurden blitzartig von den Sekten, die sich ebenfalls überall gebildet hatten, aufgegriffen und ausgeschlachtet. Die unterschiedlichsten Leute behaupteten, daß sie irgendwie ›aufgenommen‹ worden wären, konnten aber nie eine Erklärung darüber abgeben, wie das geschehen war. Sie seien in die Körper der Besucher eingeführt worden, und dabei hätten sie entweder wunderbare Dinge sehen dürfen, oder es wären ihnen Botschaften übermittelt worden (auch wieder ganz unterschiedlicher Art), mit dem Auftrag, sie an ihre irdischen Brüder weiterzuleiten. Die Sekten und viele andere Menschen begegneten diesen Berichten mit überraschender Glaubensbereitschaft, während der größere Teil des Volkes mit hämischem Spott darauf reagierte. Man erinnerte sich wieder daran, daß es seit den ersten angeblichen UFO-Sichtungen immer eine Anzahl Leute gegeben hatte, die behaupteten, in direktem Kontakt zur Besatzung der fliegenden Untertassen gestanden zu haben.

Aber wenn die Bevölkerung auch durchschaute, wie übertrieben oder verlogen die meisten dieser Berichte waren, so wurde ihr doch eine Tatsache bewußt, die sich in der Tat nicht länger verbergen ließ: Es hatten sich Wesen aus dem Weltraum auf der Erde niedergelassen, und nichts von alledem, über das sich die Autoren der Science Fiction die Finger wundgeschrieben hatten, war eingetroffen.

Ein Kolumnist einer kleinen Tageszeitung in Tennessee faßte die Lage treffend zusammen. Er nannte den ungeheuren Vorgang schlicht ein kosmisches Picknick.

Im Nordosten von Iowa war ein Farmer gerade damit fertig geworden, einen 160 Morgen großen Acker zu pflügen, als ein Besucher über dem Feld auftauchte. Er schwebte über dem Boden hin und zurück. Immer wenn er ein Ende des Ackers erreicht hatte, vollführte er eine saubere Wendung und setzte zu einer neuen Passage an. Der Kasten schwebte so tief, daß seine Unterseite beinahe die frisch aufgeworfene Erde streifte. Der Farmer blieb neben seinem Geräteschuppen stehen und beobachtete die Szene.

»Ich kann beschwören«, erzählte er später einem Reporter, der ihn interviewte, »daß es genauso aussah, als ob das Ding etwas gepflanzt oder gesät hätte. Vielleicht hat es absichtlich abgewartet, bis ich mit dem Pflügen fertig war. Als es den ganzen Acker abgeflogen hatte, hat es sich neben dem Feld auf einer Wiese niedergelassen. Da bin ich hingegangen, um nachzusehen, ob es tatsächlich etwas gepflanzt hat. Aber ich bin nicht an den Acker herangekommen. Das verdammte Ding schwebte plötzlich auf mich zu. Es hat mich nicht direkt bedroht, es hat sich nicht einmal sehr beeilt, es hat mir nur deutlich zu verstehen gegeben, daß ich dem Feld nicht zu nahe kommen sollte. Ich habe es dann noch mehrmals versucht, aber das Ding hat mich immer wieder vertrieben, und ich sage Ihnen, Sir, ich hatte keine Lust, mich auf einen Streit mit ihm einzulassen. Es ist ein Stück größer als ich. Im Frühjahr, wenn das Getreide ausgesät wird, werde ich es noch einmal

versuchen. Vielleicht hat sich das Ding bis dahin verzogen. Ich muß eben abwarten.«
Der Reporter musterte den riesigen schwarzen Kasten.
»Es sieht aus, als ob jemand eine Zahl darauf gemalt hätte. Waren Sie so dicht dran, daß Sie das Zeichen erkennen konnten?«
»Klar, ich habe es ganz deutlich gesehen«, erwiderte der Farmer. »Da steht eine große 101, mit grüner Farbe hingemalt. Ich frage mich, welcher Idiot das getan hat.«
In einer mittelgroßen Stadt in Alabama war der Bau eines Stadions der Anlaß für jahrelange erbitterte Streitigkeiten gewesen. Permanent hatte es Ärger wegen der Finanzierung und dem Standort gegeben, doch endlich hatte man sich geeinigt, und das Stadion wurde gebaut. Trotz der Meinungsverschiedenheiten wurde das Stadion nach seiner Fertigstellung schnell ein Objekt des lokalen Bürgerstolzes. Nun hatte man es liebevoll für das entscheidende Meisterschaftsspiel hergerichtet, dem Höhepunkt der ersten Saison in dem neuen Bauwerk. Der Rasen (echtes Gras, kein Kunstrasen) war glatt und grün wie ein Teppich, der jungfräuliche Asphalt der leeren Parkplätze wartete auf die Wagen der Besucher, fröhliche Wimpel flatterten überall.
Am Tag vor dem Spiel kam ein großer schwarzer Kasten aus dem blauen Himmel gesegelt. Er steuerte langsam und sorgfältig genau die rechteckige Rasenfläche an. Der gepflegte Grasteppich schien der ideale Landeplatz für den Gast aus dem Weltraum zu sein.
Nachdem sich der erste Sturm der Empörung gelegt hatte, trafen sich die offiziellen Komitees und Bürgerausschüsse. Anfangs hatte man noch die Hoffnung, der Besucher würde sich nach ein paar Stunden wieder entfernen, aber das geschah nicht. Er blieb im Stadion. Das Unvermeidliche trat ein: Das Spiel mußte verlegt werden, der geheiligte Spielplan der Liga geriet durcheinander.
Die Treffen der unterschiedlichen Gruppen wurden fortgesetzt, von Zeit zu Zeit wurden Vorschläge eingebracht und zur allgemeinen Entrüstung wieder verworfen. In den Ausschüssen breitete sich stille Verzweiflung aus.
Hilfssheriffs, die das Stadion bewachten, fingen eine Gruppe von Sportfanatikern ab und stellten eine Kiste Dynamit bei ihnen sicher.
In Pennsylvania ließ sich ein Besucher auf einem Kartoffelfeld nieder. Der Eigentümer des Ackers schichtete einen Holzstoß an der Seite des Besuchers auf, tränkte ihn mit Benzin und zündete den Stapel an. Der Besucher nahm den Vorfall einfach nicht zur Kenntnis.

# 27. LONE PINE

Sally, die Serviererin im Pine-Café, brachte Frank Norton seinen Teller mit Eiern und Schinken und ließ sich an seinem Tisch nieder, um einen Plausch mit ihm zu halten. Die Tür schwang auf, und Stiffy Grant stolperte herein.

»Komm rüber, Stiffy«, lud Norton ihn ein, »und setz dich zu uns.«

»Das ist nett von Ihnen«, sagte Stiffy. »Wenn es Ihnen nichts ausmacht, nehme ich die Einladung an. Ich habe die Besucher stundenlang dabei beobachtet, wie sie die Bäume abgemäht haben. Es war ein gehöriger Fußmarsch, aber ich bin vor Morgengrauen aufgebrochen, weil ich vor den ersten Touristen dort sein wollte. Wenn die Touristen da sind, macht es mir keinen Spaß, die Kästen zu beobachten. Ich wollte gern sehen, ob sie wieder Junge bekommen, so wie der eine, der zuerst hier gelandet ist.«

»Und, kriegen sie Junge?« fragte Sally.

»Noch nicht. Scheinbar geht es bei ihnen nicht so schnell wie bei dem ersten. Aber nun kann es bald soweit sein. Sie haben lange Reihen von diesen weißen Ballen ausgeschieden. Wie heißt das doch gleich?«

»Zellulose?« meinte Norton.

»Richtig«, sagte Stiffy, »ich kam einfach nicht drauf.«

»Seit wann interessierst du dich denn so für die Besucher?« wollte Sally wissen.

»Das weiß ich nicht genau«, erwiderte Stiffy. »Eigentlich von Anfang an, gleich als der erste Kasten herunterkam. Man könnte sagen, ich wurde in die Sache verwickelt. Eine Reporterin aus Minneapolis war hier, und ich habe in der ersten Nacht das Telefon für sie besetzt gehalten, damit sie sofort mit ihrem Chef reden konnte, als sie zurückkam. Ich bin es auch gewesen, der ihr von der Landung der nächsten Besucher erzählt hat. Ich schlief gerade am Ufer einen Rausch aus, da sah ich sie herunterkommen, und sofort habe ich zu mir gesagt, das mußt du ihr melden. Ich hatte zwar Bedenken, um Mitternacht an ihre Tür zu klopfen, es hätte ja sein können, daß sie sauer darauf reagiert. Aber dann habe ich einfach geklopft, und sie war nicht wütend darüber. Sie hat mir sogar zehn Dollar gegeben. Sie sind sehr nett, das Mädchen und der Fotograf, der auch im Hotel wohnt.«

»Ja, das stimmt«, sagte Sally. »Die anderen Journalisten und Fernsehleute waren auch nett. Ist es nicht seltsam, daß sie nun schon wieder alle fort sind? Aber es kommen ja noch immer viele Leute, die die kleinen Besucher sehen wollen. Manchmal schauen sie sich auch die großen an. Aber diese Leute kann man nicht mit den Journalisten vergleichen, das sind einfach Schaulustige. Sie huschen nur schnell auf eine Tasse Kaffee und einen Berliner herein, gelegentlich gönnen sie sich sogar ein Sandwich. Ein richtiges Essen bestellen sie nie, und Trinkgeld bekomme ich von ihnen auch nicht. Weil sie kaum etwas verzehrt haben, glauben sie, es wäre unpassend, ein anständiges Trinkgeld zu geben. So sind die Leute.«

»Zuerst bin ich jeden Tag losgezogen und habe die Besucher beobachtet«, erzählte Stiffy, »weil ich unbedingt dem Mädchen aus Minneapolis sofort Bescheid sagen wollte, wenn etwas Besonderes passiert wäre. Doch jetzt ist das nicht mehr mein Grund, jedenfalls nicht mein Hauptgrund. Seit einiger Zeit gefällt es mir einfach, die Besucher zu beobachten. Ich weiß selbst nicht, wie es dazu gekommen ist. Anfangs habe ich mir immer gesagt, daß die Kästen von weither kommen und sie eigentlich gar nicht hier sein sollten, aber das hat sich inzwischen geändert. Heute kommt es mir so vor, als ob sie Leute wären wie ich. Ich hatte immer Angst vor ihnen, aber das ist vorbei. Ich trete mitten zwischen sie, lege ihnen meine Hand auf die Haut und fühle, wie warm sie sind. Sie sind nicht kalt, sondern so warm wie Menschen.«

»Wenn du tatsächlich frühstücken willst«, erinnerte ihn Norton, »dann müßtest du allmählich Sally deine Bestellung geben. Ich habe schon einen gewaltigen Vorsprung vor dir.«

»Ich bin also zum Frühstück eingeladen?«

»Das habe ich gesagt.«

»Frank, wieso spendieren Sie...?«

»Ich glaube, es war eine plötzliche Eingebung. Vielleicht tut es mir gleich schon leid. Wenn du dich also nicht beeilst...«

»Also«, begann Stiffy, »dann hätte ich gern einen Stapel Pfannkuchen und ein paar Spiegeleier, gut durch, oben drauf auf die Pfannkuchen. Dazu ein paar Würstchen, etwas Schinken und natürlich reichlich Butter, wenn ich bitten darf...«

## 28. IRGENDWO IN UTAH

Der Sergeant wandte sich an den Colonel: »Wenn diese Nervensägen von Wissenschaftlern nicht bald ihre Kameras und den anderen Krempel so stehen haben, daß sie zufrieden sind, dann können wir die ganze Sache abblasen, weil die Sonne untergegangen ist.«

»Sie wollen eben ganz sichergehen«, erwiderte der Colonel. »Alles muß beim ersten Mal klappen, denn einen zweiten Versuch können wir nicht riskieren. Auch wenn Ihnen das nicht einleuchtet, wir haben genaueste Anweisungen aus Washington, und wir dürfen nicht einen Zentimeter davon abweichen.«

»Herrjeh, Sir, die Burschen fummeln stundenlang an ihren verdammten Kameras, und dann schauen sie durch den Sucher und fangen wieder von vorne an. Den halben Tag geht das jetzt schon so. Wenn Sie mich fragen, die arbeiten so zielstrebig wie ein Damenkränzchen. Sie haben mit Kreide ein Kreuz auf die Seite des Besuchers gemalt und die Flinte darauf eingestellt. Ich habe selbst die Visierlinie überprüft, der Lauf zeigt genau ins Ziel. Der Besucher hat sich inzwischen nicht bewegt, also dürfte das Kreidekreuz noch immer im Visier sein. Ach ja, das würde ich auch gern wissen: Warum nehmen wir dieses lächerliche Gewehr? Wie wäre es mit einem schwereren Kaliber? Was soll schon dabei herauskommen, wenn man dem Kasten eine 30er Kugel auf den Pelz brennt. Damit kann man ihn höchstens kitzeln.«

»Das habe ich mich, offen gestanden, auch schon gefragt«, erklärte der Colonel, »aber die Befehle waren eindeutig: Ein 30er Kaliber aus einer Entfernung von hundert Metern. So lautet die Order. Und die Kameras und andere Ausrüstung müssen zur vollen Zufriedenheit dieser Herren aufgestellt werden.«

Der Colonel verstummte, denn er sah, daß ein Wissenschaftler, der bis eben mit einer Kamera beschäftigt gewesen war, nun zu ihm herüberkam.

»Colonel«, sagte der Mann, als er vor ihnen stand, »Sie können nun den Schuß abgeben. Aber sorgen Sie, bevor Sie feuern, bitte dafür, daß sich jedermann bis auf eine Entfernung von zweihundert Metern zurückzieht. Wir vermuten, daß es zu einem heftigen Gegenschlag kommen könnte.«

»Ich hoffe, Ihre Elektronik und die Fernauslösung lassen Sie nicht im Stich«, murmelte der Sergeant.

Der Wissenschaftler konterte ungerührt: »Es wird alles funktionieren, darauf können Sie sich verlassen.«

»Also dann, rufen Sie Ihre Männer aus dem Gefahrenbereich, Sergeant!« befahl der Colonel. »Wir wollen die Sache jetzt schnell hinter uns bringen.«

Der Sergeant lief davon und brüllte seine Kommandos.

Der Wissenschaftler wandte sich an einen Techniker. »Sind die Kameras klar?«

»Der Impuls, der den Schuß auslöst, schaltet auch die Kameras ein«, erklärte der Techniker. »Eine Vorgabe können wir uns nicht leisten; die Highspeedkameras verbrauchen wahnsinnig viel Film.«
»Colonel«, sagte der Wissenschaftler, »wir sollten uns jetzt auch zurückziehen.«
Der Besucher stand genauso da, wie er schon seit Stunden gestanden hatte: reglos inmitten der Sandwüste. Das Kreidekreuz prangte weiß auf seiner mattschwarzen Seitenfläche.
»Das Ding bleibt seelenruhig hocken, während wir alles für den Schuß vorbereiten, das geht mir besonders auf die Nerven«, meinte der Colonel. »Ob es gar nicht weiß, daß wir hier sind?«
»Das weiß es bestimmt«, antwortete der Wissenschaftler. »Es scheint sich nicht dafür zu interessieren. Vermutlich traut es uns nicht viel zu.«
Der Wissenschaftler blieb stehen und drehte sich um, der Colonel tat es ihm gleich.
»Sergeant!« brüllte er. »Ist das Terrain geräumt?«
Der Sergeant brüllte zurück: »Alles klar, Sir!«
Dann nickte er dem Mann aus Washington zu, der ein winziges Gerät in der Hand trug und nun mit dem Daumen irgendeinen Knopf niederdrückte.
Das Gewehr spie Feuer, und der Besucher spuckte zurück – einen Strom wütender Energie, die das aufgebockte Gewehr verschlang.
Der Colonel riß die Hand hoch, um seine Augen vor dem gleißenden Schein zu schützen. Als er sie wieder senkte, sah er, daß sich das Gewehr und der Ständer in ein weißglühendes Gebilde verwandelt hatten, das nun zögernd in sich zusammensank. Ein paar Salbeibüsche in der Nähe loderten hell auf und vergingen sekundenschnell zu Asche.
Der Colonel musterte den Besucher. Dieser stand noch an seinem alten Platz, so, als wäre nichts geschehen. Nur das weiße Kreidezeichen war verschwunden.

## 29. WASHINGTON D.C.

Die Hand fest um sein Glas geschlossen, marschierte Senator Davenport im Zimmer auf und ab.
»Verdammt noch mal, Dave«, polterte er, »jetzt muß das Weiße Haus

allmählich etwas unternehmen, sonst werden diese Kreaturen bald den Laden übernehmen.«
»Aber, Daddy«, protestierte Alice, »warum sollten sie das tun? Bisher haben sie sich nichts zuschulden kommen lassen.«
Der Senator unterbrach seinen Marsch und starrte seine Tochter finster an.
»Nichts zuschulden kommen lassen«, höhnte er. »Sie fressen unsere Wälder auf, plündern die Holzlager. Sie haben sich diese Autos geschnappt...«
»Alte Karren«, unterbrach ihn Alice. »Gebrauchtwagen, mit denen ein Händler seine gutgläubige Kundschaft übers Ohr hauen wollte.«
»Der Händler hat gutes Geld für die Autos bezahlt«, empörte sich ihr Vater. »Er hat sie als Anzahlung angenommen, er mußte die Stellplatzmiete für sie bezahlen. Wahrscheinlich hat er sie reparieren lassen. Er wollte einen Gewinn aus den Wagen erzielen; das ist schließlich sein gutes Recht.«
»Sie verlangen, daß die Regierung etwas unternimmt«, sagte Porter. »Nun, dann schlagen Sie etwas vor!«
»Woher, zum Teufel, soll ich einen Vorschlag nehmen?« fragte der Senator hitzig. »Ich bin nicht der Präsident, und ich gehöre auch nicht zu seinen Ratgebern. Wenn ich ihm meine Meinung sagte, würde er mir noch nicht einmal zuhören. Niemand hört mir zu! Sie sind sein Pressesprecher, also erzählen Sie mir endlich, was vor sich geht. Welche Informationen haben Sie bis jetzt zurückgehalten?«
»Dazu möchte ich im Augenblick nichts sagen«, erwiderte Porter.
»Dieser Milchbart von einem wissenschaftlichen Berater, den ihr euch im Weißen Haus haltet, arbeitet doch an der Sache, nicht wahr?« donnerte Davenport. »Er beschäftigt eine Menge Leute und wirft das Geld zum Fenster hinaus. Wieso hat er noch nichts herausgefunden? Wie ich gehört habe, hat die Armee heute einen Schußversuch auf einen Besucher unternommen. Nun, was ist dabei herausgekommen?«
»Das weiß ich nicht«, antwortete Porter.
»Dave, wenn Sie es wüßten – wir wollen einmal annehmen, Sie wissen es tatsächlich nicht –, würden Sie es mir sagen?«
»Wahrscheinlich nicht«, erwiderte Porter.
Der Senator wandte sich an Alice. »Da hast du es!« schnaubte er. »Das ist die typische Arroganz der Leute aus dem Weißen Haus!«
»Dave hat doch gesagt, daß er es nicht weiß«, versuchte Alice ihn zu beschwichtigen.
»Aber er hat gesagt, er würde es mir sowieso nicht anvertrauen.«

»Immerhin mußt du ihm zugestehen, daß er aufrichtig zu dir war, Daddy.«

»Aufrichtig! So ein Quatsch! Arrogant ist er, wie die ganze Sippschaft!«

»Es tut mir leid, wenn ich Ihnen arrogant erschienen bin«, sagte Porter. »Ich bedaure es auch, daß ich Ihnen nicht mehr erzählen kann. Vermutlich wissen Sie genausoviel wie ich. Und was das Handeln angeht, nun, da bin ich Alices Meinung: Bisher haben sich diese Wesen nichts zuschulden kommen lassen. Selbst wenn dem nicht so wäre, was sollten wir denn gegen sie unternehmen? Sie sind so groß, daß man es sich gut überlegen sollte, ob man sich mit ihnen anlegen will. Ich fürchte, es könnte gefährlich für uns werden, wenn wir versuchten, sie herumzustoßen, auch wenn wir gute Gründe dazu hätten.«

»Sie bringen das ganze Land in Unordnung«, erklärte der Senator. »Die Besucher verbrauchen unsere besten Holzvorräte; die Bauindustrie wird darunter zu leiden haben. Eine Menge Holzlager sind schon verschwunden, und es ist gut möglich, daß die restlichen bald ebenfalls nicht mehr existieren. Holz ist jetzt schon teuer genug, und nun wird es noch teurer werden. Neue Häuser werden bald so teuer sein, daß keine durchschnittliche Familie sie sich mehr leisten kann. Wenn die Besucher nicht bald damit aufhören, die Flugzeuge zu verfolgen, dann werden die Fluglinien die Flüge einschränken. Das ist schon im Gespräch. Das Unfallrisiko steigt, und die Versicherungsgesellschaften, die das bemerkt haben, kündigten bereits drastische Beitragserhöhungen an. Die Fluggesellschaften klagen, daß die Versicherungsbeiträge sie ruinieren würden, eine weitere Erhöhung könnten sie nicht verkraften.«

»Höchstwahrscheinlich ist die Lage nur momentan so angespannt«, sagte Porter. »Bald wird sich alles wieder normalisieren. Die Bevölkerung wird den Schock verdauen. Zur Zeit neigt jedermann zu Übertreibungen. Geben Sie den Leuten ein wenig Zeit...«

»Ich kann mir nicht vorstellen, daß sich die Lage mit der Zeit verbessern wird«, konterte der Senator. »Sie glauben, die Öffentlichkeit kommt zur Ruhe, ich bin vom Gegenteil überzeugt. Diese Sekten und Wunderprediger bringen die Gefühle ganzer Bevölkerungsschichten in Aufruhr. Die Sekten sind in normalen Zeiten schon eine Plage, aber man kann sie gerade noch ertragen, solange das Volk sie ganz richtig als eine Bande von heillosen Spinnern einschätzt. Die klassischen Religionen sind die eigentliche Gefahr. Die Geschichte lehrt uns, daß es im Mittelalter ähnliche Ausbrüche religiöser Raserei gegeben hat, wie sie uns jetzt ins Haus stehen. Die Bauern verließen

ihre Äcker, die Handwerker ihre Werkstatt, alle waren sie vom Betfieber besessen. Das kommt nun wieder auf uns zu. Handel und Industrie melden eine Erhöhung der Krankmeldungen. Wo gearbeitet wird, kommt es dauernd zu kostspieligen Irrtümern.«
»Also ist alles mal wieder eine Frage des Geldes«, stellte Alice fest. »Unsere Geschäftsleute und Industriebosse verlieren Geld, beziehungsweise haben Angst, welches zu verlieren.«
»Und, ist das etwa nicht beklagenswert?« fragte der Senator. »Das Geld ist die Basis unserer ökonomischen und sozialen Ordnung, ob dir das paßt oder nicht. Ich sage dir, das Land stolpert in einen Zusammenbruch, und diese Torfköpfe im Weißen Haus haben das noch nicht einmal bemerkt.«
»Doch, das haben wir«, widersprach Porter, »allerdings sehen wir die Situation nicht so pessimistisch wie Sie. Es gibt andere Dinge, denen zunächst unsere Sorge gilt.«
»Zum Beispiel?«
»Nun, eine ganze Anzahl von...«
»Aha!« brüllte der Senator unvermittelt. »Ich wußte es doch! Ich wußte, daß es Dinge gibt, die Sie mir verschweigen, Dinge, die Sie verbergen müssen.«
»Herr Senator, ich versichere Ihnen...«
»Da ist etwas im Busch, nicht wahr? Sie haben etwas über die Besucher erfahren, das die Öffentlichkeit nicht wissen darf?«
»Nicht, daß ich wüßte«, erwiderte Porter.
Der Senator ließ sich in einen Sessel sinken und trank den Rest aus seinem Glas.
»Sie brauchen es mir nicht zu erzählen«, sagte er dann. »Ich will es gar nicht wissen. Erst dann, wenn es offiziell bekanntgemacht wird. Ihr behaltet es für euch. Das ist richtig. Nur nichts ausposaunen! Hütet es gut! Ich weiß, daß dieser einfältige Außenminister partout jedermann einweihen will, sogar den Iwan. Das können wir uns wirklich nicht leisten...«
»Sie irren sich, Herr Senator! Wir wissen gar nichts!«
»So benimmt sich ein Gentleman«, flüsterte der Senator verschwörerisch. »Ich wußte, Sie sind ein ganzer Kerl. Sie verstehen es, den Mund zu halten.«
Er warf einen Blick auf seine Armbanduhr. »Oh, spät geworden«, murmelte er. »Ich habe euch zu lange aufgehalten mit meinem Geplapper. Nun müßt ihr euch sputen, sonst verfällt eure Tischreservierung.«

# 30. LONE PINE

Einer der Besucher war hinter den anderen zurückgefallen. Er stand still und mähte keine Bäume mehr. Die anderen schnitten weiterhin Bäume ab und spuckten in regelmäßigen Abständen Zelluloseballen aus.

Stiffy Grant blieb unvermittelt stehen, als er um den Zipfel unversehrten Waldes trat und sah, was geschehen war. Er schob den Hut ins Genick und wischte sich mit der Hand den Schweiß von der Stirn.

»Was, zum Teufel, geht hier vor?« fragte er laut, aber niemand antwortete ihm. Beflissen bemühte er sich um eine schärfere Sicht der Dinge, aber es kostete ihn einige Mühe. Er langte nach seiner Gesäßtasche und zog die Flasche heraus, drehte den Verschluß ab, führte sie an die Lippen und legte den Kopf in den Nacken, um zu trinken. Nachdem er einen Schluck genommen hatte, maß er die verbliebene Schnapsmenge mit einiger Bestürzung. Es waren nur noch zwei gute Schlucke in der Flasche. Der Schnaps zählte nicht zu den besten Sorten, tatsächlich war es sogar der billigste, den man kaufen konnte, aber es war Schnaps, und sein Verschwinden war beklagenswert. Sorgfältig verschloß Stiffy die Flasche wieder und steckte sie in die Gesäßtasche zurück. Er klopfte noch einmal auf die Tasche, um sich zu vergewissern, daß die Flasche auch wirklich dort steckte.

Vorsichtig, damit er nicht stolperte (denn wenn er stürzte, könnte die Flasche zerbrechen), machte er sich auf den Weg, um herauszufinden, was da nicht stimmte. Vielleicht ist er müde geworden, sagte sich Stiffy, und hat eine Ruhepause eingelegt, obwohl während der ganzen Zeit, in der er die Besucher beobachtet hatte, noch keiner ein Anzeichen von Müdigkeit hatte erkennen lassen.

Norton hatte ihm das Frühstück bezahlt, das bedeutete, er hatte noch genug Geld, um sich eine weitere Flasche Schnaps zu kaufen. Es war ein beruhigendes Gefühl, wenn die Zukunft wenigstens noch eine Flasche für ihn bereithielt. Dieser Norton war schon ein anständiger Kerl, da gab es gar keinen Zweifel.

Es stellte sich heraus, daß der stillstehende Besucher weiter entfernt war, als Stiffy geschätzt hatte, trotzdem kämpfte er sich verbissen die Schneise entlang, wobei er vorsichtig den Zelluloseballen auswich, bis er ihn schließlich erreicht hatte.

»Was ist los mit dir, Junge?« fragte er und streckte die Hand nach ihm aus. Als er die Haut unter seinen Fingern spürte, stützte er sich einen Moment ab, um ein bißchen zur Ruhe zu kommen.

Während er sich mit ausgestreckten Armen an dem Besucher abstützte, wußte er plötzlich, daß etwas nicht stimmte. Etwas war anders als zuvor, obwohl es eine Zeitlang dauerte, bis ihm klar wurde, was eigentlich nicht stimmte.
Und dann wußte er es. Der Besucher war kalt. Die angenehme, freundliche Wärme, die er immer gefühlt hatte, wenn er einen der Besucher berührt hatte, war verschwunden. Ungläubig schüttelte er den Kopf und zog die Hand zurück. Er taumelte ein paar Schritte an dem Kasten entlang und berührte ihn wieder. Aber die Haut blieb kalt, alle Wärme war entwichen.
Stolpernd und schwankend tastete sich Stiffy an dem Besucher entlang, und immer wieder legte er die Hand auf dessen Oberfläche. Jedesmal war sie kalt, kalt wie Stein. Er drehte sich um, lehnte sich mit dem Rücken gegen den Besucher, glitt hinab und kam auf dem Boden zu sitzen.
Kalt und bewegungslos, dachte er. Der Besucher schwebt nicht mehr ein paar Zentimeter über der Erde, sondern ruht auf dem Boden. Ist das vielleicht der Tod? fragte er sich. War der Besucher womöglich tot? Kalt und still, so also kam der Tod. Aber warum war er gestorben? Was war ihm zugestoßen? Und noch etwas – wenn er jetzt tot war, dann mußte er vorher lebendig gewesen sein. Aber das war Stiffy nicht neu. Denn schon seit langem war ihm unzweifelhaft klar gewesen, daß die Besucher lebendige Wesen waren. Und nicht nur Lebewesen, sondern Freunde. Er wunderte sich darüber, als er das dachte, denn es war schon sehr lange her, seit er einen Freund gehabt hatte. Es war schon seltsam, dachte er, daß er unter Geschöpfen, die sich so sehr von seiner eigenen Rasse unterschieden, einen Freund gefunden hatte.
Und da saß Stiffy nun an den kalten Besucher geschmiegt und ließ die Tränen ungehindert über seine stoppligen Wangen laufen, ohne sein Gesicht zu verbergen. Stiffy Grant weinte bitterlich um einen Freund, den er verloren hatte.

## 31. MINNEAPOLIS

Al Lathrop, der Geschäftsführer, saß am Kopf des Konferenztisches. Ungeduldig klopfte er mit dem Bleistift auf die Tischplatte. Aus welchem Grund sind wir hier? fragte sich Kathy. Nur sie drei waren hergebeten worden, sie, Jay und Johnny. Johnnys Anwesenheit war nicht ungewöhnlich, natürlich nicht, aber die der anderen schon. Noch keinmal, seit sie bei der *Tribune* arbeitete, war sie in den Konferenzraum gerufen worden. Hier hielten die verschiedenen Ressortleiter kurz vor Redaktionsschluß immer ihre Besprechung ab, in der über die einzelnen Reportagen und Kommentare entschieden wurde. Diese Redaktionskonferenzen fanden aber gewöhnlich spätabends statt, und jetzt war es erst kurz nach Mittag.

»Ich habe mir gedacht«, begann Lathrop, »daß wir uns einmal zusammensetzen sollten, um einen Plan aufzustellen, wie wir in Zukunft über die Besucher-Geschichte berichten sollten. Wir haben es bisher nicht schlecht gemacht, glaube ich. Ja, wir haben es gut gemacht – objektiv und redlich. Und ich denke, genauso sollten wir weitermachen. Aber jetzt ist der Zeitpunkt gekommen, an dem wir über mögliche neue Dimensionen der Geschichte nachdenken müssen. Johnny, Sie haben die ganze Sache von Anfang an betreut, seit der erste Besucher in Lone Pine gelandet ist. Haben Sie einen Vorschlag, was wir als nächstes tun könnten?«

»Al, ich glaube, es ist noch zu früh, um Sachen in Angriff zu nehmen, die über das einfache Berichten von Tatsachen hinausgehen«, erwiderte Garrison. »Zu Beginn hatten wir es mit einer Neuigkeit zu tun, die ein hohes Schockpotential in sich barg. Wir hatten uns damals darauf geeinigt, die objektive und tatsachengerechte Berichterstattung nicht zu überschreiten. Die Nachricht selbst, ihre einfache Wiedergabe, war beeindruckend genug. Mir schien es wichtig, und ich glaube, so ging es jedem hier, daß wir uns nicht auf eine Art Berichterstattung einließen, die diese Schockwirkung steigern könnte. Und dazu bestand ja auch tatsächlich keine Veranlassung. Jay hat ein paar Hintergrundberichte geschrieben, aber die enthielten auch keinen höheren Anteil an Spekulation als die Beiträge, die vor dem Auftauchen der Besucher veröffentlicht worden waren. Seine Artikel beabsichtigten nichts anderes, als die Leser so schonend wie möglich darauf vorzubereiten, welche möglichen Folgen die Angelegenheit haben könnte. Davon abgesehen haben wir uns strikt an das Berichten von Fakten gehalten.«

»Aber jetzt«, warf Lathrop ein, »hat sich die Öffentlichkeit im großen und ganzen mit der Situation abgefunden. Vielen wird sie unangenehm sein, und sie können die neue Lage nur schwer akzeptieren. Aber jeder hat inzwischen begriffen, daß die Besucher nun einmal hier sind und möglicherweise eine Weile bleiben werden. Meiner Ansicht nach ist jetzt der Zeitpunkt gekommen, sich verstärkt der Hintergrundarbeit zu widmen, mögliche Konsequenzen ein bißchen genauer zu untersuchen...«

»Damit unsere Leser etwas haben, worüber sie nachdenken können«, sagte Garrison.

»Genau, darum geht es mir. Ein paar Fragen aufwerfen, über die sie nachsinnen sollten.«

»Al, was Sie da sagen, ist völlig logisch«, sagte Garrison, »und die Zeit dafür wird auch kommen, aber ich bin nach wie vor der Ansicht, daß es dazu noch zu früh ist. Diese Art Journalismus sollte man nur in Angriff nehmen, wenn man alles sorgfältig überdacht hat. Wir wollen doch keine halben Sachen machen. Wir müssen erst Informationen sammeln oder zumindest Hinweise auf Informationen, bevor wir uns daranmachen können, Artikel dieser Art zu schreiben. Ich gebe zu, hierfür brauchen die Informationen nicht genauso handfest zu sein wie für die Tatsachenberichterstattung, aber Substanz müssen sie schon haben. Anderenfalls könnten wir ganz schön danebentreffen. Wir könnten uns mächtig blamieren.«

»Ich habe nicht gemeint, wir sollten uns sofort auf den Hintergrundjournalismus stürzen. Ich erwarte nicht, daß wir jetzt zur Tür hinausgehen und uns hinsetzen, um Grübelstückchen zu schreiben. Aber wir sollten darüber nachdenken, sollten uns darüber einigen, welche Art Artikel geschrieben werden sollen. In der Nachrichtenabteilung sitzen eine Menge Leute, die viel Zeit damit verbracht haben, die Besucher zu beobachten und über sie zu schreiben. Irgendeine Übereinstimmung müßte sich doch in ihren Gehirnen finden lassen. Kathy, Sie und Jay haben sich von unseren Mitarbeitern doch am meisten mit der Sache beschäftigt. Haben Sie sich eine Meinung zu der Situation gemacht. Zunächst möchte ich Sie fragen, Kathy, was halten Sie von den Besuchern?«

»Ich mag sie«, antwortete Kathy.

»Nun«, sagte Lathrop, »das hatte ich, offen gestanden, nicht erwartet. Aber fahren Sie nun fort und erzählen Sie uns, was Sie an ihnen so mögen.«

»Zunächst einmal haben sie uns nicht angerempelt. Sie waren hin und wieder lästig, aber sie haben uns nichts zuleide getan.«

»In Lone Pine wurde ein Mann getötet.«

»Aber der Mann war der Aggressor. Er hat auf den Besucher gefeuert. Seitdem ist niemand mehr verletzt worden. Die Besucher haben sich als anständige Leute erwiesen.«

»Leute, Kathy?«

»Ja sicher, sie sind Leute. Anders als wir natürlich, aber Leute sind es

auch. Sie sind intelligent; ich nehme sogar an, daß sie ein ethisches Empfinden haben.«
»Das mag alles stimmen«, unterbrach sie Jay, »aber ich habe den Eindruck, sie sind ganz schön arrogant. Sie beachten uns gar nicht. Sie ignorieren uns einfach, als wären sie der festen Überzeugung, daß es sich nicht lohne, uns zu beachten. Zeitweilig schienen sie uns gar nicht wahrzunehmen.«
Kathy wollte zum Sprechen ansetzen, konnte sich aber gerade noch rechtzeitig zurückhalten. Wenn sie es ihnen nur erzählen könnte, dachte sie, aber sie konnte es nicht. Nicht das von Jerry, und nicht das von dem Händedruck, wobei Händedruck das Erlebnis nur unzureichend wiedergab. Es war viel mehr gewesen als ein Händedruck; es war persönlicher und einfühlsamer gewesen, als es ein simpler Händedruck sein konnte.
»Wollten Sie etwas sagen?« fragte Lathrop.
Kathy schüttelte den Kopf. »Ich betrachte sie eben als Leute. Ich wünschte, ich könnte einen Grund dafür nennen, aber es gelingt mir nicht, meine Gefühle in Worte zu fassen.«
»Über eine Sache habe ich mir schon den Kopf zerbrochen«, sagte Jay. »Diese Dinger müssen tief aus dem Weltraum kommen. Es scheint inzwischen ziemlich sicher zu sein, daß sie Bäume fressen, um ihre Jungen mit Zellulose versorgen zu können. Vielleicht benutzen sie auch einen Teil der Zellulose als Nahrung für sich selbst. Das wissen wir noch nicht. Ich will nur sagen, vermutlich stammen sie nicht aus unserem Sonnensystem. Auf keinem anderen Planeten unseres Systems gibt es Bäume oder etwas anderes, das Zellulose enthält. Das bedeutet, sie müssen aus einem anderen Sonnensystem kommen, vermutlich von einem Planeten, auf dem es Zellulose gibt. Wenn das der Fall ist, dann müssen sie schon einige Lichtjahre im All zurückgelegt haben, vermutlich ganz schön viele Lichtjahre, denn man kann wohl davon ausgehen, daß nicht jedes Sonnensystem einen Planeten besitzt, der sie mit der nötigen Zellulose versorgen könnte. Ein solcher Planet könnte vielleicht, wenn man einmal von den diversen Unterschieden absieht, entfernte Ähnlichkeit mit unserer Erde haben und...«
»Jay«, rief Garrison, »worauf, zum Teufel, wollen Sie eigentlich hinaus?«
»Es gibt eine Menge Gesichtspunkte«, sagte Jay, »aber der springende Punkt ist, ihre Reise muß sehr viel Zeit gekostet haben. Die Physiker behaupten, daß sich nichts schneller als das Licht bewegen kann; wahrscheinlich kann die Lichtgeschwindigkeit sogar nur annähernd

erreicht werden. Das könnte bedeuten, unsere Besucher waren viele tausend Jahre unterwegs, bevor sie die Erde erreichten.«

»Sie müssen verzweifelt gewesen sein, daß sie zu einer solchen Reise aufgebrochen sind«, sagte Kathy. »Irgend etwas muß passiert sein, das sie fortgetrieben hat, hinaus ins All, um einen anderen Planeten zu suchen. Sie hatten keine Ahnung, wo oder ob sie überhaupt einen finden würden. Aber sie brauchten Zellulose, um ihre Babys zu ernähren. Ohne Zellulose konnten sie keine Jungen haben. Sie sahen dem Untergang ihrer Rasse entgegen.«

»Sie setzen sich ja mächtig für diese Wesen ein«, sagte Lathrop zu Kathy.

»Sie könnte durchaus recht haben«, warf Jay ein. »Ich kann mir vorstellen, daß es sich tatsächlich so abgespielt hat, wie Kathy es beschreibt. Die Besucher mußten gewiß eine Reihe von Sonnensystemen abklappern, bis sie eines gefunden hatten, das ihren Bedürfnissen entsprach. Allerdings würde das auch bedeuten, daß es sich bei den Besuchern um eine extrem langlebige Rasse handelt.«

»Bei unserem Gespräch geht es um Hintergrundartikel«, erläuterte Garrison Lathrop. »Kathy und Jay haben Ihnen einen hypothetischen Rahmen geschildert, den sie in einer Folge von Artikeln ausführlicher beschreiben wollen. Was meinen Sie, sollen sie an dem Stoff arbeiten?«

Lathrop zuckte mit den Schultern. »Ich bin dagegen. Das Ganze ist mir zu theoretisch, es fehlt eine solide Basis. Ich fürchte, man wird die Artikel als Sensationsjournalismus abtun.«

»Das ist richtig«, stimmte Garrison zu, »und die gleichen Einwände kann man gegen fast alles vorbringen, was zu diesem Thema geschrieben wird. Wir können eben nur von Vermutungen ausgehen. Wir haben keine Tatsachen, auf die wir die Hintergrundartikel stützen könnten. Am besten bleiben wir also bei dem, was man tatsächlich beobachten kann. Wenn wir uns aufs Theoretisieren verlegen, werden wir niemals den Bereich der Spekulation verlassen können. Wie können wir behaupten, wir wüßten, was die Besucher vorhaben, wo uns diese Lebensform doch so fremd ist, daß uns jedes Verständnis für sie fehlt? Kathy nimmt an, die Kreaturen mußten einen Platz zur Geburt und Aufzucht ihrer Jungen finden. Das klingt sinnvoll, aber nur für unser Weltverständnis, ob es für die Besucher den gleichen Sinn ergibt, wissen wir nicht. Möglicherweise haben wir ein paar Vorstellungen gemein, ihre Intelligenz aber, ihr Aussehen und ihr Lebensstil – wenn wir es so nennen wollen – sind uns zum größten Teil völlig unverständlich.«

»Ja, ich glaube, Sie haben recht«, sagte Lathrop. »Ich bin gegen alles, was uns in den Verdacht bringt, wir betrieben Sensationsjournalismus. Ach, übrigens, Matthews von der Nachrichtenabteilung hat mir heute morgen erzählt, in Washington gäbe es Gerüchte, daß man einen Waffentest an einem Besucher durchgeführt hat. Ist über diese Geschichte inzwischen Näheres bekannt?«
Garrison schüttelte den Kopf. »Matthews hat vor einer halben Stunde noch einmal angerufen. Auf der heutigen Pressekonferenz im Weißen Haus hat jemand nach dem Test gefragt, aber Porter, der Pressesprecher, hat bestritten, etwas von einem solchen Unternehmen zu wissen.«
»Kann man sich auf Porters Angaben verlassen?«
»Das ist schwer zu sagen. Bisher schien es so. Der Haken ist nur, zur Zeit geht im Weißen Haus alles drunter und drüber. Porter hat immer darauf bestanden, daß alle Erkenntnisse über die Besucher offen dargelegt werden, aber eine starke Fraktion im Präsidentenstab möchte am liebsten alle Schotten dichtmachen. Wenn es tatsächlich einen Waffentest gegeben hat, dann war das gewiß ein militärisches Unternehmen und unterliegt als solches einer strengen Geheimhaltung. Dann sind Porter die Hände gebunden.«
»Gibt es sonst etwas Neues?«
»Nicht viel, natürlich laufen ständig allerlei Neuigkeiten über die Besucher ein. Vor ein paar Tagen ist einer von den schwarzen Kästen über einer Farm im Osten von Iowa aufgetaucht. Er ist auf einem frisch gepflügten Acker niedergegangen und hat dessen gesamte Fläche systematisch überflogen. Seitdem schwebt er über einer Wiese neben dem Acker und hält Wacht. Er vertreibt jeden, der dem Feld zu nahe kommt. Offensichtlich handelt es sich bei dem Besucher um einen alten Freund.«
»Was soll das heißen, ein alter Freund?«
»Auf seiner Seitenwand steht eine große grüne 101.«
Kathy zuckte zusammen. »Das ist doch der Besucher, der als erster bei Lone Pine gelandet ist!« rief sie aus. »Ein Wissenschaftler hat die Zahl daraufgemalt. Sie hat auch die Jungen geworfen.«
»Sie?«
»Nun, sie hat doch Junge gekriegt, oder nicht? Also ist es eine sie. Wieso höre ich erst jetzt von der Sache?«
»Es hat nicht in der Zeitung gestanden«, erklärte Garrison. »Wurde wahrscheinlich von anderen Nachrichten verdrängt. Ich habe die Meldung zufällig vor dem Papierkorb gerettet, sie kommt in die nächste Ausgabe.«

»Wir müssen gerade auf solche Meldungen achtgeben«, sagte Lathrop. »Das ist doch eine gute Story, wir hätten sie gleich bringen müssen.«
»Al, etwas Derartiges kann schon einmal passieren. Es kommt zum Glück nicht oft vor. Ich habe mich gefragt, ob wir Kathy nicht nach Iowa schicken sollten, damit sie sich vor Ort umsehen kann. Vielleicht erinnert sich der Besucher an sie!«
»Das ist doch albern«, brummte Lathrop. »Bisher hat kein einziger Besucher irgendeinen Menschen beachtet.«
»Woher wollen wir das wissen?« fragte Garrison. »Sicher, bis jetzt hat kein Besucher einem Menschen guten Tag gesagt, aber das muß nicht bedeuten, daß sie die Menschen nicht bemerken. Kathy war mehrere Tage in Lone Pine und...«
»Was hätten wir schon davon, wenn die gute 101 sich an sie erinnert. Man kann diese Wesen sowieso nicht interviewen. Es gibt überhaupt keine Möglichkeit, Informationen von ihnen zu bekommen.«
»Das ist mir alles bekannt«, erwiderte der Lokalchef. »Ich hatte nur so eine Ahnung. Ich glaube, es wäre keine schlechte Idee.«
»Meinetwegen, Sie leiten die Lokalredaktion. Wenn Sie eine Ahnung haben...«
Die Tür flog auf, und Jim Gold stürzte ins Zimmer.
»Johnny!« rief er, »Frank Norton aus Lone Pine ist am Telefon. Stiffy Grant hat soeben einen Toten gefunden.«
»Einen toten was?«
»Einen toten Besucher«, antwortete Gold.

## 32. WASHINGTON, D.C.

Porter hob den Hörer ab. »Dave«, sagte der Präsident, »kannst du schnell rüberkommen? Ich habe hier etwas, das du dir unbedingt anhören mußt.«
»Sofort, Mr. President«, erwiderte Porter.
Er legte den Hörer in die Gabel zurück und stand von seinem Stuhl auf. Marcia Langley, seine Sekretärin, schaute fragend von ihrem Schreibtisch in der Zimmerecke herüber.
»Ich weiß nicht, was los ist«, sagte Porter. »Wahrscheinlich gibt's wieder Ärger.«
Im Vorzimmer des Präsidenten deutete er mit dem Daumen auf die

Verbindungstür zum Nachbarraum und fragte: »Ist jemand bei ihm?«

»General Whiteside«, antwortete Grace.

»Nur Whiteside?«

»Nur Whiteside. Er ist vor ein paar Minuten hineingegangen.«

Porter klopfte an die Tür und öffnete sie. Der Präsident kauerte auf einer Ecke seines Schreibtisches, Whiteside saß in einem Sessel an der Wand.

»Kommen Sie herein, Dave«, sagte der Präsident. »Nehmen Sie sich einen Stuhl. Der General will uns etwas Interessantes erzählen.«

»Vielen Dank, Sir«, sagte Porter.

Der Präsident trat hinter seinen Schreibtisch, setzte sich und sah die beiden Männer an.

»Ich hörte, die Presse hat Ihnen heute nachmittag das Leben schwergemacht?«

»Sie wollten etwas über einen Waffentest wissen. Ich konnte ihnen nur antworten, daß mir von einem solchen Test nichts bekannt ist.«

Der Präsident nickte. »Gut so. Ist Ihnen diese kleine Lüge schwergefallen?«

»Sir«, entgegnete Porter, »über die meisten Dinge kann man sprechen und sollte es auch tun. Was nun den Test betrifft, bin ich davon ausgegangen, daß er vertraulich behandelt werden sollte, falls es sich nicht ohnehin um eine Geheimsache handelt.«

»Das freut mich außerordentlich«, versetzte Whiteside.

»Soll ich diese Bemerkung so deuten, daß es noch lange dauern kann, bis wir uns zu dem Test äußern werden?«

»Deshalb habe ich Sie hergerufen«, erklärte der Präsident. »Ich achte Sie und Ihren Standpunkt, und darum möchte ich nicht, daß Sie in einem Vakuum arbeiten müssen. Wenn Sie sich Henrys Bericht angehört haben, werden Sie mit mir einer Meinung sein: Die Sache muß einstweilen geheim bleiben.«

Er nickte Whiteside zu. »Wenn Sie uns die Ergebnisse noch einmal kurz schildern möchten, Henry.«

Der General rückte in seinem Sessel zurecht. »Ich glaube, die allgemeinen Bedingungen sind Ihnen bekannt. Wir haben eine 30er Flinte auf ein Dreibein gestellt und einen Film von der Flugbahn des Geschosses gemacht, Tausende von Bildern in der Sekunde.«

Der Präsident nickte. »Ja, das ist bekannt.«

»Es war unglaublich«, sagte Whiteside unvermittelt.

»Okay, Henry, schildern Sie den Test!«

»Als das Geschoß auf den Besucher auftraf, wölbte sich dessen Haut nach innen. Die Kugel hat die Haut nicht durchschlagen. Eigentlich hat sie nur ein Grübchen verursacht, so als ob man mit der Faust in ein Kissen boxt. Dann sprang, fast augenblicklich, die Haut in ihre normale Stellung zurück, und ein Energiestrahl schoß aus dem Kasten. Er erfaßte das Gewehr und brachte es zum Schmelzen. Das Projektil wurde übrigens nicht zurückgeschleudert, jedenfalls nicht die ganze Strecke, sondern nur ein paar Meter. Wir haben es später auf dem Boden gefunden.«

Der General unterbrach seinen Bericht, um vernehmlich Luft zu schöpfen.

»Unsere Leute, also, unsere Wissenschaftler haben erklärt«, fuhr er fort, »daß der Besucher die kinetische Energie des Geschosses in potentielle Energie umgewandelt hat. So erhielt er eine Energieform, die er für seine Zwecke verwenden konnte. Ganz sicher ist es nicht, aber es deutet vieles darauf hin, daß der Besucher die potentielle Energie absorbiert und analysiert hat, um sie dann in einen mächtigen, reinen Energieimpuls zu verwandeln, mit dem er das Gewehr zerstört hat. Er hat die Waffe sehr genau getroffen. Auch dafür haben die Wissenschaftler eine Erklärung: Sie sagen, die Delle in der Haut des Besuchers war eine symmetrische, parabole Einbuchtung, und die Achse dieser Einbuchtung war mit der Flugbahn des Projektils identisch. Die Delle hat sich sofort wieder geglättet, aber ihre Form war so exakt, daß sie die Energie in einer neuen, verwandelten Erscheinungsform genau zu ihrer Quelle zurückschleudern konnte. Die Wissenschaftler sprachen von einem Wellenstoß oder einer reflektierten Welle, aber an diesem Punkt konnte ich ihnen nicht mehr folgen. Eines jedenfalls ist klar, der Besucher hat die Energie des Geschosses, oder eine ähnliche Kraft, genau auf das Gewehr zurückgeworfen. Selbst wenn das Geschoß in einem Bogen geflogen wäre, wie zum Beispiel eine Mörsergranate, wäre der Energiestoß genau der Flugbahn des Projektils gefolgt.«

Er hielt inne, sog die Luft zwischen den Zähnen ein und ließ seinen Blick auf den beiden Männern ruhen.

»Begreifen Sie, was das bedeutet?« fragte er schließlich.

»Ein perfektes Verteidigungssystem«, erwiderte der Präsident. »Du wirfst genau das auf deinen Gegner zurück, was er zuvor auf dich geschleudert hat.«

Whiteside nickte. »Nicht genau dasselbe«, sagte er dann, »eine veränderte Energieform; das behaupten zumindest die Leute im Labor. Ob es ein Hitzestrahl ist, wissen wir noch nicht, es kann sich auch um Gammastrahlen handeln. Der Besucher kann kinetische Energie in

potentielle Energie umwandeln. Damit hat er dann eine große Auswahl, er kann alle möglichen Energieformen wählen.«
»Wie viele Menschen, außer uns dreien, wissen von der Sache?« fragte der Präsident.
»Eine ganze Menge Leute haben das Experiment beobachtet. Techniker, Soldaten, und so weiter. Von der Auswertung, so wie ich sie eben geschildert habe, wissen außer uns nur drei Männer.«
»Kann man ihnen vertrauen?«
»Ja, sie werden kein Wort sagen.«
»Aus Sicherheitsgründen werden wir dabei bleiben müssen, daß es nie einen Waffentest gegeben hat«, sagte der Präsident. »Wären Sie damit einverstanden, Dave? Ich kenne Ihre Gefühle...«
»Natürlich geht mir das gegen den Strich«, erwiderte Porter, »aber ich sehe ein, es geht nicht anders. Es wird nicht leicht sein, die Sache geheimzuhalten. Die Techniker und auch die Soldaten werden irgendwann zu reden beginnen. Gibt es denn keinen anderen Weg? Können wir nicht zugeben, daß es einen Test gegeben hat, aber behaupten, die Ergebnisse wären unklar, wir hätten widersprüchliche Daten bekommen?«
»Ich kann nur raten, die Schotten dichtzumachen«, erklärte Whiteside. »Das ist die einzig sichere Methode.«
»Dave«, begann der Präsident, »ich habe Sie bisher noch nie gebeten, Informationen zurückzuhalten. Diesmal bitte ich Sie darum. Ich weiß, da war diese Angelegenheit mit dem Schwarm. Ich sehe jetzt ein, ich habe einen Fehler gemacht, als ich nicht offiziell verkünden ließ, daß er sich auflöste. Ich habe Sie hinters Licht geführt, indem ich der NASA-Presseabteilung die Meldung überließ. Doch diesmal liegt der Fall anders.«
»Vielleicht sind wir auf etwas gestoßen, das uns einen Vorsprung vor dem Russen geben wird«, sagte Whiteside dazwischen. »Wir müssen nur noch herausfinden, wie der Besucher es gemacht hat.«
»Wenn wir Dr. Allen zu Rate zögen...«
»Mr. President«, protestierte Whiteside, »tun Sie das nicht! Möglicherweise könnte er uns eine Antwort liefern, aber dann müßten wir ihn zuvor einweihen. Meiner Meinung nach sollte er nichts von der Sache erfahren. Sechs Leute wissen bisher davon, und diese Zahl ist schon zu hoch. Aber das war nun einmal nicht zu ändern. Wir wollen es bei diesen sechs belassen. Allen ist ein nachgiebiger Mensch, leicht zu beeinflussen und geschwätzig. Er ist geradezu besessen von der Idee, daß alle wissenschaftliche Erkenntnis Allgemeingut sei. Seine Leute arbeiten ohne jede Geheimhaltung, und...«

»Sie brauchen den Punkt nicht weiter zu erläutern«, unterbrach ihn der Präsident. »Sie haben völlig recht. Dr. Allen wird nichts erfahren.«

»Meine Leute nehmen übrigens an, daß sich die Abwehrkraft des Besuchers zwangsläufig aus seiner inneren Struktur ergibt«, sagte der General. »Sie sind der Meinung, daß die Besucher Energie aus jeder vorhandenen Quelle gewinnen können. Draußen im Raum haben sie die Energie der verschiedenen Strahlen und Materiepartikel absorbiert, vielleicht auch die Energie größerer Materieansammlungen, mit denen sie kollidiert sind. In einem solchen Fall verwandeln sie die kinetische Energie des Materiebrockens in potentielle Energie, davon nehmen sie so viel auf, wie sie brauchen können, und den Teil, den sie nicht benötigen, scheiden sie wieder aus. Ihre Fähigkeit entspräche also in etwa einem Sicherheitsventil, das bei Energieüberschuß in Tätigkeit tritt.«

»Sie haben das Kaliber 0,30 benutzt«, sagte der Präsident. »Haben Ihre Leute eine Vorstellung davon entwickelt, bis zu welchem Kaliber der Besucher unbeschädigt bleibt?«

»Ich nehme an, eine A-Bombe würde ihm den Garaus machen«, antwortete der General, »aber es ist ebenfalls anzunehmen, daß alles, was kleiner als eine Atombombe ist, bei den Besuchern keine Wirkung zeigt. Die Gewehrkugel hat ein kleines, flaches Grübchen verursacht. Würde man ein schwereres Geschoß verwenden, würde die Einbuchtung vermutlich größer und tiefer sein. Aber diese Annahmen gehören ins Reich der Spekulation. Der Besucher, an dem wir den Test vornahmen, schien den Vorgang gar nicht zu bemerken. Als ihn die Kugel traf, hat er nicht einmal gezuckt. Vor dem Test schwebte der Besucher tatenlos und völlig unbeweglich über dem Boden, und das tat er auch nach Beendigung des Experiments. Ich würde gern einmal ein schwereres Kaliber ausprobieren, eine Reihe von Tests durchführen, die sich allmählich steigern.«

»Das dürfen Sie nicht tun!« warnte Porter. »Dann wäre es mit der Geheimhaltung vorbei. Vielleicht gelingt es uns mit Mühe und Not, diesen einen Test zu verheimlichen. Aber wenn Sie weitere anstellen, haben wir keine Chance mehr.«

»So ist es«, stimmte der Präsident zu. »Im Augenblick müssen wir uns mit dem begnügen, was wir haben. Nun müssen wir herausfinden, was diese Besucher eigentlich sind. Wie sind sie strukturiert, wie funktionieren sie, falls man das so ausdrücken kann. Hoffentlich findet Dr. Allen bald etwas heraus, das uns weiterhilft.«

»Er hat einfach nichts, woran er arbeiten kann«, gab Porter zu beden-

ken. »Sein Team ist ausschließlich auf Beobachtungen und Augenzeugenberichte angewiesen.«
Das Kästchen auf dem Präsidententisch summte. Stirnrunzelnd beugte der Präsident sich vor und drückte einen Knopf rein.
»Grace, ich sagte Ihnen doch ausdrücklich...«
»Es tut mir sehr leid, Sir. Aber ich dachte, Sie müßten es unbedingt erfahren. Dr. Allen ist hier. Er sagt, er muß Sie sofort sprechen. Offenbar hat jemand in Minnesota einen toten Besucher gefunden.«

## 33. MINNEAPOLIS

Das Zimmer bedrängte ihn, und das war merkwürdig, denn er hatte sich in diesem Raum noch nie eingeengt gefühlt. Zum erstenmal, seit er ihn bezogen hatte – das war jetzt zwei Jahre her –, wurde ihm bewußt, wie klein, wie öde und armselig das Zimmer war. Er sah den Schmutz auf den Scheiben und die Wasserflecken auf den Wänden.
Er schob die Blätter auf dem Tisch zur Seite und stand auf. Vom Fenster aus sah er den Kindern zu, die eines dieser unsinnigen, geräuschvollen Laufspiele spielten, deren innere Gesetzmäßigkeiten nur ihnen selbst bekannt waren. Eine alte Frau schleppte schwer an einer Einkaufstüte, sie humpelte über den schadhaften Bürgersteig. Ein Hund kauerte dösend neben einem verfallenen Schuppen. Daneben stand ein altes Autowrack und ließ mißmutig die verbeulten Kotflügel hängen.
Was, zum Teufel, ist nur mit dir los, Jerry Conklin, fragte er sich, und noch während er sich die Frage stellte, wußte er bereits die Antwort.
Es lag alles an diesen Besuchern. Seit es geschehen war, war ihm die Sache nicht mehr aus dem Sinn gegangen. Seit damals war er nicht mehr derselbe. Die Sorge ließ ihn an seinen Aufgaben als Student zweifeln, sie plagte ihn fast in jeder wachen Minute. Sie ließ ihn nicht los. Er kam nicht mehr zur Arbeit an seiner Dissertation, dabei war die Dissertation so wichtig. Er mußte sie einfach beenden.
Wäre es vielleicht doch besser gewesen, wenn er seine Geschichte gleich den zuständigen Stellen erzählt hätte? Er wäre sie losgewesen und hätte sich endlich wieder seiner Arbeit widmen können. Doch aus irgendeinem Grund hatte er sie nicht erzählt. Zu sich selbst hatte er gesagt, daß er sich vor dem Gelächter und der Verachtung schützen wollte, die ihm die Geschichte unweigerlich eingetragen hätte, aber

war das tatsächlich der ganze Grund? Das mußte er wohl sein, denn Jerry konnte sich nicht vorstellen, was ihn sonst davon abgehalten hatte. Von Barr hatte er sich Unterstützung erhofft, wenn er Barr die Sache anvertraute, aber er hatte sich geirrt. Der Exobiologe hatte ihn angehört, ohne ihn auszulachen, aber eine Hilfe war er nicht gewesen. Auch hatte der Akt des Erzählens selbst nicht die erhoffte, reinigende Wirkung einer Beichte gehabt.

Und jetzt, jetzt konnte er es einfach nicht mehr erzählen. Wenn er nach so langer Zeit mit seiner Geschichte herausrückte, dann würde er sich nur in die Schar der Spinner einreihen, die jeden Tag behaupteten, von einem Besucher aufgelesen worden zu sein. Wenn er jetzt sein Abenteuer erzählte, würde man ihn mit all diesen mondsüchtigen Aufschneidern in einen Topf werfen. Es wäre vorher schon schwierig gewesen, jemandem von dem Erlebnis zu berichten, nun war es ganz unmöglich geworden.

Dabei stand zu befürchten, daß die Angelegenheit für ihn noch längst nicht erledigt war. Irgendwann würde jemand durch das Nummernschild seines zerdrückten Wagens seinen Namen herausbekommen. Vielleicht waren sie ihm schon in diesem Augenblick auf der Spur. Er hatte wegen des Wagens nichts unternommen; das war vermutlich falsch gewesen. Aber was hätte er denn tun sollen? Er hätte der Versicherung melden müssen, daß der Wagen einen Totalschaden hatte, aber was hätte er den Leuten erzählen sollen? Einmal hatte er daran gedacht, den Wagen als gestohlen zu melden, doch diesen Gedanken hatte er wieder verworfen. Wahrscheinlich hätte ihm die Diebstahlsanzeige nur Ärger eingetragen.

Er ging vom Fenster an den Tisch zurück, setzte sich und zog seine Aufzeichnungen heran. Besucher hin, Besucher her, dachte er, ich muß mit meiner Arbeit weitermachen. Kathy wollte ihn um sechs Uhr zum Essen abholen, die Zeit bis dahin mußte er nutzen.

Kathy, dachte er. Was hätte er ohne sie nur angefangen? Sie gab ihm Kraft und Stärke, ihre liebevolle Fürsorge hatte ihm über die letzten Tage hinweggeholfen.

Das Telefon läutete, er nahm den Hörer ab.

Kathy sagte: »Jerry, es tut mir schrecklich leid, aber wir können uns heute abend nicht treffen. Ich verlasse die Stadt, ich muß noch einmal nach Lone Pine.«

»Oh, verdammt!« seufzte Jerry. »Ich habe hier gesessen und die Minuten gezählt, bis wir uns sehen. Was ist denn diesmal dazwischengekommen?«

»Man hat dort oben einen toten Besucher gefunden. Washington

wird bald seine Wissenschaftler losschicken. Natürlich muß von der Zeitung auch jemand dasein, und Johnny hat mich ausgesucht.«
»Ein toter Besucher! Was ist denn geschehen?«
»Das weiß keiner. Er wurde tot aufgefunden. Stiffy Grant hat ihn entdeckt. Du erinnerst dich doch an Stiffy? Ich habe ihn dir vorgestellt.«
»Ja, ich erinnere mich. Woher konnte dieser Stiffy denn überhaupt wissen, daß der Besucher tot ist?«
»Er war kalt«, antwortete sie. »Nicht so warm wie sonst, sondern eiskalt. Außerdem schwebte er nicht, er lag direkt auf dem Boden.«
»Und jetzt werden sie ihn sezieren, um festzustellen, wie er funktioniert?«
»Das nehme ich an«, sagte Kathy.
»Für mich ist es eine schauerliche Vorstellung.«
»Für mich auch, aber es ist nur logisch.«
»Wann wirst du wieder hiersein?«
»Das weiß ich noch nicht genau, in ein, zwei Tagen. Ich werde dich dann anrufen.«
»Ich habe mich so sehr auf heute abend gefreut.«
»Ich auch, Jerry. Es tut mir wirklich sehr leid, ich bin schrecklich traurig.«
»Tja, du mußt eben deine Arbeit tun, ich schließlich auch: meine Dissertation. Ich werde mich jetzt darauf stürzen.«
»Ach, Jerry, es gibt noch eine Neuigkeit. Man hat die alte 101 gefunden.«
»Die 101?«
»Ja. Erinnerst du dich nicht mehr an sie? Ich habe dir doch erzählt, daß die Leute aus Washington eine große grüne 101 auf den allerersten Besucher gemalt haben.«
»Ja, stimmt. Man hat ihn also wiedergefunden. Wo ist er?«
»Auf einer Farm in der Nähe von Davis Corners, einem kleinen Flekken in Iowa. Der Farmer behauptet, der Besucher hätte etwas auf seinem Acker gepflanzt und würde ihn nun bewachen. Wenn sich jemand dem Feld nähert, wird er von 101 vertrieben.«
»Was könnte der Besucher denn gepflanzt haben?«
»Möglicherweise gar nichts. Der Farmer behauptet nur, daß es so ist. Johnny wollte mich eigentlich dorthin schicken, aber dann ist diese Sache in Lone Pine dazwischengekommen.«
»Warum wollte er dich nach Iowa schicken? Was hat er sich davon versprochen?«
»Das war nur eine von Johnnys berühmten Ahnungen. Er arbeitet

ganz aus der Intuition, so leitet er die Lokalredaktion. Manchmal zahlen sich seine Ahnungen aus, manchmal auch nicht. So, nun muß ich aber los. Das Flugzeug wartet bereits, und Chet steht neben mir und tritt von einem Fuß auf den anderen.«

»Du wirst mir fehlen, Kathy.«

»Du mir auch. Sieh zu, daß du viel arbeitest, während ich fort bin.«

»Ich werde es versuchen. Vielen Dank für deinen Anruf, Kathy.«

Er legte auf und lehnte sich in seinem Stuhl zurück. Wieder wollte ihn das Zimmer erdrücken. Er betrachtete die blinden Fenster und die fleckigen Wände.

Die alte 101, dachte er. Irgendwo in Iowa bewacht sie einen Acker. Warum gerade in Iowa? In Iowa gibt es überhaupt keine Bäume, oder höchstens ein paar. Mit den Bäumen in Minnesota überhaupt nicht zu vergleichen! Der Farmer glaubt also, der Besucher hätte etwas gepflanzt? Und was könnte das sein? Jerry schüttelte verwirrt den Kopf. Bestimmt hatte sich der Farmer geirrt.

Jerry stand auf und begann im Zimmer auf und ab zu gehen. Mit einer Klarheit, die ihn erschreckte, erinnerte er sich an die wenigen Stunden (oder Minuten?), die er in dem Ding namens 101 verbracht hatte. Wieder sah er die leuchtenden Scheiben, das bleiche, bläuliche Licht, das seltsame Flackern. Da war etwas gewesen, dachte Jerry, das er hätte verstehen müssen. Ein paar Dinge, die er durchschaut hätte, wenn er nur etwas länger geblieben wäre.

Wenn er etwas länger hätte bleiben können, wenn er noch einmal mit dem Wesen gesprochen hätte – Jerry unterbrach ärgerlich seine Gedankenkette und schimpfte sich einen Narren. Denn er hatte nie mit dem Wesen geredet, nie wirklich mit ihm gesprochen. Er hatte nichts weiter getan, als ein paar flüchtige Eindrücke zu sammeln, ein Gefühl von zu Hause und von Bäumen. Und diese Eindrücke mochten noch nicht einmal von 101 kommen, dachte er bitter, vielleicht entsprangen sie nur Verirrungen seines Geistes.

Er ging zum Tisch zurück, ließ sich auf den Stuhl fallen und nahm Papier und Kugelschreiber wieder auf. Doch er konnte nicht arbeiten. Seine Aufzeichnungen bestanden nicht aus lesbarer Schrift, sondern aus verschwommenen, sinnlosen Zeichen. Er starrte auf das Gekritzel, versuchte, einen Sinn darin zu entdecken, und wurde wütend, als es ihm nicht gelang.

Vielleicht finde ich dort die Antwort, dachte er, auf dieser Farm in Iowa. Aber das ist doch der nackte Wahnsinn, sagte er sich. Wenn er tatsächlich auf diese Farm nach Iowa ginge, dann würde ihn 101 genauso vertreiben, wie sie den Farmer vertrieben hatte. Jerry begriff,

daß ihm seine Phantasie einen Streich gespielt hatte, doch diese Erkenntnis nutzte ihm nichts. Der Wunsch war immer noch da, stärker als zuvor: Er mußte nach Iowa. Was er allerdings dort tun sollte, davon hatte er keine Vorstellung.
Wieder sprang er von seinem Tisch auf und wanderte im Zimmer auf und ab, kämpfte mit sich selbst. Er war von einer Idee besessen, es gab kein Entrinnen. Er brauchte eine Antwort, und dort in Iowa würde er vielleicht diese Antwort finden. Es war die einzige Möglichkeit, die er noch hatte. Auch wenn nichts dabei herauskam, er durfte die Gelegenheit nicht ungenutzt lassen. Er mußte seiner Ahnung folgen, auch Johnny Garrison folgte seinen Eingebungen, und gelegentlich zahlte sich das aus. Das hatte Kathy jedenfalls gesagt.
Den ganzen Nachmittag kämpfte Jerry gegen den unheimlichen Drang, aber der Druck ließ nicht nach. Er mußte nach Iowa fahren. Dabei hatte er nicht einmal ein Auto. Charlie würde ihm seinen Wagen leihen. Doch, wenn er ihn darum bäte, würde Charlie ihm seinen Wagen geben.
Ausgelaugt und schwitzend griff Jerry nach dem Telefon und wählte Charlies Nummer.

## 34. LONE PINE

Durch das Fernglas beobachtete Kathy die Menschentraube, die sich auf dem anderen Flußufer um den toten Besucher geschart hatte, doch womit die Männer gerade beschäftigt waren, konnte sie nicht sehen. Es war nur zu erkennen, daß sie (mit Hilfe von Sägen?) Stücke aus dem toten Rumpf herausgeschnitten hatten. Vermutlich hatten sie sich Proben verschafft, die sie in Washington oder anderswo genauer untersuchen wollten. Zur Zeit hantierten einige Männer an großen Geräten, aber aus dieser Entfernung konnte sie nicht feststellen, was sie taten. Bisher hatte Kathy keine Gelegenheit gehabt, einem der Wissenschaftler ihre Fragen zu stellen. Äußerste Geheimhaltung. Die Behelfsbrücke, die die Pioniere über den Fluß gelegt hatten, wurde von Gardisten bewacht. Nationalgarde war auch am Flußufer aufmarschiert, um jeden Neugierigen abzufangen, der sich zu nahe an den Besucher heranwagte.
Die anderen Besucher achteten nicht darauf, was um den Körper ihres toten Gefährten vorging. Sie fällten Bäume und stießen Zellulosebal-

len aus. Einige von ihnen hatten Junge geworfen, und die Kleinen huschten hin und her und knabberten an den Ballen.

Kathy senkte das Glas und legte es in den Schoß.

»Gibt es dort drüben etwas zu sehen?« fragte Norton.

»Ich konnte nichts erkennen«, antwortete Kathy. Sie hielt ihm das Glas hin. »Wollen Sie es einmal versuchen?«

»Selbst wenn ich etwas sähe, würde ich es wahrscheinlich nicht verstehen«, erwiderte Norton. »Ich hatte geglaubt, sie würden den ganzen Besucher wegschaffen. Vielleicht zur Universität nach Minneapolis. Aber wahrscheinlich ist er einfach zu schwer; er wiegt vermutlich ein paar hundert Tonnen.«

»Vielleicht werden sie es später versuchen«, sagte Kathy. »Soviel ich gehört habe, wollten sie sich so schnell wie möglich einige Gewebeproben verschaffen, falls man den Stoff Gewebe nennen kann.«

Norton hob das Fernglas vor die Augen und starrte lange Zeit schweigend zum anderen Flußufer hinüber, dann gab er Kathy das Glas zurück.

»Ich bin noch nie ähnlich scharfen Sicherheitsbestimmungen begegnet«, sagte Kathy. »Ich habe es auch noch nicht erlebt, daß die Burschen so schnell waren. Chet und ich sind ein paar Stunden, nachdem Sie uns angerufen hatten, hier angekommen. Zu diesem Zeitpunkt war bereits alles abgeriegelt. Normalerweise erhalten die Journalisten eine knappe Pressemitteilung, in der die Maßnahmen kurz erläutert werden, aber hier bekommt man gar nichts. Es geht nicht einmal jemand herum und verkündet, daß es keine Informationen gibt. Man hat uns einfach die Tür vor der Nase zugeschlagen.«

»Dann hält Washington die Sache wohl für äußerst wichtig?«

»Klar«, Kathy nickte eifrig. »Außerdem wurden die Burschen auf dem falschen Fuß erwischt; sie mußten blitzschnell handeln. Wer konnte denn damit rechnen, daß ein Besucher stirbt und sie an ihm herumschneiden dürfen. Wenn wir jetzt über die übertriebene Geheimhaltung berichten, wird sich die Regierung beklagen, daß wir die Sache unnötig hochspielen.«

»In ein paar Stunden wird Lone Pine von Journalisten überschwemmt werden«, bemerkte Norton. »Vielleicht findet einer aus der Meute doch etwas heraus.«

»Das habe ich bereits versucht«, versicherte Kathy. »Aber es gibt nicht die geringste Lücke, nur einfältige, stumpfsinnige Gardisten, die niemanden passieren lassen. Die meisten haben nicht einmal mit mir geredet. Selbst die Offiziere nicht. Normalerweise plaudern die Offiziere ein wenig, auch wenn sie es nur tun, um sich wichtig zu machen. Ehrlich gesagt, Frank, ich weiß nicht einmal, warum ich hier bin. Ich hätte geradesogut in der Redaktion bleiben können. Hier kann ich überhaupt nichts ausrichten. Ich weiß gar nicht, was ich Johnny sagen soll, wenn ich ihn nachher anrufe. Wahrscheinlich hätte jemand anderes bessere Arbeit geleistet, Jay...«

»Ich wüßte nicht, wie er es hätte schaffen sollen. Wie du schon sagtest, hier ist niemand, mit dem man sprechen kann.«

»Am meisten macht mir zu schaffen, daß es nicht einmal Gerüchte gibt. Wenn eine Sache so geheim ist wie diese hier, beginnen sofort die Gerüchte zu blühen. Irgend jemand hat irgend etwas gehört, und er schmückt es ein wenig aus. Hier gibt es nicht einmal das. Stiffy weiß nicht mehr als ich. Man sollte doch erwarten, daß Stiffy inzwischen etwas erfahren hat, das er ausbaut und weitererzählt. Mit Sally ist es das gleiche. Wenn sie etwas gehört hätte, hätte sie es mir gewiß erzählt.«

»Du mußt einfach ausharren«, riet Norton. »Wenn du lange genug wartest...«

»Jerry und ich wollten heute abend essen gehen«, seufzte Kathy. »Wir hatten uns beide sehr darauf gefreut. Es ist schon lange her, seit wir das letztemal richtig ausgegangen sind und nicht nur hastig einen Hamburger runtergewürgt haben. Bei Jerry ist eben Schmalhans Küchenmeister. Seit sechs Jahren studiert er nun und lebt von der Hand in den Mund. Was er zum Leben braucht, verdient er sich durch Gelegenheitsarbeiten. Er lebt in einem winzigen Loch. Ich fände es gut, wenn wir heirateten, aber Jerry will nichts davon hören. Er will sich von einer Frau nicht unterstützen lassen. Das ist sein Männerstolz, und ich habe Verständnis dafür, aber er tut mir leid. Er wäre stinksauer, wenn er wüßte, daß er mir leid tut. Ich darf es ihm nicht zeigen. Wir hätten zusammenziehen können, vielleicht kämen wir dann besser miteinander aus, aber wir wollten es beide nicht. Eigentlich ist nichts dagegen zu sagen, viele Unverheiratete wohnen zusammen, aber wir schreckten davor zurück. Es erschien uns irgendwie zu billig, und so sind wir...«

»Es wird ja nicht immer so bleiben«, tröstete sie Norton. »Bald wird Jerry seinen Doktor haben, dann wird er eine Stelle finden...«

»Ich weiß gar nicht, warum ich Ihnen dies alles erzählt habe«, sagte Kathy plötzlich. »Ich wollte es nicht, aber es mußte heraus. Frank, warum habe ich es erzählt?«

»Das weiß ich nicht, aber ich hoffe, es hilft Ihnen.«

Dann saßen sie eine Zeitlang schweigend nebeneinander und starrten in den herbstlichen Nachmittagshimmel.

Endlich sagte Norton: »In ein oder zwei Tagen, noch vor dem Wochenende, werde ich ein paar Tage Ferien machen. Das tue ich in jedem Herbst. Gewöhnlich früher im Jahr als diesmal. Die Besucher haben mich aufgehalten. Ich fahre hinauf in die Wildnis, mit einem Kanu auf dem Dachgepäckträger. Ich stelle den Wagen bei einem kleinen Fluß ab und werde mit dem Kanu weiterfahren. So sage ich dem Herbstwald Lebewohl, gerade in den Tagen, bevor der Winter kommt. Ich paddle den Fluß entlang und sehe mir die Gegend an. Nichts treibt mich, und ich lasse mir Zeit. Manchmal angle ich ein wenig, aber meistens sehe ich mir nur die Landschaft an.«
»Das hört sich gut an«, sagte Kathy.
»Warum rufen Sie nicht Jerry an und fragen ihn, ob er Lust hat, herzukommen. Sagen Sie Johnny, daß Sie ein paar Tage Urlaub nehmen. Dann könnten Sie beide mich auf dem kleinen Ausflug begleiten. Sie könnten einmal Ihren Schlagzeilen entfliehen und Jerry seinen Seminaren. Es würde uns allen sicher sehr gut tun.«
»Das würde es bestimmt«, erwiderte Kathy. »Aber es geht nicht. Ich habe meinen ganzen Urlaub im Juni aufgebraucht, und Jerry arbeitet an seiner Doktorarbeit.«
»Das tut mir leid«, sagte Norton. »Ich hätte Sie so gern bei mir gehabt.«
»Mir tut es auch leid«, entgegnete Kathy. »Vielen Dank für die freundliche Einladung.«

## 35. WASHINGTON, D.C.

Der Präsident betrat das Presseamt gerade in dem Augenblick, als Porter sich zum Gehen bereitmachte. Der Pressesprecher sprang überrascht von seinem Stuhl auf. »Sie machen offenbar Überstunden, Sir«, sagte er.
»Sie auch«, stellte der Präsident fest. »Ich habe Licht bei Ihnen gesehen, deshalb wollte ich einmal hereinschauen.«
»Kann ich etwas für Sie tun, Mr. President?«
»Reden Sie mit mir. Ich brauche jemanden, mit dem ich mich zwanglos unterhalten kann.«
Er ging zu dem Sofa an der Wand hinüber, ließ sich darauf niedersinken, streckte die Beine aus und verschränkte die Hände hinter dem Kopf.

»Dave?« fragte er dann, »ist dies alles tatsächlich geschehen, oder habe ich nur einen schlimmen Traum?«
»Ich fürchte, es ist tatsächlich passiert«, erwiderte Porter, »aber es gibt Zeiten, zu denen ich mir die gleiche Frage stelle.«
»Können Sie sich vorstellen, wie das enden soll? Sehen Sie einen logischen Schluß?«
Porter schüttelte den Kopf. »Nein, bisher nicht. Aber meine angeborene Zuversicht sagt mir, daß es ein gutes Ende nehmen wird. Auf diese Weise endeten bisher die meisten Krisen.«
»Den ganzen Tag über setzen mir die Leute zu«, stöhnte der Präsident. »Sie wollen, daß ich etwas unternehme, bestimmte Aktionen starte. Meistens handelt es sich um alberne Dinge, aber den Leuten, die sich dafür stark machen, kommen die Anliegen wohl nicht albern vor. Auf meinem Tisch stapeln sich Briefe, in denen ich aufgefordert werde, einen Tag des Gebets auszurufen. Leute, die ich immer für einigermaßen vernünftig gehalten habe, rufen mich an und verlangen das gleiche von mir: einen Tag des Gebets. Ich will verflucht sein, wenn ich mich auf einen solchen Blödsinn einlasse. Natürlich hat es schon Präsidenten gegeben, die das Volk bei unterschiedlichen Anlässen zum Beten aufgerufen haben, aber das waren Anlässe, die geradezu nach einem Gebet verlangt haben. In der gegenwärtigen Situation sehe ich keinen Grund dazu.«
»Es hängt alles mit dem religiösen Wahn zusammen, den das Ereignis entfacht hat«, erklärte Porter. »Wenn die Menschen nicht mehr weiterwissen, dann besinnen sie sich plötzlich auf die Religion oder auf das, was sie für Religion halten. Das ist eine typische Realitätsflucht. Sie versuchen, Mächte zu verstehen, die außerhalb des menschlichen Begreifens stehen, sie suchen nach einem Symbol, einer Brücke über den Abgrund des Unbegreiflichen.«
»Ja, das verstehe ich«, erwiderte der Präsident, »und ich kann es sogar nachvollziehen. Aber wenn wir jetzt zum Gebet aufrufen, verschärfen wir nur das Problem, mit dem wir konfrontiert sind. Durch das, was geschehen ist, bin ich über alle Maßen verwirrt, aber ich verspüre keine Panik. Stimmt etwas nicht mit mir, Dave? Sollte ich entsetzt sein?«
»Nein, natürlich nicht. Ich befürchte eigentlich auch keine Massenpanik. Womit wir es zu tun haben, ist etwas anderes: Ein Teil der Leute ist plötzlich gläubig geworden, und der Gebetstag soll den Rest des Volkes dazu bringen, die gleiche Geisteshaltung wie die der Gläubigen anzunehmen.«
»Eine Stunde lang habe ich eben versucht, in Ruhe über alles nachzudenken und mir darüber klarzuwerden, was auf uns zukommen

kann«, sagte der Präsident. »Ich bin wohl unbewußt davon ausgegangen, daß mir auch einfallen wird, was wir tun sollten, wenn ich mir erst einmal alles ordentlich zurechtgelegt habe. Zunächst einmal habe ich mir gesagt, daß wir im Augenblick weder einem Zwang noch einer Gewalt ausgesetzt sind. Bisher haben sich die Besucher anständig aufgeführt. Es scheint mir fast, als bemühten sie sich, unsere Zivilisation zu verstehen, obwohl sie manche Aspekte wohl kaum je begreifen werden. Wenn sie das aber tatsächlich versuchten, sagte ich mir, dann müssen sie die Absicht haben, die Rahmenbedingungen unserer Gesellschaft zu respektieren. Natürlich bin ich mir dessen nicht sicher, aber es spricht einiges dafür, daß ich mit meiner Ansicht nicht völlig danebenliege. Selbstverständlich kann jeden Augenblick etwas geschehen, das alles verändert. In einer Stadt in Alabama – dort hat sich ein Besucher im Stadion niedergelassen – wurden ein paar Hitzköpfe verhaftet, als sie eine Kiste Dynamit ins Stadion schaffen wollten. Vermutlich wollten sie den Besucher in die Luft jagen.«

»Selbst wenn es ihnen gelungen wäre, das Dynamit zu zünden, sie hätten wahrscheinlich nicht viel ausgerichtet«, warf Porter ein. »Um einen Besucher aus der Ruhe zu bringen, braucht es schon mehr als eine Kiste Dynamit.«

»Das stimmt, was Sie da sagen«, erklärte der Präsident. »Vorausgesetzt, Whitesides Feuertest war zuverlässig, und ich nehme an, er war es. Aber die Sache in Alabama wäre eine offen aggressive Tat gewesen, sie hätte das Verhalten der Besucher uns gegenüber beeinflussen können. Solange wir so wenig über diese Wesen wissen, können wir uns keine gewalttätigen Aktionen leisten. Ich habe das Gefühl, daß uns die Besucher bei einer gewalttätigen Auseinandersetzung turmhoch überlegen wären. Ich habe keine Lust, mich auf ein Wettschießen mit ihnen einzulassen.«

»Wir müssen eben mehr über sie herausbekommen«, sagte Porter. »Wie kommt Dr. Allen mit dem toten Besucher voran? Haben Sie schon etwas von ihm gehört?«

»Nur, daß die Untersuchungen Fortschritte machen. Zunächst arbeitet das Team an Ort und Stelle. Wenn die Arbeiten dort abgeschlossen sind, wird man versuchen, den Körper an einen Platz zu schaffen, wo man unter besseren Voraussetzungen weiterforschen kann.«

»Es wird nicht leicht sein, den Besucher von der Stelle zu bewegen.«

»Man hat mir versichert, daß es möglich sein wird. Soviel ich weiß, arbeiten unsere Pioniere bereits an dem Problem.«

»Gibt es schon einen Hinweis darauf, woran der Besucher gestorben sein könnte?«

»Seltsam, daß Sie diese Frage stellen, Dave. Sie kam mir auch als allererstes in den Sinn. Scheinbar fragt man immer automatisch nach der Todesursache, wenn man erfährt, daß jemand gestorben ist. Wir alle sind betroffen, wenn es um Leben und Tod geht. Ich mußte unwillkürlich an H. G. Wells denken. Seine Marsianer sind gestorben, weil sie sich nicht vor den irdischen Krankheiten schützen konnten. Ich habe mich gefragt, ob der Besucher vielleicht an einer Bakterie, einem Virus, einem Pilz gestorben ist. Aber seine Todesursache ist offenbar ein Problem, mit dem Dr. Allen sich bisher nicht befaßt hat. Jedenfalls hat er kein Wort darüber verloren. Manchmal bekomme ich eine Gänsehaut, wenn ich mit dem Burschen zusammen bin. Er hat etwas an sich, das mir unmenschlich erscheint. Er ist zu sehr Wissenschaftler. Für ihn sind alle Wissenschaftler Mitglieder einer Brüderschaft, die sich vom Rest der Menschheit deutlich unterscheidet. Diese Einstellung macht mir zu schaffen. Es besteht die Aussicht, daß Dr. Allen und seine Leute etwas über den Besucher herausbekommen, das man besser nicht veröffentlicht. Ich habe versucht, ihm das klarzumachen, aber ich weiß nicht, ob er es begriffen hat. Ich kann mir vorstellen, wie Sie darüber denken, Dave, aber ich ...«
»Wenn es sich um Informationen handelt, die im Interesse der nationalen Sicherheit geheim bleiben sollten«, erwiderte Porter, »dann bin auch ich dafür, sie zurückzuhalten. Geheimhaltung, die nur um der Geheimniskrämerei willen betrieben wird, geht mir gegen den Strich. Ich bin zuversichtlich, daß wir die Ergebnisse der Untersuchung des toten Besuchers in den Griff bekommen werden. Gewiß werden auch einige Erkenntnisse abfallen, die wir allgemein verbreiten können, ohne die Sicherheit zu gefährden. Wenn wir genügend Material dieser Art veröffentlichen, werden sich die Medien zufriedengeben. Einige Journalisten werden vermuten, daß wir etwas zurückhalten, aber sie werden kaum Grund zur Klage haben. Mir bereiten die Leute Kopfschmerzen, die an der Untersuchung beteiligt sind. Die Presse könnte versuchen, direkt an sie heranzukommen.«
»Davor habe ich Dr. Allen gewarnt. Er setzt nur Männer aus seiner eigenen Abteilung ein, niemanden von außerhalb. Er schwört, daß er ihnen trauen kann. Außerdem ist es unwahrscheinlich, daß jemand an sie herankommt, von einem Interview ganz zu schweigen. Wir haben einen Sicherheitsgürtel um Lone Pine gezogen, durch den nicht einmal eine Maus schlüpfen kann.«
Der Präsident stemmte sich aus dem Sofa hoch und ging auf die Tür zu, doch dann drehte er sich um und setzte sich wieder.
»Da ist noch etwas, das mir auf die Nerven geht«, stöhnte er. »Die

verdammte UNO. Dauernd bedrängen mich diese Leute, ich solle die Besucher zu einer internationalen Angelegenheit erklären. Sie haben sicher bereits davon gehört?«

Porter nickte. »Heute auf der Pressekonferenz gab es ein paar empörte Fragen. Eine Zeitlang haben mir die Burschen ganz schön zugesetzt.«

»Natürlich wird eine Resolution verabschiedet«, erklärte der Präsident. »Das können wir nicht verhindern. Höchstens ein halbes Dutzend Länder werden mit uns stimmen. Wir haben auf jede erdenkliche Art versucht, den Antrag zum Scheitern zu bringen, aber nun können wir nichts mehr dagegen tun. Unsere armen, unterprivilegierten Brüder, für deren Unterstützung wir uns abgerackert haben, stimmen gegen uns.«

»Sie können ihre Resolution ruhig verabschieden. Sie haben keine Möglichkeit, sie durchzusetzen.«

»Sicher, aber die Welt wird mit Fingern auf uns zeigen. Die Sache wird uns Prestige kosten.«

»Auf das Prestige können wir zur Not verzichten. Dies ist unsere Party, die Besucher befinden sich auf unserem Grund und Boden.«

»Da mögen Sie recht haben, Dave. Aber es sind noch andere Dinge abzuwägen. Der Außenminister ist wegen der Resolution völlig aus dem Häuschen.«

»Der Außenminister hatte noch nie sehr gute Nerven.«

»Das weiß ich. Aber es geht nicht nur um den Außenminister und eine UNO-Resolution. Wir werden auch von anderen Seiten unter Druck gesetzt. Die Umweltschützer liegen mir in den Ohren, weil ich nichts zum Schutz der Wälder unternehme. Die Holzindustrie schreit Zeter und Mordio. Die Farmer müssen mitansehen, wie sich die Besucher auf ihren Äckern niederlassen, sie werden unruhig. Das ganze Geschäftsleben ist in Aufruhr geraten, die Aktienkurse gehen rauf und runter wie ein Jojo. Manchmal ertappe ich mich dabei, wie ich denke: Warum mußten gerade wir es sein? Warum nicht Südamerika, Europa oder meinetwegen auch die Sowjetunion?«

»Ich kann Ihre Gefühle verstehen«, versicherte Porter, »da ist so verdammt viel...«

»Wenn ich doch hin und wieder einmal gewinnen würde«, seufzte der Präsident. »Wenn ich nicht um jeden winzigen Schritt nach vorn so erbittert kämpfen müßte. Nehmen Sie zum Beispiel die Energieverordnung. Sie ist sinnvoll und beim gegenwärtigen Stand durchaus machbar. Ich könnte hundert Spitzentechniker zusammentrommeln, die beschwören würden, daß sich die Sache so durchführen läßt. Eine

Sonnenenergiestation in den Wüsten im Südwesten, ein paar Millionen in die Wärmetechnik investiert, und ein Speichersystem bräuchten wir noch. Ein Jahr und ein paar Millionen, das ist alles, was nötig ist. Dann hätten wir genügend Energie, um das ganze Land zu versorgen, und ein Umformersystem, mit dem wir die Energie überallhin verteilen könnten, ohne Kraft zu verlieren. Aber sieht der Kongreß die Sache so? Nein, zum Teufel, er ist nicht dieser Meinung. Die Hälfte der Mitglieder steckt in den Klauen der großen Energiekonzerne, und die andere Hälfte ist so blöd, daß ich mich wundere, wie sie es schaffen, die Tür zum Kapitol zu finden.«
»Irgendwann«, sagte Porter, »irgendwann werden sie schon ein Einsehen haben. Früher oder später müssen sie darauf kommen, daß...«
»Sicher«, erwiderte der Präsident, »irgendwann schon. Ich kann Ihnen jetzt schon sagen, wann dieser Tag kommen wird: Wenn das Benzin pro Liter zwei Dollar kostet und man drei Stunden in der Schlange stehen muß, damit man seine Ration von zehn Litern in Empfang nehmen kann. Wenn es im Winter bitter kalt wird und sich niemand mehr das Erdgas für die Heizung leisten kann. Wenn jedermann nur noch 25-Watt-Birnen benutzt, um die Stromrechnung ein bißchen zu drücken...«

## 36. IOWA

Die Sonne war bereits untergegangen, und die Abenddämmerung verglühte, als Jerry Conklin in die Einfahrt einer Tankstelle einbog.
»Volltanken bitte, und den Ölstand überprüfen«, sagte Jerry zum Tankwart.
Während der Mann an der Zapfsäule beschäftigt war, ging Jerry zum Straßenrand. Die Tankstelle befand sich am Rand eines der kleinen Dörfer, durch die ihn sein Weg geführt hatte, eine stille, unbedeutende Ansammlung von Geschäften, in denen die Farmer der Umgebung ihre Einkäufe tätigten. Genau wie die anderen Dörfer bestand auch dieses aus adretten, bescheidenen Häuschen und ein paar größeren Geschäftsgebäuden. In den Häusern gingen gerade die Lichter an, und auf den Straßen gab es kaum Verkehr. Abendstille hatte sich über die Gemeinde gelegt, nur vom gelegentlichen Gekläff eines Hundes unterbrochen.

Jerry stand am Bordstein und blickte die Straße hinauf und hinab. In seinem Innern tobte noch immer ein Kampf. Er hatte sich albern benommen, war einem unsinnigen Wunsch gefolgt, den er nicht einmal benennen konnte. Er hätte es wissen müssen, daß seine Fahrt ihm nichts einbringen würde. Wie hatte er sich nur einbilden können, daß 101 ihn erkennen würde? Das heißt, vielleicht hatte der Besucher ihn ja tatsächlich erkannt, doch dann war es eine Art Erkennen gewesen, die Jerry nichts nützte.
Am späten Nachmittag hatte er nach zahlreichen vergeblichen Versuchen endlich die Farm gefunden.
Der Farmer war gerade damit beschäftigt, den Zaun um die Schweinesuhle hinter dem Stall zu reparieren.
»Ja, er ist immer noch da und paßt auf das Feld auf«, hatte er gesagt. »Sie können ihn sich ansehen, aber Sie haben nichts davon. Ich kann Ihnen sagen, was passieren wird. Ich würde Sie begleiten, aber ich muß mit der Arbeit fertig werden. Diese Schweine drücken immer wieder den Zaun ein, und wenn ich das Loch nicht vernagle, dann laufen sie mir davon.«
Jerry war zu dem Acker gegangen. Die alte 101 hatte auf einer Heuwiese direkt neben dem gepflügten Streifen gelegen. Sie unternahm nichts, um Jerry zu verscheuchen. Jerry ging um den Besucher herum und starrte ihn unverwandt an. Er versuchte sich daran zu erinnern, wie die Kreatur ausgesehen hatte, als er sie zum ersten Mal erblickte. Die Erinnerung an die Landung selbst, an die splitternde, ächzende Brücke, war noch scharf und klar, aber Jerry hatte Schwierigkeiten, den Besucher, den er jetzt vor sich sah, mit jenem ersten Eindruck zu vergleichen. Er hatte ihn größer in Erinnerung, aber der Kasten auf der Wiese war immer noch riesig genug.
Er war dicht an den Kasten herangetreten, vor ihm stehengeblieben und hatte eine Hand ausgestreckt, um seine Wärme zu spüren. Er hatte ihn zart getätschelt und spielerisch mit der Faust gestoßen, aber der Besucher hatte sich nicht gerührt.
»Sag mir doch!« hatte er ihn angefleht, »sag mir, was ich wissen muß!«
Der Kasten hatte nichts zu ihm gesagt, er hatte ihn überhaupt nicht beachtet. Und doch hatte er gewußt, daß Jerry da war, dessen war sich Jerry sicher.
Er hatte dem Besucher viel Zeit gelassen. Er hatte zu ihm gesprochen. Er hatte ihn mit beiden Händen berührt, doch der Kasten hatte ihm nicht das geringste Zeichen gegeben. Schließlich war Jerry fortgegangen, zögernd, immer wieder innehaltend, um einen Blick zurückzu-

werfen. Aber jedesmal hatte der Besucher ungerührt an seinem alten Platz geschwebt.
Allerdings hatte er ihn nicht fortgejagt. Bisher war jedermann verscheucht worden, der ihm zu nahe gekommen war, doch gegen ihn hatte er nichts unternommen. Das konnte doch auch ein Zeichen des Wiedererkennens sein.
»Sie brauchen einen Liter Öl«, sagte der Tankwart und hielt Jerry den Prüfstab unter die Nase.
»Ja, dann füllen Sie nach«, erwiderte Jerry, »der Wagen braucht mehr Öl als Benzin.«
Er zahlte seine Rechnung, stieg ein und bog in Richtung Stadt auf die Straße ein.
Doch im Geschäftsviertel kurvte er einmal um einen Häuserblock, kam wieder auf die Hauptstraße und fuhr den Weg zurück, den er gekommen war.
Er wollte zu der Farm zurück, aber warum er das wollte, hätte er nicht sagen können. Vielleicht lag es an seiner angeborenen Dickköpfigkeit. Er spürte einen heftigen Widerwillen gegen einfaches Aufgeben, einen hartnäckigen Glauben daran, daß er von 101 eine Antwort erhalten könnte. Jerry hatte sich nicht bewußt zum Umkehren entschlossen, er hatte das Für und Wider eines solchen Entschlusses nicht abgewogen, er war einfach um den Häuserblock gefahren, und erst als er die Stadt in Gegenrichtung wieder verließ, wurde ihm klar, daß er auf dem Rückweg war. Jetzt, da die Entscheidung gefallen war, wehrte er sich nicht gegen sie.
Direkt zum Bauernhof konnte er nicht noch einmal fahren, das war ihm klar. Zunächst war der Farmer sehr freundlich gewesen, doch das hatte sich geändert, als er bemerkte, daß Jerry nicht von dem Besucher vertrieben wurde. Jerry hatte im Gesicht des Mannes ein tiefes Mißtrauen lesen können.
Aber er brauchte auch nicht noch einmal zum Hof zu fahren. Wenn er den Wagen auf einem Feldweg abstellte und zwei Kilometer über das Ackerland marschierte, dann konnte er den Besucher auch zu Fuß erreichen. Wenn er bei 101 ankam, würde es bereits dunkel sein, und wahrscheinlich würde ihn niemand dabei beobachten. Es würde eine klare Nacht werden, der Mond war fast voll. Das Licht würde ausreichen, um im Dunkeln den Weg zu finden.
Als sich Jerry der Farm näherte, wurde er nervös. Er war nicht sicher, ob er den Acker wiederfinden würde. Doch es gab ein paar Wegzeichen, an die er sich erinnerte: Eine rostige Eisenbrücke führte über einen schmalen Fluß, und eine einsame Eiche stand auf einer Wiese ne-

ben einem Heuschober. Kurz nach zehn hatte er den Feldweg gefunden. Er fuhr etwa eineinhalb Kilometer auf ihm entlang und hielt an. Von seinem Platz aus hätte er 101 sehen müssen, so hatte er es sich jedenfalls vorgestellt.
Entweder war sein Orientierungssinn besser als erhofft, oder er hatte einfach Glück gehabt: Kaum war er aus dem Wagen gestiegen, sah er das Farmhaus und die dunkle Masse von 101 auf der Heuwiese. Aber Jerry war doch weiter von dem Besucher entfernt, als er erwartet hatte. Er machte sich auf den Weg über die Felder. Hin und wieder geriet er mit dem Fuß in eine Furche und stolperte. Mehrmals mußte er durch Stacheldrahtzäune klettern; im Dunkeln war das eine kitzlige Angelegenheit. Die Nacht war kühl geworden, und Jerry knöpfte seine Jacke zu und schlug den Kragen hoch, um sich vor dem Wind zu schützen. In einem Tal zu seiner Linken stieß eine Eule schüchterne Rufe aus, so als teste sie gerade ihre Stimme, und als der Wind ein wenig auffrischte, hörte Jerry das ferne Bellen eines Hundes.
Er wanderte durch eine verlassene Einöde, doch die Leere um ihn schien eine düstere Drohung zu bergen. Jerry hatte das Gefühl, daß jeden Augenblick etwas aus dem Land, das er überquerte, hervorquellen könnte, was aber da heraussprudeln sollte, konnte er nicht sagen.
Der Fußmarsch schien ewig zu dauern. Manchmal hatte Jerry das Gefühl, als käme er überhaupt nicht voran und marschiere unentwegt auf der Stelle. Um diese Sinnestäuschung zu überwinden, trieb er sich erbarmungslos an und zwang sich öfter zu einem Trab. Doch bald verzichtete er auf das Laufen, weil er dabei zu oft stolperte. Plötzlich hatte er sein Ziel erreicht. Wie eine schwarze Wand ragte 101 direkt vor ihm in den Himmel auf.
Jerry torkelte die letzten paar Schritte und brach neben dem Besucher zusammen. Der mächtige Kasten schützte ihn vor dem schneidenden Nordwestwind. Jerry verspürte den heftigen Drang, mit dem Rücken gegen den Kasten gelehnt, liegen zu bleiben. Ihm war, als habe er eine Zuflucht erreicht, die er nicht mehr verlassen durfte. Doch das war kindisch, sagte er sich und kämpfte sich auf die Füße. Nun stand er, die Stirn gegen den Kasten gestützt, und rang nach Luft.
Endlich hob er den Kopf und sah hinauf in den Sternenhimmel, der von der massigen Form des Besuchers halb verdeckt wurde. Die Einsamkeit hatte Jerry nicht verlassen, die Einsamkeit und ein Gefühl von Verlorenheit. Er hatte gehofft, daß sie verschwunden wären, wenn er den Besucher berührte. Doch nun hatte er den Besucher berührt, und er verspürte keinen Unterschied.
Ich habe es wieder getan, dachte Jerry. Er war tatsächlich zu dem Ka-

sten zurückgekehrt. Damit hatte er seinem albernen Benehmen des vergangenen Tages die Krone aufgesetzt, jenen Albernheiten, die mit dem Anruf bei Charlie begonnen hatten, um sich dessen Wagen zu leihen.

Und doch war sich Jerry seiner Sache so sicher gewesen. Es war eine Sicherheit, die weder mit Logik noch mit Vernunft etwas zu tun hatte.

Sein Atem ging nun wieder gleichmäßiger. Er löste sich von dem Besucher, trat ein paar Schritte zurück und schickte sich an, umzukehren. Aber er zögerte, sein Gesicht wieder den Feldern zuzuwenden. Es fiel ihm schwer, den ersten Schritt zu tun, der ihn zurück zu seinem Wagen führen würde.

Und dann, gerade in dem Augenblick, als er diesen Schritt tat, schoß ein schlangengleiches Etwas heran und wickelte sich wie ein stählernes Band um seine Brust. Jerry schwebte einen Wimpernschlag frei in der Luft, er sah die herbstkahlen Felder unter sich im Mondlicht liegen. Der baumgesäumte Fluß schimmerte herauf, und vom fernen Farmhaus blitzte Licht zwischen Geäst hindurch.

Dann war Jerry von Dunkelheit umgeben, die gar nicht dunkel, sondern blauschimmernd war. Warme, trockene Luft umfing ihn und gleichzeitig ein Hauch feuchtwarmer Dumpfheit. Hektisch flackerndes, flirrendes Licht spielte über Formen, die nie lange genug zu sehen waren, um sie erkennen zu können. Reihen von runden Augen starrten ihn an. Jerry fühlte sich, als habe er diesen Ort nie verlassen.

Er war auf Hände und Knie gefallen; jetzt stand er langsam auf, und während er das tat, krümmte er sich unter dem Anprall einer Flut von Gefühlen zusammen, die aus dem Nirgendwo auf ihn eindrangen. Er ließ sich wieder auf die Knie sinken, sein Kopf fiel nach vorn, und er mußte die Hände gegen den Boden stemmen, damit er nicht aufs Gesicht stürzte.

Währenddessen hämmerten die Gefühle auf ihn ein. Sie tosten in seinem Gehirn, waren so übermächtig und zahlreich, daß er sich nicht gegen sie wehren konnte, sie nicht einmal unterscheiden und ihren Gehalt wahrnehmen konnte.

»Langsam, langsam«, schluckte er. »Gib mir eine Chance!«

Der Sturm ebbte ab. Jerry geriet ins Schwanken wie jemand, der sich an einen Gegenstand gelehnt hat und dem man diese Stütze plötzlich entreißt.

Dann kamen die Gefühle wieder zurück, sanfter diesmal, so behutsam wie eine Katze, die einen Vogel beschleicht.

# 37. WASHINGTON D.C.

»Daddy!« schimpfte Alice, »ich habe ein paar Sachen gehört, die mir nicht gefallen.«

Senator Davenport, der tief in seinen Sessel gesunken war, betrachtete sie über den Rand seines Scotchglases hinweg.

»Und was hat mein Kleines gehört?« murmelte er.

»Was sich die Leute in Washington erzählen, nicht laut, sondern hinter vorgehaltener Hand. Es geht darum, wie man sich die Besucher vom Halse schaffen könnte. Daß man psychedelische Drogen auf die Bäume sprühen könnte, die sie fressen. Andere wollen Millionen in die Entwicklung von tödlichen Pilzen oder Bakterien stecken. Sie sagen, es wäre besser, ein paar Millionen zu investieren, um sie loszuwerden, und dann zum Alltagsleben zurückzukehren, als Millionen für die Erforschung dieser Wesen auszugeben.«

»Ich habe so etwas läuten hören«, erwiderte der Senator mit ungewöhnlich sanfter Stimme. »Seuchenbekämpfung nennen sie es. Es geht nicht um einen Krieg gegen die Besucher, sondern um Seuchenbekämpfung.«

Der Senator rückte in seinem Sessel herum und sah zu Porter hinüber.

»Vielleicht weiß unser Freund aus dem Weißen Haus Näheres darüber?«

»Zu diesen Gerüchten möchte ich mir einen Kommentar ersparen«, entgegnete Porter.

»Ein paar Leute machen sich Gedanken über die Lage«, fuhr der Senator fort. »Bisher haben sie nur laut gedacht, aber möglicherweise werden sie bald aktiv.«

»In meinen Augen ist jemand unreif, der jetzt bereits darüber nachdenkt, wie man die Besucher ausrotten könnte. Ich habe von dem Vorschlag, eine tödliche Krankheit zu entwickeln, gehört. Bisher ist das nur Geschwätz. Niemand hat eine Vorstellung davon, wie das funktionieren sollte. Zunächst einmal müßte man wissen, wie die Besucher aufgebaut sind und wie sich ihre Lebensfunktionen vollziehen. Erst wenn man das weiß, kann man sich überlegen, wie sie auf verschiedene Reize reagieren. Außerdem, wie können wir sicher sein, daß nur die Besucher von dieser künstlichen Krankheit ausgelöscht werden. Am Ende vernichten wir nicht nur sie, sondern mit ihnen zusammen die menschliche Rasse.«

»Auf jeden Fall finde ich den Gedanken ungeheuerlich«, sagte Alice.

»Bisher hatte niemand unter den Besuchern zu leiden.«
»Da bin ich mir nicht so sicher«, widersprach der Senator. »Unterhalte dich doch einmal mit einem Umweltschützer. Er wird dir sagen, daß diese Kreaturen bald unseren gesamten Waldbestand vernichtet haben werden, wenn nichts gegen sie unternommen wird. Frage den Direktor einer Holzfirma, dessen gesamtes Lager von so einem Kasten zum Abendbrot verzehrt wurde. Oder den Vertreter einer Fluggesellschaft, der jeden Tag damit rechnen muß, daß eine seiner Maschinen mit einem fliegenden Kasten kollidiert. Wie ist es mit dem Fluglotsen, der seit einiger Zeit auf eine Landebahn verzichten muß?«
»Hier geht es doch um die Interessen von Minderheiten«, erwiderte Alice, »kleine Cliquen, die uns vor ihren Karren spannen wollen.«
»Es überrascht mich, daß gerade du so etwas sagst, meine Tochter«, spottete der Senator. »Bisher hast du dich doch immer für Minderheiten eingesetzt: die armen geknechteten Schwarzen, die armen geknechteten Indianer...«
»Das ist doch etwas anderes«, entgegnete Alice. »Ich kämpfe für kulturelle Minderheiten, du redest von ökonomischen Minderheiten: arme geknechtete Geschäftsleute, die plötzlich ein Wehwehchen...«
»Die Umweltschützer sind keine Geschäftsleute«, unterbrach sie der Senator. »Das sind gefühlsduselige Unruhestifter erster Ordnung.«
»Ich habe das Gefühl«, warf Porter ein, »daß sich die Volksmeinung über die Besucher wandelt. Zu Anfang waren sie etwas Neues, eine Sensation. Nun werden sie allmählich als Störenfriede angesehen. Es sind schwarze Kästen, die in der Landschaft herumliegen oder darüber hinwegfliegen, und auf mancherlei Art beeinflussen sie das Alltagsleben der Leute. Das Volk ist verstört, und in ein paar Monaten, vielleicht sogar Wochen, wird sich die Verstörung in Abneigung, womöglich in Haß verwandelt haben. Das hängt nicht mit den Interessen einzelner zusammen, das ist einfach die Gesetzmäßigkeit der Volksmeinung. Es wäre schlimm, wenn das geschähe, denn wir sind auf die Geduld des Volkes angewiesen. Wir brauchen Zeit, um diese Wesen zu erforschen und uns darüber klarzuwerden, wie wir mit ihnen auskommen können.«
»Dr. Allen arbeitet doch an dem Besucher in Minnesota?« fragte der Senator. »Hat er schon etwas herausgefunden?«
»Soviel ich weiß, nicht, Senator. Nichts Definitives jedenfalls. Er hat noch nicht einmal einen Vorbericht fertiggestellt, falls Sie darauf hinauswollen. Ein paar vage Gerüchte sind allerdings aufgetaucht. Da-

nach handelt es sich bei den Besuchern um Pflanzen, oder zumindest um Wesen, die zum Pflanzenreich gehören.«

»Pflanzen! Das ergibt doch überhaupt keinen Sinn!«

»Nein, das scheint mir auch so. Ich habe versucht, den Gerüchten auf die Spur zu kommen, aber es ist mir nicht gelungen.«

»Dann ist da noch diese Sache mit der Schwerkraft«, bemerkte der Senator. »Es heißt, die Besucher könnten sie kontrollieren. Das interessiert mich besonders. Das müßte man doch für uns nutzbar machen können.«

»Die Besucher schweben ein paar Zentimeter über dem Boden, und wenn sie fliegen, scheinen sie keinerlei Triebwerke zu benutzen«, sagte Porter. »Deshalb nimmt man an, daß sie die Schwerkraft beherrschen. Natürlich weiß das niemand genau. Man versucht nur, eine Tatsache zu erklären, die den physikalischen Gesetzen zu widersprechen scheint.«

»Ihr zwei redet nur darüber, was wir von den Besuchern bekommen könnten«, warf Alice ein, »habt ihr schon einmal daran gedacht, daß sie genauso denken könnten und sich fragen, was sie von uns bekommen könnten?«

»Das ist doch klar«, erwiderte ihr Vater. »Sie bekommen Zellulose. Wenn sie uns dafür die Beherrschung der Schwerkraft geben, wäre das ein guter Tausch.«

»Ein paar Autos haben sie sich auch genommen.«

»Ja, aber das waren wirklich nur ein paar. Und inzwischen haben sie damit aufgehört. Sie haben sich schon längere Zeit keinen Wagen mehr geholt.«

»Ich habe mich schon gefragt«, murmelte Alice, »wozu sie die Autos wohl gebraucht haben. Und dich verstehe ich nicht, Daddy. Vorhin warst du noch völlig gegen die Besucher eingestellt. Du hast dich darüber aufgeregt, daß sie Holzlager plündern und das Geschäftsleben in Unordnung bringen.«

»Ich habe meine Position noch einmal überdacht«, erwiderte der Senator. »Mir ist inzwischen aufgegangen, daß einiges für uns dabei herausspringen könnte, wenn wir unsere Karten richtig ausspielen.« Er wandte sich an Porter: »Ich höre dauernd von einem Waffentest, den man an den Besuchern unternommen hat. Das Gerücht hält sich besonders hartnäckig, aber ich konnte nichts Genaues erfahren. Was wissen Sie darüber?«

»Mir geht es genau wie Ihnen«, entgegnete Porter, »ich habe auch nur Gerüchte gehört.«

»Nichts Definitives? Keine Einzelheiten?«

»Überhaupt nichts«, versicherte Porter.
»Diese Wesen müssen doch über irgendeine Art von Verteidigungssystem verfügen«, sagte der Senator. »Draußen im All mußten sie schließlich ständig mit Angriffen rechnen. Sicher wäre es gut, wenn wir herausfänden, wie sich diese Burschen verteidigen.«

## 38. MINNEAPOLIS

Die Redakteure hatten sich im Konferenzraum versammelt; durch die halboffene Tür drangen das Tickern der Fernschreiber und das gedämpfte Gemurmel einer Unterhaltung herein.
»Da ist noch die Geschichte über die Indianer der Black Hills, die Jones geschrieben hat«, bemerkte Garrison. »Die sollten wir bald ins Blatt nehmen.«
»Ich dachte, die wollten Sie für die Sonntagsausgabe aufheben?« erwiderte Lathrop.
»Das wollte ich auch, aber letzten Sonntag wurde sie verdrängt. Wenn wir jetzt zu lange mit dem Abdruck warten, dann ist sie am Ende überholt. Außerdem habe ich hier einen Artikel, an dem Jamison wochenlang gearbeitet hat. Er hat analysiert, was bei einem totalen Stromausfall in unserem Gebiet geschehen würde. Eine gute Arbeit. Er hat eine Menge Leute interviewt. Die Story ist ziemlich lang, aber ich glaube, heute haben wir genügend Platz. Es gibt kaum wichtige Neuigkeiten, und wir brauchen ihn ja nicht auf die erste Seite zu setzen.«
»Haben wir denn keine gute Geschichte über die Besucher?«
Garrison sah Gold an, und der stellvertretende Lokalchef zuckte mit den Achseln. »Nichts Aufregendes, die Sache wird langsam alltäglich.«
»Ich habe sowieso das Gefühl, daß die Besucher nicht mehr soviel bringen wie noch vor einer Woche«, sagte Garrison. »Die Leute sind das Thema allmählich leid. Vielleicht haben wir die Angelegenheit auch totgeritten. Solange die Leser noch auf die unwichtigste Neuigkeit über die Besucher scharf waren, war das okay, aber jetzt haben wir sie überfüttert.«
»Was ist eigentlich mit Kathy los? Ist sie denn immer noch in Lone Pine?«
»Ja, sie ist noch da«, erwiderte Gold. »Ich weiß allerdings nicht, ob das

noch Sinn hat. Von dort erfährt man überhaupt nichts, weder direkt aus Lone Pine noch aus Washington. Die Burschen haben sich regelrecht eingemauert.«

»Das sieht so aus, als ob tatsächlich eine große Sache im Gange ist«, stellte Garrison fest. »Wozu sonst die Geheimhaltung? Aber solange niemand auspacken will, erfahren wir nichts.«

»Was meint unser Büro in Washington dazu?«

Hal Russel, Ressortleiter für Politik, schaltete sich ein: »Die haben auch nichts gehört. Ich habe vor ein paar Stunden noch mit Matthews telefoniert. Nichts, sagt er, absolut nichts. Entweder wissen die Leute in Washington selber nichts, oder sie haben die Schotten dichtgemacht. Es gibt Gerüchte, aber keine konkreten Fakten. Vermutlich gibt es nur ganz wenige Leute, die tatsächlich im Bilde sind. Wenn in Washington mehr als ein Dutzend Leute über eine Sache Bescheid wissen, dann ist auch einer darunter, der plaudert.«

»Warum halten wir Kathy dann überhaupt noch in Lone Pine fest?« fragte Lathrop. »Wenn Washington schweigt, hat sie auch keine Chance.«

»Kathy ist eine verdammt gute Reporterin«, erwiderte Garrison. »Vielleicht kriegt sie eher etwas heraus als unser Büro in Washington.«

»Ich meine trotzdem, wir sollten sie zurückholen«, bestimmte Lathrop. »Wegen Urlaub und anderer Dinge sind wir unterbesetzt. Wir könnten Kathy gut gebrauchen.«

»Wenn Sie es wünschen...« murmelte Garrison, in seiner Stimme schwang unterdrückter Ärger mit.

»Wenn ihr immer noch nach einem Hintergrundartikel für die Besucher sucht«, sagte Gold plötzlich, »Jay hatte eine gute Idee. Vor kurzem hat er mit einem Experten an der Uni gesprochen, ein Fachmann in der Abteilung Eingeborene Amerikaner. Dieser Mann hat eine Parallele zwischen uns und den Besuchern einerseits und den Indianern und dem weißen Mann andererseits gezogen. Er behauptet, die Indianer hätten am Ende verloren, weil ihre Technologie von den Weißen durcheinandergebracht wurde, so verschwand auch ihre Kultur. Er sagt, der Untergang der Indianer begann mit dem Tag, an dem ein Indianer seinen steinernen Tomahawk um jeden Preis gegen ein Eisenbeil ersetzen wollte. Er war so versessen darauf, daß er sich auf jedes unfaire Geschäft einließ.«

»Eine solche Geschichte klänge auf jeden Fall nach versteckter Propaganda«, sagte Lathrop. »Das sollten Sie und Jay aber eigentlich wissen.«

»Jay wollte den Artikel ja nicht nur aus der Sicht der Indianer schreiben«, erwiderte Gold. »Er wollte mit Wirtschaftswissenschaftlern und Historikern reden, und...«
Lathrop schüttelte den Kopf. »Bei der augenblicklichen Lage in den Black Hills sollten wir auf den Artikel besser verzichten. Ganz gleich, wie gut die Story geschrieben oder wie objektiv sie gemeint wäre, man würde uns auf jeden Fall vorwerfen, wir würden einseitig Partei ergreifen.«
»Na ja«, meinte Gold, »es war ja auch nur so eine Idee von uns.«

## 39. IOWA

Der Fluß plätscherte gemächlich gegen das Ufer. Dicks Landing, eine kleine Ansammlung baufälliger Gebäude, hatte man auf einer Felsplatte ein paar Meter über dem Fluß erbaut. Darüber erhoben sich die steilen Felsklippen der Iowa Bluffs. Ein Stück vom Ufer entfernt lag eine Insel im Fluß, oder besser im Flußarm, denn an dieser Stelle strömte der Mississippi in viele Wasserläufe aufgegliedert durch ein weites Becken. In der Ferne, im Osten, konnte man nebelhaft blau die Klippen auf der Wisconsin-Seite sehen.
Jerry stand am Flußufer und schaute einem kleinen Ruderboot zu, das, von einem Hilfsmotor getrieben, mühsam durch das Wasser tukkerte. Es suchte sich langsam seinen Weg und tanzte auf der rauhen Strömung. Am Heck hockte gebeugt ein Mann, der an dem knatternden Motor hantierte.
Auf Höhe der Anlegestelle drehte der Mann bei, und es gelang ihm endlich, das Boot gegen den schwankenden Steg zu steuern. Er kletterte aus dem Boot und vertäute es am Steg. Jerry stellte fest, daß der Mann um einiges älter war, als er zunächst geschätzt hatte. Sein Haar war eisgrau und seine Schultern gebeugt, doch er bewegte sich mit der drahtigen Energie eines jungen Mannes.
Nun stapfte er über den Steg und ging am Ufer entlang. Als er Jerry fast erreicht hatte, sprach dieser ihn an: »Sind Sie Jimmy Quincey?«
Der Mann blieb stehen und musterte Jerry aus klaren, blauen Augen. In seinen Augenwinkeln standen zahlreiche kleine Fältchen.
»Der bin ich«, antwortete er. »Und wer sind Sie?«
»Ich heiße Jerry Conklin. Man hat mir gesagt, daß ich Sie hier finden würde. Es heißt, Sie kennen sich auf dem Fluß besonders gut aus.«

»Mein lieber Freund, und ob ich den Winnishiek kenne! Alle Welt nennt mich die Flußratte, und ich glaube, der Name paßt zu mir. Seit ich zum erstenmal gekrabbelt bin, kenne ich das Flußbecken, ich kann Ihnen sagen, das ist ein Irrgarten. Nichts als Inselchen, Wasserarme, Tümpel und Sümpfe, aber ich kenne sie alle wie meine Westentasche. Überall habe ich gejagt, Fallen gestellt und geangelt. Tja, was kann ich für Sie tun?«
»Ich habe gehört, hier sollen ein paar Besucher gelandet sein, irgendwo im Becken.«
»Besucher? Besucher? Ach ja, jetzt weiß ich, was Sie meinen: Diese großen schwarzen Kästen, von denen die Leute sagen, daß sie aus dem Himmel gefallen sind.«
»Genau, von diesen Dingern rede ich. Mir scheint, Sie haben sie schon irgendwo gesehen?«
»Klar, dort drüben auf der Gänseinsel. Das ist eine große Insel mitten im Becken, sieben oder acht Kilometer flußabwärts. Soviel ich gesehen habe, sind dort drei von diesen Kästen. Ich weiß nicht, ob sie jetzt noch da sind. Sie schauten oben aus den Baumkronen heraus. Es wurde schon dunkel, und ich wollte nicht länger draußenbleiben. Unheimliche Dinger sind das. Sie gehören einfach nicht dorthin. Man kriegt eine Gänsehaut, wenn man sie sieht. Zuerst wußte ich gar nicht, daß sie Besucher sind, aber später habe ich es mir zusammengereimt. Wieso wissen Sie eigentlich von ihnen? Ich habe niemandem davon erzählt. Die Leute hätten mich doch nur ausgelacht. Sie halten mich sowieso für verrückt. Vielleicht haben sie sogar recht damit, wer weiß? Ich lebe einfach schon zu lange am Fluß.«
»Würden Sie mich zur Insel bringen?«
»Jetzt nicht«, wehrte Quincey ab. »Heute nicht mehr. Nebel steigt auf, und während der Nacht hält man sich vom Fluß besser fern. Mit einem Motor ist es eine lange Fahrt bis zur Gänseinsel. Bevor wir dort ankämen, wäre es dunkel.«
»Dann also morgen, oder vielleicht besser übermorgen. Ich warte noch auf jemanden, der wahrscheinlich mitfahren will. Allerdings muß ich diese andere Person erst ausfindig machen, und dann muß ich sie von Minneapolis herbringen.«
»Eine Frau?«
»Ja, eine Frau.«
»Wieso interessiert sich eine Frau für diese Besucher?«
»Wahrscheinlich weiß sie mehr über die Besucher als irgend jemand sonst auf der Welt.«
»Ich bin platt!« polterte Quincey. »Heutzutage muß man sich bei den

Frauen auf alles gefaßt machen. Wenn ich Sie hinfahre, was springt für mich dabei heraus?«

»Wir werden Ihnen Geld zahlen.«

»Bar auf die Hand?«

»Klar«, versicherte Jerry.

»Wollen Sie, daß ich ganz dicht an die Dinger heranfahre? Ich meine, falls sie überhaupt noch dort sind. Sie können ja inzwischen abgehauen sein.«

»Wir möchten ganz nah herangefahren werden.«

»Das mache ich aber nicht! Ich bringe Sie zur Insel, und dann warte ich auf Sie. Aber ich werde einen gehörigen Abstand halten.«

»Sie müssen nicht mit uns auf die Insel gehen. Zeigen Sie uns nur, wo wir die Besucher finden können! Das ist alles, was wir von Ihnen verlangen; und warten Sie, bis wir zurückkommen!«

»Sagen Sie mir Bescheid, wenn Sie mich brauchen. Meistens bin ich den ganzen Tag über auf dem Fluß. Morgen abend komme ich zurück.«

»Ich werde mich bei Ihnen melden«, versprach Jerry.

## 40. WASHINGTON, D.C.

Dr. Allen, der wissenschaftliche Berater des Präsidenten, sagte: »Dies ist nur ein Vorbericht. Wir werden später genauere Angaben machen können.«

»Also haben Sie etwas herausgefunden?« fragte der Präsident.

»Ja, etwas schon«, erwiderte Dr. Allen, »es ist einfach unglaublich. Ich habe einige Zeit gebraucht, bis ich mich mit dem Gedanken vertraut gemacht hatte. Aber die Analyse steht. Die Tatsachen sprechen für sich. Es hat keinen Sinn, sie in Frage zu stellen.«

»Aber Herr Doktor, Sie sind ja völlig aus dem Häuschen«, spöttelte Whiteside.

»Das kann man wohl sagen«, erwiderte Dr. Allen. »Die ganze Sache geht mir total gegen den Strich, sie widerspricht all unseren bisherigen Erkenntnissen. Diese verdammten Dinger bestehen vollkommen aus Zellulose.«

»Zellulose?« fragte der Präsident verdutzt. »Aus diesem weißen, flusigen Zeug?«

»Wenn die Besucher es in der Mangel hatten, dann ist es weder weiß

noch flusig.« Dr. Allen sah sich im Zimmer um. »Wir sind nur zu viert. Werden noch weitere Herren dazukommen?«
»Nein, heute nicht«, antwortete der Präsident. »Später, wenn wir mehr wissen, werde ich vielleicht noch eine Sitzung anberaumen. Zunächst einmal bleibt es unter uns vieren. General Whiteside hat ein berechtigtes Interesse an Ihren Feststellungen, und Dave ist hier, weil er immer alles weiß, was ich weiß. Alles, was Sie sagen, wollen wir zunächst vertraulich behandeln. Ich gehe davon aus, daß Ihr Team zum Stillschweigen verpflichtet ist?«
Dr. Allen straffte sich. »Nur vier Mitarbeiter wissen Bescheid«, versicherte er. »Ihnen ist bewußt, daß Geheimhaltung unerläßlich ist.«
»Aber es haben doch viel mehr Leute daran gearbeitet als nur vier«, wandte Whiteside ein.
»Die anderen waren nur Hilfskräfte«, erklärte Dr. Allen. »Sie haben Proben von dem Besucher in Minnesota entnommen. Im Labor waren wir nur zu viert. Und dort haben wir erst die Erkenntnisse gewonnen, die ich Ihnen nun mitteilen will.«
»Also los, Doktor«, forderte ihn der Präsident auf, »dann erzählen Sie uns, was Sie herausgefunden haben.«
»Diese Kreatur besteht im wesentlichen aus Zellulose«, begann der Wissenschaftler. »Aber es ist keine Zellulose in einer uns bekannten Form. Wenn ich die Zusammensetzung genau beschreiben wollte, müßte ich mich einer hochspezialisierten Fachsprache bedienen.«
»Die wir vermutlich nicht verstehen würden«, unterbrach ihn der Präsident. »Also versuchen Sie, uns das Ganze so einfach wie möglich zu erklären.«
»Ich werde tun, was ich kann. Was ich Ihnen nun beschreibe, muß ich stark vereinfachen. Wegen dieser Übervereinfachung entspricht es womöglich nicht mehr ganz der wissenschaftlichen Wahrheit, aber vielleicht kann ich Ihnen auf diese Weise anschaulich machen, womit wir es zu tun haben.
Das Innere dieses Wesens besteht aus stark verdichteter Zellulose, zu unglaublicher Festigkeit komprimiert. Die Dichte ist so hoch, daß sie eine Belastung von mehreren Tonnen pro Quadratzentimeter ertragen kann. Das mag Ihnen unmöglich erscheinen, aber unsere Zahlen stimmen. Wie diese Verdichtung zustande kommt, wissen wir nicht, davon haben wir nicht die geringste Vorstellung.«
»Sie sprechen vom Innern dieser Kreatur«, warf Whiteside ein, »heißt das, ihre äußeren Teile sind anders strukturiert?«
Dr. Allen rieb sich die Nase. »Ja, General, so ist es. Die Außenhaut ist völlig anders aufgebaut. Sie besteht aus einem Zellulose-Silizium-

Polymer und enthält – ein Faktum, das wir bisher ebenfalls noch nicht erklären konnten – Siliziumoxyd-Verbindungen und außerdem Wasserstoffoxyde. In der Zellulose ist eine Menge Sauerstoff gebunden. Wir fanden mehrere Arten von Silizium-Sauerstoff-Verbindungen, manchmal sogar Mischungen der Arten. Wenn diese Verbindungen eine tetraedrische Struktur haben, erhalten wir ein Silikat, das Felsgestein ähnelt, zum Beispiel Feldspat oder Quarz. Woraus die äußere Schicht des Besuchers tatsächlich besteht, können wir noch immer nicht mit Gewißheit sagen. Das, was wir versuchsweise als ein Polymer bezeichnet haben, kann aus den unterschiedlichsten Verbindungen zusammengesetzt sein.«

»Für mich hört sich das so an, als ob das Ding eine Haut aus Stein hätte«, bemerkte Porter.

»In Alltagssprache ausgedrückt, könnte man es so nennen«, erklärte Dr. Allen. »Hart wie Stein, wahrscheinlich noch viel härter, aber gleichzeitig, durch das Silizium, von einer gewissen Elastizität. Eine Felswand läßt sich nicht verbiegen, aber dieser Stoff läßt sich eindellen und schnellt dann zurück. Er ist gleichzeitig hart und elastisch und von einer enormen Hitzebeständigkeit.

Wir haben eine Theorie über den Sinn all dieser Fähigkeiten aufgestellt. Wie gesagt, nur eine Theorie, aber sie ergibt einen Sinn. Wenn diese Wesen weite Strecken im All zurücklegen wollen, dann müssen sie von irgendwoher Energie beziehen können. Die Beschaffenheit der Außenhaut ermöglicht es den Besuchern, praktisch jede Art von Energie aufzusaugen. Die Partikel des interstellaren Staubs enthalten, ganz gleich wie winzig sie sind, ein gewisses Maß an Energie, in kinetischer Form natürlich. Wir glauben nun, daß die Häute dieser Kreaturen diese kinetische Energie in potentielle Energie umwandeln können, diese Energie kann dann, entsprechend den jeweiligen Bedürfnissen des Besuchers, weiter umgeformt werden. Gelegentlich könnte es vorkommen, daß ein Besucher mit einer größeren Materieansammlung kollidiert. Ein solcher Aufprall würde eine Delle in die Außenhaut des Kastens schlagen. Die Haut würde so viel Energie aufnehmen, wie sie verarbeiten kann, den Rest würde sie reflektieren, und zwar in dem Augenblick, wo sich die Delle wieder ausbeult. Die Vertiefung in der Haut könnte hierbei wie ein Hohlspiegel wirken, der ja auch Sonnenlicht in gebündelter Form reflektiert.«

Porter warf Whiteside einen schnellen Blick zu. Der General hatte sich in seinem Sessel aufgerichtet, sein Unterkiefer war ein Stück herabgesunken.

Dr. Allen seufzte. »Außerdem müssen wir annehmen – allerdings kann ich das in einer allgemein verständlichen Sprache kaum ausdrücken –, daß die Zusammensetzung der Haut die Gravitationsrichtung beeinflussen kann. Das führt zu der Möglichkeit, die Schwerkraft ganz allgemein zu manipulieren. Die Besucher können sich von der Gravitation anziehen oder abstoßen lassen. So könnte man erklären, wieso die Kästen eine Handbreit über dem Boden schweben können. Die Beherrschung der Schwerkraft mag auch die Basis für ihre Weltraumflüge sein. Möglicherweise benutzen sie Schwerkraftquellen in ihrem Rücken, um sich davon abzustoßen, und solche, die vor ihnen liegen, um sich anziehen zu lassen.«

Dr. Allen verstummte und sah den drei anderen Männern nacheinander ins Gesicht.

»Nun, das war's«, sagte er dann. »Es klingt wahnwitzig, und ich sage mir immer wieder, daß es das auch ist. Fremdrassen nennen wir die Lebewesen im Weltraum, und diese Wesen sind uns tatsächlich fremd. Es gibt einen Gedanken, der mich nachts nicht schlafen läßt: Wenn diese Kreaturen sich in physikalischer Hinsicht so sehr von uns unterscheiden, wie verschieden muß dann ihre geistige Ebene von der unseren sein! Haben wir überhaupt eine Chance, sie jemals zu verstehen, gibt es eine Hoffnung, daß sie uns irgendwann verstehen?«

»Möglicherweise ist die intellektuelle Kluft nicht so groß wie die physikalische«, sagte Porter. »Bisher scheint es so, als ob sie uns teilweise verstanden hätten. Irgendwie spürten sie, was sie unterlassen sollten. Bisher haben sie den Rahmen einer menschlichen Verhaltensweise kaum gesprengt.«

»Ich hoffe, Sie haben recht«, entgegnete Allen, »das hoffe ich wirklich sehr.«

Er wandte sich an den Präsidenten: »In ein paar Wochen wissen wir möglicherweise mehr. Vielleicht stellt sich auch heraus, daß unsere ersten Annahmen falsch waren oder wir einen Teil unserer Theorien umwandeln müssen. Wir könnten auch auf völlig neue Tatsachen stoßen. Ich habe Ihnen jedenfalls alles berichtet, was wir zum gegenwärtigen Zeitpunkt wissen. Man könnte die einzelnen Punkte natürlich noch weiter auswalzen, aber das erscheint mir im Moment nicht sehr sinnvoll.«

Er erhob sich aus seinem Sessel, zögerte.

»Da ist noch eine Sache«, sagte er dann. »Interessant, aber vermutlich nicht sehr bedeutungsvoll. Immerhin wirft es ein neues Licht auf die Besucher. Sie haben doch von 101 gehört?«

Der Präsident nickte. »Das war der erste Besucher, der in Lone Pine gelandet ist. Soviel ich weiß, ist er jetzt in Iowa.«

»Richtig«, bestätigte Dr. Allen. »Er bewacht ein Feld, das ein Farmer frisch gepflügt hatte. Der Farmer hat behauptet, der Besucher wäre mehrmals über dem Feld auf und ab geflogen, so, als wollte er etwas säen. Wenn sich jemand dem Acker nähert, wird er von dem Besucher vertrieben. Einem unserer Beobachter ist es jedoch gelungen, sich an das Feld heranzuschleichen, ohne vertrieben zu werden. Er hat festgestellt, daß der Besucher Fichtensamen gesät hat. Vor einiger Zeit hatten wir uns darüber gewundert, daß wir keine Samen unter dem Abfall fanden, den der Besucher ausschied. Jetzt wissen wir, warum das so war. Der Besucher hat die Samen gehortet, um sie später in die Erde zu bringen.«

»Es wird lange dauern, bis aus den Samen wieder Fichten geworden sind«, stellte der Präsident fest. »101 wird eine Weile bei dem Acker bleiben müssen, wenn er das Heranwachsen der Bäume abwarten will.«

»Möglicherweise dauert es nicht so lange«, entgegnete Dr. Allen. »Unser Beobachter hat entdeckt, daß ein Teil der Samenkörner bereits gekeimt haben. Forstexperten behaupten, so früh könnte man noch nicht mit dem Keimen rechnen. Wir nehmen nun an, daß 101 die Samen irgendwie präpariert hat, um das Keimen und eventuell auch das Wachstum der Bäume zu beschleunigen.«

»Damit kommt ein neues Problem auf uns zu«, bemerkte Whiteside. »Hunderte, vielleicht gar Tausende von Besuchern übernehmen Äcker, sie bepflanzen sie und vertreiben die rechtmäßigen Besitzer. Die Farmer werden auf die Barrikaden gehen.«

Der Präsident ergriff das Wort: »Zu Anfang habe ich mich nicht wohl in meiner Haut gefühlt, wenn ich an die Besucher dachte. Es war ein instinktives Unbehagen. Das mag darauf zurückzuführen sein, daß ich stark von meinen politischen Instinkten abhängig bin. Ich habe politische Gefühlsnerven; bei der geringsten Bedrohung zucke ich zusammen. Mir ist auch jetzt noch klar, daß der geringste falsche Zug in dieser Angelegenheit mir politisch das Genick brechen kann. Doch nach und nach gelange ich zu der Überzeugung, wir beide, die Menschen und die Besucher, könnten miteinander auskommen. Sie scheinen ähnlich zu denken wie wir. Wenn wir uns mit ihnen verständigen könnten, würden wir bald ein gegenseitiges Verstehen entwickeln. Die Tatsache, daß 101 Fichtensamen gesät hat, bestätigt mich in meiner Annahme. Der Akt des Aussäens bedeutet doch, daß die Besucher den Ackerbau kennen und die Schätze der Natur bewahren wollen; eine durchaus menschliche Denkweise.«

Dr. Allen setzte zum Sprechen an, doch dann zögerte er unschlüssig.

»Sie wollten etwas sagen, Dr. Allen?« forderte der Präsident ihn auf.
»Ja, aber ich war mir nicht sicher, ob ich darüber reden sollte, doch andererseits, warum sollte ich es verschweigen. Es mag keinerlei Bedeutung haben, aber mir erschien es schon merkwürdig. Erinnern Sie sich noch daran, daß der erste Besucher in Lone Pine auf einem Auto gelandet ist und es zerdrückt hat?«
»Ja, das stimmt. Zum Glück hat niemand in dem Wagen gesessen. Wir haben uns gefragt, was wohl aus dem Besitzer geworden sein mag, denn er oder sie hat sich niemals bei den Behörden gemeldet.«
»Genau«, bestätigte Dr. Allen, »wir haben den Wagen fortgeschafft.«
»Stimmt«, sagte der Präsident.
»Jetzt wissen wir, wer der Besitzer ist. Wir haben seinen Namen über das Nummernschild ermitteln lassen. Der Mann ist Forstwirtschaftsstudent an der Universität von Minnesota. Er heißt Jerry Conklin. Ein paar Tage nach dem Ereignis kehrte er nach Minneapolis zurück. Soviel wir wissen, hat er nie jemandem vom Totalschaden seines Wagens erzählt. Er hat auch die Versicherungsprämie nicht in Anspruch genommen. Eine Zeitlang hat er sich völlig normal benommen, aber gerade jetzt, wo wir wissen, wie er heißt, ist er plötzlich verschwunden. Das FBI sucht bereits nach ihm.«
»Was versprechen Sie sich davon, wenn er gefunden wird?« wollte Whiteside wissen.
»Das weiß ich auch nicht genau. Sie müssen immerhin zugeben, daß seine Reaktion merkwürdig war. Es muß einen Grund geben, warum er niemandem von der Sache erzählt hat. Und es ist seltsam, daß er seine Versicherung nicht in Anspruch nahm. Er hat nicht einmal nachgefragt, wer sein Auto abgeschleppt hat. Ich werde das Gefühl nicht los, daß er etwas weiß, was nützlich für uns sein könnte.«
»Wenn Sie ihn finden, setzen Sie ihm bitte nicht zu hart zu«, bat der Präsident. »Wenn ich die Sache richtig sehe, hat er kein anderes Verbrechen begangen, als den Mund zu halten.«

## 41. MINNEAPOLIS

Als Kathy ihr Appartement betrat, läutete gerade das Telefon.
Sie nannte ihren Namen, dann rief sie: »Jerry, wo steckst du? Du klingst ja so aufgeregt. Was ist denn los?«

»Ich versuche schon so lange, dich zu erreichen«, antwortete er. »Ich rufe dauernd in der Redaktion und bei dir zu Hause an. In der Zeitung hat man mir gesagt, du seist in Lone Pine. Deshalb habe ich es in Lone Pine probiert, aber da warst du schon wieder fort.«
»Ich bin eben zurückgekommen, in dieser Minute. Bist du in der Stadt? Es hört sich nicht so an. Deine Stimme ist sehr leise, und in der Leitung ist ein schreckliches Rauschen.«
»Ich bin in Iowa, der Ort heißt Dick's Landing, er liegt direkt am Mississippi, beim Winnishiek Becken. Hast du schon einmal etwas davon gehört?«
»Von Dick's Landing nicht, aber vom Winnishiek, glaube ich. Was zum Teufel...«
»Kathy, ich bin zu dieser Farm in Iowa gefahren, ich habe mit 101 gesprochen. Sie hat mich wieder hereingeholt...«
»Sie hat sich an dich erinnert?«
»Es scheint so. Wir haben nicht wirklich miteinander geredet. Sie hat mir etwas erzählt, etwas gezeigt. Ich hatte den Eindruck, daß sie mir etwas Wichtiges mitzuteilen hatte. Aber ob es für uns wichtig ist oder für 101 und die anderen Besucher, weiß ich nicht.«
»Aber was hat das mit Dick's Landing und dem Winnishiek zu tun?«
»Sie hat mir einen Ort genannt, hat mir gezeigt, wo ich hingehen soll. Ich habe keine Ahnung, was ich hier tun soll. Nein, das heißt, etwas weiß ich schon. Es gibt hier eine Insel, die Gänseinsel. Dort sollen drei Besucher sein. Aber ich weiß nicht, was daran so wichtig ist. 101 hat mich nur spüren lassen, daß ich hierher fahren soll. Ich möchte dich bei mir haben, Kathy. Wenn es hier tatsächlich etwas Wichtiges gibt, sollst du die erste sein, die es erfährt. Schließlich hattest du von Anfang an mit den Besuchern zu tun.«
»Okay«, sagte Kathy. »Ich komme so schnell ich kann. Ich mache mich sofort auf den Weg. Sag mir, wie ich fahren soll! Wie komme ich nach Dick's Landing? Sicher bin ich in ein paar Stunden dort.«

## 42. MINNEAPOLIS

Tagelang hatten sie ihre Wacht gehalten, doch nun hatte das Wachen ein Ende. Die Schar der Liebenden, die sich am Tag, als der Besucher auf der Landebahn niedergegangen war, zum Flugfeld durchgekämpft hatte, stand schweigend da und sah dem Besucher dabei zu, wie er sich langsam von der Landebahn abhob und in den Himmel emporschwebte.

»Wir sind gescheitert«, sagte ein schlaksiger junger Mann mit strähnigem Haar und einem asketischen Gesicht.

»Das sind wir nicht«, erwiderte ein gertenschlankes Mädchen an seiner Seite. »Er hat unsere Liebe gespürt. Ich weiß, er hat sie gespürt.«

»Aber er hat uns kein Zeichen gegeben. Er hat uns nicht in sich aufgenommen. Andere sind aufgenommen worden...«

Ein Flughafenwachmann, einer der vielen, der die Sperren bewachte, die man rings um den Besucher errichtet hatte, wandte sich an die Liebenden, sprach aber keinen von ihnen persönlich an: »Das wär's dann wohl. Es ist vorbei. Warum geht ihr nicht nach Hause?«

»Weil wir schon zu Hause sind«, gab der Junge mit dem asketischen Gesicht zur Antwort. »Die Erde ist unser Zuhause, das Universum ist unser Zuhause.«

»Ich verstehe diese Kinder nicht«, sagte ein Wachmann zum anderen. »Verstehst du sie etwa? Seit Tagen hängen sie nun schon mit einem blöden Grinsen auf den Gesichtern hier rum.«

»Nein«, erwiderte der andere Wächter, »ich verstehe sie auch nicht. Ich will es auch gar nicht versuchen.«

»Also, seht zu, daß ihr fortkommt«, rief der erste Wachmann den Liebenden zu. »Die Show ist zu Ende. Hier gibt es nichts mehr zu sehen.«

Die Menge zerstreute sich zögernd, langsam trotteten die jungen Leute über das Flugfeld.

»Man hätte sie gar nicht hereinlassen dürfen«, sagte der zweite Wächter. »Das war gegen die Vorschriften. Wie leicht hätte jemand getötet werden können.«

»Ach, es bestand doch keine Gefahr«, erwiderte der andere. »Die Bahn war gesperrt. Wenn wir sie nicht hereingelassen hätten, hätte es tagelang Schlägereien und Verfolgungsjagden gegeben, um sie am Eindringen zu hindern. Die Direktion hat dies für die beste Lösung gehalten. Und eines muß man den Kindern lassen: Nachdem sie auf das Flugfeld durften, haben sie sich sehr anständig aufgeführt. Sie haben überhaupt keinen Ärger gemacht.«

Der zweite Wachmann sagte: »Sie haben es geliebt. Sie haben ihm ihre Liebe gezeigt. Hast du schon jemals einen solchen Blödsinn gehört?«

Der andere Wachmann grunzte verächtlich.

Zu diesem Zeitpunkt war der Besucher nur noch ein winziger Fleck am westlichen Himmel.

In der Redaktion der *Tribune* legte Gold den Telefonhörer in die Gabel zurück. Er sagte zu Garrison: »Der auf der Highway Nummer 12 ist ebenfalls verschwunden. Ist ungefähr zur selben Zeit aufgestiegen wie der auf dem Flughafen.«
»Das hört sich fast so an, als hätten sie alle ein gemeinsames Startzeichen erhalten«, murmelte Garrison. »Ich frage mich, was sie im Schilde führen mögen.«
»Das ist die zweite Phase«, sagte Gold.
»Was meinst du damit, die zweite Phase?«
»Also, in der ersten Phase sind sie hier angekommen und haben uns studiert. Damit sind sie fertig. Jetzt tun sie etwas anderes.«
»Woraus schließt du das?«
»Ach, das ist nur eine Annahme.«
»Vielleicht sind sie mit der Sache fertig, wegen der sie gekommen sind. Womöglich sammeln sie sich jetzt wieder oben im All und machen sich anderswohin auf den Weg. Es kann sein, daß wir sie nie wieder zu Gesicht bekommen.«
Hal Russel kam von den Fernschreibern zu den beiden Journalisten herüber. »Das kam gerade durch den Draht«, sagte er. »Sie verschwinden überall. Nicht nur hier bei uns.«
Garrison wandte sich an Gold: »Ruf doch einmal in Lone Pine an und frag, wie es dort ausschaut!«
Gold nahm den Hörer ab und begann zu wählen.
Garrison fragte Russel: »Gibt es sonst noch etwas Neues? Irgendwelche Hinweise oder Gerüchte?«
»Nichts«, antwortete Russel. »Sie verschwinden. Alle, die tagelang an einem Ort geblieben waren, haben ihn nun verlassen.«
»Verdammt!« schimpfte Garrison. »Was soll man aus dieser Nachricht machen? Da steckt doch eine Story dahinter, aber die muß erst mal jemand aufspüren. Es wäre schön, wenn wir das wären. Ich weiß, da läßt sich eine gute Geschichte draus machen, aber wie sollen wir das anstellen?«
»Jay und Kathy«, schlug Russel vor. »Sie wissen am meisten über die Besucher. Die haben sicher eine Idee.«
»Kathy ist nicht zu Hause«, sagte Garrison. »Sie ist auf einer Wildgansjagd. Sie hat mich gestern abend angerufen und erzählt, daß sie möglicherweise hinter einer großen Sache her ist. Wollte einfach nicht mit der Sprache heraus. Ich müßte ihr vertrauen. Al wird schön sauer sein. Er hat mir praktisch befohlen, sie von Lone Pine zurückzuordern, und nun ist sie sofort wieder verschwunden.«
Er sah sich im Zimmer um. »Wo, zum Teufel, steckt eigentlich Jay?«

brüllte er plötzlich. »Er ist nicht an seinem Schreibtisch. Kann mir hier vielleicht jemand sagen, wo ich ihn finden kann? Wie ist es mit dir, Annie?«
Die Sekretärin schüttelte den Kopf. »Er hat sich nicht abgemeldet. Vielleicht weiß jemand anders, wo er ist?«
»Vermutlich ist er auf dem Klo!« rief Russel dazwischen.
Gold hängte den Hörer ein und meldete: »Die Besucher in Lone Pine sind ebenfalls verschwunden. Nur ein paar ganz junge sind noch da und knabbern an den Ballen.«
»Was denkt Norton darüber?« fragte Garrison.
»Ich habe nicht mit Norton gesprochen. Stiffy war am Apparat. Er hält das Büro besetzt. Norton ist nicht in der Stadt. Er macht einen Ausflug mit dem Kanu, steckt mitten in der Wildnis.

## 43. WASHINGTON, D.C.

Porter wartete ab, bis es sich die Journalisten auf ihren Stühlen bequem gemacht hatten, dann sagte er: »Ich habe keine Erklärung abzugeben. Ich nehme an, die meisten von Ihnen haben gehört, daß die Besucher verschwunden sind und nehme ebenfalls an, der Hauptteil Ihrer Fragen wird in diese Richtung zielen. Ich werde so gut antworten, wie ich es vermag, aber ich fürchte, ich werde Ihnen keine große Hilfe sein.«
»Mr. Porter«, meldete sich der Vertreter der *New York Times*, eine mögliche Erklärung ist doch wohl, daß die Besucher in den Weltraum zurückgekehrt sind und nun ein anderes Ziel ansteuern werden. Können Sie uns einen Hinweis darauf geben, ob diese Vermutung zutrifft?«
»Das kann ich nicht, Mr. Smith«, erwiderte Porter. »Natürlich ist auch uns dieser Gedanke gekommen. Die NASA sucht nach Hinweisen. Unsere Raumstation ist in Alarmbereitschaft versetzt, ich vermute, die der Sowjets ebenso. Bisher haben wir keine Meldung erhalten. Aber wir müssen uns vor Augen halten, daß es sich um ein riesiges Beobachtungsgebiet handelt. Eigentlich gäbe es nur dann etwas zu beobachten, wenn sich die Besucher wieder zu einem Block versammelten, so wie sie es getan hatten, bevor sie zur Erde kamen.«
»Wenn die Sowjets etwas feststellten, würden sie es uns mitteilen?«
»Das kann ich nicht mit Bestimmtheit sagen, ich glaube aber schon.«

»Dave«, begann der Mann von der *Washington Post,* »diese Frage mag Ihnen etwas heimtückisch erscheinen, aber...«

»Aber die *Post* stellt doch niemals heimtückische Fragen«, entgegnete Porter.

Eine Woge von Gelächter brandete auf. Porter hob die Hand, um für Ruhe zu sorgen.

»Also, schießen Sie los«, sagte er dann. »Ich gehe davon aus, daß es sich nicht um eine heimtückische Frage handelt.«

»Ich wollte nur folgendes wissen: Es ist doch kein Geheimnis, daß das Auftauchen der Besucher die Regierung vor einige schwierige Probleme gestellt hat. Können Sie mir also sagen, ob ihr Verschwinden eine Erleichterung für Sie bedeutet?«

»Ich habe mich getäuscht«, erwiderte Porter, »die Frage ist tatsächlich nicht ohne Tücke. Ich werde sie trotzdem so aufrichtig beantworten, wie ich es vermag. Zunächst einmal wäre es vorschnell geurteilt, wenn wir das Verschwinden der Besucher so deuteten, daß wir sie nie wieder zu sehen bekommen. Womöglich haben sie nur ihre Operationsbasis in einen entfernteren Bereich verlegt. Die Antwort auf die Frage, ob die Regierung einen Stoßseufzer der Erleichterung ausgestoßen hat, muß zwangsläufig zweischneidig ausfallen. Die Besucher haben uns einige Sorgen bereitet, das will ich nicht leugnen. Wir waren plötzlich mit einem Problem konfrontiert, mit dem noch nie irgend jemand zu tun hatte. Es gab keine Präzedenzfälle, nach denen wir uns hätten richten können. Wie würden die Auswirkungen auf die verschiedenen Bevölkerungsteile sein, das war eine unserer Sorgen. Hin und wieder waren wir völlig ratlos, das muß ich offen zugeben. Aber alles in allem sind wir mit der Lage nicht schlecht fertig geworden.

Das war der erste Teil meiner zweiteiligen Antwort. Als zweites möchte ich Ihnen erklären, daß wir in letzter Zeit zu der Ansicht gelangt waren, die Menschen könnten möglicherweise mit den Besuchern zusammenleben und in gewisser Hinsicht sogar von den Fremden profitieren. Ich persönlich bin der Meinung, wir sind ärmer geworden, wenn uns die Besucher tatsächlich verlassen haben, vielleicht hätten wir vieles von ihnen lernen können.«

»Sie sagen, wir hätten viel von ihnen lernen können«, sagte der Vertreter des *Kansas City Star.* »Könnten Sie das näher erläutern?«

»Nur in allgemeiner Hinsicht«, entgegnete Porter. »Hier handelte es sich um eine fremde Rasse mit einer ungewöhnlichen Technologie. Wir hätten neue Sehweisen gewinnen können und Denkweisen, die uns bis jetzt verschlossen waren.«

»Könnten Sie nicht nähere Einzelheiten nennen, Mr. Porter? Dr. Allen hat einige Tage an dem toten Besucher gearbeitet. Ist er denn auf keinerlei Erkenntnisse gestoßen, die nützlich für uns sein könnten?«

»Nein, keine absolut sicheren Ergebnisse«, erwiderte Porter. »Ich habe Ihnen bereits vor einigen Tagen erklärt, daß diese Wesen aus Zellulose aufgebaut sind, allerdings handelt es sich um eine Form von Zellulose, die uns völlig unbekannt ist und uns auf absehbare Zeit auch unbekannt bleiben wird. Es besteht aber die Möglichkeit, daß wir eines Tages hinter das Geheimnis dieser fremden Zellulose kommen werden. Wenn uns das gelingt, können wir den Stoff möglicherweise für einige unserer Rohstoffe einsetzen, die ja bekanntlich nicht unerschöpflich sind.«

»Vorhin haben Sie die Vermutung geäußert«, sagte die *Chicago Tribune,* »die Besucher könnten ihre Basis in ein entfernteres Gebiet verlegt haben. Wollen Sie damit sagen, Sie glauben, die Besucher hätten sich versteckt?«

»Das habe ich nicht behauptet, Harry, Sie wissen genau, daß ich das nicht gesagt habe.«

»Aber Sie haben es indirekt angedeutet. Warum könnten sie sich versteckt halten?«

»Erstens: Ich habe nicht behauptet, sie haben sich versteckt. Zweitens: Falls es tatsächlich so ist, habe ich keine Erklärung dafür.«

»Mr. Porter«, fragte die *New York Times,* »auf den ersten Blick hat es den Anschein, daß die Besucher soeben mit der zweiten Phase ihres Unternehmens begonnen haben. Zunächst haben sie uns eine Zeitlang beobachtet. Jetzt bereiten sie ihren nächsten Zug vor. Möglicherweise ist das nur ein Vorspiel zu...«

»Mr. Smith«, unterbrach ihn Porter, »wollen Sie mich dazu verleiten, an Ihren Spekulationen teilzunehmen? Ich kann darauf nichts erwidern. Ihre Vermutungen erscheinen – zumindest auf den ersten Blick, wie Sie selbst eingeräumt haben – recht plausibel. Ich verfüge jedoch über keinerlei Informationen, die diese Annahmen rechtfertigten.«

»Ich danke Ihnen, Sir«, sagte der Mann von der *Times,* »ich hielt es für wichtig, diese Frage zu stellen.«

»Ich bin froh, daß Sie sie gestellt haben«, erwiderte Porter.

»Dave, ich möchte diesen Punkt weiterverfolgen«, erklärte der Vertreter des *Milwaukee Journal.* »Es ist gut, daß die Times ihn angeschnitten hat. Diese Wesen haben uns ausgiebig beobachtet. Möglicherweise kennen sie uns inzwischen besser, als wir uns selbst kennen. Vielleicht besitzen sie nun die Informationen, die sie benötigten.«

»Ich bin wie Sie der Ansicht, daß wir es hier mit einem bedeutenden Problem zu tun haben«, versicherte Porter. »Wir dürfen es nicht aus den Augen verlieren. Ich kann hier aber nicht auf die Frage eingehen, da ich keine Informationen besitze, um sie beantworten zu können. Außerdem habe ich einen Einwand vorzubringen: So, wie die Frage gestellt wurde, erweckt sie den Anschein, die Besucher würden finstere Pläne gegen uns schmieden. Sie seien uns feindlich gesonnen und entwickelten soeben eine Strategie, um uns anzugreifen. Bisher haben sich die Besucher nicht feindselig verhalten.«

»Aber wir kennen ihre Motive nicht.«

»Das stimmt.«

»Ihr Ausdruck ›entlegenere Gebiete‹ irritiert mich«, sagte der Reporter der *Los Angeles Times*. »Gibt es im Bereich der USA eigentlich noch entlegene Gebiete?«

»Es tut mir leid, wenn Sie die Formulierung gestört hat«, entgegnete Porter. »Eigentlich habe ich sagen wollen, daß sich die Besucher aus den dicht bevölkerten Bereichen zurückgezogen haben. Möglicherweise tauchen sie an anderer Stelle wieder auf, aber bisher haben wir keine Meldungen erhalten. Außerdem gibt es in den Vereinigten Staaten durchaus noch entlegene Gebiete. Große Waldflächen in Neuengland, Nordminnesota, Wisconsin und Michigan. In anderen Staaten gibt es vergleichbare Gegenden. Nehmen Sie zum Beispiel die Rocky Mountains und den Wüstengürtel im Südwesten.«

»Nach allem, was Sie gesagt haben, scheinen Sie anzunehmen, daß sich die Besucher noch auf der Erde aufhalten«, sagte der Vertreter der *Washington Post*. »Daß sie in den Weltraum aufgestiegen sind, schließen Sie offenbar aus?«

»Das ist meine persönliche Meinung«, erwiderte Porter. »Ich habe gar nicht bemerkt, daß sie so deutlich in meine Stellungnahme eingeflossen ist. Auf keinen Fall ist das der offizielle Standpunkt der Regierung! Bitte, berücksichtigen Sie das! Ich persönlich bin allerdings der Meinung, die Besucher werden einen Planeten, auf dem sie einen dringend benötigten Rohstoff gefunden haben, nicht so schnell wieder verlassen. Es ist unwahrscheinlich, daß es viele Planeten gibt, auf denen man Pflanzen finden kann, die soviel Zellulose wie unsere Wälder produzieren.«

»Da die Besucher nun eine solche Welt gefunden haben, werden sie noch eine Weile hierbleiben? Davon gehen Sie aus?«

»Das ist meine Meinung, aber es ist nicht notwendigerweise auch die Ansicht der Regierung.«

Der Mann vom INS ergriff das Wort: »Im Fall der Besucher hat die

Regierung eine Haltung eingenommen, die ich als gelassen bis optimistisch beschreiben möchte. Es muß für sie manch eine dramatische Zuspitzung gegeben haben, aber es ist ihr immer gelungen, diesen optimistischen Grundton beizubehalten. Können Sie uns sagen, ob die Regierung tatsächlich so zuversichtlich ist, wie sie sich gibt?«

»Darf ich Ihre Frage so deuten: Sie wollen wissen, ob es sich bei der Einstellung der Regierung um einen realen oder einen politischen Optimismus handelt?«

»Ich danke Ihnen dafür, Dave, daß Sie meine Frage so hübsch vervollständigt haben.«

»Ich will zugeben«, begann Porter, »es hat Zeiten gegeben, zu denen wir unsere optimistische Haltung aus rein politischen Gründen aufrechterhalten haben. Aber gleichzeitig kann ich Ihnen ohne Vorbehalte versichern: Die meiste Zeit waren wir durchaus von echter Zuversicht erfüllt. Die Besucher haben sich nie feindselig verhalten. Es schien uns fast, als ob sie bemüht waren, sich uns gegenüber korrekt zu benehmen. Sie haben nur äußerst selten gegen normale menschliche Verhaltensregeln verstoßen. Sie haben versucht, sich anständig aufzuführen. So ist man im Weißen Haus zu der Einsicht gekommen, daß die Besucher offenbar kein Interesse daran haben, uns zu schaden oder zu verletzen. Natürlich ist es möglich, daß sie uns aus Unwissenheit Schaden zufügen könnten.«

»Sie halten das offenbar für unwahrscheinlich?«

»Ja«, antwortete Porter, »das halte ich in der Tat für unwahrscheinlich.«

## 44. IOWA

Seit mehr als einer Stunde hatten sie sich ihren Weg durch den sumpfigen Urwald gebahnt, durch Geäst, Ranken und Unterholz. Der Boden unter ihren Füßen war trügerisch, Hügel und Pfade aus halbfester Erde ragten aus einem Gewirr von Tümpeln und Wasserläufen. Bisher war nirgendwo ein Anzeichen des grasbewachsenen festen Bodens zu sehen, der sich im Innern der Insel über den sumpfigen Rand erhob. Jimmy Quincey hatte ihnen versichert, sie würden dies Gebiet nach einem kurzen Marsch durch den Sumpf erreichen.

Dann endlich lichtete sich der Wald ein wenig. Zwischen den hohen Baumstämmen hindurch fiel der Blick nun auf ein oder zwei Besu-

cher, die sich auf dem Grasland niedergelassen hatten. Sie hatten die Besucher vorhin schon einmal gesehen, als sie noch mit dem Boot auf dem Fluß waren.
»Da sind sie ja noch«, hatte Quincey ausgerufen. »Ich hatte schon befürchtet, sie könnten sich davongemacht haben. Heute morgen haben sie im Radio gesagt, die Besucher wären alle verschwunden.«
Jetzt stieg der Boden unter ihren Füßen an, und sie kamen besser voran. Der Sumpf war zu Ende, und das Unterholz wuchs hier spärlicher, aber die Bäume reckten sich so mächtig hinauf wie zuvor.
»Ich glaube, jetzt sind wir gleich da«, sagte Jerry.
Und dann waren sie tatsächlich am Ziel. Sie traten aus dem Wald, vor ihnen erstreckte sich ein weites Grasland. Die beiden blieben starr vor Staunen stehen.
Die drei Besucher schwebten eine Handbreit über dem Boden, mitten auf der riesigen Wiese, aber es waren nicht die Besucher, die die Aufmerksamkeit von Kathy und Jerry fesselten.
Zwischen den Besuchern standen in langen sauberen Reihen Automobile, oder zumindest Gegenstände, die wie Automobile aussahen. Sie hatten Türen, Sitze, Steuerräder, und vorn trug jedes Gefährt einen großen Scheinwerfer. Räder hatten sie allerdings nicht.
»Autos!« rief Kathy. »Jerry, das sind Autos ohne Räder.«
»Was es auch sein mag«, erwiderte Jerry, »die Besucher produzieren diese Dinger, sie stoßen sie aus oder werfen sie, ganz wie du es nennen willst. Sie sind immer noch damit beschäftigt.«
Der Anblick der in langen geraden Reihen abgestellten Wagen hatte Kathy so sehr fasziniert, daß sie kaum auf die Besucher geachtet hatte. Jetzt stellte sie fest, daß die Besucher Knospen trugen. Die Beulen hatten eine andere Form als die, aus denen seinerzeit die jungen Besucher geschlüpft waren. Diese hier waren länglicher und unregelmäßiger.
An dem Besucher, der ihnen am nächsten stand, platzte soeben eine Beule auf, und heraus kam eines dieser Gebilde, die Automobilen ähnelten. Es glänzte feucht, aber noch während Kathy hinschaute, trocknete die Feuchtigkeit, und das Ding erstrahlte in leuchtendem Gelb.
»Ein gelbes«, stellte Jerry fest. »Hast du schon gemerkt, daß die Autos ganz unterschiedliche Farben haben. Rote, grüne, graue, für jeden Geschmack ist ein Farbton dabei.«
Langsam schob sich der gelbe Wagen aus der Hauttasche des Besuchers. Er sank herab und schwebte ein paar Zentimeter über dem Grasboden. Dann schwenkte er plötzlich herum und eilte zur näch-

sten Wagenreihe davon. Er ordnete sich neben einem grünen Fahrzeug ein, das seinerseits neben einem roten stand.
»Wie niedlich, es gibt sie in allen Farben«, seufzte Kathy.
»Das habe ich dir doch gerade erzählt«, bemerkte Jerry, »aber du hast mir nicht zugehört.«
»Das können keine Autos sein«, erklärte Kathy. »Sie sehen so aus wie Autos, aber es sind keine. Wozu sollten die Besucher derart viele Autos brauchen?«
»Das weiß ich auch nicht«, entgegnete Jerry. »Aber sie sehen wirklich wie Autos aus, wie futuristische Autos. Das Design könnte von einer Firma stammen, die allgemeine Aufmerksamkeit erregen will. Natürlich haben sie keine Räder, aber sie brauchen auch keine, denn sie schweben. Diese Wagen, wenn es tatsächlich welche sind, funktionieren offenbar nach dem gleichen Prinzip wie die Besucher selbst. Eigentlich ist das nicht verwunderlich, denn sie sind ja Kinder der Besucher, wenn auch in veränderter Gestalt.«
»Warum sollten sie Junge in der Gestalt von Autos zur Welt bringen? Was hätten sie davon?«
»Vielleicht sind diese Dinger doch Autos und für uns bestimmt.«
»Für uns bestimmt?«
»Überleg mal, Kathy. Die Besucher sind hier gelandet und fanden, was sie suchten. Sie fanden die Bäume, aus denen sie Zellulose gewannen. Es wäre doch möglich, daß die Autos als Bezahlung für die Bäume gedacht sind.«
»Das ist doch albern«, widersprach Kathy. »Warum sollten sie uns etwas bezahlen? Sie kamen, fanden die Bäume und holten sie sich. So können sie weitermachen, wenn sie wollen. Und überhaupt, was heißt hier für uns? Wir brauchen nicht so viele Wagen. Was sollen wir mit Hunderten von Autos anfangen?«
»Ich meine doch nicht für uns beide, sondern für die Menschen im ganzen Land.«
»So viele könnten sie gar nicht ausstoßen.«
»Doch, ich glaube schon. Hier sind nur drei Besucher. Sie haben erst vor einer knappen Woche mit dem Knospen begonnen, und sie haben schon mehrere hundert Wagen ausgestoßen. Stell dir einmal tausend oder zehntausend Besucher vor, und gib ihnen sechs Monate Zeit...«
»Du hast recht«, sagte Kathy. »Sie könnten eine Menge Autos fabrizieren. Da fällt mir ein, 101 hat dich hierhergeschickt, sie wußte, was du hier finden würdest. Sie wollte es so.«
»Vermutlich war es nicht 101 allein«, erwiderte Jerry. »Die Besucher

wollten, daß wir sie finden. 101 war nur ihr Sprecher. Höchstwahrscheinlich weiß jedes von diesen Wesen, was alle anderen gerade tun, eine Art kollektives Bewußtsein. Als 101 gelandet ist, hat sie den anderen Signale gesandt. Sie können miteinander kommunizieren.«

»Du glaubst also, die Besucher wollen, daß wir unseren Fund öffentlich bekanntmachen?«

»Wir werden benutzt«, murmelte Jerry. »Ja, so ist es, wir werden benutzt. Wir sollen für die Besucher die Werbetrommel rühren. Möglicherweise sind wir gleichzeitig als Testfahrer ausersehen. Wir sollen für sie ausprobieren, ob sich die Autos gut handhaben lassen. Das ist natürlich nur eine Annahme. Sie wissen viel über die Menschen, aber sie sind sich womöglich in einigen Punkten unsicher. Wenn ein Autokonzern einen neuen Fahrzeugtyp vorstellt, muß dieser auch zuvor getestet werden.«

»Und dich haben sie ausgewählt, weil du eine außergewöhnliche Person für sie bist«, sagte Kathy. »Du warst der erste, der im Innern eines Besuchers war und mit ihm Gedanken ausgetauscht hat. Wahrscheinlich bist du überhaupt der einzige. All die Geschichten von anderen Leuten könnten ...«

»101 hat dir die Hand geschüttelt. Das hast du vergessen.«

»Ja, aber woher sollte 101 sicher sein, daß ich ebenfalls hierher komme? Sie konnte doch nicht wissen, daß du mich anrufen würdest.«

»Vielleicht doch. Vielleicht ...«

»Vielleicht was ...?«

»Kathy, möglicherweise sind diese Wesen mächtiger, als wir uns vorgestellt haben. Es könnte sein, daß sie in uns lesen können wie in einem Buch.«

»Mir wird plötzlich so kalt, innerlich natürlich, meine ich«, flüsterte Kathy leise.

»Ich hatte noch nie Angst vor ihnen, doch jetzt fürchte ich mich. Es könnte eine Falle sein. Wir fallen hinein und merken es nicht einmal.«

»Das wäre möglich«, erwiderte Jerry. »Auf jeden Fall haben sie diese Autos für uns gemacht, Autos, die schweben, möglicherweise sogar fliegen können. Niemand braucht mehr eine Straße, mit den neuen Autos kommt man überall hin. Wahrscheinlich brauchen sie kein Benzin und sind auf ewig wartungsfrei. Das ist ihre Bezahlung für unsere Bäume. Diesen Preis zahlen die Besucher dafür, daß unsere Zellulose sie vor dem Aussterben gerettet hat. Wenn du vom Tode bedroht wärst, würdest du nicht auch Autos für die Rasse produzieren, die dich gerettet hat? Autos, oder was auch immer diese Rasse gebrauchen könnte?«

»Ich kann deinen Gedanken kaum folgen«, warf Kathy ein. »Daß dies hier Autos sind und sie für die Menschen bestimmt sind, das kann ich nicht so einfach akzeptieren. Du redest aber so, als ob du das alles sicher wüßtest. Wie kannst du dir so sicher sein?«

»Vielleicht hat 101 es mir so erzählt? Als sie es mir mitteilte, habe ich es nicht verstanden, doch nun dämmert es mir. Es ergibt einen Sinn, es ist logisch. Sie haben uns beobachtet. Sie haben gesehen, was wir brauchen. Sie durchschauen uns, Kathy. Sie wissen, aus welchem Holz wir geschnitzt sind und wie man uns kaufen kann. Sie wissen, daß wir unsere Seelen verkaufen für...«

»Du klingst so verbittert, Jerry.«

»Ich bin nicht verbittert, ich begreife nur, was hier geschieht und daß wir die Entwicklung nicht aufhalten können. Wenn wir beide uns jetzt umdrehten und fortgingen, würden wir sie trotzdem nicht verhindern. Jemand anderer würde die Wagen finden. Vermutlich ist es sogar richtig, daß die Wagen gefunden werden. Vielleicht kommt schließlich alles zu einem guten Ende. Die Besucher sind uns einfach überlegen. Die Menschen sind eine Rasse von Krämern, hier haben wir unseren Meister gefunden.«

»Wir stehen hier und schwatzen«, stellte Kathy fest. »Wir spinnen ein Garn und versuchen daran zu glauben. Aber Geschwätz bringt uns nicht weiter. Ich kann immer noch nicht glauben, daß das hier tatsächlich Autos sind. Ich muß einfach Gewißheit haben.«

»Dann wollen wir uns die Dinger genauer ansehen«, sagte Jerry.

## 45. MINNEAPOLIS

Gold hatte seinen freien Tag, und als Jay in den Redaktionsraum zurückkam, ließ er sich in Golds leeren Stuhl sinken. Garrison hockte hinter seinem Schreibtisch und kritzelte etwas auf ein Blatt Papier. Annie war in ihrer Ecke; sie hatte soeben ein Sandwich verzehrt und schälte mit erstaunlicher Kunstfertigkeit eine Apfelsine.

»Gibt es etwas Neues?« fragte Jay den Lokalchef.

Garrison schüttelte den Kopf. »Weder hier am Ort noch sonst irgendwo. Hal hat gerade erzählt, daß völlige Funkstille herrscht, in Sachen Besucher jedenfalls. Man hat in Texas und Montana einige ge-

sichtet, aber die Bestätigungen für diese Meldungen stehen noch aus.«
»Dann warten wir ab«, schlug Jay vor, »das ist alles, was wir tun können. Wir haben Dutzende von Leuten im ganzen Land angerufen, Illustriertenredakteure, Sheriffs, Bürgermeister, Geschäftsleute, Freunde. Wenn die etwas erfahren, werden sie es uns wissen lassen.«
»Ich denke die ganze Zeit darüber nach, ob wir nicht mehr hätten tun können«, sagte Garrison.
»Das ist nicht dein Problem, Johnny, nicht deines allein.«
»Das ist mir klar, zum Teufel. Aber ich wäre gern derjenige, der die entscheidende Idee hat, eine Ahnung, wo die Besucher stecken könnten.«
»Und warum sie verschwunden sind?«
»Ja, auch das. Aber darum kann man sich später kümmern. Zuerst einmal müssen wir sie finden. Das wäre etwas für die erste Seite. Ich tippe auf Nordminnesota, die Wälder dort oben. In denen könnten sie sich versteckt halten...«
»Wie wäre es denn mit Kanada oder vielleicht der nördlichen Westküste«, sagte Jay. »Es gibt viele Gebiete, wo sie sich verbergen könnten.«
Das Telefon auf dem Tisch des Lokalredakteurs läutete. Annie legte die Apfelsine auf den Tisch und nahm den Hörer ab.
»Für Sie, Johnny. Es ist Kathy, ich habe sie auf Nummer drei gelegt.«
Garrison langte nach seinem Hörer und gab Jay ein Zeichen, über Golds Telefon am Gespräch teilzunehmen.
»Kathy, wo steckst du, um alles in der Welt? Hast du etwas für uns?«
»Ich bin in Iowa«, antwortete Kathy. »Das Nest heißt Dick's Landing, am Mississippi. Jerry ist bei mir.«
»Jerry?«
»Erinnerst du dich nicht mehr an ihn? Der große Schweiger, mit dem ich ins Konzert gehen wollte. Du hast mir die Eintrittskarten abgekauft.«
»Ja, jetzt weiß ich es wieder. Was hat das damit zu tun, daß du in Iowa bist?«
»Wir haben drei Besucher gefunden, Johnny. Auf der Gänseinsel...«
»Laß alles Unwichtige weg. Erzähl mir von den Besuchern. Was ist mit ihnen? Was tun sie?«
»Sie produzieren Autos.«

»Kathy, sei nicht albern! Hör mit den Späßen auf. Ich hatte einen harten Tag, ich bin nicht zum Scherzen aufgelegt.«
»Sie stellen Autos her. Wir haben zwei davon. Wir sind mit den Wagen von der Insel geflogen. Ich habe ein gelbes, und Jerry hat ein rotes. Sie sind sehr einfach zu bedienen.«
»Hast du geflogen gesagt? Du bist mit einem Auto geflogen?«
»Man kann damit fliegen. Sie haben sowieso keine Räder. Sie schweben, genau wie die Besucher. Wenn man sich einmal mit ihnen vertraut gemacht hat, kann man sie leicht steuern. Wir beide haben nicht einmal eine Stunde gebraucht, dann wußten wir, wie man sie bedient. Es ist so ähnlich wie in einem Flugzeug. Absolut gefahrlos. Wenn man auf ein Hindernis zusteuert, drehen die Dinger selbsttätig ab...«
»Um Himmels willen, Kathy«, Garrisons Stimme war eiskalt, »sag mir die Wahrheit, um Himmels willen. Habt ihr tatsächlich solche Wagen?«
Jay sprach in die Muschel: »Kathy, hier spricht Jay. Ich bin in derselben Leitung wie Johnny. Du machst keine Witze, oder? Ihr habt tatsächlich diese Wagen?«
»Natürlich haben wir sie, darauf kannst du dich verlassen!«
Garrison sagte: »Kathy, nimm dich zusammen! Du redest doch lauter Unsinn. Wozu sollten die Besucher Autos herstellen?«
»Das wissen wir nicht«, antwortete Kathy. »Zumindest wissen wir es nicht sicher. Wir glauben, die Autos sind als Bezahlung für die Bäume gedacht, aber das nehmen wir nur an, ganz sicher sind wir nicht. Die Besucher schienen nichts dagegen zu haben, daß wir uns die beiden Autos nahmen und damit fortflogen.«
»Und was macht ihr nun mit den Autos?«
»Wir kommen zurück. Wir werden in drei oder vier Stunden bei euch sein, vielleicht auch früher. Wir kennen die Höchstgeschwindigkeit dieser Dinger noch nicht. Wir werden mit ihnen fliegen. Um die Straßen brauchen wir uns nicht zu kümmern, wir folgen einfach dem Fluß.«
»Ach, Kathy, da kann doch etwas nicht stimmen. Du sagst, sie produzieren Autos...«
»Ich weiß nicht, ob Autos die richtige Bezeichnung ist...«
»Augenblick, Kathy«, sagte Jay. »Bleib noch einen Moment dran!«
Er verdeckte die Sprechmuschel mit der Hand und sah Garrison über den Tisch hinweg an.
»Johnny«, sagte er, »sie ist eine gute Reporterin, eine verdammt gute Journalistin.«

Auch Garrison hielt seine Muschel zu. »Das weiß ich, aber mir ist nicht klar, was ich von dieser Sache halten soll. Was ist, wenn sich alles als Ente herausstellt?«
»Wir haben noch fünf Stunden, bis wir in Druck gehen. Bis dahin kann sie hier sein. Sie kann die Story schreiben, wir können Fotos von den Autos machen. Wir kriegen alles noch in der nächsten Nummer unter.«
Garrison nickte. Er nahm die Hand vom Hörer und sprach in das Mikrofon: »Also gut, Kathy, wir warten auf euch. Bis dahin unternehmen wir nichts. Wir halten die Fotografen bereit. Könnt ihr mit den Dingern oben auf dem Dach landen?«
»Weiß ich nicht. Ich denke schon. Sie lassen sich sehr leicht steuern.«
Jay schaltete sich ein: »Kathy, womit werden diese Wagen betrieben? Brauchen sie Benzin, oder was sonst?«
»Gar nichts«, erwiderte Kathy. »Sie kommen aus Knospen auf der Haut der Besucher. Sie werden genauso angetrieben wie die Besucher, wie immer das geschehen mag. Jerry denkt, die Wagen sind in Wirklichkeit Besucher in Gestalt von Autos. Auf der Insel stehen Hunderte von Wagen, wir haben aber nur zwei genommen. Die drei Besucher sind erst seit einer Woche dort, sie scheiden die Wagen unglaublich schnell aus.«
»Okay«, sagte Garrison. »Wir warten ab und halten den Mund. Bisher haben wir die Story exklusiv, und wir wollen, daß das so bleibt. Seid vorsichtig, riskiert nicht zuviel. Ihr sollt wohlbehalten hier ankommen.«
»Bis später!« rief Kathy.
Garrison legte den Hörer auf die Gabel und schaute Jay ins Gesicht.
»Was sagst du dazu?« fragte er.
»Ich glaube, wir haben soeben das erste Eisenbeil gekauft. Die Steinbeile haben ausgedient.«
Garrison murmelte etwas Unverständliches. »Ich erinnere mich an deinen Vorschlag für einen Artikel«, sagte er dann laut. »Wir hätten die Story damals bringen sollen.«
»Ich kann sie immer noch schreiben.«
»Nein«, widersprach Garrison. »*Die* Geschichte wird bald jeder schreiben. Für uns gibt es eine andere: Was wird aus der Autoindustrie, wenn die Besucher weiterhin Fahrzeuge herstellen, und zwar so viele, daß sie für alle Einwohner reichen, und sie im Tausch gegen Bäume hergeben? Was wird aus den Leuten, die in Detroit oder in den Zweigwerken im Land ihren Job verlieren? Was geschieht mit der

Ölindustrie, wenn niemand mehr Benzin für seinen Wagen kauft? Was wird aus den Arbeitern in den Reparaturwerkstätten und Tankstellen? Wie wird es sein, wenn wir eines Tages keine Straßen mehr brauchen? Was wird aus den Banken, die von der Autofinanzierung leben? Was wird geschehen, wenn die Besucher irgendwann genügend Autos hergestellt haben und plötzlich anfangen, Kühlschränke, Öfen und Klimaanlagen zu produzieren? Wie will der Staat die neuen, kostenlosen Autos registrieren? Wie will er sie besteuern? Das Tollste an der Sache aber ist, daß die Besucher sich nicht aus Feindseligkeit so verhalten. Sie sind uns nicht feindlich gesonnen. Sie tun es womöglich aus reiner Dankbarkeit. Wenn sie sich nur mit der Regierung abstimmten! Wenn sie der Regierung die Verteilung überließen...«
»Ich halte es für denkbar«, unterbrach ihn Jay, »daß sie sich gar nicht vorstellen können, was eine Regierung ist. Bei ihnen gibt es vermutlich den Begriff Politik überhaupt nicht. Sie haben uns beobachtet und festgestellt, wie sie uns am besten für die Bäume entschädigen könnten. Sie haben sich die Leute angeschaut, nicht die Regierungen. Vermutlich ist ihnen nicht klar, in welche Schwierigkeiten sie uns stürzen, weil sie nichts von der komplexen ökonomischen Struktur wissen, die wir errichtet haben. Vielleicht kennen sie nur den einfachen Tauschhandel: Du gibst mir etwas, dafür gebe ich dir etwas zurück. Das Verteufelte an der Sache ist: Die Leute werden voll auf die Autos abfahren. Wenn sie erst einmal von den Gratiswagen gehört haben, wenn sie einmal einen unterm Hintern gehabt haben, dann gibt es kein Halten mehr. Dann wird niemand – auch die Regierung nicht – je wieder ein Wort gegen die Besucher sagen dürfen.«
»Darum also halten sie sich versteckt«, murmelte Garrison. »Damit sie ungestört diese Wagen herstellen können. Sie haben sich zurückgezogen, damit sie nicht von Schwärmen von Leuten überfallen werden, die ein Auto wollen. Wenn Tausende von Besuchern diese Autos ausstoßen, wie lange werden sie dann brauchen, bis sie genügend hergestellt haben?«
»Keine Ahnung«, erwiderte Jay. »Ich weiß nicht einmal, ob du mit deiner Vermutung richtigliegst, es wäre allerdings eine plausible Erklärung. Hoffentlich beschränken sie sich auf Autos. Wenn sie es bei Autos belassen, werden wir die Lage noch einigermaßen in den Griff bekommen.«

# 46. WASHINGTON, D.C.

»Dave«, fragte der Präsident, »können wir absolut sicher sein, daß diese Meldungen der Wahrheit entsprechen? Die ganze Sache klingt wie ein Hirngespinst, einfach unglaubwürdig ... Ein paar Tatsachen, aus dem Zusammenhang gerissen ...«
»Ich hatte die gleichen Bedenken, als die ersten Nachrichten eintrafen«, erwiderte Porter. »Also habe ich mich direkt an die Quelle gehalten. Ich habe die *Tribune* in Minneapolis angerufen und mir den Lokalchef geben lassen. Garrison heißt der Mann. Ich kam mir etwas seltsam dabei vor, so als ob ich die Lauterkeit der Berichterstattung dieses Blattes überprüfen würde. Aber was blieb mir übrig ...? Dieser Garrison hat sich recht anständig verhalten ...«
»Und die Meldung stimmt ...?«
»Offenbar ja. Garrison hat zu mir gesagt, daß er es selbst nicht glauben wollte und erst dann überzeugt war, als die beiden Wagen auf dem Dach des Zeitungsgebäudes standen. Nachdem sein Reporter angerufen hatte, sei er wie benommen in seinem Stuhl gesessen und habe sich immer wieder gesagt, daß etwas nicht stimmen könnte, man ihn hochnehmen wollte oder er seinen Reporter nicht richtig verstanden hätte.«
»Aber jetzt weiß er es? Jetzt ist er sicher?«
»Jetzt weiß er Bescheid. Er hat die Autos und Bilder von ihnen.«
»Haben Sie die Bilder gesehen?«
»Die *Tribune* ist vor einer knappen halben Stunde in Druck gegangen. Die Meldung hat jedermann, einschließlich der Nachrichtendienste, total überrascht. Es wird eine Weile dauern, bis wir die Bilder von *Tribune* bekommen können, und noch länger, bis wir sie hierher übersandt haben.«
»Autos!« stöhnte der Präsident. »Warum gerade Autos? Warum nicht etwas Ausgefalleneres? Diamantcolliers, Champagner, Pelzmäntel?«
»Die Besucher sind gute Beobachter, Sir. Sie haben uns tagelang zugesehen.«
»Und dabei haben sie eine Menge Autos bemerkt. Fast jeder hat eins. Die, die keines haben, hätten gern eines. Die, die ein altes haben, wollen ein neues. Alte Autos, verbeulte Autos, verschrottete Autos. Unfälle auf den Straßen. Tote Menschen und zertrümmerte Wagen. All das haben die Besucher gesehen. Und sie haben uns Wagen gegeben, die niemals verschleißen, die kein Benzin und keine Straßen brauchen, die nie zusammenstoßen, weil sie von alleine ausweichen, wenn

die Gefahr eines Zusammenpralls besteht. Keine Wartung, keine Reparaturen, keine Farbarbeiten...«

»Das ist noch nicht sicher, das sind Spekulationen.«

»Ein Auto für jeden?«

»Auch das ist noch nicht sicher. Garrison stellt es sich so vor, seine Reporter glauben es. Der Bericht in der *Tribune* erwähnt diese Möglichkeit jedoch nicht, man hat sie bewußt ausgespart.«

»Das kann unseren Ruin bedeuten, Dave. Ob es nun tatsächlich für jeden einen Wagen gibt oder nicht, unsere Wirtschaft kann zusammenbrechen. Allein weil die Möglichkeit besteht, daß die Autoindustrie überflüssig wird. Ich habe schon darüber nachgedacht, ob ich die Banken schließen lassen soll, um für die nächste Zeit alle finanziellen Transaktionen zu verhindern. Was halten Sie davon?«

»Wir würden Zeit gewinnen. Das wäre allerdings auch schon alles, was wir dabei gewinnen könnten – ein paar Tage. Länger als ein paar Tage können Sie die Banken nicht geschlossen halten.«

»Wenn morgen früh die Börsen öffnen...«

»Sie haben recht, etwas muß geschehen. Am besten setzen Sie sich gleich mit dem Bundesanwalt und der Bundesbank in Verbindung. Außerdem gibt es einige andere Stellen...«

»Außer Zeit würden wir nichts gewinnen, da gebe ich Ihnen recht«, sagte der Präsident. »Aber wir brauchen Zeit und ein wenig Ellenbogenfreiheit. Die Menschen müssen alles erst einmal in Ruhe überdenken können. Wir müssen mit den Leuten reden. In der letzten Zeit habe ich immer wieder gesagt, es gäbe keinen Grund zur Panik, doch jetzt, Dave, habe ich Angst, die Nerven zu verlieren.«

»Das merkt man Ihnen nicht an.«

»Eine Panik können wir uns wirklich nicht leisten. Zumindest darf man sie uns nicht ansehen. In der Politik lernt man, die persönlichen Ängste zu verbergen. Mir ist tatsächlich das Herz in die Hosen gerutscht, aber das darf ich nicht zeigen. Alle werden sich einig sein, wenn es darum geht, die Regierung ans Kreuz zu schlagen. Der Kongreß, die Presse, die Lobbyisten, Gewerkschaftsbosse, jeder eben! Alle werden sagen, wir hätten die Situation vorausahnen müssen, wir hätten ihr rechtzeitig begegnen müssen.«

»Das Land wird damit fertig werden, Sir.«

»Das Land wird es überleben, aber nicht ich. Ich sitze in der Klemme, dabei habe ich bis heute morgen noch gedacht, ich würde unbeschadet aus der Sache herauskommen.«

»Das kann Ihnen immer noch gelingen.«

»Ja, wenn ein Wunder geschieht.«

»Dann werden wir uns eben ein Wunder zusammenzimmern.«
»Es wird nicht gelingen, Dave. Nicht, daß wir es nicht versuchen sollten. Wir werden ja erleben, was geschieht. Dr. Allen und Whiteside werden bald hier sein; Grace versucht, Hammond aufzuspüren. Ich will seine Meinung hören. Hammond besitzt ein gesundes Urteilsvermögen. Außerdem kann er die Schließung der Banken regeln. Marcus wird später ebenfalls zu uns stoßen, die anderen werden folgen. Ich brauche wirklich jeden Rat, den ich bekommen kann. Ich möchte, daß Sie ständig in der Nähe bleiben.«
»Ich werde bald eine Pressekonferenz abhalten müssen. Die Burschen treten mir sonst die Tür ein.«
»Halten Sie sie noch eine Weile hin«, wies ihn der Präsident an. »Vielleicht haben wir in ein paar Stunden etwas, das wir ihnen geben können. Wenn Sie mit leeren Händen vor die Meute treten, werden Sie in Stücke gerissen.«
»Sie werden mich sowieso durch den Wolf drehen. Aber ich warte gern noch eine Zeitlang. Ich bin nämlich nicht versessen auf diese Konferenz.«
Der Sprechapparat auf dem Tisch des Präsidenten summte. Grace meldete sich aus dem Vorzimmer: »General Whiteside und Dr. Allen sind hier.«
»Bitten Sie sie herein«, sagte der Präsident.
Die zwei Männer betraten den Raum und nahmen in den angebotenen Sesseln Platz.
»Haben Sie es schon gehört?« fragte der Präsident. »Als ich Sie zu mir gerufen habe, war ich so aufgeregt, daß ich Ihnen gar nicht sagen konnte, worum es geht.«
Sie nickten.
»Im Autoradio«, antwortete Allen.
»Ich hab's im Fernsehen gesehen«, sagte der General. »Gleich nachdem Sie mich angerufen hatten, habe ich den Apparat eingeschaltet.«
»Steve, was halten Sie davon?« fragte der Präsident. »Die Besucher stellen Autos her, das steht außer Frage. Was für eine Art Autos könnten das Ihrer Meinung nach sein?«
»Soviel ich gehört habe, kommen die Autos aus den Hautbeulen der Besucher. Auf die gleiche Art bringen sie ihre Jungen zur Welt, ihre kleinen Ebenbilder. Jetzt haben sie ihrem Nachwuchs anscheinend die Gestalt von Autos verliehen, daran kann sie niemand hindern.«
»Haben die Besucher nicht irgendwann ein paar Autos verschlungen?« fragte Whiteside. »In St. Louis, nicht wahr?«

»Ich weiß nicht, ob die beiden Ereignisse etwas miteinander zu tun haben«, erklärte Dr. Allen. »Natürlich könnten jene Besucher die Autos analysiert haben, aber die Fahrzeuge, die sie nun ausstoßen, ähneln unseren Autos doch nur äußerlich.«
»Warum haben sie sich dann die Wagen in St. Louis verschafft?« wollte der General wissen.
»Das kann ich nicht sagen«, erwiderte Dr. Allen. »Ich weiß nur, daß diese Fahrzeuge, die die Besucher hervorbringen, ebenfalls Besucher sind. Also nicht etwa wirkliche Autos, sondern Besucher in Gestalt von Autos, die man auch als solche benutzen kann. Es sind biologische, nicht etwa mechanische Vehikel.«
»Die Journalistin, die die Autos gefunden hat, glaubt, daß uns die Wagen aus Dankbarkeit angeboten wurden«, warf der Präsident ein. »Ein Zeichen des guten Willens, adressiert an die Bewohner des Planeten, der die lebensnotwendige Zellulose liefert.«
»Da habe ich entschiedene Bedenken«, widersprach Dr. Allen. »Sie reden über die Denkweise dieser Wesen, doch über dieses Gebiet können wir keine Aussagen machen. Wir haben den toten Besucher tagelang untersucht, und wir haben immer noch keine Vorstellung von seiner Anatomie oder seinem Stoffwechsel. Wir wissen nichts über seine physische Beschaffenheit, ganz zu schweigen von der psychischen. Unsere Lage ähnelt der Situation eines Bauern aus dem Mittelalter, der sich bemüht, die Arbeitsweise eines Computers zu verstehen. Kein einziges Organ kann mit einem menschlichen Organ verglichen werden. Wir stehen vor einem Rätsel. Ich hatte gehofft, daß es uns gelingen würde, die Todesursache des Besuchers zu ermitteln, aber auch in diesem Punkt sind wir gescheitert. Solange wir nicht wissen, wie seine Organe funktionieren, haben wir keine Chance, den Grund seines Sterbens herauszufinden.«
»Würden Sie sagen«, fragte der Präsident, »daß wir keine Möglichkeit haben, uns mit ihnen zu verständigen. Ich meine, wenn wir irgendwie mit ihnen sprechen könnten, sei es in Zeichensprache oder ...«
»Nicht die geringste Möglichkeit«, entgegnete Dr. Allen.
»Soll das etwa heißen, wir müssen uns alles gefallen lassen?« polterte Whiteside. »Wir sollen zusehen, wie Detroit zusammenbricht? Und nicht nur Detroit, auch andere Städte! Das Militär ist verpflichtet ...«
»Wenn die Besucher doch vorher zu uns gekommen wären«, seufzte der Präsident. »Wenn sie uns gesagt hätten, was sie vorhaben ...«
»Wenn Sie ›uns‹ sagen, meinen Sie damit die Regierung?« fragte Dr. Allen.

Der Präsident nickte.
»Was sich niemand von uns genügend klargemacht hat«, sagte Dr. Allen, »ist die ungeheuerliche, äußerste Fremdheit dieser Wesen. Sie sind uns fremder, als wir es uns vorstellen können. Ich stelle mir sie als eine Art Schwarmorganismus vor. Was einer von ihnen sieht oder spürt, das erfährt im gleichen Augenblick der gesamte Schwarm. Eine solche Organisation braucht keine Regierung, sie wird nicht einmal an eine Regierung denken. Sie kann sich auch nicht vorstellen, was eine Regierung ist, denn dieser Begriff kommt in ihrem Denken nicht vor.«
»Wir müssen etwas unternehmen!« forderte der General. »Wir müssen uns schützen!«
»Geben Sie den Gedanken lieber auf«, wies der Präsident ihn ab. »Vor ein paar Tagen haben Sie mir hier in diesem Büro erklärt, man könne die Besucher nur mit einer Atombombe aus der Welt schaffen. Aber Atomwaffen können wir nicht einsetzen, haben Sie gesagt...«
Dr. Allen fuhr in seinem Sessel zusammen. »Dann gab es also doch einen Waffentest!« rief er aus. »Ich habe ständig Gerüchte darüber gehört, aber ich habe mir gesagt, wenn es einen gegeben hätte, dann hätte man mich sofort informiert. Sagen Sie mir, warum man mich nicht ins Bild gesetzt hat! Ihre Erkenntnisse hätten mir sicherlich...«
»Weil die Sache Sie nichts anging«, unterbrach ihn der General. »Weil es geheim bleiben mußte.«
»Aber es wäre wichtig für meine Arbeit gewesen, und Sie sollten...«
»Meine Herren, bitte!« sagte der Präsident beschwichtigend. »Es ist mir so herausgerutscht, ich habe einen Fehler gemacht.« Er schaute Dr. Allen an. »Sie haben nichts gehört, das versteht sich, nicht wahr?«
»Ich habe kein Wort gehört, Herr Präsident«, versicherte Dr. Allen.
»Wir können keine Atomwaffen einsetzen«, stellte der Präsident fest, »diese Tatsache bleibt bestehen.«
»Wenn wir alle Besucher auf einem Fleck zusammentreiben könnten, dann ginge es vielleicht«, sagte der General.
»Aber wie sollten wir das schaffen?« fragte der Präsident zurück. »Wir wissen noch nicht einmal, wo sie jetzt sind. Vermutlich haben sie sich über das ganze Land verteilt. Sie halten sich versteckt und stoßen Autos aus...«
»Das ist aber nicht gesichert.«
»Nein, aber es ist eine logische Schlußfolgerung«, sagte der Präsi-

dent. »Sie können schließlich nicht vor aller Augen diese Autos auswerfen. Die Leute würden in ihrer Gier nach den Wagen über die Besucher herfallen.«
»Vielleicht gehen ihnen irgendwann die Bäume aus«, murmelte Whiteside. »Sie müssen eine Menge Bäume fressen, um all diese Autos herzustellen.«
»Das halte ich für unwahrscheinlich«, entgegnete Dr. Allen. »Es gibt eine Menge Bäume in Nordamerika, und wenn sie hier knapp werden, können die Besucher auf andere Teile der Welt ausweichen, zum Beispiel in die Regenwälder der Äquatorzone. Und vergessen Sie bitte nicht, daß sie Bäume anpflanzen können, um die verzehrten zu ersetzen. Nummer 101 hat einen Acker in Iowa bepflanzt.«
»Auch dieser Vorfall bereitet mir Sorgen«, erklärte der Präsident. »Wenn sie zuviel Ackerland für ihre Zwecke gebrauchen, kann es zu Nahrungsmittelknappheit kommen. Wir besitzen zwar gewisse Vorräte an Getreide, aber die wären schnell verbraucht.«
»Es könnte sein, daß die Besucher Nahrungsmittel produzieren würden, wenn es zu einer Hungersnot käme«, sagte Dr. Allen. »Aber auch das halte ich für eine Gefahr. Die Menschheit würde dann in eine gefährliche Abhängigkeit von den Besuchern geraten.«
»Das mögen alles interessante Fragen sein«, bemerkte der Präsident, »aber sie helfen uns nicht weiter. Wir sollten darüber sprechen, was wir tun können.«
»Mir fällt da gerade etwas ein«, sagte Porter. »Als ich mich mit Garrison unterhielt, hat er einen Namen erwähnt: Jerry Conklin. Dieser Conklin habe die Wagen tatsächlich als erster entdeckt, sagte Garrison, aber er wollte in dem Artikel nicht genannt werden, darum hat man ihn herausgehalten. Der Name kommt mir irgendwie bekannt vor. Mir ist, als hätte ich ihn kürzlich gehört.«
Dr. Allen richtete sich aufgeregt in seinem Sessel auf. »Ich kenne den Namen!« rief er aus. »Das ist der Mann, dessen Auto von dem Besucher in Lone Pine bei der Landung zerdrückt wurde. Wir haben versucht, den Burschen zu finden, aber er ist verschwunden. Jetzt taucht sein Name plötzlich wieder auf. Das kommt mir sehr merkwürdig vor.«
»Wir sollten ihn herschaffen und uns mit ihm unterhalten«, forderte Whiteside. »Möglich, daß der Bursche etwas weiß, das wir erfahren sollten...«
»Moment mal!« rief Dr. Allen. »Wir haben noch etwas herausgefunden. Dieser Conklin ist mit einer Reporterin der *Tribune* eng befreundet. Ihr Vorname lautet, glaube ich, Kathy.«

»Kathy Foster«, sagte Porter. »Sie ist diejenige, die die Autos gefunden und den Artikel geschrieben hat.«
»Dann sollten wir beide herschaffen lassen«, schlug Whiteside vor. »Wir werden das FBI beauftragen.«
Der Präsident schüttelte den Kopf. »Nicht das FBI«, sagte er. »Wir werden es auf eine höfliche Art versuchen, mit einer offiziellen Einladung ins Weiße Haus. Wir lassen sie mit einem Flugzeug herbringen.«
»Aber, Sir!« protestierte der General. »Der Bursche hat sich schon einmal aus dem Staube gemacht. Wenn er es nun wieder tut?«
»Das Risiko müssen wir eingehen«, entschied der Präsident. »Porter, versuchen Sie, ihn anzurufen.«
»Sofort, Herr Präsident.«

## 47. MINNEAPOLIS

Eine Büroangestellte, die schwer an einem Stapel von Zeitungen zu tragen hatte, warf Garrison eine Ausgabe auf den Tisch und eilte dann weiter.
Garrison nahm die Zeitung auf, faltete sie auseinander und überflog hastig die Titelseite. Sie unterschied sich kaum von der ersten Ausgabe, bis auf den neuen Artikel, der noch gar nicht fertiggeschrieben war, als die erste Ausgabe in Druck ging. Garrison legte das Blatt auf den Tisch und las voller Bewunderung den neuen Artikel durch. Er war mit einer zweispaltigen Schlagzeile versehen und wurde ergänzt von einer Zeichnung, die das Armaturenbrett eines Besucherautos zeigte. Garrison studierte den ersten Absatz:
Wenn Sie zu den Glücklichen gehören sollten, die frühzeitig ein Besucherauto in die Hand bekommen, brauchen Sie sich über die Bedienung nicht den Kopf zu zerbrechen. Wie man mit dem Wagen umgeht, werden Sie schnell gelernt haben: Zum Starten drücken Sie den ersten Knopf auf der rechten Seite (Knopf A auf der Zeichnung). Für die Vorwärtsfahrt drücken Sie Knopf B. Die Geschwindigkeit können Sie über den Regler auf der Oberseite des Armaturenbrettes bestimmen – nach rechts: schneller, nach links: langsamer. Ganz nach links, und der Wagen stoppt. Die Schwebehöhe bestimmen Sie mit Hilfe des Hebels rechts vom Armaturenbrett. Zum Aufsteigen schieben Sie ihn nach oben, zum Niedergehen nach unten. Keiner der Knöpfe und

Schalter ist mit einer Markierung oder Skala ausgestattet. Sie müssen sich also vor dem Start über die Funktion der Knöpfe im klaren sein. Da es aber nur wenige Bedienungselemente gibt, ist die Handhabung recht einfach...

Garrisons Augen wanderten zu den Schlußsätzen hinab:

Es könnte nützlich für Sie sein, wenn Sie diesen Artikel und die Zeichnung ausschneiden und aufbewahren. Wenn Sie dann eines Morgens vor Ihrem Haus einen solchen Wagen entdecken...

Garrison sagte zu Gold: »Das war eine gute Idee. So erhält der Leser einen direkten Bezug zu den Wagen. Jedermann wird den Artikel verschlingen. Wie gut, daß Ihnen dieser Einfall gekommen ist.«

»Na ja«, wehrte Gold ab. »Irgend etwas muß ich ja tun, um meine Brötchen zu verdienen.«

Hal Russel hastete durch den Mittelgang. Vor dem Schreibtisch blieb er stehen und sagte zu Garrison: »Man hat weitere Besucher entdeckt. Eine kleine Gruppe in Idaho, einen einzelnen in Maine.«

»Und alle fabrizieren Autos?« fragte Gold.

»Alle machen Autos.«

»Sie tauchen also wieder auf«, stellte Garrison fest. »Morgen um die gleiche Zeit werden noch eine Menge mehr entdeckt worden sein.«

»Nun suchen die Leute allerdings auch nach ihnen«, bemerkte Russel.

»Sie haben allen Grund dazu«, erwiderte Garrison. »Ein Auto für jeden.«

»Der nächste große Artikel wird von der Übergabe der Wagen handeln«, sagte Garrison. »Die Leute schauen aus dem Fenster, und in ihrer Einfahrt parkt ein neues Auto.«

Gold schüttelte den Kopf. »Vielleicht kommt es ganz anders. Verlosungen zum Beispiel. Eine bundesweite Lotterie. Oder die Wagen werden einfach auf einem freien Platz vor der Stadt abgestellt, und die Leute können sich drum schlagen. Nur die Stärksten und Schnellsten bekommen ein Auto.«

»Du hast manchmal seltsame Ideen«, bemerkte Garrison.

»Ich persönlich möchte ein taubenblaues Auto«, sagte Gold. »Meine Frau hat mir die Farbe immer verboten. Sie liebt Rot. Wir hatten immer nur rote Autos.«

»Vielleicht gibt es eines Tages so viele Autos, daß ihr beide eines haben könnt«, schlug Russel vor. »Sie ein rotes und du ein blaues.«

»In diesem Fall wird sie zwei rote verlangen«, erklärte Gold. »Sie wird mir nie ein taubenblaues erlauben. Sie findet die Farbe tuntig.«

»Hat eigentlich jemand von euch das Ganze nachgerechnet?« fragte

Garrison. »Können die Besucher tatsächlich so viele Wagen machen? Wissen wir eigentlich inzwischen, wie viele Besucher es insgesamt gibt?«

»Eine genaue Zahl haben wir, soweit ich weiß, nicht«, antwortete Russel. »Es sind auf jeden Fall mehrere tausend. Jeder von ihnen kann hundert Autos in der Woche produzieren, behauptet Kathy. Alle zusammen schaffen sie spielend einhundertfünfzigtausend Autos in einer Woche. Vielleicht ist die reale Zahl noch höher, aber auch so sind es bereits mehr als eine halbe Million Wagen im Monat.«

»Nordamerika hat zur Zeit zweihundertfünfzig Millionen Einwohner«, bemerkte Gold.

»Nicht jeder Mensch braucht einen Wagen. Unter diesen zweihundertfünfzig Millionen Menschen gibt es viele Kleinkinder und Babies, die benötigen gewiß kein Auto. Außerdem darf man die jungen Besucher nicht vergessen, die überall heranwachsen. In einem Jahr, vielleicht schon in sechs Monaten, können sie ebenfalls Autos ausstoßen. Dann kommen die Besucher leicht auf ein paar Millionen Wagen im Monat.«

»Ja«, stimmte Garrison zu, »vermutlich könnten sie es schaffen.«

»Und dann«, fuhr Gold fort, »fangen sie an, Bier herzustellen. Bier könnten sie viel schneller produzieren als Autos. Einen Kasten pro Woche für jeden männlichen Erwachsenen. Ich denke, ein Kasten würde reichen.«

»Hot Dogs und Salzgebäck«, schlug Russel vor. »Das würde beides gut zum Bier passen.«

Das Telefon läutete, Annie hob ab. »Es ist für Sie«, sagte sie zu Garrison, »auf Apparat zwei.«

Garrison drückte auf einen Knopf und nahm auf seinem Tisch den Hörer ab.

»Garrison, Lokalredaktion.«

»Hier spricht Porter, Weißes Haus«, sagte eine Stimme aus dem Apparat. »Wir haben vor kurzem bereits miteinander gesprochen.«

»Ja, ich erinnere mich daran. Was kann ich für Sie tun?«

»Ist Miß Foster zufällig bei Ihnen?«

»Ich werde nachsehen.«

Er stand mit dem Hörer in der Hand auf und entdeckte Kathy an ihrem Schreibtisch. Den Hörer durch die Luft schwenkend, brüllte er durch das Zimmer: »Kathy, ein Gespräch für dich, auf Apparat zwei.«

# 48. NATURSCHUTZPARK

Norton hielt das Kanu mit ein paar kurzen, schnellen Paddelschlägen an. Sein Blick klebte an dem Bild, das sich ihm hinter der Flußbiegung bot: Dort, unmittelbar voraus, erhoben sich fünf gewaltige schwarze Kästen über die dunkelgrünen Wipfel der Fichten.
Besucher, sagte Norton lautlos. Was mochten sie hier vorhaben, mitten in der Wildnis? Doch seine Überraschung legte sich schnell. Er hatte ja gehört, daß sich die meisten Besucher in entlegene Gebiete zurückgezogen hatten.
Er kicherte leise in sich hinein, tauchte das Paddel tief ins Wasser und trieb das Kanu dem Ufer entgegen. Die Sonne hatte fast den westlichen Horizont erreicht, und Norton hatte bereits nach einem Lagerplatz Ausschau gehalten. Eigentlich ist dies hier kein schlechter Platz, sagte er nun zu sich. Er würde das Kanu an Land ziehen und sich die Besucher aus der Nähe ansehen. Danach würde er ein Lagerfeuer für die Nacht entfachen. Er war überrascht darüber, daß er die Besucher nicht ungern sah. Sie haben irgend etwas Geselliges, dachte er. Es ist fast so, als ob man in der Fremde liebe Nachbarn trifft.
Er zog das Kanu an Land, hinauf auf den flachen, kiesigen Strand und ging durch den Wald auf die Besucher zu. Etwas war seltsam an diesen Besuchern, dachte Norton. Nicht, daß sie sich hierher zurückgezogen hatten, nein, es war die Stille. Die Kästen machten absolut keinen Lärm, sie fällten und verspeisten keine Bäume. Wahrscheinlich hatten sie soviel Zellulose produziert, wie sie brauchten, sie hatten Junge geworfen, und jetzt gönnten sie sich einfach eine Pause.
Dann hatte Norton plötzlich die von den Besuchern geschlagene Lichtung erreicht, und er blieb überrascht stehen. Direkt vor ihm stand ein Haus. Es war ein merkwürdig windschiefes Gebäude und neigte sich bedenklich zu einer Seite, so als ob die Maurer bei seinem Bau zuviel getrunken hätten. Direkt dahinter stand ein zweites Haus. Dessen Wände waren zwar makellos senkrecht, aber auch mit diesem Gebäude stimmte etwas nicht. Es dauerte einige Zeit, bis Norton herausgefunden hatte, was ihn an diesem zweiten Haus störte, doch dann erkannte er es: Es hatte keine Fenster.
Hinter den Häusern wiederum standen die Besucher, alles befand sich so dicht beieinander, daß man das Arrangement aus der Ferne für eine Gebäudeansammlung irgendwo in einer Stadt halten konnte.
Norton verharrte verwirrt und unentschlossen. Kein vernünftiger Mensch, sagte er sich, zieht in die Wildnis, baut zwei Häuser und

macht sich dann wieder davon und läßt die Häuser leerstehen. Auch würde niemand ein windschiefes Haus bauen oder eines ohne Fenster. Aber selbst wenn es einen geistesgestörten Baumeister für diese Häuser gab, wie hätte er die Baumaterialien hierherschaffen sollen?
Die Fichten seufzten leise, als der Wind durch sie hindurchfuhr. Auf der fernen Seite der Lichtung, jenseits der Häuser und Besucher, flatterte ein Vogel und zeichnete sich für einen kurzen Augenblick hell vor dem satten Grün der Bäume ab. Bis auf den Wind in den Fichten und den Flügelschlag des Vogels war die Lichtung von Reglosigkeit und Stille beherrscht. Die Ruhe, die bedrückende Feierlichkeit des unberührten Waldes ertränkte alle Geräusche und nahm auch dem Anblick der Besucher und Häuser etwas von seiner Außergewöhnlichkeit.
Norton gab sich einen Ruck, dann setzte er seinen Weg fort. Er ging auf das erste, das windschiefe Haus zu. Die Haustür stand offen, aber es kostete Norton einige Überwindung, durch sie hindurchzutreten. Es war leicht möglich, daß das gesamte Gebäude in sich zusammenstürzte, sobald er seinen Fuß über die Schwelle setzte.
Doch schließlich faßte er sich ein Herz und trat ein, zunächst in die Diele, an die zwei weitere Zimmer, die Küche und das Wohnzimmer, grenzten. Norton ging in die Küche. Er trat äußerst vorsichtig auf, weil er sich immer noch vor einem Einsturz fürchtete. Wenn das Haus auch eine seltsame Form besaß, die Küche machte einen normalen Eindruck. An einer Wand standen ein Elektroherd und ein Kühlschrank. Zwischen Herd und Kühlschrank erstreckten sich diverse Einbauschränke, teilweise mit Arbeitsplatten versehen.
Norton drehte an einem Schalter am Herd und legte eine Handfläche auf die Platte. Die Platte erhitzte sich schnell, und Norton schaltete sie wieder aus. An der Spüle öffnete er einen Wasserhahn, und ein dünner Wasserstrahl rieselte heraus, vertröpfelte jedoch nach kurzer Zeit. Dann schoß ein mächtiger Wasserschwall aus dem Hahn und brach ebenso plötzlich wieder ab. Norton drehte den Hahn zu.
Nun ging er hinüber ins Wohnzimmer. Auch dieser Raum war nicht ungewöhnlich, wenn man davon absah, daß die Fenster in eigentümlichen Winkeln in die Wände eingesetzt waren. Als nächstes fand Norton drei Schlafzimmer. Sie wirkten auf den ersten Blick ebenfalls recht normal, nur mit ihren Proportionen schien etwas nicht zu stimmen. Norton fühlte sich irritiert, doch den Grund hierfür hätte er nicht benennen können.
Eine gewisse Erleichterung erfüllte ihn, als er das Haus wieder verließ und sich dem zweiten näherte, dem ohne Fenster. Während er über die Lichtung schritt, dachte er noch einmal an das schiefe Haus zu-

rück. An diesem Haus gab es außer den verkanteten Fenstern, den schiefen Wänden und den seltsamen Proportionen der anderen Zimmer noch etwas Merkwürdiges. Etwas stimmte nicht mit dem Gebäude, plötzlich wußte Norton, was ihn störte: Das Haus hatte kein Badezimmer. Er blieb stehen und fragte sich, ob er sich vielleicht getäuscht hatte. Es war doch einfach unvorstellbar, daß jemand ein Haus baute und das Badezimmer wegließ. Norton ging im Geiste noch einmal die einzelnen Räume durch. Nein, er hatte sich nicht geirrt. Ein Badezimmer hätte er nicht übersehen. Es wäre ihm mit Sicherheit aufgefallen, wenn eines dort gewesen wäre.

Die Haustür des anderen Hauses war verschlossen, aber sie öffnete sich geräuschlos, als Norton den Türknopf drehte. Da die Fenster fehlten, lag das Innere des Hauses im Dunkeln, aber es war nicht so finster, daß man gar nichts sehen konnte. Norton lief zügig von einem Zimmer zum nächsten. Er fand vier Schlafräume, eine Küche, ein Wohn- und ein Eßzimmer – und zwei Badezimmer, eines grenzte an das Elternschlafzimmer. Im ersten Haus hatten alle Böden aus kahlem Holz bestanden, hier war überall Teppichboden ausgelegt. An den Wänden, dort wo eigentlich die Fenster hätten sein sollen, hingen Vorhänge. Norton probierte die Küchengeräte aus. Sie funktionierten einwandfrei. Die Herdplatten erhitzten sich schnell, nachdem er sie eingeschaltet hatte, und aus dem Hahn über der Spüle floß Wasser, wenn man ihn aufdrehte. Als Norton die Kühlschranktür öffnete, schlug ihm eine Woge eisiger Luft entgegen. Die Wasserhähne in den Badezimmern erfüllten ihre Funktion, die Toilette ließ sich spülen.

Offenbar war alles in Ordnung, nur, warum baute jemand ein perfektes Haus und vergaß die Fenster?

Wer mochte es gebaut haben?

Ob etwa die Besucher...?

Norton schluckte schwer, plötzlich wurde ihm kalt.

Wenn es die Besucher gewesen waren, dann ergab manches einen Sinn: Kein Mensch baut zwei Häuser mitten in der Wildnis. Das war sowieso fast unmöglich.

Aber die Besucher? Warum sollten die Besucher keine Häuser bauen? Oder vielleicht das Häuserbauen üben? Denn es war doch deutlich zu sehen, daß diese Häuser nur Werkstücke waren, erbaut von jemandem, der versuchte, sich über Sinn und Form eines Hauses klarzuwerden. Das windschiefe Haus war wahrscheinlich der erste Versuch. Das Haus, in dem Norton gerade stand, war der zweite Versuch, eine deutliche Verbesserung gegenüber dem ersten, nur fehlten halt die Fenster.

Norton stand schlotternd mitten in der Küche und fuhr fort, sich selber Fragen zu stellen. Doch er kam nur auf eine einzige Antwort, die er schließlich zögernd akzeptierte: Die Besucher hatten die Häuser hergestellt. Das jedoch führte zu einer zweiten Frage, die noch verwirrender, noch schwerer zu beantworten war: Warum bauten die Besucher Häuser?
Norton tastete sich von der Küche durchs Wohnzimmer, dann durchquerte er die Diele und stand wieder im Freien.
Lange Schatten erstreckten sich nun über die Lichtung. Wie die Zakken einer dunklen Säge ragten die Fichtenwipfel am Rand des Kahlschlags in die rote Abendsonne hinein. Ein kühler Luftzug strich über die freie Fläche. Norton fröstelte.
Seine Hand fuhr über die Verkleidung der Hauswand, sie fühlte sich merkwürdig an. Im Dämmerlicht sah Norton genauer hin und stellte fest, daß die Wand nicht mit einzelnen Brettern verkleidet war, sie schien vielmehr aus einem Stück zu bestehen, wie ein vorgeformtes Plastikbauteil.
Norton trat ein paar Schritte vom Haus zurück. Auf den ersten Blick war seine äußere Form tatsächlich nicht ungewöhnlich – immer abgesehen von den fehlenden Fenstern. Es war ein Haus, wie man es in jedem vorstädtischen Wohnviertel finden konnte.
Nortons Blick wanderte vom Dach bis zur Grundmauer – und da war keine Grundmauer. Das Haus schwebte eine Handbreit über dem Boden.
Es hing in der Luft, genauso wie die Besucher in der Luft hingen. Nun gab es für Norton keine Frage mehr nach den Erbauern.
Er ging um das Haus herum, und dann sah er sie: Die Besucher standen dicht beieinander wie dunkle Häuserblocks im Herzen einer Zukunftsstadt. Ihre Unterhälften lagen im Schlagschatten der Fichten, die oberen Hälften wurden von den letzten Strahlen der untergehenden Sonne bestrichen.
Von den Besuchern schwebte ein weiteres Haus heran, etwa dreißig Zentimeter über dem Boden. Die weißen Mauern strahlten gespenstisch im Zwielicht. Während das Haus näherkam, wich Norton zögernd zurück, bereit, jeden Augenblick in wilder Flucht davonzustürzen. Das Haus hielt inne, so als sei es auf der Suche nach seinem zugewiesenen Standplatz. Dann schwenkte es herum und ließ sich in einer Linie mit den anderen beiden Häusern nieder. Die drei Bauwerke standen etwas dichter beisammen, als es üblich war, aber ihre Anordnung ähnelte durchaus einer gewöhnlichen, kurzen Häuserreihe an einer Straße.

Norton näherte sich vorsichtig dem neuen Haus. Da flammten im Hause Lichter auf, alle Fenster strahlten hell. Norton sah einen Tisch im Speisezimmer, mit Gläsern und Porzellan gedeckt. Kerzenständer mit Kerzen darin, deren lange Dochte darauf warteten, daß sie jemand anzündete. Im Wohnzimmer flackerte ein Fernsehgerät, ein schwerer Sessel stand davor, überall im Zimmer waren Stühle und Sessel verteilt, und an einer Wand stand eine Glasvitrine, in der kleine Figuren ausgestellt waren.

Äußerst verwirrt trat Norton erneut den Rückzug an. In diesem Augenblick bemerkte er eine schemenhafte Bewegung in der Küche, etwas wie den Schatten eines Menschen, der dort das Essen zurechtstellte, um es gleich in das Speisezimmer hinüberzutragen.

Vor Schreck schrie Norton laut auf, dann warf er sich herum und stürzte hinab zum Flußufer, wo sein Kanu auf ihn wartete.

## 49. WASHINGTON, D.C.

Porter läutete, kurz darauf erschien Alice an der Tür. Sie ergriff ihn beim Arm, zog ihn ins Haus und verschloß die Haustür hinter ihm.

»Ich weiß, ich komme zu einer ungehörigen Zeit«, sagte er, »und ich kann auch nicht lange bleiben. Aber ich wollte dich gern sehen, und ich muß unbedingt mit dem Senator sprechen.«

»Daddy hat die Gläser schon gefüllt und erwartet dich«, erwiderte Alice. »Er ist ganz zappelig, weil du uns mitten in der Nacht besuchen kommst. Du mußt ja zur Zeit bis zum Hals in Arbeit stecken.«

»Es ist wirklich viel los, dauernd gibt es etwas zu besprechen. Ob das alles etwas bringt, weiß ich nicht. Hast du schon von der Bankenschließung erfahren?«

»Es kam in den Spätnachrichten. Daddy ist deswegen außer sich.«

Doch falls der Senator tatsächlich über die jüngsten Ereignisse erregt war, ließ er es sich nicht anmerken. Er gab sich als freundlicher Gastgeber, hielt Porter ein Glas entgegen und sagte dazu: »Sehen Sie, junger Mann, ich brauchte Sie gar nicht zu fragen; ich habe mir gemerkt, was Sie gern trinken.«

»Vielen Dank, Senator«, erwiderte Porter, während er das Glas entgegennahm. »Das brauche ich jetzt wirklich.«

»Hast du heute abend eigentlich schon etwas gegessen?« fragte Alice.

Er starrte sie entgeistert an.
»Nun, hast du?«
»Mir scheint, ich bin nicht dazu gekommen«, sagte Porter. »Ich habe es gar nicht bemerkt. Die Küche hatte uns etwas heraufgeschickt, aber da hatte ich gerade eine Besprechung mit der Presse. Als sie zu Ende war, war vom Essen nichts mehr übrig.«
»Das habe ich mir gedacht«, sagte Alice. »Als du uns anriefst, habe ich sofort Sandwiches zubereitet und Kaffee gekocht. Ich werde dir sofort etwas bringen.«
»Setzen Sie sich doch, Dave!« forderte ihn der Senator auf. »Dann sagen Sie mir, was Sie auf dem Herzen haben. Kann ich dem Weißen Haus behilflich sein?«
»Das könnten Sie tatsächlich«, entgegnete Porter, »aber Sie müssen es selbst entscheiden. Wir werden Ihnen nicht den Arm umdrehen. Sie müssen Ihr Gewissen befragen.«
»Ich kann mir vorstellen, daß Sie ein paar harte Stunden hinter sich haben«, sagte der Senator, »und so wird es wohl auch bleiben. Ich bin mir nicht sicher, ob ich mit der Schließung der Banken einverstanden bin, aber irgend etwas mußte der Präsident ja schließlich unternehmen.«
»Wir mußten uns einige Sorgen über die spontane Reaktion der Bevölkerung machen«, berichtete Porter. »Die Bankschließung könnten ein paar Wirrköpfe dazu nutzen, um eine totale Panik zu entfesseln.«
»Der Dollar geht in den Keller«, stellte der Senator fest. »Ganz gleich, was wir unternehmen, wir können den Verfall nicht aufhalten. Morgen nachmittag ist er womöglich schon völlig wertlos.«
»Daran können wir im Augenblick nichts ändern«, erwiderte Porter. »Wenn wir ein paar Erfolge vorweisen können, wird sich der Dollar wieder erholen. Der wirklichen Gefahr stehen wir hier am Ort gegenüber: Kongreß, Presse und öffentliche Meinung.«
»Ihr müßt es ausfechten«, riet der Senator. »Was bleibt euch sonst, nur jetzt nicht klein beigeben, keinen Boden verschenken.«
»Das werden wir nicht«, versicherte Porter grimmig. »Wir werden gewiß nicht sagen, daß wir diese Besucherangelegenheit falsch gehandhabt hätten. Wir werden uns nicht entschuldigen.«
»Das gefällt mir!« rief der Senator aus. »Manches am Weißen Haus hat mir in der letzten Zeit nicht gefallen, aber diese Demonstration der Stärke imponiert mir. So wie die Dinge liegen, brauchen wir eine starke Regierung.«
Alice brachte ein Tablett mit belegten Broten und eine Tasse heißen

Kaffee herein, stellte beides auf einem Tisch neben Porters Sessel ab und sagte:
»Nun iß erst mal etwas! Und überlaß das Reden uns. Wir haben eine Menge zu erzählen.«
»Besonders meine Tochter«, lachte der Senator. »Sie platzt fast vor Mitteilungsbedürfnis. Für sie ist diese Geschichte nicht wie für uns eine bedrohliche Lage, sondern die Chance zu einem Neubeginn. Ich brauche wohl nicht zu betonen, daß ich nicht ihrer Meinung bin.«
»Du irrst dich, Vater«, begann Alice. »Und du denkst vermutlich genau wie er«, fuhr sie zu Porter gewandt fort. »Also liegt ihr beide schief. Dies kann das beste Ereignis sein, das uns je zugestoßen ist. Mag sein, daß es uns erschüttert. Es wird unser nationales Bewußtsein wachrütteln. Es wird uns von dem technischen Fortschrittsfanatismus befreien, der uns seit hundert Jahren in seinen Klauen gehalten hat. Wir könnten erfahren, daß unser Wirtschaftssystem zu anfällig und zu empfindlich ist und seine Fundamente sich als trügerisch erwiesen haben. Das Ereignis könnte uns verdeutlichen, daß es wichtigere Dinge gibt als gut funktionierende Maschinen...«
»Und wenn es uns nun tatsächlich umkrempelt?« unterbrach sie der Senator spöttisch. »Wenn wir von dem befreit werden, was du die Tyrannei der Technologie nennst, wenn ihr also eine Chance für einen Neubeginn hättet, was würdet ihr dann tun?«
»Wir würden der Jagd ein Ende machen«, antwortete sie, »diesem Wettrennen zwischen Wirtschaft und sozialen Verpflichtungen. Statt dessen würden wir gemeinsam unterschiedliche Ziele zu erreichen versuchen. Wir würden den individuellen Konkurrenzkampf, der die Menschen umbringt, beenden. Ohne die Möglichkeit des persönlichen Aufstiegs, einem Grundgedanken unseres Wirtschaftssystems, ist dem Menschen der Drang genommen, seinem Nächsten den Hals umzudrehen. Dieses Umdenken hat der Präsident gerade eingeleitet, indem er die Bankferien ausrief. Vermutlich weiß er gar nicht, was seine Tat bewirken kann, aber er hat der Geschäftswelt und der Bevölkerung eine Atempause gegeben, Zeit, um sich von dem Wahnsinn zu befreien. Wenn man den Leuten nur noch ein wenig länger Zeit lassen würde...«
»Darüber wollen wir jetzt nicht streiten«, entschied der Senator. »Wir können später einmal darüber diskutieren.«
»Wo bleibt deine Redegewandtheit, deine Überzeugungskraft?« fragte Alice.
»Dave hat nicht viel Zeit«, sagte der Senator. »Er wird im Weißen Haus gebraucht. Aber er hat etwas Wichtiges auf dem Herzen.«

»Es tut mir leid, Dave«, sagte sie zu Porter. »Ich hätte mich nicht einmischen sollen. Darf ich zuhören, wenn ihr miteinander redet?«
Porter hatte gerade sein zweites Sandwich verzehrt. »Ich möchte sogar, daß du dir anhörst, was ich zu sagen habe«, erklärte er. »Ich hoffe, du wirst mich dafür nicht zu sehr hassen. Ich will es ganz offen aussprechen: Das Weiße Haus will den Senator benutzen.«
»Der Klang gefällt mir nicht«, erwiderte der Senator. »Ich mag es nicht, wenn man mich benutzt, auch wenn ich einsehe, daß das zur Politik gehört, andere zu benutzen und benutzt zu werden. Worum geht es denn genau?«
»Wir können überleben«, erklärte Porter, »wir hoffen es jedenfalls, wenn wir uns den Kongreß für eine Weile vom Leib halten können. Wir brauchen vor allem Zeit. Das ist nicht zuviel verlangt, nur ein paar Tage Zeit.«
»Ihr habt doch eure Leute im Senat«, sagte der Senator. »Warum kommt ihr jetzt gerade zu mir. Es ist bekannt, daß ich mit dem Weißen Haus nicht gut auskomme.«
»Unsere Leute werden tun, was sie können«, erklärte Porter. »Trotzdem wird es so aussehen, als ob wir einen schmutzigen Trick planten. Wenn Sie die Sache in die Hand nehmen, werden wir nicht in diesen Verdacht geraten.«
»Jetzt erklären Sie mir doch einmal, warum gerade ich Ihnen helfen soll. Ich habe fast jedes Gesetz bekämpft, das vom Weißen Haus eingebracht worden ist. Es hat Zeiten gegeben, wo ich von der Regierung mit Schimpfnamen bedacht worden bin. Ich wüßte also wirklich nicht, wieso gerade ich ein Interesse haben sollte...«
»Das Wohl der Nation steht auf dem Spiel«, sagte Porter. »Wir müssen damit rechnen, daß man uns unter Druck setzen wird, damit wir die Besucher zu einem internationalen Problem erklären und andere Länder um Hilfe bitten. Die UNO bedrängt uns seit einiger Zeit.«
»Ja, das ist mir bekannt«, erwiderte der Senator. »Aber ich bin der Meinung, daß diese Angelegenheit die UNO nichts angeht, sie soll sich gefälligst um ihre eigenen Probleme kümmern.«
»Für uns steht zuviel auf dem Spiel«, erklärte Porter, »wir dürfen keine internationale Einmischung dulden. Ich möchte eine Andeutung machen. Sie betrifft eine Geheimsache, streng vertraulich. Wollen Sie sie hören?«
»Ich bin mir nicht sicher. Warum wollen Sie mir davon erzählen?«
»Wir möchten ein Gerücht in Umlauf bringen.«
»Ich finde das ausgesprochen abgeschmackt«, kommentierte Alice.
»Ich würde in meiner Reaktion nicht so weit gehen wie meine Toch-

ter«, bemerkte der Senator, »aber ich hege ähnliche Gefühle. Natürlich mache ich Ihnen persönlich keinen Vorwurf, ich weiß, daß Sie nicht für sich selber sprechen.«
»Ich bin froh, daß Sie es so sehen«, sagte Porter, »obwohl ich mich auch persönlich freuen würde, wenn...«
»Sie wollen mir also etwas einflüstern, das ich dann weiterraunen soll. Sie wollen ein künstliches Leck schaffen, und zwar genau an der richtigen Stelle, denn Ihnen ist klar, daß ich genau wüßte, wo ich am wirkungsvollsten meine Bemerkungen fallenlassen könnte.«
»Das haben Sie sehr scharf formuliert«, sagte Porter.
»Dave«, erwiderte der Senator, »unser ganzes Gespräch hat einen scharfen Beigeschmack.«
»Im Grunde habe ich nichts gegen Ihre Formulierungen einzuwenden«, versicherte Porter, »und ich kann Sie schlecht bitten, freundlichere Worte zu wählen. Sie können einfach nein sagen, und ich werde aufstehen und gehen. Ich werde nicht mit Ihnen streiten und werde Ihnen auch gewiß nichts nachtragen. Ich bin ausdrücklich angewiesen worden, nicht mit Ihnen zu streiten und Sie nicht zu bedrängen. Wir haben nichts in der Hand, womit wir Sie unter Druck setzen könnten, und wenn wir etwas hätten, würden wir es nicht verwenden.«
»Daddy«, warf Alice ein. »Die Geschichte mag abscheulich sein, aber Dave ist immerhin aufrichtig zu dir. Es ist schmutzige Politik, aber er spielt mit offenen Karten.«
»Wir haben vor ein paar Tagen über den Nutzen gesprochen, den wir möglicherweise aus den Besuchern ziehen könnten«, sagte der Senator. »Ich habe durchblicken lassen, daß mich diese Fähigkeit, die Schwerkraft zu kontrollieren, fasziniert. Ich sagte, wenn wir...«
Porter schüttelte den Kopf. »Nein, darum geht es nicht, Senator. Ich will Sie nicht auf eine falsche Fährte locken. Ich werde weiterhin offen zu Ihnen sein. Wie ich bereits sagte, benötigten wir Sie, um ein Gerücht in Umlauf zu bringen. Ein paar beiläufige Worte an der richtigen Stelle...«
»Ein paar beiläufige Worte, so nennen Sie das?«
»Das ist alles. Ein paar Wörter an die richtigen Leute. Wir werden Ihnen die Leute nicht nennen. Sie müssen Sie sich selber aussuchen.«
»Das war mir klar, Sie hätten es mir nicht zu sagen brauchen. Beantworten Sie mir nur eine Frage!«
»Ja, natürlich«, erwiderte Porter.
»Hat es einen Waffentest gegeben?«
»Ja. Die Testergebnisse sind streng geheim.«
»Es ist wichtig für uns, die Besucher nach außen abzuschirmen?«

»Das könnte man sagen, Sir.«
»Ich habe mein Gewissen befragt«, erklärte der Senator, »und meine Aufgabe ist mir klar. Sie haben mir nichts erzählt, das versteht sich von selbst. Ihnen ist nur aus Versehen etwas herausgerutscht, doch das habe ich nicht bemerkt.«
»Dann werde ich jetzt zum Weißen Haus zurückkehren«, sagte Porter. »Vielen Dank für die Sandwiches, Alice.«
»Ihr seid zwei üble Intriganten«, erklärte Alice.

## 50. DIE VEREINIGTEN STAATEN

Überall an den Frühstückstischen gab es Gespräche.
»Herb, ich habe es schon immer gesagt. Die Besucher haben auch ihr Gutes, habe ich gesagt, wart's nur ab. Aber du warst natürlich anderer Meinung. Und jetzt schenken sie uns allen ein Auto.«
»Die sind bestimmt nicht umsonst. Auf dieser Welt bekommt man nichts geschenkt. Für alles, was man bekommt, muß man auf die eine oder andere Weise zahlen.«
»Aber es steht doch in der Zeitung...«
»Die Leute von der Zeitung haben keinen Dunst. Papier ist geduldig. Ich glaube erst an Gratisautos, wenn eines in unserer Einfahrt steht.«
»Und sie brauchen überhaupt kein Benzin. Sie brauchen nicht einmal eine Straße. Du kannst dann überall hinfliegen, wohin du willst.«
»Sie werden schon ihre Macken haben, du kannst dich darauf verlassen. Man kann keinem neuen Auto trauen. Und was das Fliegen angeht, versuch's nur, brich dir ruhig den Hals!«
»Du glaubst einfach an gar nichts. Nicht an das Gute jedenfalls. Du bist ein Zyniker, glaubst nur an das Schlechte. In der Zeitung steht, die Besucher haben es aus Dankbarkeit getan.«
»Also, Liza, jetzt erklär mir doch bitte mal, was ich den Besuchern je für einen Gefallen getan hätte! Warum sollten sie mir also dankbar sein? Ich habe nicht einen Finger für sie gekrümmt.«
»Sie sind doch nicht dir dankbar, Herb, nicht dir persönlich. Wenn du je einem Menschen helfen würdest, würde ihn vor Schreck der Schlag treffen. Niemand erwartet von dir, daß du irgend jemandem hilfst, eher ginge die Welt unter. Die Besucher sind uns dankbar, weil wir einfach dawaren, weil wir auf diesem Planeten leben. Sie wollen etwas für uns tun. Nicht ausgerechnet für dich, sondern für uns alle.«

Auch in den Gettos wurde geredet.
»Ähh, Mann, schon von den Autos gehört?«
»Was für Autos?«
»Diese Dinger, die uns die Besucher geben wollen.«
»Quatsch, uns gibt niemand was.«
»Steht inner Zeitung, ehrlich!«
»Uns doch nicht, du Depp. n' paar Geldsäcke kriegen die Autos, wir bestimmt nicht, wir werden wieder verarscht.«
»Vielleicht kommt diesmal alles anders. Die Besucher sind anders, die legen uns nicht rein.«
»Ehrlich, Mann, du bist nicht klar im Kopf. Ich sag' dir, jeder will uns fertigmachen.«
Und in einer Arbeiterwohnung in einem Vorort von Detroit:
»Joe, glaubst du, das stimmt, was man über die Autos erzählt?«
»Woher soll ich das wissen. Ich weiß nur, was in der Zeitung steht, aber die Zeitung kann sich irren.«
»Und wenn sie sich nicht irrt, wenn es tatsächlich so ist. Wenn es wirklich diese Autos gibt? Was sollen wir dann tun?«
»Herrjeh, Jane, woher soll ich das wissen?«
»Du wirst deine Stelle verlieren, eine Menge Leute werden ihre Stelle verlieren. Ford und Chrysler und die anderen Firmen werden keine Autos mehr bauen, wenn diese neuen Autos verschenkt werden.«
»Vielleicht taugen diese Besucherautos nichts. Sie laufen ein paar Tage, dann bleiben sie stehen, und man kann sie nirgendwo reparieren lassen. Für mich sind sie so ein neumodischer, überspannter Kram. Gut möglich, daß sie nur ein Werbetrick sind. Ich glaube gar nicht, daß die Besucher sie tatsächlich herstellen. Jemand anders stellt sie her, und so ein Werbefritze hat sich die Story ausgedacht, um Aufmerksamkeit zu erregen. Eines Tages gehen diese Werbeleute zu weit, vielleicht haben sie es gerade getan.«
»Du darfst deinen Job nicht verlieren, Joe! Das können wir uns nicht leisten. Wir müssen die Raten für das Auto und für die Möbel abzahlen, und die Kinder brauchen neue Wintersachen.«
»Mach dir keine Sorgen, Jane. Denk nur an all diese aufgedonnerten ausländischen Autos. Die Fließbänder haben deswegen nie stillgestanden.«
»Aber das sind keine ausländischen Wagen, Joe, und sie werden verschenkt.«
»Es gibt nichts umsonst«, sagte Joe.
In den Banken herrschte eine milde Panik. An den ausländischen Devisenmärkten sank der Dollarkurs in den tiefsten Keller. Die Regie-

rungen Frankreichs und Englands trafen sich zu hektischen Konsultationen. Die westdeutsche Regierung rief die anderen Nationen offiziell zur Unterstützung Amerikas auf. Hinter den Kremlmauern geriet einiges in Bewegung, aber die Auslandskorrespondenten, auch die alten Hasen in Moskau, konnten die Zeichen nicht deuten.
Im Kapitol in Washington stritt man sich darüber, ob man ein neues Gesetz erlassen sollte: ein generelles Verbot für die Bürger, irgendwelche Geschenke der Besucher anzunehmen. Und ein Gerücht erhob sich und wurde lauter...
»Was wissen Sie eigentlich über diesen merkwürdigen Waffentest?« fragte Senator Knox Davenport, als sie sich vor dem Sitzungssaal begegneten.
»Sehr wenig«, erwiderte Davenport, »ich habe eben erst Wind von der Sache bekommen.«
»Ich weiß gar nicht, wie die Geschichte an die Öffentlichkeit gelangen konnte«, sagte Knox. »Angeblich war der Test streng geheim.«
»Vielleicht ist gar nichts dran«, murmelte Davenport.
»Nein, das kann ich mir nicht vorstellen«, widersprach Knox. »Ich habe einige interessante Einzelheiten gehört. Ich denke, wir sollten uns bezüglich der Besucher hinter die Regierung stellen, auch wenn wir in anderen Fragen gegen sie sind. Wenn wir tatsächlich von den Besuchern...«
»Ich neige dazu, mich Ihnen anzuschließen«, erklärte Davenport. »Es könnte sich für uns lohnen. Allerdings weiß ich immer noch nicht, wieviel Glauben ich diesem Gerücht schenken soll.«
»Solange auch nur die Möglichkeit besteht, müssen wir der Regierung den Rücken stärken«, sagte Knox. »Wenn es um die nationale Sicherheit geht, dürfen wir das Land nicht im Stich lassen.«

Auf einem kleinen Fluß in den Wäldern Minnesotas trieb Frank Norton das Kanu mit heftigen Paddelschlägen zu der Stelle zurück, wo er seinen Wagen geparkt hatte.

## 51. WASHINGTON, D.C.

Der wissenschaftliche Berater wandte sich an Jerry Conklin: »Sie haben uns da eine faszinierende Geschichte erzählt.«
»Ich bin nur unter Protest hergekommen«, entgegnete Jerry. »Wenn

Garrison und Kathy mir in der *Tribune* nicht so zugesetzt hätten, hätte ich mich geweigert. Sie haben mich davon überzeugt, daß es meine nationale Pflicht ist, Ihnen meine Erlebnisse zu schildern. Das habe ich nun getan, und ich überlasse es Ihnen, ob Sie mir glauben wollen oder nicht.«

»Mr. Conklin«, versicherte der Präsident, »niemand hier hat Ihre Geschichte bis jetzt in Frage gestellt. Was mich betrifft, ich bin fast soweit, alles zu glauben, was man mir erzählt.«

»Ich möchte betonen«, sagte Porter, »daß ich die Geschichte für mehr als faszinierend halte. Ich glaube, Dr. Allen hat seine Worte sehr ungeschickt gewählt. Da ist ein Punkt, der ganz klar für die Authentizität von Conklins Bericht spricht: Er hat die Wagen gefunden. Das wußte niemand sonst, und niemand konnte es ihm gesagt haben. Diese alte Wasserratte wußte zwar, daß die Besucher auf der Gänseinsel gelandet waren, aber Quincey – so hieß er doch? – hatte keine Ahnung, was sie dort taten. Für kein Geld in der Welt hätte er einen Fuß auf die Insel gesetzt; er hatte Angst vor den schwarzen Kästen.«

Allen erklärte: »Ich wollte die Angaben dieses Herrn keineswegs anzweifeln.«

»Ich hatte aber den Eindruck«, erwiderte Jerry.

Whiteside raunte Jerry etwas ins Ohr: »Respekt, junger Mann. Es war mutig von Ihnen, uns diese Geschichte zu erzählen. Sie hatten beschlossen, den Mund zu halten, und das kann ich verstehen. Ich hätte mich genauso verhalten.«

»Wir können aus dem Bericht entnehmen, daß eine Kommunikation mit den Besuchern möglich ist«, sagte der Präsident, »aber es ist eine einseitige Konversation, und die Besucher bestimmen den Ton. Wenn er es für notwendig erachtet, kann ein Besucher uns also etwas übermitteln, aber wir können das nicht.«

»Ich habe 101 gebeten, ihre Impulse zu dämpfen«, erinnerte Jerry, »und sie hat mich offenbar verstanden.«

»Haben Sie weitere Versuche unternommen, mit ihr zu sprechen?« fragte der Präsident.

»Gewiß, Sir. Ich habe gefragt, warum sie mir den Platz gezeigt hat, zu dem ich gehen sollte, was ich dort finden würde und warum sie wollte, daß ich dort hinginge.«

»Und was hat sie geantwortet?«

»Sie hat nicht geantwortet, sie hat mich rausgeworfen. Diesmal allerdings nicht so rücksichtslos wie beim ersten Mal, wo ich in einem Baum gelandet bin. Diesmal hat sie mich recht sanft auf dem Boden abgesetzt.«

»Sie wollte offenbar sichergehen, daß Sie unversehrt blieben, damit Sie auch tatsächlich zu dem Ort gehen konnten, den sie Ihnen gewiesen hatte.«
»Das könnte man annehmen, Mr. President, aber ich bin mir nicht sicher, ob es eine ausreichende Erklärung ist. Beim ersten Mal war ich nur ein fremder Organismus unter anderen fremden Organismen, die 101 untersuchen wollte. Beim zweiten Mal war ich – ich hätte fast gesagt, ein alter Freund, aber das trifft es ganz und gar nicht – eher ein Vertrauter. Jemand, den sie kannte, den sie benutzen konnte.«
»Den man vielleicht später noch einmal benutzen kann?«
»Das weiß ich nicht, aber eines kann ich Ihnen versichern: Ich werde mich nicht noch einmal auf die Suche nach 101 machen.«
»Und wenn wir Sie darum bäten?«
»Was hätten wir davon?« warf Whiteside ein. »Er hat uns doch erzählt, worum es geht. Wir stellen keine Fragen, 101 sagt uns, was wir zu tun haben. Wie die Dinge liegen, haben wir keine Möglichkeit, eine Kommunikation aufzubauen. Sie spricht mit uns – falls man das überhaupt sprechen nennen kann –, aber wir können nicht zu ihr sprechen.«
»Es gibt Geschichten über andere Menschen, die ebenfalls von einem Besucher aufgelesen wurden«, sagte der Präsident.
»Ich glaube, diese Berichte können wir vergessen«, entgegnete Dr. Allen. »Seit Jahren gibt es Leute, die davon berichten, daß sie von UFOs aufgenommen wurden. Bisher haben sich diese Geschichten als Phantastereien erwiesen. Die Schilderungen sind einfallslos und gleichzeitig wirr erdacht, man spürt instinktiv, daß sie von Menschen konstruiert wurden. Wenn jemand wirklich einem Außerirdischen begegnete, hätte das Erlebnis gewiß keine menschlichen Züge. Es wäre vielmehr absolut unfaßlich, und das ist vielleicht noch untertrieben ausgedrückt. Sicherlich wäre das Ereignis für einen Menschen im wesentlichen unverständlich.«
»Also halten Sie alle anderen Berichte von Kontakten zu den Besuchern für ausgedacht?« vergewisserte sich Porter.
»Ja«, erwiderte Dr. Allen. »Ich bin überzeugt davon, daß Mr. Conklin der einzige Mensch ist, der tatsächlich aufgenommen wurde. Was er uns berichtet hat, paßt zur Vorstellung von der Begegnung mit dem Außerirdischen.« Er wandte sich an Jerry: »Es wurden keine Worte benutzt, nicht wahr, das sagten Sie doch?«
»Das stimmt«, antwortete Jerry, »nur Bilder in meinem Kopf. Manchmal waren da auch Gedanken, aber ich konnte nicht entscheiden, ob es meine eigenen oder fremde waren.«

»Also, wir wollen einmal annehmen, Sie gingen noch einmal zu 101. Sie haben gesagt, daß Sie das nicht tun würden, und das ist Ihr gutes Recht. Aber einmal angenommen, Sie täten es, glauben Sie, 101 würde Sie noch einmal aufnehmen?«

»Nur wenn es etwas gäbe, das sie mir sagen wollte«, erwiderte Jerry. »Nur wenn sie eine Aufgabe für mich hätte.«

»Davon sind Sie überzeugt?«

»Ich bin mir ganz sicher. Sie hat mich benutzt, das spüre ich deutlich.«

»Aber Miß Foster hat uns doch erzählt, daß 101 ihr die Hand geschüttelt hat.«

»Es war mehr als ein Händedruck«, warf Kathy ein, »persönlicher als ein Händeschütteln. Vielleicht so etwas wie ein Kuß, aber das war mir damals nicht klar. Ich habe zunächst an einen Händedruck gedacht, denn so konnte man es am leichtesten beschreiben, ein Händedruck aus Dankbarkeit, möglicherweise aus Anerkennung. Sie wollte mir zu verstehen geben, daß sie mich und meine Tat bemerkt hatte. Heute weiß ich, es war mehr, ein Zeichen echter Zuneigung. Seit ich die Autos gesehen habe, hat sich dieses Gefühl bei mir verstärkt. Die Besucher ziehen nicht einfach eine Show ab. Sie wollen uns nicht in Erstaunen oder Furcht versetzen und uns auch nicht mit einer Demonstration ihrer Fähigkeiten einschüchtern. Es soll auch keine Entschädigung für die Bäume sein, es ist einfach ein Zeichen ihrer tiefen Zuneigung. Mich erinnern sie an den Nikolaus, oder an jemanden, der einem Freund ein besonderes Geschenk macht, oder auch an einen jungen Mann, der seinem Mädchen Rosen schenkt.«

»Sie setzen sich sehr für die Besucher ein«, stellte der Präsident fest, »und doch, wenn das so weitergeht, werden sie uns ruinieren.«

»Man könnte es so sehen, Herr Präsident«, erwiderte Kathy. »Die Besucher benehmen sich wie Eltern, die ihrem Kind Bonbons schenken, weil sie nicht wissen, wie schädlich sie für die Zähne des Kleinen sind. Genauso ergeht es den Besuchern. Sie wissen es nicht besser, das ist es. Sie versuchen nur nett zu sein, und machen sich nicht klar, was ihre Freundlichkeit bei uns anrichten kann.«

»Miß, das mag alles stimmen«, sagte Whiteside, »aber ich fürchte mich vor diesen Wesen. Ich meine immer noch, daß ein paar wohlgezielte...«

»Henry!« unterbrach ihn der Präsident heftig. »Jetzt nicht! Wenn Sie unbedingt darüber reden müssen, dann später, aber nicht jetzt.«

»Ich möchte noch einmal auf das Aufnehmen zurückkommen«, erklärte Dr. Allen. »Wenn sie mit einem Menschen sprechen wollen, müssen sie ihn in sich hereinholen, so scheint es zumindest. Mr. Conklin, können Sie sich irgendeinen Weg vorstellen, wie man die Besucher dazu bringen könnte, mich oder den Präsidenten aufzunehmen?«

»Sie würden Sie nicht aufnehmen«, erwiderte Jerry. »Sie würden Sie einfach ignorieren, ganz gleich, was Sie täten, sie würden Sie nicht beachten.«

»Das denke ich auch«, sagte Dr. Allen. »Das können sie wirklich gut. Seit sie angekommen sind, haben sie uns ignoriert. Ich habe mich schon gefragt, wie sie uns überhaupt wahrnehmen. Es wäre doch möglich, daß sie uns für possierliche Haustiere halten oder für erbarmungswürdige Kreaturen, auf die man leicht treten könnte, wenn man nicht genügend achtgibt. Aber diese Vorstellungen habe ich wieder fallenlassen. Miß Foster glaubt, sie empfinden eine gewisse Zuneigung zu uns. Schließlich haben wir ihnen gestattet, auf einem Planeten zu landen, auf dem sie die Zellulose fanden, die sie vor dem Aussterben bewahrte. Weil es die Zellulose gibt, können sie wieder Nachwuchs zur Welt bringen, und ohne diesen Nachwuchs wäre ihre Rasse wahrscheinlich irgendwann erloschen. Wenn wir die Wesen mit menschlichen Emotionen ausstatten – und ich bezweifle, daß dies zulässig ist –, dann müßten sie tatsächlich Dankbarkeit verspüren. Miß Fosters Standpunkt in allen Ehren, aber ich finde nicht, daß sie so besonders dankbar sind. Wir können sie nun einmal nicht daran hindern, unsere Bäume zu verzehren. Ich neige eher zu der Ansicht, daß die Besucher ein gewisses ununterdrückbares Geschäftsethos besitzen, obwohl sie das wahrscheinlich nicht so empfinden mögen. Ich weiß, ich drücke mich etwas unbeholfen aus. Sie sind, so denke ich, geradezu besessen davon, für alles zu bezahlen, was sie sich nehmen. Das ist es, was sie tatsächlich im Sinn haben.«

»Alles in allem«, faßte der Präsident zusammen, »scheint die entfernte Möglichkeit zu bestehen, daß wir uns irgendwann mit den Besuchern verständigen können. Das wird seine Zeit brauchen, sehr viel Zeit sogar, und viel Geduld, mehr als wir zur Verfügung haben. Wenn uns etwas fehlt, ist es Zeit. Würden Sie mir darin zustimmen, daß man den Stand der Dinge so beschreiben kann?«

»Genauso ist es!« schnaubte Whiteside. »Wir sitzen in der Klemme und haben nicht mehr genügend Zeit, um uns herauszuwursteln.«

»Wir können es noch schaffen«, murmelte der Präsident halb zu sich selbst. »Wir müssen es schaffen. Wenn nichts mehr dazukommt, wenn es bei den Autos bleibt, dann kann es uns gelingen. Ich hatte ein paar ermutigende Telefonate mit Vertretern der Wirtschaftsspitze.

Der Kongreß ist bereit, mit uns zusammenzuarbeiten, und zwar in einem Ausmaß, das ich mir niemals erträumt hätte.« Er wandte sich an Porter: »Wie ich hörte, haben Sie mit Davenport gesprochen?«
»Ja, das stimmt«, antwortete Porter. »Es war ein freundschaftlicher Meinungsaustausch.«
»Tja, dann«, sagte der Präsident, »ich denke, das wäre es fürs erste. Es sei denn«, er schaute Kathy und Jerry an, »Sie hätten noch etwas zu sagen.«
Beide schüttelten den Kopf.
»Nichts. Mr. President«, sagte Jerry.
»Wir danken Ihnen dafür, daß Sie hierher gekommen sind«, erklärte der Präsident. »Sie haben uns wirklich einen Dienst erwiesen. Nun haben wir einige Klarheit über die anstehenden Probleme gewonnen. Ich kann Ihnen versichern, daß nichts von dem, was Sie berichtet haben, aus diesem Raum hinausgetragen wird.«
»Dafür möchte ich Ihnen danken, Mr. President«, sagte Jerry.
»Die Maschine wartet bereits auf Sie«, berichtete der Präsident. »Wir werden Sie zum Flugplatz bringen lassen, sobald Sie es wünschen. Wenn Sie aber gern ein oder zwei Tage in Washington verbringen möchten ...«
»Es tut uns leid, Mr. President, aber wir müssen unbedingt zurück«, erklärte Kathy. »Ich habe meine Arbeit zu tun, und auf Jerry wartet die Dissertation.«

## 52. MINNEAPOLIS

»Ich fühle mich fast, als wäre ich auf einer Totenwache«, polterte Gold. »Dabei stecken wir bis zum Hals in wichtigen Nachrichten: Die ganze Welt geht den Bach runter. Der Dollar ist fast nichts mehr wert. Die ausländischen Regierungen schreien Zeter und Mordio. Die Diplomaten kriegen nicht mehr die Zähne auseinander. Die Wirtschaftsbosse sind blaß um die Nase. Das ist doch genau der Stoff, von dem wir leben. Aber wo ist die muntere Erregung in den Redaktionsräumen geblieben, ich vermisse den Überschwang.«
»Ach, halt's Maul«, schnappte Garrison.
»Das Weiße Haus gibt sich optimistisch«, fuhr Gold fort. »Es verkündet, wir werden es schon schaffen. Es klingt so, als ob jemand durch eine dunkle Gasse geht und pfeift, um sich Mut zu machen.«

Garrison wandte sich an Annie: »Kannst du mir sagen, wann Jerry und Kathy zurück sein werden?«
»In ein paar Stunden«, erwiderte sie. »Vermutlich starten sie gerade jetzt. Aber Kathy hat nichts für uns. Sie hat mir vor dem Start erklärt, daß es keine Story geben wird.«
»Das hatte ich erwartet«, sagte Garrison. »Natürlich hatte ich immer noch gehofft...«
»Du bist ein Blutsauger«, bemerkte Gold. »Du saugst die Leute bis zum letzten Tropfen aus.«
»Es läuft alles ganz anders, als es sollte«, sagte Annie unvermittelt.
»Was läuft anders?« fragte Gold.
»Die Sache mit den Besuchern. Sie spielt sich ganz anders ab, als man es uns immer vorgeführt hat.«
»War meinst du mit ›vorgeführt‹? Redest du vom Kino?« fragte Garrison.
»Ja, im Kino geht alles immer gut aus, gerade im allerletzten Augenblick. Wenn alle schon die Hoffnung aufgegeben haben und die Lage aussichtslos ist. Rechnet ihr noch damit? Im letzten Augenblick...?«
»Ich würde mich nicht darauf verlassen«, sagte Gold.
»Sieh mal«, begann Garrison, »diesmal geht es um das wirkliche Leben. Das ist nichts, was sich ein einfältiger Regisseur ausgedacht hat, der im tiefsten Innern das Happy-End für heilig hält.«
»Wenn sie doch nur mit uns reden würden«, seufzte Annie.
»Wenn sie doch nur verschwänden«, murmelte Gold.
Das Telefon läutete.
Annie nahm den Hörer ab, lauschte einen Augenblick lang hinein und sah dann Garrison an.
»Es ist jemand aus Lone Pine«, berichtete sie, »ein Mr. Norton. Ich lege ihn auf Apparat drei. Er redet ziemlich wirr, offensichtlich ist dort unten etwas passiert.«
Garrison griff nach dem Hörer. »Frank!« rief er. »Was ist denn los? Ist etwas nicht in Ordnung?«
Nortons Worte sprudelten aus der Muschel: »Johnny, ich bin gerade von meinem Ausflug zurückgekehrt. Stimmt das, was in der Zeitung steht? Ich meine die Sache mit den Autos!«
»Ich fürchte schon, Frank«, erwiderte Garrison, »aber nimm's leicht. Wieso regst du dich so sehr darüber auf?«
»Johnny, es geht nicht nur um Autos.«
»Nicht nur um Autos? Was soll das heißen? Was meinst du damit?«
»Sie machen auch Häuser, sie probieren es, sie versuchen, Häuser herzustellen.«

»Du meinst richtige Häuser, in denen tatsächlich Menschen leben könnten?«
»So ist es. Häuser wie das, in dem du wohnst, ganz gewöhnliche Häuser.«
»Und wo tun sie das?«
»Draußen in der Wildnis, mitten in den Wäldern. Sie verstecken sich dort und üben, wo sie niemand beobachten kann.«
»Nun hol erst mal tief Luft, Frank, und dann erzähl mir alles von Anfang an.«
»Also«, begann Norton, »ich fuhr in meinem Kanu den Fluß entlang...«
Garrison hörte aufmerksam zu. Gold saß bewegungslos auf seinem Platz und beobachtete ihn. Annie holte einen Ordner aus dem Regal, dann begann sie ihre Fingernägel zu polieren.
»Augenblick mal, Frank«, sagte Garrison schließlich. »Diese Geschichte ist einfach zu gut. Sie ist so gut und so persönlich, daß niemand anderes sie schreiben sollte. Ich möchte, daß du sie für uns aufschreibst. Aus deinem ganz persönlichen Blickwinkel, genau wie du sie mir eben geschildert hast. Alles in der ersten Person abgefaßt. Ich habe dies gesehen, dann habe ich das getan, ich habe mir das und das gedacht. Könntest du das tun? Hättest du Lust dazu. Was ist mit deiner eigenen Zeitung?«
»Mein Blatt erscheint erst in drei Tagen wieder«, erwiderte Norton.
»Ach was, vielleicht lasse ich die Ausgabe in dieser Woche wegfallen. Ich habe sowieso kaum Anzeigen hereinbekommen, weil ich nicht hier war. Da stehen noch einige Bohnenkonserven in meinem Regal. Also werde ich weiterhin zu essen haben, auch wenn das Blatt einmal nicht erscheint...«
»Dann setz dich auf deine vier Buchstaben und fang an zu schreiben«, drängte Garrison. »Drei oder vier Spalten, wenn du mehr Platz brauchst, bekommst du ihn. Wenn du fertig bist, dann ruf an und laß dir die Lokalredaktion geben. Diktiere den Artikel durchs Telefon. Wir haben Leute hier, die können fast so schnell schreiben, wie du lesen kannst. Und, Frank...«
»Ja?«
»Hau rein! Drück auf die Tube!«
»Aber Johnny, ich habe dir doch noch gar nicht alles erzählt. Ich wollte gerade erst zum Wichtigsten kommen. In dem letzten Haus, dem, in dem die Lampen brannten, und das voll eingerichtet war...«
»Was war damit?«
»Das Haus war gerade herangeschwebt. Die Besucher waren eben erst

mit der Herstellung fertig geworden. Aber als ich hineinsah, habe ich Schatten in der Küche bemerkt. Schatten, die sich bewegten. Jemand, der in der Küche das Essen vorbereitet, der wirft solche Schatten. Ich schwöre dir, Johnny, da waren Leute in der Küche! Um Himmels willen, sie machen jetzt auch Menschen!«

## 53. DE SOTO, WISCONSIN

Der Mann aus South Dakota hatte den Motor seines Autos auf den letzten achthundert Metern nur mit Mühe am Leben erhalten. Die Maschine klapperte und klopfte, hustete und ächzte. Bei jedem Schnaufer dachte der Mann am Steuer, es könnte der letzte gewesen sein. Endlich fuhr der Wagen in De Soto ein, einer Kleinstadt, die zwischen dem Fluß und den Klippen eingezwängt lag. Der Mann begann die Suche nach einem Parkplatz, aber nirgendwo war eine Lücke zu entdecken. Die einzige, lange Straße des Ortes war von Fahrzeugen und Menschen verstopft. Überall war aufgeregtes Gebrüll und Gezänk zu hören, und der Mann stellte sich erschreckt die Frage, ob all die Menschen wegen eines Autos hierhergekommen waren.
Endlich konnte er in eine unbefestigte Seitenstraße einbiegen, die aus der Stadt herausführte und irgendwo in den Bergen verschwand. Auch auf dieser Straße standen schon viele andere Wagen. Der Mann fand erst einen Abstellplatz, als er sich schon fast einen Kilometer von der Stadt entfernt hatte. Er kletterte aus dem Wagen und streckte sich, um den Schmerz in seinen gequälten Muskeln zu lindern. Doch nicht nur seine Muskeln schmerzten, der Mann war zum Umfallen müde, dem Zusammenbruch nahe. Er hatte Hunger, und er konnte kaum die Augen offenhalten. Er brauchte dringend etwas zu essen und ein Bett, aber zuerst wollte er sein Auto. Wenn er sein Auto hatte, dann würde er essen und schlafen.
Wie er an das Auto kommen sollte, davon hatte er keine Vorstellung. Er wußte nur, daß auf der Höhe der Stadt eine Insel im Fluß lag und auf dieser Insel die Autos standen. Vielleicht hätte ich doch besser nach Dick's Landing fahren sollen, dachte der Mann wieder einmal, aber auf der Karte waren nur ein paar kleine, schmale Straßen eingezeichnet, auf denen man Dick's Landing drüben in Iowa erreichen konnte. Also hatte der Mann entschieden, daß er Zeit sparen konnte, wenn er zu der Stadt in Wisconsin fuhr, die Dick's Landing genau ge-

genüberlag. Irgendwie, das wußte er, mußte er über den Fluß zur Insel gelangen. Vielleicht konnte er ein Boot mieten. Er fragte sich, wieviel es wohl kosten mochte, ein Boot zu mieten, und hoffte, daß der Preis nicht zu unverschämt sein würde. Er hatte nur wenig Geld bei sich. Vielleicht kann ich durch den Fluß schwimmen, dachte er, aber dann kamen ihm Zweifel. Er war ein recht guter Schwimmer, aber auf der Anreise hatte er vom Auto aus gesehen, wie breit der Mississippi und wie reißend seine Strömung an einigen Stellen war.

Er trottete die Straße entlang und wich Schlaglöchern aus. Seine Füße rutschten über den lockeren Schotter. Vor ihm gingen einige Männer, doch er machte keinen Versuch, sie einzuholen. Es überraschte ihn, wie mutlos er sich fühlte, seit er an seinem Ziel angekommen war. Vielleicht hätte er gar nicht herfahren sollen, doch zunächst war ihm die Idee einfach und einleuchtend erschienen. Er brauchte dringend ein neues Auto, weiß Gott! Nicht für einen Augenblick war ihm der Gedanke gekommen, daß so viele andere Menschen kommen würden. Natürlich wußte er es noch nicht genau, aber er hatte den Verdacht, daß alle Menschen in der Stadt aus dem gleichen Grunde gekommen waren. Es gab jedoch einen Trost: Angeblich sollte es eine Menge Autos geben. Im Bericht im Fernsehen hatte es geheißen, die Besucher, die man auf der Insel gefunden habe, hätten Hunderte von Autos produziert. Vermutlich hatten sie, seit der Bericht gesendet wurde, weitergearbeitet. Vielleicht gab es jetzt schon ein paar tausend Autos auf der Insel. Es waren viele Menschen in der Stadt, aber möglicherweise würden die Autos für alle reichen? Das größte Problem im Augenblick war die Überquerung des Flusses, aber er würde es schon lösen, wenn es soweit war.

Jetzt hatte er die ersten Häuser der Stadt erreicht, und er setzte seinen Weg in Richtung auf die Läden am Flußufer fort. Vielleicht würde er dort jemandem begegnen, der ihm raten konnte, wie er vorgehen sollte. Möglicherweise hatte man die Verteilung der Gratisautos inzwischen gar offiziell geregelt.

Vor einer Kneipe hatte sich eine kleine Menschentraube gebildet, und der Mann ging zu ihr hinüber. Drei Polizeiwagen waren in der Nähe geparkt, aber von den zugehörigen Polizisten war nichts zu sehen. Eine Reihe von Menschen stand jenseits der Eisenbahngleise, die zwischen Stadt und Fluß verliefen. Alle hatten ihre Rücken der Stadt zugewendet, sie schienen etwas auf dem Fluß zu beobachten.

Der Mann aus South Dakota zupfte vorsichtig einen Passanten am Jackenärmel. »Hat es einen Unfall gegeben?« fragte er, wobei er zu den Polizeiwagen hinüberdeutete.

»Nein, heute morgen gab es einen Unfall, aber nicht jetzt«, antwortete der Fremde, »nicht während der letzten paar Stunden.«
»Warum sind denn so viele Polizisten hier?«
»Sie sind wohl gerade angekommen?« entgegnete der Mann.
»Stimmt, ich komme direkt aus South Dakota, Rapid City, das heißt, nicht direkt aus Rapid City, sondern aus einer Kleinstadt in der Nähe. Ich bin in einem Streifen durchgefahren, habe nur gehalten, um zu tanken.«
»Das hört sich so an, als hätten Sie es eilig gehabt.«
»Klar, ich wollte hier ankommen, bevor all die Autos verteilt sind.«
»Bisher stehen die Wagen noch alle auf der Insel«, berichtete der Passant, »niemand hat bislang einen bekommen.«
»Dann bin ich ja noch rechtzeitig gekommen.«
»Rechtzeitig wozu?«
»Um mir ein Auto zu holen.«
»Sie bekommen kein Auto. Niemand hier darf sich ein Auto holen. Die Staatspolizei hat die Insel abgeriegelt. Es heißt sogar, daß bald die Nationalgarde hier sein wird. Es sind sogar Boote draußen auf dem Fluß, die kein Schiff passieren lassen.«
»Aber wieso...? Im Fernsehen hieß es doch...«
»Ich weiß, was im Fernsehen gesagt wurde und was in der Zeitung stand. Gratisautos für jedermann. Aber sie lassen niemand auf die Insel.«
»Ist das dort drüben die Insel?«
»Sie liegt irgendwo dahinten. Ich weiß nicht genau, wo. Hier gibt es viele Inseln im Fluß.«
»Was ist denn eigentlich passiert? Warum haben die Polizisten...?«
»Eine Herde von Idioten ist in ein Boot gestiegen. Viel mehr Leute, als das Boot tragen konnte, aber sie mußten unbedingt alle hinein. Mitten im Fluß ist die Nußschale abgesackt, die meisten Insassen sind ertrunken.«
»Aber es könnte doch jemand den Transport in die Hand nehmen, es muß doch einen sicheren Weg geben...«
»Klar, versuchen könnten sie es«, erwiderte der andere Mann. »Aber es würde nicht funktionieren. Niemand hier hat einen Funken Verstand. Alle denken nur an die Autos. Die Polizei hat schon recht. Sie darf niemanden an den Fluß heranlassen, sonst gibt es noch mehr Tote.«
»Wollen Sie denn kein Auto?«
»Natürlich will ich eins. Aber im Augenblick ist es unmöglich, eins zu bekommen.«

»Aber ich muß unbedingt jetzt ein Auto haben«, jammerte der Mann aus Dakota. »Ich *muß* eins haben. Mit meiner alten Mühle würde ich den Rückweg nicht mehr schaffen.«
Er lief über die Straße zum Gleisbett der Eisenbahn. Er kletterte zu den Männern hinauf, die auf der anderen Seite des Bahndammes standen. Er drängte sich zwischen ihnen hindurch und trat fehl, sein Fuß glitt auf dem Schotter aus. Der Mann rollte und rutschte einen Hang hinab und blieb unmittelbar am Flußufer liegen. Als er aufschaute, erblickte er einen Hünen in Uniform, der von oben auf ihn hinabstarrte.
Der Polizist fragte beinahe freundlich: »Nun, mein Sohn, wo wollen Sie denn hin?«
»Ich muß unbedingt ein Auto haben«, erklärte der Mann aus South Dakota.
Der Beamte schüttelte den Kopf.
»Ich kann schwimmen!« beteuerte der Mann. »Ich schaff' die Strecke leicht. Geben Sie mir doch eine Chance! Mehr will ich nicht!«
Der Beamte streckte den Arm aus und zog den Mann auf die Füße.
»Jetzt hören Sie mir genau zu!« sagte er. »Ich will Ihnen eine Chance geben. Verschwinden Sie von diesem Bahndamm. Wenn ich Sie in drei Sekunden noch hier sehe, stecke ich Sie in den Käfig.«
Der Mann aus South Dakota krabbelte hastig den Hang hinauf, die Menge begrüßte ihn mit Hohngelächter.

## 54. MINNEAPOLIS

»Können wir uns auf diesen Norton wirklich verlassen?« fragte Lathrop. »Schließlich gehört er nicht zu unserer Mannschaft.«
»Ich stehe voll für ihn ein«, versicherte Garrison. »Frank und ich sind alte Freunde. Wir waren schon gemeinsam in der Schule und sind seither in Verbindung miteinander geblieben. Er ist mit Leib und Seele Journalist. Nur weil er sich für die Provinz, für Lone Pine entschieden hat, muß er kein schlechter Zeitungsmann sein. Wir gebärden uns hier als Spezialisten, einer schreibt einen Artikel, der andere lektoriert ihn, wieder andere stellen die Seiten zusammen und so weiter. Jeder hat seine eigene Aufgabe. Frank macht alles allein. Jede Woche beginnt er neu aus dem Nichts und sucht sich seine Annoncen und Artikel zusammen. Was er schreibt, lektoriert er selbst, und er

besorgt auch den Satz. Wenn er einen Leitartikel für angebracht hält, schreibt er den auch. Aber nicht nur das...«

»Schon gut, verschonen Sie mich mit dem Rest«, bat Lathrop. »Ich wollte ja nur wissen, was Sie von ihm halten.«

»Wenn Frank mir erzählt, er hätte Beweise dafür, daß die Besucher Häuser bauen, dann glaube ich ihm das unbesehen«, erklärte Garrison. »Die Geschichte klingt überzeugend, sie enthält viele Einzelheiten, die...«

»Ich kann es kaum glauben, daß wir die Story exklusiv haben«, unterbrach ihn Lathrop. »Das geschieht nun schon zum zweiten Mal. Erst die Autos und nun die Häuser.«

»Es gibt etwas, das ich noch mit Ihnen besprechen muß«, sagte Garrison. »Ich denke, wir sollten das Weiße Haus ins Bild setzen, bevor wir in Druck gehen. Ich habe schon einmal mit dem Pressesprecher zu tun gehabt. Er ist ein anständiger Bursche, glaube ich. Soll ich mich direkt mit ihm in Verbindung setzen?«

»Warum sollten wir nett zu diesen Leuten sein?« Lathrop erschien geradezu erschüttert. »Warum ihnen von den Häusern erzählen. Warum, Johnny, warum, zum Teufel...?«

»Vielleicht liege ich schief«, erwiderte Garrison, »aber ich bin der Meinung, die Regierung hat in letzter Zeit soviel einstecken müssen, und...«

»Das geschieht den Burschen ganz recht«, versetzte Lathrop. »Sie haben es sich selbst zuzuschreiben. Nicht die Sache mit den Besuchern, da haben sie sich nicht ungeschickt angestellt, nein, ich denke an andere Dinge. Die Regierung hat viel verbockt, seit sie im Amt ist. Es kann ihr nichts schaden, wenn sie eins aufs Dach bekommt. Ich kann für Washington nicht viel Sympathie aufbringen.«

Garrison schwieg, er versuchte sich zu konzentrieren, seine Gedanken zu sammeln.

»Mir geht es nicht so sehr um die Regierung«, sagte er schließlich, »sondern um die Nation. Das Weiße Haus hat sich gut gehalten. Es ist entschlossen, die Krise durchzustehen. Vielleicht hätte die Regierung es sogar geschafft. Bevor das mit den Häusern passierte, hatte sie eine gute Chance. Aber die Häuser machen sie fertig. Die Autos waren schlimm genug, die Häuser dagegen...«

»Ja, das verstehe ich«, entgegnete Lathrop. »Ich sehe, worauf es hinausläuft. Erst die Autoindustrie, jetzt ist die Bauindustrie an der Reihe. Der Dollar wird bald völlig wertlos sein. Aber die Geschichte müssen wir trotzdem bringen. Selbst wenn wir es wollten, eine solche Nachricht läßt sich nicht auf Dauer unterdrücken.«

»Es geht mir doch nicht um die Veröffentlichung«, erwiderte Garrison. »Natürlich bringen wir den Artikel. Die Frage ist nur, geben wir der Regierung eine Chance zu reagieren, bevor wir ihr den Todesstoß versetzen. Vielleicht kann sie sich noch rechtzeitig auf festes Land retten, wenn der Damm endgültig bricht.«

»Es wird wieder heißen, wir sollen die Sache zur internationalen Angelegenheit erklären«, sagte Lathrop. »Ich persönlich weiß nicht, was ich davon halten soll. Wir haben schließlich die Last dieser Invasion zu tragen. Wenn die Besucher irgendwelche Vorteile oder Nutzen bringen, dann sollten wir sie einstecken. Die Besucher haben uns ausgesucht, wir haben sie nicht eingeladen oder angelockt. Warum sie uns ausgewählt haben, weiß ich nicht. Ich weiß auch nicht, warum sie nicht in Europa oder Afrika gelandet sind. Aber seit es geschehen ist, zetert die UNO in schrillen Tönen ...«

»Ich habe mir in dieser Frage auch noch kein Urteil gebildet«, erklärte Garrison. »Wenn wir die Sache zu einer internationalen Frage machten, würde ich schwer daran zu schlucken haben. Aber, ob international oder nicht, ich bin einfach der Ansicht, man sollte der Regierung ein wenig Zeit geben, um die neue Lage zu überdenken. Sie wird besser damit fertig werden, wenn sie eine Vorwarnung erhält. Sie kann die Situation hinnehmen oder sich irgendwie zur Wehr setzen. Das ist ihre Entscheidung, nicht unsere. Unser Problem ist ein anderes: Wir haben schon einmal über unsere Verantwortlichkeit diskutiert. Wir sind Nachrichtenübermittler, eine öffentliche Einrichtung. Wir werden nichts tun, das unserem Kultursystem schaden könnte. Wir reden oft davon, daß wir die Wahrheit ausgraben und sie ins Land tragen, und das ist einfach in solchen Fällen, wo man leicht entscheiden kann, was die Wahrheit ist. Aber es gibt noch etwas anderes, das uns wichtiger als selbst die Wahrheit sein sollte: Ich denke an die Macht, die wir besitzen. Diese Macht müssen wir so klug einsetzen, wie es uns möglich ist. Wenn wir diese Nachricht nun zurückhielten, um danach ein noch größeres Ding zu landen ...«

»Dann her mit dem größeren Ding!« rief Lathrop aus. »Ich liebe die dicken Sachen, ich kann gar nicht genug davon bekommen. Aber können wir uns darauf verlassen, daß das Weiße Haus dichthält. Es gibt in Washington keine Geheimnisse, es sei denn, eine Sache wird wirklich als ›Streng vertraulich‹ eingestuft.«

»Ich bin mir sicher, daß sie dichthalten werden«, erwiderte Garrison. »Solange sie nicht wissen, was sie unternehmen sollen, werden sie dafür sorgen, daß nichts an die Öffentlichkeit dringt. Sobald die Geschichte bekannt wird, ist nämlich der Teufel los. Sie werden für jede

Minute Zeit dankbar sein, die sie gewinnen. Sie werden besser dichthalten als wir, das weiß ich genau.«

»Ich kann mich nicht entscheiden«, sagte Lathrop. »Ich weiß nicht, ob wir Washington informieren sollen oder nicht. Ich muß erst noch darüber nachdenken. Wir besprechen es im Verlag.«

## 55. AN BORD EINER MASCHINE IM ANFLUG AUF MINNEAPOLIS

»Alle Leute wollen Menschenfresser aus ihnen machen«, sagte Kathy zu Jerry. »Scheußliche Bestien, die auf die Erde gekommen sind, um uns etwas anzutun. Aber ich weiß, sie sind nicht so. Ich habe 101 berührt, ich meine nicht nur ihre Haut, ich habe sie innerlich berührt. Es war auch nicht einfach eine Berührung, es war ein Kontakt. Als ich dem Präsidenten davon erzählte, tat er sehr interessiert – höchst interessant, das hat er wörtlich gesagt. Aber er war nicht wirklich interessiert, auch die anderen nicht. Die denken immer nur an ihre verdammte Wirtschaft. Klar, sie wollen wissen, ob es eine Möglichkeit der Kommunikation mit den Besuchern gibt. Aber das wollen sie nur erfahren, damit sie ihnen befehlen können, mit dem aufzuhören, was sie gerade tun.«

»Du mußt auch den Standpunkt des Präsidenten verstehen«, erwiderte Jerry. »Mach dir doch bitte einmal klar, welcher Situation die Regierung gegenübersteht...«

»Hast du dich eigentlich schon einmal gefragt, ja, hat sich überhaupt schon jemand gefragt, ob sich der Präsident nicht vielleicht irren könnte, ob wir uns gar alle getäuscht haben. Die Art, wie wir leben, könnte falsch sein, möglicherweise verhalten wir uns schon seit vielen Jahren völlig falsch.«

»Natürlich«, stimmte Jerry ihr zu. »Wir alle machen Fehler, das ist doch klar.«

»Das habe ich nicht gemeint«, wehrte Kathy ab. »Ich denke nicht an die Fehler, die wir gerade heute machen. Vielleicht sind wir schon lange auf einem falschen Weg. Wenn wir weit genug in die Vergangenheit zurückblicken, können wir möglicherweise sehen, wo wir von unserem Weg abgewichen sind. Ich kenne mich in der Geschichte nicht gut genug aus, um zu sagen, wann dies geschehen sein könnte, aber ich habe das Gefühl, daß wir irgendwann auf die falsche Straße

geraten sind und wir nun keine Möglichkeit zur Umkehr mehr haben.
Vor ein paar Wochen habe ich eine Schar von ausgeflippten Leuten an der Uni interviewt. Es waren arge Spinner, sie nannten sich die *Liebenden*. Sie haben mir erzählt, die Liebe sei alles, Anfang und Ende, eben alles, was zählt. Sie schauten mich aus runden, unschuldigen Augen an, man sah ihre nackten Seelen durch diese Augen leuchten, und ich fühlte mich elend. Ich fühlte mich genauso entblößt, wie ihre Seelen entblößt waren. Sie taten mir leid, und gleichzeitig hatte ich eine tiefe Wut auf sie. Ich kehrte heim und schrieb den Artikel, und dabei fühlte ich mich immer elender. Denn diese Leute hatten sich geirrt. Sie waren auf einem völlig falschen Weg, so weit abgeirrt, daß man spüren konnte, die sind für immer verloren. Aber vielleicht liegen wir genauso daneben wie sie. Wir haben uns so sehr an unseren falschen Weg gewöhnt, daß wir ihn nun für den richtigen halten. Liebe über alles, das mag falsch sein, aber Geld über alles, Habgier über alles, das ist ebenso falsch. Jerry, ich sage dir...«
»Du glaubst, die Besucher wollten uns einen Schubs in die richtige Richtung geben?«
»Nein, das kann ich mir nicht vorstellen. Wenn mit uns etwas nicht stimmt, würden sie es wahrscheinlich nicht bemerken. Und wenn sie es wüßten, würden sie sich vermutlich nicht darum scheren. Sie denken vielleicht, es ist unsere Sache, wenn wir uns irren. Was sie tun, mag ebenso falsch sein. Höchstwahrscheinlich ist es das. Aber ob es nun falsch oder richtig ist, es könnte uns zeigen, daß wir uns auf einem falschen Weg befinden.«
Jerry hatte aus dem Fenster geschaut, jetzt wandte er sich ihr zu. »Unter bestimmten Umständen kann man unmöglich entscheiden, was falsch oder richtig ist. Die Besucher und die Menschen trennen Welten. Wo sie herkamen, weiß kein Mensch. Ihre Verhaltensmuster – sie haben gewiß bestimmte Verhaltensregeln – müssen sich zwangsläufig von den unseren unterscheiden. Wenn zwei völlig unterschiedliche Kulturen aneinandergeraten, dann bleibt es nicht aus, daß eine oder beide Schaden nehmen. Selbst wenn beide Seiten guten Willens sind, geht so etwas nicht ohne Beschädigungen ab.«
»Die armen Wesen«, seufzte Kathy, »sie sind von weither gekommen. Sie mußten so viel auf sich nehmen. Wie mutig sie gewesen sind! Wir hätten ihre Freunde sein sollen, aber nun hassen wir sie.«
»Das kann man so allgemein nicht sagen«, widersprach Jerry. »Einige Leute mögen sie hassen, die, die an der Macht sind, werden sie hassen, denn sie werden etwas von ihrer Macht verlieren. Aber die Massen in

den Straßen werden tanzen und singen, wenn sie Autos und vielleicht noch andere Dinge geschenkt bekommen.«
»Aber das wird nicht lange anhalten«, sagte Kathy. »Nach einiger Zeit werden auch diese Leute die Besucher hassen.«

## 56. WASHINGTON, D.C.

»Auf Grund dieser neuen Meldungen werden wir unsere Einstellung vollkommen überdenken müssen«, sagte Marcus White, der Außenminister.
John Hammond, Staatssekretär im Weißen Haus, fragte Porter: »Wie verläßlich sind die Informationen? Sollten wir die Sache nicht eingehender untersuchen?«
»Soviel ich weiß, geschieht das bereits«, entgegnete Porter.
Der Präsident setzte sich nervös in seinem Sessel zurecht. »Es ist so, wie Dave sagt«, bemerkte er. »Unsere Leute sind schon in Lone Pine eingetroffen; Norton wird sie einweisen. Die Nationalgarde wird die Gruppe in einem Hubschrauber zum Zielort bringen. Alles steht unter strengster Geheimhaltung. Nicht einmal die Nationalgarde kennt das Ziel des Hubschraubers. Wir werden bald erfahren, ob unsere Informationen zutreffen.«
»Ich würde sagen, wir können davon ausgehen, daß die Meldungen stimmen«, erklärte Porter. »Ich hatte schon einmal mit diesem Garrison in Minneapolis zu tun. Der Mann ist ein aufrechter Bürger. Vergessen Sie nicht, er hätte uns nicht zu informieren brauchen. Es ist eine Exklusivstory, er hätte sie für sich behalten können.«
»Und warum hat er das nicht getan?« fragte General Whiteside barsch.
»Er wollte uns wohl eine Chance geben. Er sagte, er wollte uns vorwarnen, uns eine Art Gnadenfrist geben, bis seine Zeitung in Druck geht.«
»Hat er darum gebeten, daß die Sache vertraulich behandelt wird?« wollte Whiteside wissen.
»Ja, aber er hat nicht viel Wesens darum gemacht. Er sagte, er vertraue darauf, daß wir ihn schützen würden. Das habe ich ihm zugesichert, und das sollten wir auch tun. Es ist genauso in unserem Interesse wie in seinem. Wenn diese Bombe erst platzt, dann sollten wir uns einige Gedanken über unsere Stellungnahmen und Unterneh-

mungen gemacht haben. Wir brauchen die Zeit dringend, die er uns verschafft hat.«

»Mir gefällt das nicht«, murmelte Whiteside, »die ganze Sache schmeckt mir nicht.«

»Sie braucht Ihnen auch nicht zu gefallen«, versetzte der Präsident, »denken Sie etwa, uns gefällt sie?«

»Das habe ich nicht gemeint«, erwiderte Whiteside.

»Ich weiß, daß Sie das nicht gemeint haben«, sagte der Präsident, »ich habe Ihre Bemerkung nur auf eine möglichst einfühlsame Weise interpretiert.«

Dr. Allen, der wissenschaftliche Berater, meldete sich zu Wort: »Meiner Meinung nach können wir den Bericht aus Lone Pine als den Tatsachen entsprechend betrachten. Auf den ersten Blick mag er weit hergeholt erscheinen, aber wenn Sie sich eingehender damit beschäftigen, wird er plausibel. Die Besucher können Autos fabrizieren, warum sollten sie keine Häuser herstellen können. Diese Aufgabe mag schwieriger sein, aber das ist nur ein gradueller Unterschied. Ich persönlich traue den Besuchern das ohne weiteres zu.«

»Aber Häuser!« polterte Whiteside. »Autos, das ist eine Sache, Häuser, das ist etwas anderes. Die Autos können sie verteilen, aber wie wollen sie die Häuser unter die Leute bringen? Wollen sie irgendwo neue Städte bauen, womöglich auf wertvollem Ackerland oder Industriegelände? Oder werden sie die vorhandenen Häuser abreißen, um sie durch neue zu ersetzen?«

»Es spielt überhaupt keine Rolle, wie sie weiter vorgehen werden«, sagte Hammond. »Ganz gleich, was sie nun unternehmen, ob sie überhaupt etwas unternehmen, die Drohung steht im Raum. Die Bauindustrie in unserem Land ist erledigt.«

»Ich habe kürzlich gesagt«, erklärte der Präsident, »wir könnten eventuell mit der Vernichtung der Autoindustrie fertig werden. Wie wir diese neue Sache in den Griff bekommen sollen, weiß ich nicht. Sie wird ein allgemeines Entsetzen auslösen, ein Geschwür in unserem Wirtschaftsleben. Wenn die Auto- und die Bauindustrie bedroht sind, ist dann überhaupt noch etwas sicher?«

»Wie stehen die Dinge eigentlich bei diesen Autos am Mississippi?« fragte Hammond.

»Es sieht böse aus«, berichtete Porter. »Wir haben die Gänseinsel abriegeln lassen, aber es versammeln sich immer mehr Menschen dort. Früher oder später wird es zu einer Katastrophe kommen. Es sind bereits mehr als ein Dutzend Leute gestorben, so wurde es jedenfalls gemeldet. Ein Boot ist auf dem Fluß gekentert, weil es mit Autohungrigen überladen war. Es wird noch mehr passieren, das steht fest. Man kann die Leute nicht auf Dauer daran hindern, sich ein Gratisauto zu verschaffen. Dieses habgierige Gesindel wird uns noch eine Menge Ärger machen.«

»Das ist doch ein Nebenschauplatz«, erklärte Whiteside, »damit dürfen wir jetzt nicht unsere Zeit verschwenden. Wir müssen uns einen allgemeinen Schlachtplan zurechtlegen. Wir müssen der Nation und der Welt zu erkennen geben, was unsere nächsten Schritte sein werden.«

»Die Leute werden schwer daran zu schlucken haben«, sagte der Präsident. »Was immer wir auch beschließen werden, das Volk wird es nicht leichtnehmen. Wir Amerikaner sind immer sehr stolz gewesen, haben auf eigenen Füßen gestanden. Es fällt uns nicht leicht, zurückzustecken.«

»Irgendein Idiot hat im Kapitol ein Gerücht ausgestreut«, polterte Whiteside. »Wir hätten einen Waffentest gemacht und dabei etwas Tolles entdeckt. Jetzt wird es nicht mehr lange dauern, bis der Iwan von der Sache Wind bekommt. Wenn er die Nerven verliert und auf den Knopf drückt...«

»Woher das Gerücht auch stammen mag«, sagte der Präsident, »es hat den Kongreß dazu gebracht, sich auf unsere Seite zu stellen. Wenn es dieses Gerede nicht gegeben hätte, weiß ich nicht, was geschehen wäre.«

»Das liegt nun alles hinter uns«, erklärte White. »Wir sollten es vergessen. Was geschehen ist, kann man nicht mehr ändern, man muß damit leben. Wie ich Ihnen von Anfang an gesagt habe: Wir allein werden nicht damit fertig. Wenn wir uns nun vernünftig verhalten, werden wir die Welt hinter uns haben. Wir sind noch nicht so weit gegangen, daß wir allen guten Willen verloren haben.«

»Gilt das auch für Rußland?« fragte der Präsident.

»Ich weiß nicht, was die Russen tun würden, um uns zu helfen; vielleicht mehr, als die Welt ihnen zutraut. Auf jeden Fall werden sie nicht auf den Knopf drücken, wie es Henry gerade prophezeit hat.«

»Was schlagen Sie sonst noch vor?«

»Ich bin davon überzeugt, daß die Besucher ein internationales Problem darstellen und wir uns also mit den anderen Ländern über die Situation beraten müssen, die hier entstanden ist. Die wichtigsten Staaten werden erkennen, daß eine einzelne Nation, ganz gleich, ob wir es sind oder eine andere, nicht allein mit dieser Lage fertig werden kann, davon gehe ich aus. Die anderen Länder werden erkennen, daß unser Problem früher oder später über unsere Grenzen hinauswachsen und damit automatisch zu einem Weltproblem werden wird. Es ist also höchste Zeit, den Rest der Welt um Hilfe und Unterstützung zu bitten.«

»Haben Sie schon mit Vertretern der anderen Länder gesprochen, Marcus?«

»Das habe ich getan, aber auf einer völlig unverbindlichen Ebene. Zumeist habe ich geschwiegen und mir ihre Fragen angehört. Alle, mit denen ich geredet habe, sind davon überzeugt, daß sie bald vor dem gleichen Problem stehen wie wir, wenn wir es nicht vorher lösen können.«

»Wie sieht diese Kooperationsbereitschaft im einzelnen aus? Das müssen wir wissen. Wenn wir an die internationale Öffentlichkeit gehen, dann müssen wir Klarheit darüber haben, was wir erwarten können.«

»Frankreich und England sind zu jeder Art von Unterstützung bereit, sie tun, was sie können. Sie würden auch den Dollar stützen. Japan würde sich ebenso verhalten. Die Skandinavier warten nur auf ein Wort von uns. Westdeutschland ist zu finanzieller Hilfe bereit, wenn sie sich als notwendig erweisen sollte.«

»Hilfe aus dem Ausland? Für uns?«

»Warum denn nicht?« fragte White. »Warum sollten wir uns dazu zu schön sein? Wir haben die halbe Welt jahrelang auf unseren Schultern getragen. Wir haben Westeuropa nach dem Zweiten Weltkrieg wieder aufgebaut. Außerdem helfen sich diese Länder selbst, indem sie uns helfen. Es geht auch um ihre Haut. Sie können sich unseren Zusammenbruch einfach nicht leisten. Sogar die OPEC würde uns helfen.«

Der Präsident schaute bestürzt in die kleine Runde. »O Gott!« stöhnte er auf.

»Es geht ja nicht nur darum, uns vor dem Untergang zu bewahren«, sagte der Außenminister. »Hier geht es um ein neues System, eine politische Struktur, ein finanzielles Konzept, womöglich kann die gesamte Weltwirtschaft neu geordnet werden. Dies alles betrifft nicht nur die Vereinigten Staaten. Die Besucher haben uns an den Rand des Ruins geführt, aber sie haben auch die gesamte Weltlage verändert, damit müssen wir nun leben. Nichts wird mehr wie früher sein. Unsere vordringlichste Aufgabe ist es nun, die veränderte Lage vorurteilsfrei zu analysieren. Wir müssen wissen, was kommt, dann können wir uns auf den Aufprall einrichten.«

»Dies Thema scheint Ihnen zu liegen, Marcus«, versetzte Hammond. »Sie haben Ihre Äußerungen sehr flüssig vorgetragen. Wie steht es

bei den anderen Nationen, mit denen Sie so völlig unverbindlich verhandelt haben? Schätzen die die Lage ähnlich ein wie Sie?«
»Das würde ich schon sagen«, erwiderte White, »ihr Denken zielt zumindest in diese Richtung.«
»Aber der Waffentest!« schrie Whiteside dazwischen. »Da steht etwas für uns auf dem Spiel. Müssen wir das etwa alles aufgeben? Können wir nicht zurückhalten, worauf wir gestoßen sind?«
Der Präsident sagte leise: »Ich glaube, das können wir nicht, Henry. Sie haben ja gehört, was Ihr Vorredner gesagt hat: eine neue Welt und eine neue Art zu leben. Das ist für alte Haudegen wie Sie und mich nicht leicht zu verdauen, aber ich sehe eine gewisse Logik darin, das muß ich zugeben. Einige von uns, vielleicht sogar die meisten, haben sich möglicherweise schon seit einiger Zeit mit ähnlichen Gedanken getragen, sie haben nur nicht den Mut aufgebracht, sie auszusprechen.«
»Wie wollen wir das nur jemals schaffen?« stöhnte Hammond. »Das kann ich mir einfach nicht vorstellen.«
»Wir sind ja nicht allein«, sagte der Außenminister. »Es geht um die Welt. Alle sind sie nun gefordert. Wenn die Welt sich in dieser Sache nicht zusammenrauft, dann müssen wir alle gemeinsam untergehen.«

## 57. MINNEAPOLIS

Gold überflog die Abschrift von Nortons Bericht. Er hob den Kopf und sah zu Garrison auf der anderen Seite des Tisches hinüber.
»Der letzte Abschnitt«, sagte er.
»Was ist damit?«
»Er schreibt, daß er Schatten in der Küche gesehen habe, so als ob da Leute wären, und er denkt: ›Mein Gott, machen sie jetzt auch Menschen?‹«
»Das ist doch ein prima Satz! Das Salz in der Suppe gewissermaßen. Da läuft einem eine Gänsehaut über den Rücken.«
»Hast du Lathrop davon erzählt? Hast du diese bestimmte Stelle beschrieben?«
»Nein, ich glaube nicht. Ich hab's vergessen. Da war soviel anderes ...«
»Und Porter?«

»Nein, Porter habe ich auch nichts davon erzählt. Er hätte sich vor Schreck in die Hose gemacht.«
»Vielleicht hat sich Norton das Ganze nur eingebildet. Er hat die Leute ja nicht wirklich gesehen, nur ihre Schatten. Möglicherweise hatte er eine Halluzination.«
»Laß mich mal sehen«, sagte Garrison und nahm Gold das Blatt aus der Hand.
Er las den Abschnitt langsam durch, danach noch ein zweites Mal. Dann nahm er einen dicken schwarzen Filzstift und strich den ganzen Abschnitt sorgfältig durch.